rororo

Joolz Denby reist seit zwanzig Jahren durch die Welt und macht Lesungen und Performances, hält Vorträge und Seminare. Sie hat drei Lyrikbände und Kurzgeschichten veröffentlicht. Sie tritt zusammen mit der Rockband *New Model Army* auf. Sie wohnt in Bradford, England.

G.

Joolz Denby

Im Herzen die Dunkelheit

Roman

Deutsch von Brigitte Helbling

Rowohlt Taschenbuch Verlag

Die Originalausgabe erschien unter dem Titel «Stone Baby»
bei HarperCollins Publishers, London

Umschlaggestaltung: Notburga Stelzer
Foto: Katja Hansen
Lektorat: Bernd Jost

Deutsche Erstausgabe
Veröffentlicht im Rowohlt Taschenbuch Verlag GmbH,
Reinbek bei Hamburg, März 2001

Satz: Minion PostScript PageMaker bei
Pinkuin Satz und Datentechnik, Berlin
Druck und Bindung: Clausen & Bosse, Leck
Printed in Germany
ISBN 3 499 22870 X

Die Schreibweise entspricht den Regeln
der neuen Rechtschreibung.

Danksagung
Ich möchte folgenden Personen für ihre Hilfe und ihre Unterstützung danken: dem Lyriker Steve Pottinger für seine sorgfältige Prüfung des Manuskripts, seine Ratschläge und seine Freundlichkeit. Tessa Grant dafür, dass sie sich Zeit nahm für dringend nötige Korrekturen. Andrew Taylor und Janet Lawrence von der Crime Writer's Association, den Juroren der New Crime Writer Awards 1998, für ihre Bereitschaft, auf eine Außenseiterin zu setzen. Meinen Agenten Gregory und Radice, die wie immer aus der Hüfte schossen. Julia Wisdom und Karen Godfrey, meinen Lektorinnen bei HarperCollins, für ihren Glauben an und ihr unermüdliches Ringen mit meinem Manuskript, und allen anderen wunderbaren Menschen bei Harper. Ian Rivers von Bradford Shooting Supplies für seine freundliche technische Beratung in Sachen Desert Eagle. Inspektor David Wormald von der West Yorkshire Polizei für seine Zuvorkommenheit, Hilfsbereitschaft und dafür, dass er sich so großzügig Zeit für mich nahm. Meinem Anwalt Nicholas Burnett für die Behandlung der juristischen Angelegenheiten und dafür, dass er ein echter Kavalier ist. Ben und Vic Stone für die dringend benötigte moralische Unterstützung. Justin, Warren, Finn und Screamer dafür, dass sie da waren und die allerbesten Freunde sind, die man sich überhaupt wünschen kann. Und, wie immer, meinen Respekt und meinen Dank an die Göttin.

Eine Frau, die im Alter von zweiundneunzig Jahren starb, trug sechzig Jahre lang ihr ungeborenes – längst verkalktes – Kind in sich herum. Der Fötus wurde entdeckt, als sie in ein Wiener Krankenhaus wegen seniler Demenz und Lungenentzündung eingeliefert wurde. Eine große Unterleibsmasse ragte von ihrem Becken bis zu ihrem rechten oberen Abdomen hervor. Die Radiographie zeigte ein ‹Lithopädion› (ein Steinkind). Die Frau starb eine Woche später, und die Autopsie ergab, dass der Fötus die einunddreißigste Woche erreicht hatte. Der Sohn der Frau erklärte, sie sei mit zweiunddreißig zum vierten Mal schwanger geworden, hätte an Unterleibsschmerzen gelitten und sich dann wieder erholt. Ihre Menstruation setzte wieder ein. Sie litt danach an keiner ernsthaften Erkrankung bis auf Unfruchtbarkeit.

Der älteste dokumentierte Fall eines versteinerten Fötus oder Steinkindes stammt aus einem Grab in den Vereinigten Staaten aus dem Jahre 1200 v. Chr. Der Fall einer extra-uterinen Schwangerschaft ist sehr selten, weil die Zeugung außerhalb der Gebärmutter heute seltener unbehandelt bleibt als früher. Steinkinder resultieren heute nur noch bei einer unter 250 000 Schwangerschaften. Der Körper schließt das tote Gewebe, das zu groß ist, um absorbiert zu werden, mit Kalkablagerungen ein. Bei diesem jüngsten Fall handelt es sich vermutlich um die längste Zeitperiode, über die eine Frau einen verkalkten Fötus mit sich herumgetragen hat.

Bericht von Dr. Paul Speiser und Dr. Konrad Brezina vom Fachbereich Medizin der Universität Wien, in *Lancet*, 8. März 1995

Abdruckgenehmigung von der *Fortean Times*

Buch Eins

Eins Glaubt doch, was ihr wollt. Ich jedenfalls weiß, wie schwer es ihr fiel, Abend für Abend in diesen widerlichen Clubs auf die Bühne zu gehen. Ich hab es mir immer angeschaut – entweder von hinten, wo mich Studenten anrempelten, die so besoffen waren, dass sie ihre Jeans aufknöpften und in die Ecke pissten – oder von der Seitenbühne, falls es so etwas gab, wo die Gesichter der Zuschauer für sich genommen schon eine Show abgaben. Ich habe sie bestimmt über tausend Mal gesehen.

Danach sagte sie immer: «Wie ist es gelaufen, Lil?» Und ich hab ihr immer die Wahrheit gesagt, auch wenn das für sie unangenehm war. Sie war viel größer und kräftiger als ich. Komischerweise machte mir deswegen die Art, wie sie in sich zusammenfiel, wenn die Dinge schlecht liefen, mehr aus, als wenn sie klein gewesen wäre. Aber für mich war das, was sie da oben machte, nicht nur Comedy. Eigentlich kam sie mir eher vor wie eine Lehrerin. Sie redete über Dinge, die kein Mensch sonst ansprach, und es ging ihr nicht darum, die Leute zu schockieren, nicht wie bei den andern zum Teil. Sie redete einfach vom Leben und vom Tod und davon, wie der Alltag von Menschen wirklich aussieht. Und Mann, dabei war sie echt komisch! Erst dachte man immer, da steigen die Leute nie drauf ein, und dann hatte sie sie plötzlich am Wickel, langsam und listig wie eine Schlange, dass sie Tränen lachten über die Wahrheit in ihren Geschichten. Sie war einfach umwerfend … Aber sie war wie eine Urkraft, viel zu heftig für all diejenigen, die einen berühmt machen können; es gab zu viel Authentizität, zu viel Leidenschaft in ihrem Vortrag, sie war zu intensiv, zu groß, zu … versteht ihr? Und sie gab sich tausendprozentig hin, jeden Abend, ausnahmslos. Ging da raus, in die Höhle des Löwen – in den Höllenschlund, sagte sie immer – und redete einfach mit den Leuten. Klingt nicht besonders schwierig, was? Schätzchen, spring doch mal kurz auf die Bühne und quatsch ein bisschen mit den Zuschauern … Sie schrieb sich nie etwas auf, es gab keinen Plan. Und ich meine damit nicht eine *Improvisation*, was, wie wir alle wissen, ohnehin nur Schwindel ist, das war echt – sie *redete* einfach mit ihnen.

Und dabei wirkte sie dort oben unglaublich entspannt, richtig locker, als könnte sie nichts aus der Fassung bringen. Selbst an jenem Abend in Middlesborough, als hinter ihr die Beleuchtungszüge runterfielen, selbst da lächelte sie nur und brachte irgendeinen Spruch über Gott, der nicht hinter ihrer Sache stehe. Nachträglich aufgeschrieben klingt das vielleicht blöd, aber damals, als es geschah … Sie meinte immer, ihr sei egal, was auf der Bühne passiere, weil sie dort zu Hause sei, weil sie dort die Kontrolle habe, selbst wenn etwas schief ging. Sie mochte sich, wenn sie auf der Bühne stand, sagte sie.

Aber ich war an dem Abend da, an diesem schrecklichen, beschissenen Abend. O Mann, diesen Abend vergesse ich nie, solange ich lebe nicht, das schwöre ich euch. Und das geht nicht nur mir so. Selbst Ricky, der sie nie mochte – na gut, das stimmt nicht ganz. Er wusste einfach nicht, wie er sie nehmen sollte, er hat keine Ahnung von Frauen. Aber sogar er war vor Wut und Ekel totenbleich. Und ich hätte am liebsten gekotzt, oder wäre in Ohnmacht gefallen, oder beides. Wir standen da, Ricky und ich, und er – wirklich wahr! – griff nach meiner Hand, während wir zusahen, und murmelte *diese Schweine, diese Schweine* wie ein Gebet vor sich hin.

Ich hatte sie angefleht, den Gig nicht zu machen. Die Sache war gerade auf ihrem Höhepunkt, aber sie meinte, sie hätte schon vor sechs Monaten zugesagt, es würde schon gut gehen, sie sei ohnehin nur die Nummer zwei im Programm, und wer, außer ihrem treuen Fanklub, würde schon auf sie achten? Die Hardcores, so nannten wir sie.

«Lily, Kind, die tragen es mir nicht nach, sie kennen mich, sie wissen, wer ich bin ...», sagte sie mit ihrem kleinen, zuckenden Halblächeln. «Sie sind mein Fußballverein ...»

«Nachtragen, was, zum Teufel, sollten sie dir nachtragen?», sagte ich und zupfte dabei wütend an meinem neuen Kurzhaarschnitt, an den ich mich noch immer nicht gewöhnt hatte. «Du hast nichts getan, es gibt nichts, was sie dir vorwerfen könnten. Rein gar nichts.»

«Ach, komm schon», sagte sie. «Denk an den ganzen Medienrummel. Ich war doch mit *ihm* zusammen, als – du weißt schon. Sie werden es mir nicht übel nehmen. Bestimmt nicht, Mann. Das wird ganz locker, ganz cool, kein Stress, ich geh raus, mach mein Ding, und das war's. Wir müssen das machen, du weißt das so gut wie ich. Vertraglich gebunden und dieser ganze Scheiß.»

Ich war nicht glücklich darüber, kein bisschen, aber ich telefonierte mit dem Veranstalter und er wirkte zuversichtlich, wenn auch irgendwie ein bisschen gehetzt. Wie kann man nur so *dumm* sein! Natürlich war er zuversichtlich, und natürlich hatte er Druck; der Gig war doppelt ausverkauft, weil er mit den Gerüchten um Jamie Werbung gemacht hatte. Und woher hätten wir das wissen sollen? Wir lebten nicht in London, sondern in der gottverlassenen Eiswüste des Nordens. Und, um ehrlich zu sein, wir waren auch ein wenig – nun, wir dachten nicht besonders klar, um es mal so zu sagen. Aber Himmel, wir – oder ich – hätten besser aufpassen sollen, hätten wegen der ganzen Situation besonders vorsichtig sein müssen. Und das waren wir nicht, keine von uns. Scheiße, wie denn auch, nach allem, was passiert war? Da war einfach nur dieses entsetzliche Bedürfnis, in die Normalität zurückzukehren, so zu tun, als sei alles wieder wie früher. Wir waren wie besessen davon, und das machte uns blind.

Erst als wir bei dem verdammten Gig ankamen, stellten wir fest, dass der Veranstalter auf alle Plakate einen Zettel geklebt hatte mit der Aufschrift: «Hat sie, oder hat sie nicht? Das erfahren sie exklusiv im Club X-L-NT!!!!» Er hatte *Time Out* ein Interview gegeben zur Frage, ob er es moralisch vertreten könne, jemanden wie Jamie «in Anbetracht der Umstände» auftreten zu lassen. Er hatte gesagt, die Öffentlichkeit habe ein Recht darauf, sich selbst ein Bild darüber zu machen und ihr Urteil zu fällen, er sehe es beinah als Verpflichtung, die Show anzusetzen, allein schon um den Entmündigungsbestrebungen der moralischen Mehrheit die Stirn zu bieten, den Tendenzen entgegenzuwirken, die er in der alternativen Comedy-Szene zunehmend beobachte, bla bla bla. Was er diskret für sich behielt, war, dass er Vauxhall TV für eine Stange Geld die Erlaubnis gegeben hatte, den Abend zu filmen, und dass er vorhatte, seine Geschichte über die Veranstaltung an den Meistbietenden zu verkaufen.

Von all dem hatten wir keinen Schimmer, bis wir nach London reinfuhren und die Plakate sahen. Ich wollte auf der Stelle umkehren, aber sie sagte, nein. Weil nämlich, wenn wir uns nicht so verhielten, als sei alles normal, würde nichts je wieder normal sein. Sie glaubte eben, die Leute würden sich auf ihre Seite stellen. Sie würden das, was hier gespielt wurde, durchschauen und die Lügen und Sensationsmeldungen der Medien ignorieren. Im Grunde ihres Herzens war sie eine echte Punkrockerin. Sie glaubte, ihr Publikum bestünde aus intelligenten, anständigen Leuten, die ein vernünftiges Verhalten an den Tag legen würden, wenn man nur nett zu ihnen war. Aber was uns erwartete, waren Brot und Spiele. Der Auftritt der Gladiatoren. Ihr, die ihr hier eintretet, lasst alle Hoffnung fahren. Wir, die Todgeweihten, zeigen euch den Mittelfinger.

In den ersten sechs eng gestuhlten Reihen (an dem Abend gab es keine albernen kleinen Tischchen mit Kerzen drauf wie im Kabarett) saßen ausschließlich Vertreter der Boulevardpresse. Uns war das nicht sofort klar, niemand hatte uns beigebracht, wie man einen *Sun*-Reporter aus fünfzig Meter Entfernung erkennt. Dahinter waren die Reihen gefüllt mit lauten, komischen Menschen in teuren Klamotten. Ich meine, uns kamen sie komisch vor, aber inzwischen ist mir klar, dass es sich dabei um die unteren Ränge der Londoner Medien- und Werberszene handelte, die sich ins Ghetto vorgewagt hatten. Die Männer versuchten erfahren und verrucht zu wirken, die Frauen hatten sich zu trostlosen Kopien von Uma Thurman in *Pulp Fiction* hochgestylt, und alle waren sie schon betrunken. Dicht gedrängt, ganz hinten, stand eine kleine Schar unserer eigentlichen Zuschauer. Einige davon erkannte ich als Hardcores wieder, und sie wirkten verdammt unglücklich. Später erfuhr ich, dass sie nur reingekommen waren, weil sie schon Wochen im Voraus Karten bestellt hatten. Draußen wurden die Karten von Händlern für vierzig Pfund angeboten, und Abnehmer gab es mehr als genug. Im Club war es unerträglich heiß, die Luft geschwängert von Zigarettenrauch, trendigen Flüchen, Schweiß und der schleimig-metallenen Süße von teurem Parfüm.

Dan the Man ging zuerst raus. Na gut, eine Bombe ist er nicht, aber normalerweise hat er seine Lacher. Er gehört zum Typ niedlicher Clown. Sie ignorierten ihn, als sei er gar nicht da. Sie machten nicht mal den Versuch, leiser zu reden. Er kam zurück in das faulig stinkende kleine Loch, das uns als Garderobe diente, käsebleich und schweißbedeckt. Er sagte ungefähr sechzehn Mal *Jesus* und *verfickte Scheiße* und linste dabei verstohlen auf Jamie, die einfach weiter Lipliner auftrug, als gäbe es in der Welt nichts Wichtigeres als perfekt geschminkte Lippen. Cockette Cockteau war der Nächste im Programm, ein schwarzer, surrealer Transvestitenkünstler, der in den Spitzenzeiten der Transenkultur Erfolge gefeiert hatte und ein echt süßer Kerl war, möchte ich dazu sagen, trotz allem, was nachher in den Zeitungen über ihn stand. Weder hat er seinen Schwanz rausgeholt und geschrien: «Lutsch ihn und leb endlich, du weiße Sau», noch versuchte er, mit jemandem im Publikum einen «obszönen Akt» zu vollziehen. Eigentlich gab er bloß zehn Minuten lang seine Nummer «Marcel der Pantomime hat sein Coming-out» vor und rannte dann schluchzend von der Bühne. Er saß in Tränen aufgelöst neben Dan und nuckelte ab und zu an der Bell's-Flasche, die Dan grimmig am Wegputzen war. Alle starrten jetzt auf Jamie, als würde sie gleich vor ein Erschießungskommando gestellt. Sie lächelte nur. Sie wirkte ruhig und abwesend und war höchstens einmal auf dem Klo gewesen, wo sie doch sonst mindestens zehn Mal gehen musste – ein schlechtes Zeichen. Dan und Cocky standen irgendwann mit stumpfen, unglücklichen Mienen auf und gingen, als Ricky Sharpe, der Haupt-Act, reinkam.

«Na, Mädel», sagte er und übertrieb es wie immer mit dem Cockney-Getue, «du hast sie am Fass, was, die lechzen und winseln nach dir … und, willst du heute Abend endlich alles ausplaudern, oder lässt du sie noch ein wenig weiter betteln, Baby, hmm? Na?»

In dem Moment hasste ich ihn. Aber später … bei manchen

Leuten weiß man eben nie, oder? Er hat bestimmt gemerkt, wie ich ihn mit meinen Blicken durchbohrte, weil er nämlich bloß kicherte und sich durch das rotblonde Haar fuhr, an seiner Krawatte zupfte und dann hinten rum zu den andern ging, die an der Bar waren. Jamie schien ihn nicht gehört zu haben, es sah ohnehin nicht aus, als würde sie irgendetwas mitkriegen, nicht einmal, als der Assistent den Kopf zur Tür reinsteckte und mit zittriger Stimme «noch fünf Minuten» sagte, wobei er Stielaugen machte, um einen Blick auf sie zu erhaschen.

Der Veranstalter machte den Ansager (*quelle surprise*) und stand schon auf der Bühne, wo er sein *Time-Out*-Interview für die Zuschauer und die Kameras zusammenfasste.

Jamie stand auf, warf sich im fleckigen Spiegel einen müden Blick zu und lächelte dann mein Spiegelbild an.

«Die beste Show aller Zeiten, was, Lil? Wir kennen keine Gnade, wir nehmen auch den billigsten Lacher ...»

Das sagten wir immer, aber an dem Abend klangen die Worte furchtbar hohl, als würde Geisterasche reden.

Ich hörte den Veranstalter sagen: «Meine Damen und Herren, geschätzte Vertreter der Presse, ich freue mich, Ihnen heute Abend ein legendäres Comedy-Talent vorzustellen, eine Frau, der ich einst den Spitznamen «Lenny Bruce in einem Kleid» verlieh – sie ist groß, sie ist fies, sie feuert auf allen Rohren. Die kontroverseste Komikerin Englands in diesem und jedem andern Jahrhundert ... mein Name ist Ronnie Rage und hier kommt ... Ja-mie GEE!!!!!!»

Die Fernsehausschnitte habt ihr bestimmt alle gesehen. Falls nicht, werdet ihr euch das Ausmaß dieser beschissenen Situation vorstellen können. Worüber hat sie in ihrer langsamen, gefährlichen Art geredet? Ich weiß es nicht mehr. Wie ich schon sagte: Ricky und ich standen ganz für uns, atmeten den scheußlichen Gestank von kaltem Rauch ein, den merkwürdig viehischen Geruch von Massenerwartung; der Orgie, die sich ihrem Höhepunkt zuneigte; von menschlicher Bosheit. Wir standen auf der Seitenbühne und hielten uns an den Händen wie zwei beschissene Schulkinder.

Die ersten paar Minuten waren sie still. Sie starrten zu ihr hoch, als wollten sie sie verschlingen, ihr das Fleisch vom Gesicht saugen. Sie sprach gerade über irgendeinen Korruptionsskandal in der Regierung, glaube ich, als in der Mitte des Saals eine Frau ein hohes, dünnes Jaulen von sich gab:

«*Hast du jetzt, oder hast du nicht? Hast du, verdammt noch mal, Bescheid gewusst?*»

Und die andern stimmten ein, wiederholten die Frage kreischend wie einen Refrain. Eine Flasche kam geflogen und zersplitterte am Bühnenrand, aber Jamie bewegte sich nicht. Die Journalisten waren ganz plötzlich in Bewegung geraten, standen auf, brüllten durcheinander und blitzten mit ihren Kameras. Ein paar Fans stürzten sich auf sie und schrien, sie hätten vierzig Pfund bezahlt, um die Alte zu sehen, und sie sollten sich jetzt, verdammt noch mal, hinsetzen. Jamie hob die Hand, und eine Art hechelndes Schweigen senkte sich über den Saal.

«Menschen können nicht Gedanken lesen, Mann», sagte sie leise, als redete sie zu sich selbst. «Woher hätte ich es wissen sollen? Ich meine, ich wusste es nicht, ich hatte keine Ahnung, ich dachte einfach … er hätte eine andere, eine Affäre oder so …» Weiter kam sie nicht.

«Du Sau!» Eine Frau mit schwarzem Bubikopf und einem vornehmen Akzent schleuderte ihr Glas Richtung Bühne; es traf Jamies Schulter. «Du lügst, Fotze, du bist eine verdammte Lügnerin …»

Manche Leute denken, die Oberschicht würde sich nicht so

aufführen, aber das stimmt nicht, wirf ihnen was zu fressen hin, und sie sind die Schlimmsten von allen.

Jamie war so tapfer, so unfassbar mutig, aber es war trotzdem nicht zu übersehen, dass wir erledigt waren. Sie ging gelassen von der Bühne, kehrte der kreischenden Masse im Club den kerzengeraden Rücken zu und verschwand, aber als sie in der schäbigen Garderobe ankam, fiel sie buchstäblich auf den schmutzigen Boden und weinte, riesige, herzzerreißende Schluchzer, die ihr den Atem raubten und in Zuckungen durch ihren großen, kräftigen Körper liefen. Ich konnte wenig für sie tun, ich heulte genauso – aber Ricky brüllte uns zu, wir sollten uns nicht von der Stelle rühren, und ging dann türenknallend raus. Draußen hörte ich, wie er den dämlichen Veranstalter, der wie ein kopfloses Huhn in den Gängen herumirrte, anschrie, er solle einen Sicherheitsmann herholen, und zwar sofort. Mann, und dann stand Ricky einfach vor der Tür mit den ganzen Journalisten, die an ihm rumsabberten und versuchten, zu Jamie reinzugelangen. Er weigerte sich sogar, aufzutreten, solange keiner da war, der uns bewachte – ganz im Ernst. Ricky Sharpe, das Lieblings-Hassobjekt der Nation, der Komiker aus der Hölle und was es da an Schwachsinn noch alles gibt, hielt die Stellung wie ein kleiner roter Kampfhahn und bot ihnen allen die Stirn, bis der Rausschmeißer kam. Da hab ich die ganzen Male bedauert, wo ich über ihn abgelästert habe. Mir tut das jetzt noch Leid. Schließlich ging er auf die Bühne, immer noch auf hundertachtzig. Im Saal war inzwischen ein Tumult ausgebrochen, die Stühle waren alle umgekippt, Gläser flogen und Frauen kreischten. Man muss es ihm lassen, er hat sie wieder beruhigt, so weit jedenfalls, wie das überhaupt ging. Reine Willenssache, nehme ich an. Ich lasse nicht mehr zu, dass jemand schlecht über ihn redet; ich werde ihm das nie vergessen.

Wir wären beinah nicht aus diesem Dreckloch rausgekommen, wirklich nicht. Wenn mir einer zuvor gesagt hätte, dass Menschen sich so benehmen könnten, ich hätte ihm nicht geglaubt. Nicht, dass ich naiv bin – na gut, vielleicht bin ich naiv – es war einfach so … schockierend. Genau. Schockierend. Diese gottverdammten Journalisten waren wie Tiere, wie … *Kreaturen*, Monster. Sie schnatterten und heulten, waren rot und lila im Gesicht, spuckten und sabberten und riefen uns entsetzliche Dinge zu … *He, Jamie, Jamie, wie war es, mit einem Serienkiller zu ficken? He Jamie, hat er dich gefesselt? He Jamie, du wusstest es doch, du wusstest Bescheid, hast du mitgemacht? Hast du? He, he, hierher, Schätzchen, he Schlampe, hier drüben, was hat er zum Frühstück gegessen?*

Und mitten in diesem roten, aufgewühlten Chaos, in dem hysterischen Geschrei stand diese arme, arme Frau, die einer der Journalisten mitgebracht hatte. Sara Evans' Mutter. Ich meine, wie konnten sie nur? Die Mutter des ermordeten Mädchens. Wir versuchten gerade, zum Auto zu gelangen, kämpften uns durch die Menge, so gut es ging, weil der Sicherheitsbeamte Jamie eine Killer-Fotze genannt hatte und dann abgehauen war; wir weinten, und plötzlich stand sie da. Ein Gesicht wie ein Knochen. Die Rache in Person. Ihre Augen waren Grauen erregend, zwei große, dunkle, verschattete Höhlen, und ein Hass darin, wie ich ihn bisher bei keinem Menschen gesehen habe. Sie glühte, sie war eine menschliche Fackel und loderte vor Zorn, und wer hätte ihr das verdenken können? Wir nicht. Weder damals noch heute. Diese arme, zerstörte, dunkle Gestalt. Wir erstarrten beide, und sie sprach ganz leise, aber ihre Worte waren wie eine kalte Flamme, die sich über den ganzen Irrsinn hob.

«Du … du *wusstest* es, nicht? Mein kleines Mädchen, sie war doch nur ein Kind, und dieser Schlächter … du wusstest es, wie kannst du noch am Leben sein, wie kannst du noch leben, du elende … *Schlampe*. Du solltest dich umbringen, warum stirbst du nicht? *Warum stirbst du nicht*? Wie kannst du noch am Leben sein, wenn mein Baby tot ist. Du … du … du bist ein *Ungeheuer*, das bist du, ein Monster, ein Monster …» Ihre Stimme steigerte sich zu einem zerfransten Kreischen, dann brach sie weinend zusammen, und das Chaos nahm wieder überhand.

Jamie stand da wie eine riesige, aus Fels gehauene Statue. Ich packte sie am Arm und versuchte, sie Richtung Tür zu zerren, während die tollwütigen Hunde Schaum vor dem Mund hatten und sich an der Grausamkeit weideten, die sie selbst in die Wege geleitet hatten. Ich sah, wie jemand Mrs. Evans halb wegführte, halb wegtrug, während der Pulk von Fotografen rumknipste wie blöd und mit riesigen Insektenkameras auf sie einstach. Sie sah aus, als hätte sie keine Knochen mehr im Leib, als sei sie ein leerer Mantel, der am Arm des Mannes hing. Jamie starrte ebenfalls auf sie – ihr schneeweißes Gesicht zuckte bei jedem Aufblitzen der Kameras. Dann wandte sie sich ab und bückte sich zu mir, als existiere das tollwütige Pack um uns herum überhaupt nicht.

«Lil, ich wusste es nicht, wirklich nicht … Gott im Himmel, Lily, er hat mich ebenfalls umgebracht.»

Zwei

Ich mochte ihn nie. Das sag ich jetzt nicht einfach im Nachhinein, nach allem, was vorgefallen ist – es stimmt. Ich mochte ihn überhaupt nicht, keinen einzigen Moment lang. Ich weiß, die Leute sagen, ich sei eifersüchtig auf die Männer, mit denen sie zusammen ist. Sie glauben, Jamie und ich seien lesbisch. «Gal Pals» nannte uns die *Sun*. Das trifft die Sache überhaupt nicht, wir waren nie Geliebte – aber heutzutage kann man nicht mehr einfach befreundet sein, immer muss noch Sex im Spiel sein. Steigert die Auflagen, nehme ich an, aber ich finde die Einstellung beschissen.

Wir waren Freundinnen, beinah wie Schwestern, jedenfalls stelle ich mir so eine Schwester vor, obwohl Leute, die eine haben, immer sagen, es bringt überhaupt keinen Spaß. Ich denke, ich hätte mit einer Schwester schon Spaß gehabt. Ich kenne meine echte Familie nicht, ich wurde als Baby ausgesetzt (mit Bild in der Zeitung, eine Krankenschwester, die mich vor die Kameralinse hält: *Wo ist meine Mami? Baby «Lily» in einer öffentlichen Toilette ausgesetzt* – ihr seht also, ich weiß, wie es ist, in den Schlagzeilen zu stehen). Die Krankenschwestern nannten mich nach der Straße, wo die Toilette stand – Lily Street. Und in dem Heim, wo ich dann hinkam, haben sie «Lily» beibehalten. Halb so wild, immerhin hätten sie mich auch weiter Lily Street nennen können. Niemand erhob je Anspruch auf mich oder so, deswegen weiß ich nicht, wer meine Mutter war, falls man sie überhaupt so nennen kann.

Nicht lange danach wurde ich von den Carlsons adoptiert. Angeblich gehen Babys schnell weg, besonders wenn sie weiß sind oder, wie in meinem Fall, leicht farbig. Ma – meine Adoptivmutter, nicht die Frau, die mich zur Welt brachte – Ma und ich führten ewig lange Gespräche darüber, wer meine Familie wohl gewesen sein mochte. Das war wirklich nett von ihr. Ich hatte sowieso Glück, dass ich zu Ma und Pa gekommen bin, diese Schnuckel. Wir erfanden lange Geschichten darüber, dass ich das Kind reicher, aristokratischer Ausländer sei, die wegen politischer Verfolgungen flüchten und mich zurücklassen mussten; oder eine dahergelaufene Zigeunerprinzessin, die aus

Versehen verloren gegangen und die rechtmäßige Erbin der Geheimnisse der Roma-Wahrsagerei, der Pferdemedizin und der Kunst, schöne hölzerne Wäscheklammern zu schnitzen, war.

Sie war wahrscheinlich eine Mulattin – oder gemischtrassig, wie man heute sagt – und mein Vater ein Weißer. Oder umgekehrt, natürlich, woher soll ich das wissen? Ich weiß nur, dass mein teebraunes Haar krause Afrolocken hat, dass meine langen, schmalen grünen Augen aussehen, als hätte man sie an den inneren Ecken zugenäht, und dass meine kleine, gummige Nase eine Spur flacher und breiter ist als bei den *richtig* weißen Mädchen. Meine Haut ist irgendwie rosig gebräunt mit Sommersprossen. Und wenn ihr jetzt denkt, bei den Zutaten kommt etwas Exotisches und Kreolisches und Hübsches raus, vergesst es. Ich bin kurz und gedrungen, ich seh aus, sagte Jamie, als wir uns kennen lernten, wie ein weißes Rasta-Heinzelmännchen auf Speed. Außerdem ist mein einer Schneidezahn vergoldet und ich hab ein Piercing in der Lippe. Klang das jetzt defensiv? Entschuldigt mal, würde es *euch* nicht genauso gehen?

Um aber jetzt nicht stehen zu bleiben: Ich mochte ihn nie. Ich mochte die meisten von Jamies Liebhabern nicht, weil sie in der Regel alle zum selben Typ gehörten: «böse Jungs». Was für ein hilfloser Begriff. Böse Jungs, das klingt so harmlos, unartig, aber nett. Neulich habe ich in einer Frauenzeitschrift einen Artikel darüber gelesen, wie Frauen im Sex mit bösen Jungs das Verbotene suchen. Eine gequirlte Scheiße. Als ich das sah, hätte ich am liebsten ausgespuckt. Irgendeine hohlköpfige Reportertante konnte sich gar nicht mehr einkriegen darüber, wie hinreißend es war, mit muskulösen jungen Machos aus der Arbeiterklasse verbotene Treffen zu haben, bei denen die einem dann die Höschen vom Leib rissen und einen einfach *nahmen*. Sex mit einem Bauarbeiter: «*Seine groben, männlichen Hände griffen wie Saugnäpfe an meine bebenden Brüste, kneteten, drückten, bis meine Nippel schmerzten und ich vor Verlangen nach seinem brutalen, harten Körper glühte. «Gib's mir, Kevin», keuchte ich. «Gib's mir jetzt!!!!!*» Meine Güte. Und diese direkten Nachfolger von Mellors waren so bescheiden dankbar dafür, dass sie eine echte Dame mit Paloma-Picasso-Lippenstift und La-Perla-Strumpfhose vögeln durften, dass sie sich danach einfach in Luft auflösten, stark und verhalten verschwanden in der großen Masse des Proletariats, aus der sie gepflückt worden waren, und nie irgendwelche weiteren Forderungen stellten oder *fürchterlich* kompliziert wurden. Und man selbst kehrte natürlich ebenfalls schmunzelnd zurück in sein normales Leben und glühte am ganzen Körper. Wahrscheinlich glühten auch die Arschbacken. Vielleicht schmunzelte der Arsch auch, während er im Seidenchiffon-Höschen pochte; mein Gott, was war das alles für ein Schwachsinn. Ich weiß genau, wohin so was führt, weil ich elf Jahre lang mit Jamie, der unglücklichen grünen Riesin, zusammengelebt habe. In ihrem Fall führte es zu Sean. Und Sean, nun, Sean war ein Albtraum, aus dem wir nie, nie wieder erwachen werden.

Drei

Am besten, ich erzähle euch jetzt mal, wie Jamie und ich uns kennen lernten und so, bevor ich mit meinen Ansichten über *ihn* weitermache ... Sean, Sean Powers, sprich den verdammten *Namen* aus, Lily, Mädchen. Mann, ist das schwer; mir kommt immer vor, als könnte er vielleicht wieder auftauchen, wenn ich seinen Namen sage. «Night Creeper» – Nachtschleicher – nannten sie ihn. Jamie und ich wunderten uns oft über die albernen Spitznamen, die sie diesen Mördern gaben: der «Yorkshire Ripper», der «Hillside Würger» der «Green River Killer», und der beste von allen: «Son of Sam». Sams Sohn. Wir fanden das lustig. Warum hieß er nicht «Arthurs Neffe»? Und wie würden sie eine weibliche Serienmörderin nennen, «Brians Tantchen»?

Es wirkte einfach so lächerlich, wenn erwachsene britische Polizisten in den Nachrichten näselnd vom «Night Creeper» berichteten. Wir waren uns ganz sicher, dass man im richtigen Leben so jemanden sofort erkennen würde. Bloß die dämlichen Tugendwächter und die Medien schafften das nicht, weil sie keine Ahnung hatten, wie das normale Leben funktioniert. Schaut euch doch die Fotos in den Zeitungen an. Die Killer sehen alle so krank, so merkwürdig aus, als würden sie «normal» spielen – da weiß doch jeder sofort Bescheid, oder? Und dann diese elenden Nachbarn und Omis mit ihren immer gleichen Aussagen – ach je, so ein netter, ruhiger Bursche, ich hätte nie gedacht, dass er *so einer* ist. Wenn wir jemanden für einen schrägen Vogel hielten, sagten wir immer ganz bedeutungsvoll: Ooh, er ist so ein *netter, ruhiger Bursche*, und verzogen dann übertrieben erstaunt das Gesicht. Wenn ich jetzt daran denke, könnte ich mich winden vor Scham; ich könnte mich waschen, bis meine ganze Haut aufgerieben ist, und würde doch die Schuldgefühle nie loswerden. Mein Gott, diese Frauen, diese armen toten Mädels, mit Gesichtern, die sich wie ein Tattoo in mein Hirn eingebrannt haben.

Ihre Hoheit und ich machten uns ohnehin über fast alles lustig, wir hatten unsere eigene Sprache, unsere eigenen Witze und Sprüche – unsern Hauscode nannten wir das. Wir wollten niemanden ausschließen oder andere Leute in Verlegenheit bringen, aber sie schienen zu merken, dass sie nicht dazugehörten. O ja, wenn wir nicht gerade wütend waren, lachten wir über alles. Wahrscheinlich war's nicht immer besonders lustig, mit uns zusammen zu sein. Uns war das scheißegal, wir hatten einander.

Jedenfalls ... lernte ich Jamie Gee 1987 kennen, bei einer Benefizveranstaltung in der Stadt unten, in Windsor Hall. Ich muss wohl nicht sagen, dass die Sache ein kompletter Reinfall war. Gut gemeint, das zweifellos, das ist bei diesen engagierten Mittelschichtanarchos, frisch von der Uni und in löchrigen Pullovern, immer so. Sie wollten, dass ich ihnen das Mädchen für alles mache (ihr wisst schon, Mädchen, mach mal alles) und die Sammlung am Ende organisiere – unbezahlt, natürlich, und kaum hat man in einem unvorsichtigen Moment zugesagt, schnappt die Falle zu. Neben der eigenen Arbeit erledigt man irgendwann auch noch ihre, weil sie keine Entscheidungen treffen können, nie in die Hufe kommen, nada, nichts. Am Ende lassen sie dich alles machen, und danach behaupten sie, du seist ein faschistoider Kontrollfreak. In meinem Fall sagten sie das allerdings nicht so laut, weil ich ja nominell schwarz bin und außerdem verdammt unbegabt, wenn es darum geht, Idioten jedwelcher Art, Größe, Rasse, Religion, Geschlecht oder sexueller Orientierung zu ertragen. Geht nicht. Könnt ihr vergessen. Ende und aus. Klingt intolerant? O ja, Leute, ihr habt's kapiert.

Einer der Ungewaschensten, Unordentlichsten und Albernsten in dem ganzen Haufen, ein Junge, der sich «Liberty» nannte (obwohl ich wusste, dass er eigentlich Nigel Bottomley hieß, weil ich mit ihm zusammen auf der Allthwaite High gewesen war), kam an diesem Nachmittag voller überlanger Soundchecks und allgemeinem Chaos zu mir geschlurft und stellte sich mit nervös sich verknotenden, knochigen Händen vor mich hin.

«O Mann, he, Lily ...»

«Was *gibt's*, Nigel?»

«Liberty, Lily, ähm, ich heiße jetzt Liberty – für mich ist das eine Art Befreiungsschlag gegen, du weißt schon, die Diktatur des Patriarchats, die uns sexistische Namen aufzwingt in einer Phase, in der wir Prä-Charaktere sind und so, und ich finde ...»

«Nigel, was zum Teufel willst du?»

«Mann, du bist manchmal echt hart, weißt du; ich wollte nur sagen, wir haben eine Komikerin gebucht und alles, grade eben, sie gehört irgendwie zur Szene hier und so und Spike meinte, du wüsstest, was zu tun sei ... aber wenn du, ich meine, ich könnte das Organisationstreffen schwänzen und, du weißt schon, mich darum kümmern, falls das für dich jetzt grade eine totale Zumutung ist oder so ...»

Ich verkniff mir die Bemerkung, dass wir bereits die technische Einrichtung für vier Bands, einen radikalen Jongleur und den A-cappella-Chor des Manningham Wimmins Collective zu bewältigen hatten. Mein Gesichtsausdruck schien jedoch durch seinen Kiffnebel durchgedrungen zu sein; er wandte sich ab, und blass wie er war, latschte er murrend davon.

«Nige, wart mal!», überschrie ich den Lärm von Sick Puppy, die gerade die Anlage aufdrehten. «Dieses Komikerin, wie heißt sie? Wie sieht sie aus? Und *überhaupt*?»

«Ach so, hab verstanden – sie heißt Jamie Gee, und Spike sagt, sie sei Furcht erregend und riesig ...»

Klasse, einfach Klasse, dachte ich, eine riesige, Furcht erregende Comedy-Tante, von der keiner je etwas gehört hatte, die aus der Gegend kam und wahrscheinlich kleine, übermüdete, schnippische Mädchen für alles zum Frühstück aß. Und dann vergaß ich diese albtraumartige Vorstellung wieder, weil ein neuer Schrecken am Horizont auftauchte. Das Komitee, zumindest der nach der dramatischen Grundsatzdebatte vom Vormittag verbliebene Rest von drei Leuten (seither fehlte ein Fahrzeug, weil der Gemeinschaftsbus dem Anführer der Abtrünnigen gehörte) hatte einen denkwürdigen Entschluss gefasst. Angeführt vom «Wimmins Chor» würden wir uns am Ende der Veranstaltung alle auf die Bühne stellen und «I am Strong, I am Womyn» singen.

Das komplette Chaos herrschte. Das Komitee und der Chor ließen sich nicht umstimmen. Es gab einen deutlichen männlichen Überhang im Programm, und dem konnte so entgegengewirkt werden. Die Bands, inklusive Sick Puppy, die vor kurzem ihre erste Single rausgebracht hatten und deswegen der Haupt-Act waren, tobten vor Wut. Die Chicken Skinners, deren Bandname, «Hühner-Häuter», bereits zu Protesten von Tierschutzorganisationen geführt hatte und die besonders reizbar waren (vielleicht lag es aber auch an dem Marschpulver, das sie schon den ganzen Tag in ihre hässlichen Nasen stopften), weigerten sich ganz einfach mitzumachen. Rufe von «Sexisten» schwirrten durch den Raum. Die Lemon Pigs sagten, sie wären dabei, wenn sie auf der Bühne hinten bleiben und Begleitung spielen durften. Die Sickles gaben nach und sagten o. k., aber mir gefiel das Glitzern in ihren Augen nicht, es schien Unheil zu verkünden. Die Mad Scientists sagten, ja, mit Vergnügen, aber ihr Frontsänger würde in einem andern Kostüm auftreten und auf jeden Fall vorne in der Mitte im besten Licht stehen müssen. Keine weitere Verhandlung möglich. Noch mehr Chaos. Die Chicken Skinners fingen an, auf eine wütende, fahrige Art ihr Equipment zusammenzupacken, und verschwanden.

Das führte zu einer Massenpanik, bei der die Anarchos jammerten und heulten und die Tierschützer selbstgerecht grinsten ob dieses enormen Sieges, der für die Karnickel weltweit errungen worden war. Ich war dermaßen froh darüber, dass mir damit ein jugendlicher Haufen Wichtigtuer weniger an der Backe hing, dass ich gar nicht mitbekam, wie alle auf die Bühne kletterten, um den beschissenen Song zu üben. Und als ich das merkte, trabte ich auf meinen kurzen Beinchen so schnell ich konnte zum Damenklo. Ich flüchtete mich in eine Kabine und hockte mich oben aufs Klo, damit mich keiner sehen konnte, selbst wenn sie unten beim Spalt reinschauten. Kindisch, ich weiß, aber ich bin einfach kein Gruppenmensch. Allein die Vorstellung, mich auf Gruppenaktivitäten einzulassen, jagt mir heiß-kalte Schauer über den Rücken und macht mich bockig. Erinnert mich zu sehr an die Schule und ans College – versteht mich nicht falsch, ich war eine Musterschülerin; wunderbare Noten, völlig unproblematisch. Hab mich nie auf die Äste rausgelassen, kein einziges Mal die dumpfen, überheblichen Idioten von Lehrern in ihre Schranken gewiesen. Hab meine Zeit schön ruhig und nett abgesessen und dabei jede einzelne beschissene Minute gehasst, die ich dort zubringen musste. Mam und Dad konnte ich nichts sagen, sie hätten sich viel zu sehr aufgeregt, aber der Rassismus, die Gemeinheiten – und das war nur der Lehrkörper. Im Ernst, es war unerträglich, und am schlimmsten waren die Gruppenprojekte. Die Kraft, die es mich kostete, diese kleinen Übungen in Gemeinschaftsarbeit durchzustehen! Entsetzlich. Furchtbar. Es irgendwie hinkriegen, mit einem Holzkopf wie Nigel freundlich umzugehen, mein Denktempo zu verlangsamen, damit sie mich akzeptierten, und dabei mitzukriegen, wie sie es einfach *nie* kapierten. Sie kamen nicht mal mit dem Lehrplan klar, ganz zu schweigen von der intellektuellen Leistung, ein einziges Mal *hinter* die Kulissen des Systems zu schauen. Himmel. Und irgendwann musste die Gruppe ihre Arbeit vorstellen, was genauso entsetzlich war wie diese verpisste Mitsing-Aktion. Da versteckte ich mich tausendmal lieber wie ein trotziges kleines Kind, als dass ich mich in aller Öffentlichkeit blamierte.

Ich schlang die Arme um die Knie, die in einer uralten Armeehose steckten, drückte sie gegen die Brust und wartete. Nach kurzer Zeit wurde mir etwas Eigenartiges bewusst. In der Kabine neben mir atmete jemand. Wir atmeten eine Minute lang gemeinsam, dann gewann meine Neugier die Oberhand. So leise, wie es mit meinen Schnürboots ging, kletterte ich vom Klositz, kniete mich auf den Boden und spähte unten durch die Seitenwand der Kabine. *Keine Füße!* Ich wusste sofort, dass hier noch jemand vor dem Horror der Mitsing-Veranstaltung geflohen war. Ich setzte mich wieder auf meinen Thron.

«Entschuldige mal», sagte ich leise. «Was, zum Teufel, tust du hier?»

«Was?», kam die erschreckte Antwort. «Oh, Scheiße! Bitte, wer immer du bist, bitte, bitte, bitte verpfeif mich nicht. Ich kann eine Scheiße wie dieses Mitsingen einfach nicht machen, Mann. Ich kann einfach nicht … ich … halt mal, was tust *du* denn hier – klar – du versteckst dich doch auch, hab ich Recht?»

Mist, aufgeflogen.

Und so lernten wir uns kennen, zwei kauernde Gestalten auf zwei Kloschüsseln in Windsor Hall, die vor der entsetzlichen Peinlichkeit des gemeinsamen Singens am Ende der Veranstaltung geflohen waren.

«Hör mal», sagte ich. «Ich heiße Lily. Ich bin hier Mädchen für alles und wahrscheinlich inzwischen auch Inspizientin, so, wie die Dinge im Moment laufen … ich kann diese Scheiße genauso wenig ab – keine Angst, ich verpfeif dich nicht. Wer bist du überhaupt?»

«Jamie Gee. Ich bin die, ähm, Komikerin; sie haben mich erst heute Nachmittag um drei gebucht … ich möchte nicht unhöflich sein, aber die Veranstaltung wirkt nicht besonders … organisiert. Ich hab nicht die geringste Ahnung, was sie von mir wollen oder so … he, bist du diejenige, vor der alle Angst haben? Lily? Irgendein Typ namens Liberty sagte, ich sollte mich bei dir melden, weil er auf ein Nickerchen nach Hause gehen wollte. Weißt du vielleicht, wo ich einen Kaffee kriegen kann? Hast du vielleicht auch Lust auf einen Kaffee? Wir könnten zusammen in ein Café abschleichen, sie werden uns schon nicht vermissen, und du könntest sagen, wir hätten nichts von dieser dämlichen Mitsing-Nummer gewusst – dann müssen wir auch nicht mitmachen, oder?»

«Okay», stimmte ich mit leicht frostiger Stimme zu, «klar, warum nicht, scheiß auf sie.» Auf ein Nickerchen nach Hause, ja? Dieser miese kleine Scheißer. Ich jedenfalls hatte meine Pflicht getan. Zur Hölle mit ihnen. Ich stieg runter und machte die Kabinentür auf. Und ich werde nie, bis ans Ende meines Lebens nicht, vergessen, welcher Anblick mir da entgegentrat.

Vier

Es lag nicht nur an ihrer Körpergröße. Ich kenne einige Frauen, die größer sind als sie. Es lag an ihrer monumentalen Ausstrahlung, als sei sie eine wandelnde Statue. Sie war nicht wirklich dick, es schien eher so, als hätte sie mächtige Knochen, die mit mächtigem Muskelgewebe überzogen und gut verpackt waren. Aber es war auch weniger ihre Größe, die mich umhaute, als das Outfit, in das sie ihre Leibesmasse gesteckt hatte.

Sie sah – na ja, mittelalterlich aus. Ihr Aufzug bestand aus mehreren Lagen zerlumpter schwarzer, dünner Kleidungsstücke – weite, knöchellange, taillenbetonte Röcke, kleine, schmale T-Shirts, eins über dem andern, eine winzige, ausgebeulte Strickjacke, die sie sich unter dem Busen verknotet hatte – alles, was ihr euch vorstellen könnt. Und alles selbst gemacht, das sah man an den Nähten. Kein Wunder, dass sie so groß schien, sie trug riesige Stiefel mit Holzabsätzen – echte Yorkshire Clogs mit drei Zentimeter Holz und einem Oberteil aus Leder zum Schnüren. Schwarzes Leder, natürlich. An den Fingern trug sie klobige Silberringe, und ihr Haar – mir fehlen die Worte. Es war lang und *unglaublich* pink. Es türmte sich hoch auf ihrem Kopf, dekoriert mit einer wilden Mischung aus lackierten Essstäbchen und schwarzen Musselinschals – einzelne gelockte Strähnen hatten sich frei gemacht und umrahmten das Gesicht. Sie roch nach Sandelholz und nach sich selbst, wenn ihr versteht, was ich meine – warm und würzig. Ich stand mit offenem Mund da. Sie lächelte.

«Du bist ja klein», sagte sie, «nicht? Ist das deine richtige Augenfarbe oder trägst du Linsen?»

Ich sah zu dem Gesicht hoch, das über mir hing. Sie war stark geschminkt, entsprechend der damaligen Mode – Grufti-Make-up. In der riesigen Nase steckte am linken Nasenflügel ein dicker kleiner Goldring, und an den beiden Ohren baumelten sechs schwere Silberringe mit Anhängern aus Metall. Ich starrte ihr ins Gesicht, in die Augen. Sie waren grau, eine Stufe dunkler als Silber, heller als Donner. Ihr Blick war wie der eines Kindes, offen und vertrauensvoll. Ich kenne niemanden, der so intensiv schauen kann wie sie. Vielleicht liegt es daran, dass sie so kurzsichtig ist, ich weiß es nicht, aber wenn sie den Blick auf dich richtet, dann schaut sie dich wirklich an, nicht wie die meisten Leute, die hinsehen und dann die Augen abwenden. In diesem Blick lag nichts, was sie vor der Welt geschützt hätte, nichts, was sich zwischen sie und den Schrecken stellte, der die Menschheit ist. Nichts bewahrte sie davor, verletzt zu werden, geliebt zu werden, zerstört zu werden. Ich wusste in dem Moment schon, dass ich mich um sie kümmern wollte … idiotisch, unsinnig, ich weiß, ich weiß; aber die Nacktheit in diesen Augen wirkte auf mich wie ein Ruf zu den Waffen, und wer sollte sich um sie kümmern, wenn nicht ich? Ich wusste nicht, ob sie verheiratet, single, lesbisch, hetero, zölibatär oder promisk war; ich wusste nicht, ob sie viele Freunde hatte oder gar keine, ob es in ihrem Leben Kinder, Familie oder was auch immer gab. Es spielte keine Rolle. Tief in mir drinnen wusste ich, dass sie, egal wie ihre Lebensumstände aussahen, allein war. Dass sie immer allein sein würde, egal, mit wem sie zusammen war, und diese Erkenntnis schnitt sich mir wie ein Messer ins Herz.

Denn genauso fühlte ich mich auch. Ich stand immer außerhalb, immer draußen auf der Straße und sah durch hell erleuchtete Fenster in Räume, wo andere Menschen Weihnachten feierten. Natürlich liebte ich Ma und Pa, ich liebte sie von ganzem Herzen, nur war ich innen drin trotzdem einsam. Und ich hatte Barrikaden errichtet, einen Schutzschild, der mir beim Überleben half in einer Welt, in der so viele lebten, die solche wie uns gerne verletzten. Wir sind diejenigen, die es einfach nicht schaffen, beim traurigen Tanz der verzweifelten, panischen Normalos aller Gesellschaftsschichten mitzumachen. Wir sind die Sündenböcke, die Eigenbrötler, die einsamen Wölfe, die Außenseiter; genau, Mann, die beschissenen Freaks.

Vielleicht klingt diese Beschreibung jetzt, als sei Jamie eine seltsame und unheimliche Figur. Und ich will auch gar nicht bestreiten, dass sie manchen Leute Angst einjagte. Mir ging es nicht so. Das lag nicht daran, dass ich so unglaublich mutig bin, ich spürte einfach eine Verbindung zu ihr, wie Blutsbande vielleicht, als sei sie ein Teil meiner wirklichen Familie, derjenigen, die ich nie gekannt hatte und nie kennen lernen würde. Da stand sie, meine Schwester, meine riesige, hilflose, wilde, einsame, komische, liebevolle Schwester, und ich würde sie nie wieder verlassen, weil sie *mich brauchte*. Sie brauchte jemanden, der sich um sie kümmerte, ohne diese Unschuld auszubeuten oder diese Augen mit Tränen zu füllen; der nicht versuchte, diese Flamme zu löschen. Kein Mensch kapierte, wie wenig sie im Gleichgewicht war. Das ist nicht bösartig gemeint, es war nur einfach so, dass sie als Person nicht im Lot war und es auch nie sein würde. Diese entsetzliche Kraft und unheimliche Schwäche machen ihre Verletzlichkeit aus, sie machen sie zu der Person, die sie ist. Ich bin stolz auf sie, und das wird auch immer so bleiben.

Und nein, sie ist keine Lügnerin, das ist Schwachsinn. Sie kann gar nicht lügen, sie ist so durchsichtig wie Fensterglas. Sie ist ein Widder, falls ihr an diesen Astrokram glaubt, und wenn sie versucht zu lügen, merkt man es daran, dass sie ganz steif wird und einem nicht in die Augen schauen kann. Vollkommen unbegabt. Also stellt man seine Frage einfach ein zweites Mal, und schon kommt die Wahrheit ans Licht. Sie kann sie gar nicht für sich behalten. Deswegen hasse ich es, wenn die Leute behaupten, sie sei eine dreckige Lügnerin. Sie hatte und hat eine Menge unangenehme Eigenschaften, aber eine Lügnerin? Nein. Sie ist meine wahre Schwester.

All das sagte ich ihr natürlich nicht, als sie hysterisch kichernd über mir türmte und ihr Verlangen nach Koffein stillen wollte.

Ich spreche nicht oft über meine Gefühle, obwohl euch vielleicht schon aufgefallen ist, dass ich sehr wohl welche habe. In vielen Fällen fällt es mir leichter, die Sachen aufzuschreiben. Ich führe seit Jahren Tagebuch. Jamie hat mich immer ausgelacht, wenn wir auf Tour waren und ich in einer eiskalten Familienpension darauf bestand, aufzubleiben und im gelben Lichtschein einer Zwanzig-Watt-Birne vor mich hin zu kritzeln. Aber irgendetwas sagte mir, dass ich alles aufschreiben müsse, alles zu Papier bringen, oder später auf Diskette. Einmal ließ sie sich ein Horoskop machen, und da stand am Ende dann: «Ein großes Unglück hängt über deinem Leben.» Das war genau das, was ich auch spürte, als sei alles zu schön, um so bleiben zu können. Und jetzt habe ich schon wieder vorgegriffen.

Wir gingen ins Stadtzentrum, ein etwa fünfminütiger Spaziergang, bei dem den Passanten der Kiefer runterfiel und Augenpaare sich an ihr festsaugten, oder vielleicht an uns beiden, weil – Mann, o Mann – was für ein verdammt merkwürdiges Paar ... wir quatschten darüber, warum wir uns nie zuvor getroffen hatten, reiner Zufall, der sich aus unterschiedlichen Freundeskreisen, anderen Clubs, anderen Lebensrhythmen ergab. Wir fanden ein Café und schlürften Kaffee, und ich fragte sie, was sie heute Abend bringen wolle. Meine Aufmerksamkeit war zur Hälfte auf die Uhrzeit gerichtet, weil ich einen überentwickelten Sinn für Verantwortung habe, deswegen kriegte ich beim ersten Mal nicht ganz mit, was sie sagte. Es klang wie: «Ich habe keine Ahnung.»

Ich stockte. Ich spulte zurück. Ich drückte «Play».

«Was», sagte ich gemessen, «meinst du genau mit ‹Ich habe keine Ahnung›? Du musst doch irgendein Programm haben, irgendwelche Witze oder so. Ich meine, du bist Komikerin. Was willst du dort oben *tun*?»

Sie seufzte und griff nach unten, um ihre Strümpfe zu richten, die, wie ich nun sah, unterhalb der Knie mit Sockenhaltern aus rot-schwarzer Spitze befestigt waren. Sie kaute an der Innenseite ihrer Wange und warf mir einen kurzen Seitenblick zu. Dann kam alles in einem Schwall.

«Na ja, weißt du, es ist eben so. Ich hab so was erst einmal gemacht, und das war eher ein Versehen. Ich helfe Graeham manchmal bei seinen Comedy-Shows in der Cellar Bar, verstehst du, mache den Einlass und all das, und einmal kam dieser eine Typ nicht, also sagte er, Graeham, meine ich, Graeham sagte: ‹Geh du doch auf die Bühne und erzähl ihnen die Geschichte von der Stripperin, die du kanntest, die eine inkontinente Pythonschlange hatte.› Die Geschichte hatte ich ihm nämlich am Abend zuvor erzählt, und er fand sie lustig. Er sagte, ich sollte auf die Bühne gehen, weil einige der so genannten Komiker, die er gebucht hatte, kaum den Schwanz hochkriegten, geschweige denn irgendwelche Lacher aus dem Publikum. Und der Typ kam und kam einfach nicht, also trat ich am Ende selbst auf. Und es war großartig, ich fand's wunderbar, es war, wie wenn man in der Badeanstalt vom Sprungturm ganz oben runterspringt, nur besser, weil du kein Wasser in die Nase kriegst. Und dann erzählte ich noch ein paar andere Dinge, die mir passiert waren oder irgendwelchen Leuten, die ich kannte und so. Jedenfalls haben sie gelacht und mich nicht von der Bühne gebuht, also dachte ich, warum nicht? Irgendetwas muss ich mit meinem Leben anfangen, und ich hasse das verdammte Sozialamt, ich hasse es, mich da einzuschreiben, und normale Arbeitsstellen mag ich auch nicht, also könnte ich vielleicht das hier tun. Und dann rief dieser Spike heute Nachmittag bei Graeham an und sagte, er sei an jenem Abend da gewesen und ob er meine Nummer haben könne, er kriege gerade eine Menge Ärger, weil heute Abend nicht genug Frauen im Programm seien, und dann rief er bei mir an und ich sagte: O. k. Aber ich erzähle keine Witze oder so, glaubst du, das ist ein Problem?»

Ich war platt. Sie sah so kläglich aus, dass mir nichts einfiel außer, nein, das würde schon gehen, aber mein Herz wurde schwer bei der Vorstellung, wie sie sich vor diesen Haufen besoffener Volltrottel stellte, von dem ich einfach *wusste*, dass er heute Abend da sein würde. Vielleicht waren während ihres Auftritts gerade alle in der Bar, dachte ich, sie hat ohnehin nur fünfzehn Minuten – was kann in fünfzehn Minuten schon passieren?

Fünf

Ich würde ja gerne sagen, dass alles Friede Freude Eierkuchen war, als wir vor Lachen ganz zittrig zum Veranstaltungsort zurücktaumelten. Das würde ich wirklich gerne behaupten, aber, ihr habt's erraten, es wäre eine gottverdammte Lüge. Ich setzte Jamie mit einem Buch, das sie aus ihrer Zaubertasche hervorgeholt hatte, ins Büro und rannte den Flur hinunter.

Es war das Grauen. Alle schrien aufeinander ein. Die Chicken Skinners, die beleidigt abgezischt waren, hatten nicht nur ihre eigene Ausrüstung, sondern auch eine Menge Zeugs von den andern mitgenommen. Den armen alten Lemon Pigs fehlte am meisten, und sie waren den Tränen nah – zumindest so nahe, wie es supercoole Helden des Indie-Pop überhaupt sein können. Künstler – *Himmel.*

Als ich endlich alles geregelt hatte und es beinah schon Zeit für die Show war, füllte sich der Saal, Alkohol wurde konsumiert. Es gab einen kleinen Zwischenfall, als ich entdeckte, dass der Lichttechniker vollkommen weggebeamt war. Sein Roadie übernahm für ihn, ein genialer Streich, wie sich herausstellen sollte, da besagter Roadie schon lange auf seine Chance gewartet hatte und sich nicht nur als sehr talentiert, sondern auch als ganz gut aussehend erwies … Wir brachten die Lemon Pigs ohne größere Schwierigkeiten auf die Bühne – sie kamen, sie spielten, sie verschwanden wieder – gähn – und außerdem hatten sie nur um zehn Minuten überzogen, nicht schlecht für ihre Verhältnisse.

Der radikale Jongleur, Sy, war tatsächlich bemerkenswert radikal in der Hinsicht, dass er gar nicht jonglieren konnte. Die Zuschauer schienen jedoch zu glauben, seine verbissene Inkompetenz gehöre dazu. Der größte Teil des Publikums hing noch in der Bar rum, und diejenigen, die tatsächlich vor der Bühne standen, amüsierten sich köstlich und lachten viel, besonders als Sy sich mit einer bunt gestreiften Keule beinah den Schädel einschlug. Sy selbst kam einigermaßen gut gelaunt von der Bühne und war der Ansicht, er habe sie schwer beeindruckt – kein Wunder, ein Talent wie das seine ließ sich ja auch kaum übersehen, was? Trotzdem fand ich persönlich, dass seine Mutter nicht jedes Mal, wenn ihm ein Crossover gelang, so begeistert hätte kreischen, stampfen und pfeifen brauchen.

Dann waren die gefürchteten Scientists dran, die unter dem Gebrüll ihrer vier Freundinnen und den Gesprächen der andern sechs Betrunkenen im Raum ihren Auftritt hatten. Was soll ich sagen? Vermutlich bin ich ein hoffnungsloser Fall, vollkommen unfähig, die Avantgarde zu würdigen. Ich fand sie nämlich Scheiße.

Nach drei ungebetenen Zugaben waren die Scientists ebenfalls durch, und wir schickten die Wimmin raus. Inzwischen lagen wir weit hinter unserm Zeitplan, aber immerhin waren eine Menge Leute da, und da die Bar langsam überfüllt wurde, kamen einige auch zur Bühne rüber, und mit den Freunden und Lebenspartnern der Wimmin ergab das ein ganz gutes Publikum. Ich ergriff die Gelegenheit, um mich rauszuschleichen und nach Jamie zu sehen.

Ich öffnete leise die Tür für den Fall, dass sie sich gerade ausruhte, und ging rein. Sie stand am Fenster, rauchte und starrte auf die Lichter der Stadt hinaus … mir war nicht klar gewesen, dass sie rauchte, und das sagte ich auch. Sie drehte sich zu mir und lächelte.

«Ja, aber nur, wenn ich nervös bin. Ich kann es auch problemlos sein lassen, ich bin nicht süchtig wie die meisten … wie läuft's denn?»

«Ganz gut; die Wimmin sind dran, hörst du sie? Jodeln sich die armen kleinen Seelen aus dem Leib, Gott schütze sie … du bist die Nächste. Fünfzehn Minuten, mehr nicht, wir liegen schon ziemlich im Rückstand.»

«Das macht nichts, keine Sorge … mir fällt sowieso nichts ein, was ich ihnen erzählen könnte, mein Kopf ist vollkommen leer.»

Inzwischen weiß ich, dass ihr immer so zumute war, bevor sie auf die Bühne trat, als ob das entsetzliche Lampenfieber, unter dem sie litt, ihr den Kopf leergefegt hätte. Sobald sie draußen stand, war alles in bester Ordnung, Dr. Bühne richtete es jedes Mal. Aber bei diesem ersten Mal war ich schockiert. War sie eine völlige Niete? Gehörte sie zu den Leuten, die in der Kneipe unglaublich komisch sein können und auf der Bühne versagen? Unter ihren Klamotten war sie komplett verschwitzt, und sie wirkte so offensichtlich panisch, dass ich allmählich selbst nervös wurde. Ich starrte sie hilflos an, schüttelte den

Kopf und sagte: «Keine Sorge, Liebes, das wird bestimmt … wunderbar …»

Sie starrte mich mit leeren Augen an. «Ich weiß nicht, was ich ihnen sagen soll», wiederholte sie benommen und drehte sich dann wieder dem Fenster zu. Die Hand mit der Zigarette zitterte. Ich war entsetzt. Sie hatte nicht mehr viel Zeit, um sich zu fassen und aufzutreten, und so, wie sie drauf war, bezweifelte ich, ob es überhaupt dazu kommen würde.

Ich sagte ihr, ich würde wiederkommen und sie holen. Ich rannte die Treppe hinunter, zwei Stufen auf einmal. Die Wimmin waren gerade voller Hingabe dabei, «Respect» komplett zu ruinieren, zufällig einer meiner Lieblingssongs. Die Leute hopsten rum und klatschten Beifall. Ich war die Katze auf dem heißen Blechdach. Als sie von der Bühne runtergingen, alle vierzehn, rannte ich wieder hoch und holte Jamie. Sie sah noch schlimmer aus als zuvor. Auf der Bühne stand alles für sie bereit. Die Leute lungerten auf eine unbestimmt erwartungsvolle Art davor herum. Ich sagte: «Los, Mädchen, du bist dran.»

Sie schaute mich an wie ein kleines Kind, das sich auf eine Ohrfeige gefasst macht, und ging raus.

Und dann war es wie Zauberei. Kaum hatte sie den Fuß auf die Bühne gesetzt, war sie ein anderer Mensch. Ich begriff nun, warum sie gesagt hatte, es sei wie der Schritt vom Sprungturm. Sie sah aus, als hätte sie ihr ganzes Leben dort oben verbracht, sie wirkte plötzlich ruhig und still. Sie *schlenderte* irgendwie zum Mikrophon, als hätte sie keine einzige Sorge auf der ganzen Welt. Sie schien Nerven wie Drahtseile zu haben. Um den grellrosa geschminkten Mund lag ein kleines Lächeln, und sie plauderte erst mit ein paar Zwischenrufern und legte dann mit der Stripperinnen-Anekdote los, als hätte sie in ihrem Leben nie etwas anderes getan.

Und es stimmte, sie erzählte keine Witze. Sie sprach mit ihnen, als seien sie miteinander befreundet, als säßen sie alle im selben Boot, ein bisschen wie Partner, nicht nur Zuschauer und Show. Und um ehrlich zu sein, es war auch gar keine Show. Es war nur sie, nichts weiter, unverstellt und offen. Sie verwandelte die vulgäre kleine Geschichte in etwas Tragikomisches, etwas, das zugleich bittersüß und wütend war. Irgendwie verstand man plötzlich, wie das ist, wenn man sich Abend für Abend vor einen Haufen betrunkener, grinsender, wichsender Männer hinstellt und die Kleider auszieht. Und dass die Männer oft gar nicht so waren, wie sie sich gaben, sondern vor ihren Freunden einfach nicht zugeben wollten, wie peinlich ihnen das Ganze war, wie sehr sie sich schämten. Dass manche unter ihnen die Stripperinnen hassten und anpöbelten, aus einer Angst heraus, die sich zu Ekel gesteigert hatte. Dass sie die Stripperinnen ficken wollten, weil sie glaubten, solche Frauen seien verdorbene Schlampen, die im Bett all die abartigen Dinge tun würden, die sie von ihnen verlangten; anders als ihre richtigen Freundinnen, die unschuldig taten und dabei Reizwäsche trugen und mit dem halben Pub schon geschlafen hatten, bevor sie mit ihnen zusammenkamen. Solche Frauen waren «anständig», solche Frauen heiratete man. Die Stripperinnen waren Abschaum, den man erst ficken und dann vergessen konnte, nachdem man bei seinen Kumpeln damit rumgeprahlt hatte, dass man es ihr in den Arsch besorgt hatte.

Und sie schaffte es, dass man die Stripperinnen sah. Diejenigen, die die Männer verachteten, sie aus tiefstem Herzen verachteten, weil sie sich an so zynischen, schamlos kommerziellen Nummern aufgeilen konnten. Frauen, die wegen des Geldes eine Arbeit verrichteten, deren bloße Vorstellung mir eine Gänsehaut einjagte. Und dann die andern, die einen traurigen Kitzel darin fanden, die Männer aufzugeilen, weil ihnen das wie ein Zuwachs an Macht vorkam, und dabei nie begriffen, was die Männer wirklich in ihnen sahen, nie merkten, dass sie in dieser andern Form des Missbrauchs oder der Selbstzerstörung ein Kindheitsmuster wiederholten wie einen zerkratzten, kranken Refrain.

Und dann kriegte sie es hin, dass wir beinah gegen unsern Willen über den Widerspruch zwischen einem schmuddeligen Glamour und den ganz banalen Anforderungen des Alltags lachten. Ihre Londoner Bekannte etwa, die mit dem Rad zur Peepshow fuhr und an der Lenkstange ihr violettes Sequinkostüm, das G-String, den BH, die Strapse und die Netzstrümpfe hängen hatte, die von der Wäsche noch feucht waren. Wir hielten uns die Bäuche über die bizarren Kostüme, die Stripperinnen sich ausdenken müssen, damit etwas Neues in ihre Show reinkommt. Das Indianermädchen mit dem selbst gemachten Micro-Mini aus Fensterputzleder, zwei Büscheln Schafswolle, die mit Augenwimpernklebe an den Nippeln befestigt waren, und einer Zöpfchenperücke aus schwarzer Wolle vom Karnevalsladen … Und diese arme, alte, inkontinente Pythonschlange, die ihre beste Zeit längst überlebt hatte und sich nichts weiter wünschte, als ihren Lebensabend in aller Ruhe mit dem Verdauen einer Ratte zuzubringen, stattdessen aber von einer übereifrigen Künstlerin über den Köpfen der Zuschauer geschwungen wurde – wer konnte es ihr verdenken, wenn sie dabei die Kontrolle über ihren Verdauungstrakt verlor?

War es ein Erfolg? Kniete das Publikum nieder und huldigte ihr? Nun, nicht direkt. Manchen merkte man an ihrem Gesichtsausdruck an, dass sie sie mochten, so etwas brauchten, sich sehnten nach einer Einheit mit jemandem, der ihnen stark vorkam. Aber viele andere verschlossen sich diesem unnatürlichen Weibsstück mit der vulgären Sprache und dem gnadenlos scharfen Blick. Mehr als einer der Männer sah verdammt schlecht gelaunt aus, als ihre fünfzehn Minuten vorbei waren, und eine ganze Reihe Frauen wirkten empört und selbstgerecht. Und der Rest? Die applaudierten brav und schickten sie strahlend von der Bühne.

Ich klopfte ihr auf die Schulter wie einem Pferd, das ein Rennen gewonnen hatte. Ich strahlte ebenfalls. Ich konnte kaum sprechen, ich war so stolz auf sie. Ich wusste, dass sie das hatte, was es brauchte. Sie konnte aus diesem Talent etwas ganz Besonderes machen. Und ich wusste auch, dass ich bei ihrem Aufbruch dabei sein wollte, und mir war klar, dass ich das konnte. Weil sie nicht nur komisch war, sie erzählte auch die Wahrheit. Es war, als stünde man draußen im Gewitter, wenn im Sommer der Regen kommt, mitten in einer wilden elektrischen Spannung. Alles, was sie brauchte, war jemand, der an sie glaubte. Sie brauchte mich. Und Tatsache war, dass ich sie ebenfalls brauchte; sie schaffte es, laut und unerschrocken das zu sagen, was ich, in meinem Stausee von einem Herzen, nur fühlen konnte. Sie würde meine Stimme sein, ich ihr Schutzschild. Und genauso kam es auch. Bis zu jenem letzten, schrecklichen Augenblick, als alles auseinander brach.

Sechs

Ich will jetzt nicht weiter auf die Gehässigkeiten, die gegenseitigen Anschuldigungen, die beleidigten Mienen eingehen, die zum Nachspiel jedes Gigs auf der ganzen Welt gehören. Genügt zu sagen, dass Jamie und ich um drei Uhr früh in einem Curryrestaurant landeten und uns mit Chicken-

Schaschlik und Peshawari Naans voll stopften, bis wir kaum noch einen Bissen von dem herrlichen, eigelben Mango Lassi runterkriegten. Wir hingen in dieser lärmigen Atmosphäre in unseren Stühlen. Ich griff nach einer Zigarette und bot ihr ebenfalls eine an. Sie lehnte ab.

«Ehrlich, ich rauche nur, wenn ich nervös bin; sonst habe ich überhaupt keine Lust drauf», sagte sie.

Ich langte in die Schale mit Anis-Süßigkeiten, die auf dem Tisch stand, nahm mir eine Hand voll raus und kaute nachdenklich darauf rum. Jamie starrte in das Gewühl um uns und biss sich den Rest des Lippenstifts von den Lippen. Merkwürdigerweise verspürte ich im Gegensatz zu sonst nicht das geringste Bedürfnis, die Stille zwischen uns mit Geplapper zu füllen, also sagte ich natürlich:

«Ist das nicht eigenartig? Bei dir habe ich nicht das Gefühl, ständig reden zu müssen.»

«Entschuldige, wie bitte?»

«Ich sagte, in deiner Gesellschaft muss ich nicht immer reden, ich sitze auch gerne einfach ruhig da, weißt du, nur so.»

«Klar, wenn du das möchtest.»

«Nein, ich meine, wir *brauchen* nicht zu reden, aber wenn wir wollen, können wir uns natürlich auch unterhalten, oder auch nicht, wenn nicht …»

«Lil, hast du irgendetwas auf dem Herzen?» Sie sah mich leicht schielend an. Ich überlegte, ob ich sie auffordern sollte, ihre Brille aufzusetzen, stattdessen hörte ich mich sagen:

«Ich weiß, wir haben uns gerade erst kennen gelernt, und woher sollst du auch wissen, ob ich nicht eine Psychopathin oder ein durchgeknallter Fan bin, aber was hältst du davon, glaubst du, wir könnten zusammen wohnen?»

Ich konnte nicht glauben, dass ich das gesagt hatte. Es klang so vollkommen bescheuert. Plemplem. Ich wurde ganz rot und fing an zu schwitzen und schluckte leer, was zur Folge hatte, dass mir die Süßigkeiten in den falschen Hals gerieten und ich unglaublich husten musste. Immerhin eine Ablenkung.

Nachdem ich mich erholt hatte, schenkte Jamie mir Wasser ein und sagte: «Himmel, Lil, ich dachte schon, du seist hinüber, alles in Ordnung? Trotzdem auch schade irgendwie, ich hatte gehofft, ich könnte endlich mal den Heimlich-Handgriff ausprobieren – bisher habe ich ihn nur an meinem Teddy geübt.»

«Wie kannst du nur so herzlos sein? Ich hätte sterben können», blubberte ich.

«Ganz einfach, jahrelanges Training, du kennst meine Mutter nicht. Und was das Zusammenwohnen angeht, warum nicht?» Ihr Gesichtsausdruck wurde verschlossen, die Lippen waren zusammengepresst wie eine Winterrose. «Genau, jetzt wo Andy sich verpisst hat, kannst du das Mansardenzimmer haben. Wir fragten uns schon, wen wir dazu kriegen würden, bei uns einzuziehen. Es ist ein Slum, glaub mir, was ist, wenn du das nicht aushältst?» Sie lächelte, ihr Blick wurde wieder offener. Ein Grinsen breitete sich auf ihrem Gesicht aus, und sie kniff die Augen zu belustigten Schlitzen zusammen. Ich lächelte zurück. Wir fingen beide an zu lachen.

Am drauf folgenden Samstag zog ich da ein. Mam tat so, als sei ich auf dem Weg nach Sibirien, und hielt letzte Riten über einem feierlichen Abendmahl (Lammbraten, zwei Gemüsebeilagen, zwei Kartoffelsorten, Pfefferminzgelee, Brotpudding mit *Sahne*, da es sich um einen besonderen Anlass handelte), und sie weinte wie ein tropfender Wasserhahn auf dem ganzen Weg nach Ravensbury, wo ich unter Dämonen zu hausen gedachte. Glaubte sie zumindest, Gott schütze sie. Eigentlich lag sie damit gar nicht so verkehrt. Die Gegend war unglaublich heruntergekommen, im Ernst. Mein ganzes Wesen, Körper und Seele, schrie nach Domestos. Meine Eltern waren ehrlich entsetzt. Ich versuchte, gute Miene zum bösen Spiel zu machen, sprach davon, dass «junge Leute eben gerne einen auf Bohemien machen», vermengt mit «nichts, was ein gründlicher Hausputz nicht aus der Welt schaffen könnte» – aber hey, nicht mal mit Napalm hätte man den Dreck aus diesem Loch weggekriegt.

Das Haus selbst war eigentlich ganz nett, wenn man über die pistaziengrüne und orangene Außenfarbe hinwegsah; ein typisches spätviktorianisches Bradforder Eckreihenhaus aus Stein mit einem Garten, der nach hinten offen war, da jemand die Mauer niedergerissen hatte, um den Wagen reinzustellen. Oder in dieser Gegend eher mit dem Wagen die Mauer niedergerissen hatte. Wenigstens brauchte ich so meinen Mini nicht auf der Straße stehen zu lassen, gut zu wissen.

Aller Charme, den das Haus in seinen Glanzzeiten als Wohnsitz eines Vorarbeiters vielleicht einmal gehabt hatte, war längst verflogen. Eckhäuser wie dieses waren einst auf der sozialen Stufenleiter so etwas wie ein Schritt nach oben gewesen, gewöhnliche Arbeiter wohnten in den Häusern dazwischen. Nachdem es aber durch die Hände diverser Vermieter gegangen war, hatte es jeden Reiz verloren, den es vor seinem Absturz in den äußeren Kreis der Hölle vielleicht einmal gehabt hatte.

Das Viertel war eins derjenigen, die man euphemistisch «durchmischt» nennt, in ihm wohnten zu gleichen Teilen Studenten, arme asiatische Familien und Arbeitslose. Diejenigen Häuser, in denen keine Familien wohnten, teilten sich Gruppen von Freunden, die mit der Clique in der amerikanischen Serie «Friends» denkbar wenig gemein hatten. Eine Person (von den andern «Hitler» genannt) wurde zum ältesten Mieter erklärt und erhielt damit die Aufgabe, die magere Miete einzusammeln und beim Vermieter abzuliefern. In diesem Fall war Jamie diese Person, da der vorherige «Älteste», ihr Ex-Freund, Andy, mit der Miete und allen Wertsachen, die er in den Zimmern der andern hatte finden können, abgehauen war. 166 Brunel Street sollte also mein neues Zuhause werden. Ihr hättet hören sollen, wie meine Mam heulte. Der pure Niagara.

Ich sprang fröhlich aus dem Wagen, versuchte so zu tun, als sei mir das alles vollkommen egal, und winkte Ma und Pa zu, die mit entsetzten Mienen im Umzugswagen saßen. Ich drückte die Klingel. Keine Antwort. Ich klopfte. Wieder keine Antwort, nur das Hallen meiner zunehmend geballten Faust. Ich klopfte lauter. Als ich kurz einhielt, hörte ich ein eigenartig scharrendes Geräusch, dann ein Mitleid erregendes Hüsteln. Die Tür ging mit eingehängter Kette einen Spalt weit auf und gab den Blick frei auf einen schmalen Streifen eines bleichen Gesichts und ein großes hellbraunes Auge.

«Äh, hi!», sagte ich gespielt fröhlich. «Ist Jamie hier, ich meine, sie wohnt doch hier, oder, das hier ist 166, nicht?»

«Ja, Schätzchen, ja, ja und ja», kam aus dem Gesicht eine rauchige Stimme. «Du bist Lily, Mansarde, neue Mieterin, willkommen. Lass mich kurz die Kette aushängen, Herzchen, und dich reinlassen – ach ja, ich bin Mojo. Der andere Mieter.»

Die Tür ging auf, schrammte über einen schimmeligen Teppich, und ich stand zum ersten Mal Mojo gegenüber. Ich sah mich nicht nach meinen Eltern um, aus Furcht, ihr Gesichtsausdruck könnte mich zur Salzsäule erstarren lassen. Mojo streckte mir eine zarte Hand mit blutrot bemalten, mandelförmigen Nägeln entgegen. Ich nahm sie in meine braune Pfote mit den kurzen Fingern, und da blieb sie auch, wie ein Bündel dünner Äste, das in elfenbeinfarbene Seide gewickelt war. Wir schüttelten uns weniger die Hände, als dass wir sie einen kurzen Moment lang einfach ineinander liegen ließen. Mojos üppiges, aber ungekämmtes tiefschwarzes Haar legte sich in einer kühnen Welle über ein schwerlidriges Auge und fiel ihm dann auf die Schultern. Ja, Mojo war ein Mann. Gewissermaßen. Er war ein sehr überzeugender Transvestit, und erst aus nächster Nähe zeigten sich die letzten Spuren von Männlichkeit, die seiner großen, hageren Figur noch geblieben waren. Er trug einen uralten Kimono aus Satin und Schlappen aus rosarotem Samt. Ich betete darum, dass Mam und Dad sich auf ihren ersten Eindruck verließen, bis ich ihnen den Sachverhalt schonend beibringen konnte. Es war besser, wenn sie glaubten, ich wohnte mit einer Prostituierten zusammen als mit einem Transvestiten.

Pa zerrte Kisten und Tüten aus dem Bus und schnaufte dabei in seinen Schnauzbart wie ein Walross, und ich schleppte meinen Rucksack und einen riesigen Seemannssack in den Flur. Ma lud ängstlich Tüten mit Nahrungsmitteln und Brote zum Einfrieren aus Pas Bäckerei aus. Ich persönlich bezweifelte, ob es in diesem Haus eine Küche gab, geschweige denn eine Gefriertruhe, aber um ehrlich zu sein, reichte ihnen der Anblick des Flurs schon vollauf. Sie waren nicht beeindruckt. Ich machte keinen Versuch, Mojo zu bitten, uns zu helfen. Das wäre völlig unangemessen gewesen, als hätte man den Papst um ein Kondom gebeten. Mojo *war* einfach, wie die Buddhisten sagen. Schließlich war mein ganzes Zeug ausgeladen, und ich küsste die Popsies (ich weiß, ich weiß, was soll ich sagen) Adieu, erhielt einen riesigen, in Alufolie eingepackten und von Mas Tränen tropfenden Früchtekuchen und winkte ihnen tapfer hinterher, während sie davontuckerten und aussahen wie das Paar in «Strahlende Zeiten» von Raymond Briggs. Was mich natürlich zu Fungus dem Bogeygirl machte.

«Ist Jamie denn da?», fragte ich.

«Nein, Schätzchen, nein. Sie ist kurz einkaufen gegangen, kommt bestimmt gleich wieder. Komm, wir trinken zusammen eine schöne Tasse Tee und reden über mich.»

Wir versanken in einem riesigen Sofa, das dabei war, sich in seine Bestandteile aufzulösen, und ernteten dafür ein Boing! von den Federn und eine kleine, feine Staubwolke. Er drapierte sich wie Marlene Dietrich auf den schmutzigen ockergelben Sitzkissen und gab mir detaillierte Auskunft über sein bisheriges Leben und Erleben. Zwischendurch machte ich irgendwann Tee in einer Grauen erregenden Küchenecke (unglücklicherweise gab es sie doch), denn bei Mojo war der Geist zwar willig, aber das Fleisch mochte sich einfach nicht aufraffen. Wir tranken Schwarztee, was mir als das Sicherste erschien.

Mojo, mit bürgerlichem Namen Mohammed Iqbal, war fünfundzwanzig Jahre alt und der verstoßene Sohn von Jahanzab Iqbal, einem angesehenen Anwalt in unserer Stadt. Ich war schockiert. Die Iqbals waren Stützen der feinen Gesellschaft. Herr Iqbal senior galt in Bradford eine Menge; er war ein Selfmademan – verwestlicht, aufgeschlossen, ein großes Tier im Stadtrat und ständig im *Telegraph & Argus* abgebildet, wie er irgendwelchen prominenten Besuchern die Hand gab. Seine Frau, die unglaublich exquisite Shaheen, sah man hin und wieder in todschicken Kleidern, ihr Gesicht wie eine vollkommene Orchidee, die aus den nachlässig über die Schultern drapierten Chiffontüchern ihrer Dupatta hervorsah. Mädchen in ganz Bradford rannten in die Bombay-Läden, wenn sie sich in der Öffentlichkeit zeigte, und versuchten den neuesten Schnitt ihres mordsmäßig teuren Shalwar Kameez nachzumachen.

Mr. Iqbal war ein kurzer, gedrungener Stier von einem Mann, gut aussehend, einflussreich und selbstverliebt. Dass er die wunderschöne und aristokratische Shaheen für sich gewonnen hatte, schien eher auf eine dynastische Allianz als auf eine Liebesheirat hinzudeuten. Falsch. Mojo sagte, seine Eltern beteten einander an. Sie beteten auch ihren süßen Jungen an, bis sie eines Tages von einer multikulturellen Pflichtveranstaltung nach Hause kamen und Mojo dabei überraschten, wie er playback zu einer Nusrat-Fateh-Ali-Khan-Kassette sang, die er auf volle Lautstärke gestellt hatte. Er trug das zweitbeste Gold-Lamé-Ensemble seiner Mutter, hatte sich mit ihrem Schmuck behängt, war geschminkt wie eine Houri und torkelte auf ihren 90 Pfund teuren, hochhackigen, bronzefarbenen Ledersandalen durch die Gegend. Wah! Horror.

«Es war furchtbar, Liebling, einfach furchtbar. Meine Mutter kreischte und riss mir das Kameez vom lebendigen Leib – du kannst dir nicht vorstellen, wie traurig ich war, ich liebte dieses Kostüm, die Stickereien! Und danach der dramatische Auftritt von Daddy, der ganz islamisch wurde, und Mammi, mit einer Sprache! Ich wage nicht zu wiederholen, was sie gesagt hat, ich wusste gar nicht, dass sie in ihrem Leben so viel *erlebt* hatte. Und natürlich warfen sie mich aus dem Haus, Gegenstand des Abscheus, der ich nun war. Ganze Klageopern wegen der teuren Ausbildung, die umsonst gewesen war, die Perversion, die Schande, die Unmöglichkeit, das Haupt je wieder hoch zu tragen, falls irgendjemand dahinter kam. Offiziell hieß es, ich sei bei einer Oma in der Heimat zu Besuch. Eine Lüge. Ich ging zwar nach London und wohnte eine Weile lang bei Leuten meiner alten Schule, aber ich musste einfach zurückkommen, verstehst du, es gibt hier einen gewissen Jemand …»

Er machte eine Pause, das glitzernde Halbrund seiner Wimpern warf Schatten auf seine bernsteinfarbenen Augen. Er war campig wie nur irgendwas, das auf alle Fälle, aber dahinter verbarg sich auch der eiserne Willen und die Selbstbezogenheit eines ehemaligen Internatsschülers.

Ich schenkte uns noch einmal Tee ein und war dabei, vorsichtig das Tierleben aus meiner Tasse zu fischen, als die Tür aufging und Jamie reinkam, voll bepackt mit Einkaufstaschen von Morrison's Supermarkt. Ihre spitze Nase war rot vor Kälte und ihr pinkfarbenes Haar zu einem Knoten hochgedreht, der mit einem Essstäbchen durchstochen war; sie trug einen erstaunlich voluminösen schwarzen Umhang, den sie um sich gewickelt und über eine Schulter geworfen hatte. Sie sah aus wie eine grimmige Walküre im Disco-Look.

«Hall-ooo! Oh, ihr habt euch schon kennen gelernt – ich war nicht da, hab mich abgeschleppt. Ich hab Essen mitgebracht, herrliches Essen, jede Menge Essen. Na gut, billiges Essen, aber einen Riesenhaufen! Heute Abend gibt's ein Fest, Kinder; rote Spaghetti mit orangefarbenem Käse und viele Flaschen von Morrys bestem albanischen Rotwein in Schraubverschlussflaschen. Geil!»

«Sag nicht geil, Schätzchen, das ist so vulgär. Du bist ein unverbesserliches Flittchen. Was soll unsere Neue bloß von uns halten?», schnurrte Mojo.

«Ihr ist das bestimmt egal – dir ist das doch egal, oder? Entschuldige, vielleicht auch nicht, tut mir Leid, Scheiße, Mist, verdammt. Ich bin schon wieder viel zu aufgeregt. Gib mir einen Moment – ich beruhige mich gleich wieder. Morrison's ist zu viel für mich, der Laden schafft mich jedes Mal. Und es wird immer schlimmer! Allein die Musik! James Last spielt Klassiker des Punks, und das war jetzt kein Scherz. Die Menschen, mein Gott, die verdammte Beleuchtung! Im Ernst, ich hab mich kurz im Spiegel über der Gemüseauslage gesehen – das Ebenbild einer Wahnsinnigen. ‹Die Rückkehr der lebenden Toten›; die Zombie-Königin von Olde Bradforde Towne. Ich sah aus» – sie machte eine ernste Pause – «wie ein gekochtes Schwein.»

«Nein, Liebling, nein, nein, höchstens blanchiert ...» Mojos samtene Lippen verzogen sich leicht. Für seine Begriffe war das ein Lächeln.

Sie blickten einander auf eine Weise an, die ich nur als *zärtlich* beschreiben kann. Und dann sahen sie mit dem genau gleichen Blick auf mich. Ich tat etwas, was ich noch nie zuvor getan hatte. Ich brach ganz unerwartet in Tränen aus. Ich war endlich zu Hause.

Sieben Rote Spaghetti stellten sich als Spaghetti mit Tomatensauce heraus; und der knallorangene Käse, der obendrauf gerieben wurde, ergab einen interessanten Farbkontrast. Jamie gehörte zu der Fraktion von Spaghettikochern, die mit Kräutern, Knoblauch und gemahlenem schwarzem Pfeffer niemals geizen würden, und das passte mir prima. Ich verschlang riesige Portionen, und sie ebenfalls. Mojo nippte an einer kleinen Schüssel Sauce und trank Wein. Wir tranken und redeten die ganze Nacht – Mojo, der Spitznamen liebte, taufte mich «Tiger Lily». Insgeheim rührte mich das unendlich, es gab mir das Gefühl, dazuzugehören, ein Teil der Gang zu sein. Als schließlich ein Chor hustender Tauben die Morgendämmerung ankündigte, wankte ich mit einer Wärmflasche ins Bett und verschlief den ganzen Vormittag. Selig, selig.

Und so blieb es auch, mehr oder weniger. Bis zu dem Zeitpunkt, wo Sean auftauchte, waren wir eine enorm zufriedene Wohngemeinschaft. Bei uns fanden keine geheimnisvollen, okkulten Vorgänge statt, wie die beschissenen Zeitungen behaupteten. Auch keine Orgien, tut mir Leid. Weder wurden bei uns lebenden Hühnern die Köpfe abgebissen, noch gab es wilde Drogenpartys. Wir wohnten einfach da. Wir aßen rote Spaghetti und graue Spaghetti (mit Milch, Speck und Käse). Manchmal kamen Freunde vorbei und aßen mit, nicht das, was man eine Dinnerparty nennen würde, eher ein Abhängen vor dem Fernseher mit einem Tablett auf dem Schoß. Einer unserer regelmäßigen Besucher war Gabe Smith, Jamies bester und ältester Freund. Ich kannte ihn vom Sehen und von dem, was man sich über ihn erzählte, und fand ihn schon immer interessant – die Art von Person, mit der man sich gerne mal unterhalten würde, aber es fällt einem einfach kein guter Grund dafür ein. Und jetzt hatten wir eine gemeinsame Freundin. Synchronizität. Er war professioneller Gitarrentechniker bei verschiedenen größeren Bands und daher viel unterwegs, aber wenn er in der Stadt war, wohnte er oft bei uns. Manchmal gingen wir zu Lonnie und Ben, aber alles in allem blieben wir am liebsten zu Hause.

Tagsüber taten Jamie und Mojo, was auch immer die Nichtvermittelbaren tun, um sich die Zeit zu vertreiben – jedenfalls keine Hausarbeit, so viel war schon mal klar. Jamie verbuchte es bereits als persönlichen moralischen Sieg, wenn sie tagsüber kein Fernsehen schaute. Ich weiß, dass sie beide viel lasen, und das wiederum führte zu regelmäßigen Ausflügen in die Stadtbibliothek, begleitet von dem entsprechenden Drama eines Gangs außer Haus. Jamie fing gerade an, sich als Schriftstellerin zu versuchen; Mojo verschlief einen Großteil des Tages. Meiner Ansicht nach hätte er bei einem Wettschlafen England vertreten können. An den Abenden, wo wir zu Hause blieben, sahen wir fern oder holten uns ein Video von Ahmed, lasen oder nähten Kleider für Jamie (haufenweise Stoff, mehr als genug Arbeit für zwei). Manchmal kroch unter Mojos Türspalt der Geruch von Haschisch hervor, und manchmal klopften wir bei ihm an, und er brachte uns etwas von seinem Lieblingsschwarzen, gespickt mit Opium. Alles in allem waren wir aber keine großen Drogenfreunde; wir waren uns einig, dass regelmäßige Konsumenten langweilige, trostlose Dumpfbacken waren, die die Drogen an die Stelle des wahren Lebens gesetzt hatten, weil sie damit nicht klarkamen. Wir probierten herum, versuchten von allem etwas, aber blieben an nichts hängen. Wir wussten, es ging dabei nur um ein wenig Spaß. Wir glaubten, wir seien für Höheres bestimmt, dafür, berühmt, beachtet zu werden. Wir brauchten dazu weder Drogen noch sonst was, wir brauchten nur unseren Verstand. Jamie und ich hofften, es im Showbusiness zu schaffen; Mojo träumte davon, einfach nur als Mojo berühmt zu werden. Und, Kinder, das haben wir auch alles hingekriegt, bloß nicht so, wie wir es uns vorgestellt hatten.

Da ich freiberuflich tätig war, setzte ich mich fast jeden Tag in meinen Mini und tuckerte zur Arbeit in meinen verschiedenen Betrieben. Ich bin eine hervorragende Buchhalterin und enorm gefragt. Ich konnte gottverdammte Wunder wirken. Ich machte es auch ganz gerne, ich mochte Zahlen, ich mochte es, Ordnung ins Chaos zu bringen. Ich hatte schon Jahre, bevor ich zur Uni ging, Pas Buchhaltung gemacht, und irgendwann kapierten mehr und mehr seiner Kumpel aus dem Kleingewerbeverband, dass ich vielleicht komisch aussah, aber eine Rakete war, wenn es um Zahlen ging. Die Auftragslage war ganz gut, danke der Nachfrage. Ich konnte mehr oder weniger selbst bestimmen, wann ich arbeitete, und wenn mir jemand blöd kam, dann scheiß auf sie, ich war sofort weg. Ich bildete mir etwas darauf ein, dass meine Klienten ohne mich nicht zurechtkamen. Ha!

Jetzt ist natürlich alles anders, klar. Mord ist bekanntlich ansteckend, oder? Scheiß auf sie, wird ihnen noch Leid tun, wenn sie den Zustand ihrer Bilanzen sehen. Anderseits, was hatte ich denn erwartet? Ihre Schuld ist es nicht, nicht wirklich, schließlich sind sie auch nur Menschen, sie glauben das, was sie im Fernsehen sehen oder in der Zeitung lesen. *Wer hätte gedacht, dass diese nette Lily Carlson ein mörderisches lesbisches Sado-Maso-Sexspielzeug war? Na ja, sie ist ja adoptiert, mir tun Ken und Sylvia Leid, eine Schlange an ihrem Busen, Natur will eben raus* … bla bla bla. Ich will nicht bitter sein, will ich *nicht*. Er gewinnt, Sean gewinnt jedes Mal, wenn ich diese Sache an mich ranlasse; er wäre begeistert von der Vorstellung, dass ich verbittert und komisch werde und keine Freunde oder Familie mehr habe. Er hasste mich ebenso sehr wie ich ihn. Es war sozusagen Hass auf den ersten Blick. Brenn in der Hölle, du verfluchter Hurensohn, brenn und verrotte.

Jetzt aber Schluss mit der Sean-Sache – ich krieg nur Magenkrämpfe davon. Irritation des Verdauungstraktes, sagt der Arzt. Hat mit Stress zu tun. Genau. Damit und mit den Albträumen, die mich im Schlaf und im Wachsein verfolgen. Wenn es um Mord geht, sitzen die meisten Leute einem Riesenirrtum auf. Ein Mörder tötet nicht nur sein Opfer; er tötet jeden und alle, die mit dem Opfer zu tun hatten; als würde man einen Stein in einen Weiher werfen. Die Wellen breiten sich immer weiter und weiter aus und überfluten alles, was sich ihnen in den Weg stellt.

Die Familien von Seans Opfer – die haben doch kein beschissenes *Leben* mehr. Sie sind für immer an diesen Mord gekettet. Kein Tag geht vorbei, an dem sie sich nicht an Sally, Mandy, Tina, Lucy und Sarah erinnern. Girlie-Namen, Mädchennamen, die Namen seiner Opfer. Und wenn, ach, zum Beispiel Mandys Bruder heiratet – wo ist dann Mandy? Steht als blutiges, zerschnittenes Phantom neben dem verfluchten Altar. Und was ist, wenn Lucys Schwester ihr Examen macht? Hätte Lucy ebenfalls gemacht, wenn sie nur damals nicht beschlossen hätte, zu Fuß vom Club nach Hause zu gehen ... versteht ihr? Es gibt keine freudigen Anlässe mehr – keine Geburt, Hochzeit, Jahrestage, Weihnachtsfeier, Ferien, die nicht von dem klagenden Gespenst ihres toten Mädchen heimgesucht werden.

Und selbst die Freunde, die sich über die Jahre ihr eigenes Leben geschaffen haben, können sich davon nie wirklich freimachen. Sie war ein so wundervolles Mädchen, ein übersprudelndes, lebensfreudiges, hübsches Mädchen; die ganzen dummen, entmenschlichenden Klischees holen nur den Verlust wieder zurück. Drei davon waren Huren. Eine war Studentin, die andere arbeitslos. Aber für die heißhungrige Meute der Medien waren es nichts weiter als Stereotypen, die für die *Nachrichten um Zehn*, den *Sun* oder den *Observer* verpackt werden konnten – und wo liegen da heutzutage noch die Unterschiede? Ach, diese armen, elenden, *menschlichen Wesen*. Nein, es wird nie enden. Er tötet noch immer, zerfetzt noch immer, verstümmelt noch immer.

Ich glaube nicht, dass Er tot ist, weil ich nicht daran glaube, dass Er je gelebt hat. Ich glaube, Er ist das wilde, blutrünstige Tier in uns allen, das menschliche Gestalt angenommen hatte. Mit dem, was sie Ihm antat, hat Lana Powers Ihn geformt, Ihn auf den Weg gebracht. Lana schmiedete aus dem Grundmaterial eine Waffe; Seine eigene Blutsverwandte, die Schwester Seines Vaters, Lana, sie hat Ihn *geschaffen* … und sie *lebt* noch, während diese ganzen Mädchen nur noch Gespenster sind.

Und wir nahmen Ihn bei uns auf. Wir baten diesen Albtraum zu uns herein, und Er lachte beim Eintreten. Irgendwo hab ich mal gelesen, dass der Teufel keine Schwelle unaufgefordert überschreiten darf. O Mann – was haben wir getan? Womit haben wir das alles verdient? Wir haben doch nur ein paar Partyeinladungen gedruckt, verdammt noch mal.

Acht Tut mir Leid, tut mir Leid, ich wollte mich nicht so ereifern. Manchmal kann ich mich einfach nicht zurückhalten. Werd mir in Zukunft mehr Mühe geben. Ja, jedenfalls; es war eine glückliche Hausgemeinschaft, wir kamen wunderbar miteinander aus. Wir teilten uns die Essenskosten und die andern Rechnungen, nicht wie andere Häuser, wo die Leute ihre Namen auf die Eier schreiben und den Cornflakes-Verbrauch täglich an der Schachtel markieren. Wir lebten nicht auf großem Fuß, zum einen konnten wir uns das gar nicht leisten, zum andern stand uns nicht wirklich der Sinn danach. Es war die Blütezeit der so genannten «Alternativen», als Reaktion auf die Yuppies. Und so wie die wollten wir auf keinen Fall sein, die koksenden Aufsteiger der Thatcher-Ära. Uns kam das so *stillos* vor, Schätzchen, wie Mojo sagen würde. Wir waren der Untergrund, der Widerstand, die letzten Kämpfer für das Gute. Wir waren nicht ganz wie die andern, zumindest glaubten wir das. Und warum nicht? Wir waren jung, wir waren cool, die Welt gehörte uns.

Nach der ersten Aufregung, in der ich das ganze Haus mit Bleichmittel schrubbte, die winzige Kochnische strich und sieben Tüten mit Müll wegbrachte, trug ich alles, was ich nicht wegwerfen konnte, in den Keller hinunter, und es stellte sich eine Art Lebensrhythmus ein.

Unter der Woche lief, wie ich schon sagte, nicht besonders viel, keine Aufregungen, aber eine irgendwie beruhigende Gemütlichkeit. Zum Wochenende hin herrschte dagegen schon ab Freitagnachmittag um drei ein hektisches Treiben. Mojo wusch sich die Haare und machte sich an den langen, rituellen Aufstieg zu den Gipfeln des Glamours. Jamie (und ich, falls ich zu Hause war) badeten, wuschen uns die Haare, rasierten die Beine, lackierten die Nägel, bügelten, toupierten, durchwühlten den Kleiderschrank, trugen Schminke auf und was sonst noch alles nötig war, wenn man abends ausgehen wollte. Mann, war ich froh, dass ich Dreadlocks hatte, zumindest ersparten sie mir die mühsamen Haarroutinen, denen sich Jamie unterwarf. Eine endlose Geschichte. Ich wusch mich, trug eine dünne Schicht Lippenstift auf, vielleicht noch einen schrillen Nagellack, und ließ ansonsten der Natur freien Lauf. Damals war ich ein Armeehosen- und Tanktop-Mädchen; und eigentlich bin ich es immer noch, bloß hat die Mode mich jetzt eingeholt und der Look ist weit verbreitet. Damals war ich der letzte Dreck, jetzt *voll im Trend.*

Mojo, der normalerweise nicht dieselben Lokale aufsuchte wie wir – ich meine, wir waren eng befreundet, aber nicht an der Hüfte zusammengewachsen – Mojo ging aufs Ganze. Freitag, hmm, Cheong-Sam und hochhackige Schuhe. Samstags ausgewaschene Jeans und ein schwarzes Seidenhemd, das in der Taille zusammengeknotet war, dazu Espadrilles. Sonntag, keine

Ahnung – wir sahen ihn nie vor Montagmorgen. Und Jamie, Jamie hatte mehr Looks als ein nackter Bischof. Sie brauchte Stunden, um sich fertig zu machen – und sie sagte immer, das Resultat sehe aus wie ein tragbarer Schrein voller klimpernder Opfergaben. Während der Prozess am Laufen war, konnte sie in einen tranceartigen Zustand verfallen, als würde sie sich tatsächlich neu schaffen, sich wiedererfinden. Alles sollte perfekt sein, und punkto Make-up war sie ganz bestimmt eine Künstlerin, sowohl was den exaltierten, als auch was den natürlichen Look betraf.

Ohne dass der Vorgang etwas Künstliches gehabt hätte, gab es doch eine Jamie-im-Ausgang, die sich von der Jamie-zu-Hause unterschied. Ich zog sie oft damit auf, dass sie eigentlich immer am Spielen war, in der Öffentlichkeit immer auf der Bühne, zwei Menschen und sie selbst in einer Telefonzelle war für sie schon ein Gig. Sie konnte nichts dagegen tun, sie hatte einfach nicht genug Selbstvertrauen, um die Klappe zu halten. Nach zwei Wodkas war der Abend gelaufen, Yiippii, hier kommt Jamieeee! Mit ihr auszugehen war ein irrer Spaß, im Ernst, es klingt jetzt schlimmer, als es war. Sie war komisch und voller Feuer und riss einen irgendwie mit. Sie leuchtete und schillerte, und sie liebte es, im Mittelpunkt der Aufmerksamkeit zu stehen, die Königin zu sein.

Das war an den guten Abenden. An schlechten Abenden verwandelte sich die Flamme in Asche, schwärzer als Kohle und voller Wut. Es geschah nicht oft, aber es kam doch manchmal vor. Ich will nichts beschönigen. Ein Drink mehr, als gut war, ein giftiger Spruch zu viel, was weiß ich – die falsche beschissene Mondphase, irgendetwas. Und dann flogen die Fetzen – o ja, richtige Schlägereien, eins aufs Maul, alles. Sie nahm es mit jedem auf, und sie war stark und wild. Sie schlug nie jemanden, der kleiner war als sie, und sie war nie gemein; ich habe auch nie erlebt, dass sie sich freiwillig mit einer Frau geschlagen hätte. Sie sagte, auch wenn die Frau eine richtig fiese Braut sei, würde sie in den Augen der Leute immer schlechter abschneiden, weil sie so kräftig war. Sie hasste die Vorstellung, man könnte ihr unterstellen, dass sie Leute schikanieren würde, also fing sie mit irgendeinem pöbeligen Normalbürger eine Prügelei an oder mit einem mies gelaunten Schlägertypen (jawohl, die gibt es auch, es sind nicht alle New-Age-Veganer und Karnickelknuddler), und dann brach die Hölle los und nachher schämte sie sich, weil sie sich nicht zurückgehalten hatte, schluchzte wie ein Kind, während sie ihr blaues Auge oder die blutigen Knöchel verarztete.

Wenn es keinen anderen Weg gab, kämpfte ich an ihrer Seite; ich bin keine Heilige. «Wadenbeißer-Lil» nannte sie mich immer. So läuft das nun mal bei Leuten wie uns. Man lässt seine Freunde in der Öffentlichkeit nicht hängen, ganz egal, wie laut man später unter vier Augen auf sie einbrüllt, weil sie sich idiotisch benommen haben. Stolz, Ehre, Loyalität. Das unterschied uns von dem bürgerlichen Abschaum der Welt. Ich weiß, manche können das nicht verstehen; sie verachten Gewalttätigkeit und glauben, eine Schlägerei sei der absolute Endpunkt, aber hey, das stimmt nicht. Sich prügeln ist zwar dumm, aber es gibt definitiv Schlimmeres. Jemanden verraten, die Treue brechen, grausam sein – all das ist schlimmer als jede Kneipenschägerei. Aber das ist auch nur meine Meinung, und mir ist klar, dass einige von euch Ihre Hoheit jetzt vielleicht verachten – tut's nicht. Ihr hättet es auch nicht getan, wenn ihr sie damals gekannt hättet. Ihr hättet sie genauso geliebt wie wir, selbst wenn's euch jetzt vielleicht schwer fällt, das zu glauben. Damals war sie *Jamie*, und sie war anders als alle andern. Unter den Leuten, mit denen wir verkehrten, hatte sie zwar einen gewissen Ruf, aber sie wurde von ihnen auch geachtet, und das ist eine verdammt gute Leistung für eine Frau.

Neun Eines Abends, nachdem ich schon einige Wochen da gewohnt hatte, fragte ich sie, wann denn ihr nächster Gig sei. Wir wollten ins Road House, eine Pub-Disco in der Manningham Lane, und sie trug gerade Glitzerstaub auf die Augenlider auf.

«Hmmm, gar nicht», sagte sie und sah mit offenem Maul wie ein Goldfisch nach unten in den Spiegel.

«Warum nicht? Ich dachte, du wolltest das?», fragte ich.

«Tu ich auch.»

«Und warum hast du nichts unternommen?»

«Was? O Lil, jetzt habe ich alles versaut. Gib mir mal ein Kleenex. Ich hasse dieses Zeugs. Es ist wie Staub von einem Schmetterlingsflügel.»

«Aber die Gigs, Jamie, die *Gigs*. Interessiert es dich gar nicht mehr?»

Sie hielt mit dem Tupfen und Wischen inne und drehte mir ein Gesicht voller Glitter zu. «Ich weiß nicht. Ich hab's hier in der Gegend zwar versucht, an der Uni und so, aber es war so entsetzlich, jemanden anzurufen und ihm zu sagen, wie verdammt genial ich bin, es war albern, ich hab es nicht gebracht, ich hätte mich am liebsten gewunden dabei. Vielleicht nimmt mich ja Graeham irgendwann wieder.»

«Vielleicht. Aber wenn nicht, was tust du dann?»

«Keine Ahnung. Ich dachte, vielleicht spricht es sich irgendwie rum oder ich schick mal ein paar Flyers raus oder so. Warum?»

«Lass mich die Gigs für dich organisieren. Ich weiß, dass ich das könnte, im Ernst. Es ist sowieso besser, wenn ich es tue, es macht irgendwie einen besseren Eindruck. Ich könnte sagen, ich sei dein Manager oder so. ‹Carlson Associates›, so was. Ich könnte die Briefe und Verträge und so auf Pas Computer aufsetzen – was hältst du davon?»

Sie musterte mich einige Sekunden lang mit zusammengekniffenen Augen, während ich einen Schweißausbruch kriegte und mir idiotisch vorkam.

«Danke», sagte sie und küsste mich auf die Stirn, sodass ein großer rosaroter Abdruck zurückblieb.

Und das war der Anfang. So wurde aus Jamie Gee schließlich Großbritanniens Antwort auf Lenny Bruce. Und ich durfte Machiavelli sein, nur kleiner. Natürlich war es für mich nicht ganz einfach, mich in eine graue Eminenz zu verwandeln, wobei die Hauptschwierigkeit darin bestand, dass ich keinen Schimmer hatte, was ich da eigentlich tat. Ich meine, versteht mich nicht falsch, ich war weiß Gott voller gutem Willen. Es war eine Zeit, in der wir glaubten, wir könnten beschissene Wunder vollführen, wenn wir nur die Ärmel hochkrempelten, die Konservativen aus den Regierungssitzen hievten, dem Rassismus den Garaus machten, Gleichheit, Freiheit, Brüderlichkeit – die ganze Bagage. Verglichen damit würde es ein Klacks sein, aus Jamie einen Star zu machen, das heißt, falls ich rauskriegen konnte, wie so was überhaupt ging …

Ich beschloss, Graeham aufzusuchen. Ich rief bei ihm an und er meinte, ich sollte am drauf folgenden Abend auf einen Schwatz vorbeischauen, was ich dann auch tat. Er wohnte in

Heaton, was von uns aus mehr oder weniger einmal quer durch die Stadt liegt, also überließ ich die beiden Mäuseprinzessinnen ihrer Haarpflege und knatterte hin.

Graehams Partnerin Moira machte mir die Tür auf. Sie war, wie es in der Bibel immer heißt, guter Hoffnung. So sehr, dass ich ein bisschen nervös wurde; schwangere Frauen haben diese Wirkung auf mich, sie sind so sehr auf das konzentriert, was gleich mit ihnen geschehen wird, dass sie mir Angst einjagen. Moira sah mich mit der wahnsinnigen Ruhe einer Frau an, deren Becken demnächst bis zum Zerreißen gespannt werden wird, und winkte mich träumerisch herein. Ich folgte ihr wie ein Schlepper einem Ozeandampfer.

«Er ist da drin. Tee?»

«Oh, ähm, ja – bist du sicher – ich meine, ich könnte ihn machen – musst du dich nicht ausruhen – ich möchte nicht …»

«Geht schon klar, ich bin schwanger, nicht behindert. Milch und Zucker?»

«Ähm, tut mir Leid, äh, nein, schwarz, kein Zucker, stark. Danke.»

«Kein Problem. Ich bring ihn rein.»

Sie wankte davon und ich klopfte bei Graeham an.

«Herein.» Seine Stimme war belegt von einer Erkältung, es klang eher wie «Hechain».

«Hallo, ich bin's, Lily, Jamies Freundin.»

Graeham saß zusammengekauert in einem ausgebeulten Sessel, der dicht an dem orange glühenden Gasofen stand. Die Hitze war erstaunlich. Ich setzte mich auf den Stuhl gegenüber, zog meinen Mantel und zwei Wolljacken aus. Trotzdem stand mir der Schweiß auf der Stirn.

«Tut mir Leid wegen der Hitze», sagte er hustend. «Es ist nur so, dass ich ständig friere.»

«Ich komme gerne ein andermal wieder, wenn du krank bist, ehrlich, mir macht das nichts aus.»

«Nein, nein, ist schon in Ordnung.» Er sah auf, als Moira mit einem Tablett mit Tee und Keksen hereinkam. Sie warf ihm einen verzweifelten Blick zu.

«Das sind nur die Nerven. Das Baby versetzt ihn in eine größere Panik als mich. Männer, ehrlich. Eine winzige Erkältung, und schon glauben sie, die Welt geht unter. Kopf hoch, Schnuckiputz, bald haben wir's überstanden.»

Ich wünschte mir aus tiefstem Herzen, dass es nicht passierte, solange ich noch da war. Graeham seufzte theatralisch. Er war ein beleibter, krausköpfiger Kerl mit dem Ansatz einer Glatze, etwas über dreißig. Mir kam er sehr alt und weise vor. Der Yoda der alternativen Comedy-Szene. Er war der größte Veranstalter alternativer Comedy-Shows in der Gegend, und in seinem Zimmer häuften sich unordentlich Berge von Papieren, Postern und Kassetten.

«Sie hat mich da, wo sie mich haben wollte, dieses Hexe. Jetzt werde ich sie heiraten müssen.» Er blickte Moira nach, die aus dem Zimmer ging, und seine kleinen runden Brillengläser beschlugen sich beinah vor Verliebtheit.

Ich brummte etwas in meinen Tee.

«Genug von meiner privaten Misere, wie kann ich dir helfen?»

«Na ja, es geht um Jamie. Ich möchte ihre Managerin werden. Ich glaube, ich meine, eigentlich weiß ich nicht so genau, was ich glaube – aber sie hat etwas ganz Besonderes. Ich möchte wissen, was ich tun muss, um ihr zu helfen – Gigs organisieren und der ganze Papierkram und alles.»

«Seid ihr befreundet?»

«O ja, sehr sogar! Ich meine, wir kennen uns noch nicht lange, aber es war von Anfang an –»

Er hielt eine Stummelhand hoch, die in einem sich auflösenden, fingerlosen Strickhandschuh steckte.

«Regel Nummer eins. Arbeite nie mit Freunden zusammen. Nichts tötet eine Freundschaft schneller als das Leben auf der Straße und der Versuch, zusammen ein Geschäft hochzuziehen. Und da ich schon sehe, dass dieser Rat nichts fruchten wird, versuch zumindest, dich immer daran zu erinnern, dass Künstler – er sprach es «Kinstler» aus, wie die Sängerin in «O mein Papa» – «Künstler Monster sind, ihren Launen hilflos ausgeliefert, egal wie vernünftig sie einem vorkommen mögen. Übe Kritik, das auf jeden Fall, aber achte darauf, wo, wann und wie du das machst. Kritisiere sie nie in der Öffentlichkeit. Deine Freundin wird eine Menge Kritik brauchen, und ich fürchte, sie ist nicht der Typ, der damit gut umgehen kann.» Er tunkte nachdenklich einen Keks in seinen Tee.

Ich war am Boden zerstört. «Du hältst sie also für nicht gut genug?»

Er schenkte mir einen bedächtigen Blick. «Gut? Natürlich ist sie gut. Sie ist ein Naturtalent. Das ist genau das Problem.» Mir hing wahrscheinlich der Mund offen. Er fuhr mit einem schweren, verrotzten Seufzer fort.

«Verstehst du, Künstler, und in diesem Fall Comedy-Leute, teilen sich in zwei klar getrennte Kategorien. Es gibt Naturtalente wie Jamie, und es gibt Arbeitstiere wie, sagen wir, Tony Gecko. Tony, wie du weißt, ist gar nicht schlecht im Geschäft. Absolut im Kommen. Zieh nicht so ein Gesicht – du magst ihn vielleicht nicht, und mit seinen Auftritten gewinnt er sich bestimmt keine weiblichen Freunde, aber in diesem Geschäft ist das kein Nachteil – Tony jedenfalls ist ein Arbeitstier. Er *arbeitet* daran, lustig zu sein. Er lernt seine Abläufe auswendig, seine Impros, seine Antworten an die Zwischenrufer, alles. Die Show läuft jeden Abend genau gleich ab. Da gibt es nie eine Abweichung. Ein echter Profi. Und wenn er nicht auf der Bühne steht, ist er ein langweiliger kleiner Mann mit einem gigantischen Ego, einem Kokainproblem und einem enormen Ehrgeiz. Für die Chance, groß rauszukommen, mit einer eigenen Sendung im Fernsehen oder so, würde er seine Großmutter umbringen. Und er wird es auch schaffen. Sein Manager ist skrupellos, gut organisiert, hat hervorragende Kontakte und kriegt einen riesigen Prozentsatz für seine Mühen. Ich selbst kann ihn nicht ausstehen, aber er hat, was es braucht. Und Tony genauso. Das Einzige, was an Tony ‹alternativ› ist, ist die Art, wie er sich vermarktet. Eigentlich ist er nichts weiter als ein Unterhaltungskomiker mit einem glänzenden Anzug und» – er zeichnete Gänsefüßchen in die Luft – «einer *verrückten* Frisur. Null Niveau.» Graeham seufzte wieder tief und klebrig und nahm einen Schluck Tee. Ich ebenfalls. Ich hätte mir am liebsten alles aufgeschrieben, aber ich wollte nicht piefig wirken und konzentrierte mich deswegen möglichst fest auf das, was er sagte.

«Und nun zum so genannten Naturtalent. Da liegt die Sache ganz anders. Du meine Güte, ja. Ein Naturtalent ist von Natur aus komisch. Die kommen so zur Welt, das liegt an den Genen oder was auch immer. In der Kneipe sind sie zum Brüllen und auf der Bühne eine Wucht. Geborene Schauspieler, überlebensgroß und all das. Sie können dort oben alles tun, die Leute sind hin und weg. Tommy Cooper, Eric Morecombe, Betty Marsden, Joyce Grenfell. Bei ihnen sieht alles ganz einfach, ganz beiläufig aus. Ich will damit nicht sagen, dass sie nicht arbeiten müssen, sie arbeiten sogar wie blöd, aber man sieht es ihnen nicht an, nie. Sie kontrollieren alles, die Bühne ist ihr Zuhause. In den meisten Fällen leiden sie unter enormem Lampenfieber, die armen Schweine. Es gibt viel Dunkles in ihnen. Bei den Naturtalenten gehört das dazu, es ist die Kehrseite ihrer Begabung. Und an dem Punkt beginnen natürlich deine Probleme. Man kann sich nicht auf sie verlassen. Sie brennen sich aus, wenn man sich nicht um sie kümmert – und trotzdem, es sind Genies, gar keine Frage. In manchen Fällen sogar etwas zu sehr, sie weigern sich, den Zuschauern einfache Lösungen anzubieten, im Gegensatz zu den Tonys dieser Welt. Natürlich ist das alles eine Frage des Maßes – manche stehen mehr unter Spannung als andere; manche finden heraus, wie sie mit ihren dunklen Seiten umgehen müssen, andere lernen es nie. Trotzdem, sie sind etwas Besonderes, etwas ganz, ganz Besonderes. Was sie tun, ist wie Zauberei, wie ein Heilungsritual, wir werden durch sie irgendwie menschlicher. Wenn man aus ihrer Show herauskommt, fühlt man sich glücklich und voller Liebe, während ein Abend mit jemandem wie Tony, der auf Kosten der Schwächeren clever und grausam ist, ein irgendwie dummes, schmutziges Gefühl hinterlässt. Ein Naturtalent ist wie, na ja, wie deine Freundin eben.»

Ich verschluckte mich an einem Keks.

«O ja, keine Frage, sie hat das, was es braucht. Schade, dass sie eine Frau ist. In diesem Geschäft ist das ein unglaublicher Nachteil. Macht nichts, macht nichts, sieht aus, als änderte sich das gerade. Moira ist jedenfalls dieser Ansicht. Ich selbst bin mir da nicht so sicher. Es gibt eine Menge Gerede über Feminismus und Gleichberechtigung, aber in der Wirklichkeit, vergiss es. Die Jobs gehen an die Jungs. Trotzdem, du wirst einfach etwas härter zupacken müssen, und was spricht dagegen? Ich sehe schon, du magst meine Einstellung nicht – ich kann nur aus meiner eigenen Erfahrung heraus reden. Du wirst ohnehin schnell genug merken, wie alles läuft. Deine Freundin jedenfalls ist wirklich talentiert. Klassen besser als dieses kleine Ekelpaket Tony, aber am Ende wird *er* weiter kommen, nicht sie. Jedenfalls nicht so weit wie er. So etwas kotzt mich an. Das ist der Grund, warum ich aussteige. Früher mochte ich das Organisieren, das Verhandeln, die ganzen Spielchen, aber jetzt nicht mehr. Burn-out nennt man das wahrscheinlich. Sobald das Kind da ist, sind wir hier weg. Wir wollen nach Frankreich, wir haben uns bei einer Bar an der Küste eingekauft. Ein ruhiger Ort, gut für das Kind, gut für Moira, gut für mich. Schluss mit all dem hier.» Er deutete auf die Unordnung im Raum. «Schluss mit den verdammten *Komikern.*»

Er fuhr sich mit der behandschuhten Hand durchs Haar, bis es aufstand wie bei einem verrückten Professor. «Pass gut auf Jamie auf, Lily. Ich kenne sie schon etwas länger, weißt du, zumindest ein bisschen. Deine Freundin ist unberechenbar. Entweder sie geht mit einem Riesenknall ab und setzt die Welt in Brand, oder sie implodiert. Sie hat etwas Selbstzerstörerisches. Aber du gehörst zu den Lebenstüchtigen, o ja. Du wirst ihr gut tun. Sieh zu, dass sie intakt bleibt – und halt sie von Scheißkerlen wie Andy fern. Solche Typen sind für sie wie ein Magnet. Es gibt viele Arten von Sucht, und Jamie ist süchtig, gar keine Frage, ein knallharter Junkie. Für die Naturtalente gibt es immer einen Preis, irgendetwas ist bei jedem von ihnen – Saufen, Spielen, Drogen oder … na ja.»

Er bedachte mich mit einem rätselhaften Blick. Ich würde gerne behaupten, ich hätte verstanden, wovon er redete, aber offen gestanden kapierte ich kein Wort. Sein Gerede vom Süchtigsein überstieg meinen Horizont – ich meine, Jamie und ich waren uns einig, was Alkohol und Drogen betraf, das war in Ordnung. Und dass sie mit Männern Pech hatte – Scheiße, wem war es nicht mal so ergangen? Also dachte ich nicht weiter darüber nach und versuchte, mich zu konzentrieren, während Graeham mir zeigte, wie man einen Gig buchte und einen Vertrag aufsetzte, und dann Spielortlisten und Vertragsformulare hervorholte, samt Presseerklärungen, Flyers, Konzepte, die man an Veranstalter schicken konnte und die ich für Jamie herstellen würde, sobald sie ein bisschen bekannter war. Es war herrlich – er war so hilfsbereit wie nur möglich. Schließlich beschloss ich zu gehen, weil es schon spät war und ich nach Möglichkeit keine Hausgeburt miterleben wollte.

Ich sprach ihm meinen überschwänglichen und vermutlich leicht hysterischen Dank aus und wollte zur Tür, aber Graeham legte mir die Hand auf den Arm.

«Richte Jamie Abschiedsgrüße von mir aus, ich denke nicht, dass ich euch nochmals sehen werde. Red mit Jim an der Uni – ich ruf ihn an und sag ihm Bescheid, dann solltet ihr einen Gig da kriegen. Wenn du es so machst, wie ich's dir gezeigt habe, wird das Geschäft schon laufen. Aber, Lily, vergiss nicht, was ich über Jamie gesagt habe. Es ist so leicht, sie zu mögen – und es gab einmal eine Zeit, da dachte ich – nun, das ist lange her. Ich hab Moira und das Baby, ich hab Glück gehabt. Aber, sei vorsichtig – ich weiß auch nicht – diese Dunkelheit in ihr, die ist mächtig, sehr mächtig. Viel Glück, du bist eine nette junge Frau, du wirst das schon machen – vergiss nicht, halt die Ohren steif.» Er klopfte mir auf die Schulter und ich ging raus in die eiskalte Nacht.

Auf der Heimfahrt grübelte ich über seine letzten Worte nach. Natürlich war Jamie eine Nummer für sich, unglaublich temperamentvoll, aber was meinte er mit diesem ganzen Gerede von Sucht und Dunkelheit? Offenbar war er mal ein bisschen in sie verliebt gewesen, vielleicht waren das alles nur saure Trauben. Anderseits war er mir nicht so vorgekommen. Ich nahm mir vor, Jamies Launen im Auge zu behalten und sie auf den rechten Weg zu bringen.

Es ist erstaunlich, wie begriffsstutzig junge Menschen manchmal sein können, nicht wahr?

Zehn

Als ich wieder zu Hause war, erzählte ich Jamie nur, dass Graeham auswandern wollte, und von seinen geschäftlichen Ratschlägen – sie musste mir bei allem, was ihr heilig war, schwören, dass sie nie eine Quittung wegwerfen, sondern alles an mich weitergeben würde. Sie nahm es locker, nickte mit der flauschigen pinken Mähne und kapierte ganz offensichtlich kein Wort. Ich kann einfach nicht verstehen, warum Leute so begriffsstutzig sein können, wenn es um Zahlen und Steuersachen geht. Diese Geschichten sind unglaublich einfach, solange man sich an eine bestimmte Ordnung hält, es ist … nun ja, wir können ja nicht jeder alles können, und Jamie war hoffnungslos, wenn es um Geld und Zahlen ging.

Ich wartete zwei Tage und rief dann Jim von der Uni an. Er war gerade in einer «Besprechung». Ich versuchte es wieder und wieder, bis ich endlich Glück hatte und eine Zeit nach elf Uhr morgens erwischte, in der er schon im Büro war und noch nicht zum Mittagessen im Pub verschwunden. Ich wollte einen auf professionell und cool machen, aber ich kam nicht über den ersten Satz hinaus.

«Ja, ja, Graeham hat mich angerufen. Sagen wir, hmm, am Dreiundzwanzigsten? Passt euch das? Ein gemischter Comedy-Abend – dein Mädel kann als Zweite auftreten, nach Sy – du kennst ihn? Großartig. Danach kommt Rothaut Jack der rasende Dichter und als Haupt-Act Billy Mental. Wir können nicht viel zahlen, leider, wir haben gerade Finanzknappheit, sagen wir also: fünfundzwanzig Pfund? Für zwanzig Minuten? Gut, gut, und wie kündigen wir sie an – J-a-m-i-e G-e-e, hervorragend, habt ihr schon einen Pressetext, Besprechungen? Macht nichts. Grae sagte, sie sei klasse, das reicht mir. Ich muss los – eine Besprechung – ciao.»

Ich war ein klein wenig enttäuscht. Ich spürte, wie meine Hände zitterten. Würde es immer so einfach sein? Scheiße, ich hatte vergessen, den Vertrag zu erwähnen, verdammt.

So einfach war es nie wieder, aber irgendwann hörten meine Hände auf zu zittern und ich schaffte es, die Scheißkerle auf einen Vertrag festzuklopfen, bevor sie auflegen konnten. Die Namen, die sie mir anhängten! Erschütternd. Brach mir jedes Mal beinah das Herz, wenn irgendein aufgeblasener Londoner Flachwichser mich eine hartherzige Fotze nannte. Kleiner Scherz.

Jamie war erstaunt darüber, wie scheinbar mühelos ich ihr einen Auftritt verschafft hatte. Mojo bemerkte charmant, er habe schon immer gewusst, dass seine Tiger Lily ein kleines Sternchen sei. Ich zwinkerte ihm sternchenartig zu und machte dann Tee, während Jamie hysterisch wurde angesichts der Frage, was sie auf der Bühne anziehen, sagen und tun sollte, und zwar in genau dieser Reihenfolge. Es waren noch drei Wochen bis zum Gig, aber in diesen drei Wochen musste der Kleiderschrank durchwühlt und ich von Jamie regelmäßig um zwei Uhr morgens geweckt werden, damit ich mir «diese eine komische Nummer» anhören konnte. Mojo weckte sie ebenfalls, bis er sie dazu brachte, ihn schlafen zu lassen, indem er sie mit der Leihgabe seines bestickten Boleros bestach.

Endlich war der Tag des Gigs da, und eine aschgraue Jamie schleppte sich durch die Stunden vor dem Soundcheck wie ein Zombie auf Mogadon. Mojo sagte: «Guten Tag, Schätzchen», und sie brach in Tränen aus. Ich hätte weniger Geduld mit ihr gehabt, wenn ich nicht irgendwann kapiert hätte, dass ihre Panik echt war. Das also hatte Graeham mit seiner Bemerkung zum Lampenfieber gemeint. Ich hatte nicht übel Lust, den Gig abzusagen, wenn er ihr solche Qualen bereitete, aber anderseits wusste ich auch, dass dies eben der Preis war, den sie zahlen musste, und dass sie sich insgeheim darüber auch im Klaren war. Mojo war merkwürdigerweise derjenige, der überhaupt nicht damit zurecht kam. Er meinte, ihr bloßer Anblick würde ihn schon nervös machen. Mir ging es zwar auch so, aber ich wollte mir das auf gar keinen Fall anmerken lassen. Einer von uns musste halbwegs normal bleiben.

Beim Licht- und Soundcheck, der für diese Art von Gig minimal war, wirkte Jamie zwar blass, aber einigermaßen gefasst. Sie begriff, ohne dass man es ihr zu sagen brauchte, dass eine gelassene Ausstrahlung wichtig war; die andern sollten glauben, sie hätte alles unter Kontrolle. Sie konnte sich gut verstellen, und selbst als Sy auf sie zustürmte und sie in seine Arme schloss, schnappte sie nicht nach ihm. Er meinte es doch nur gut, dieses Würstchen. Der Dichter war ein stämmiger, untersetzter Typ, der unglaublich schnelle, bissig-aggressive Reime machte und enorm komisch war, wenn man ihn in halber Geschwindigkeit abspielte. Unter seiner Machofassade war er ein netter, cleverer Typ, und Jamie und er schäkerten bald schon ein bisschen miteinander. Wir waren alle vereint in unserem Hass auf Billy Mental.

Billy kam zu spät, wie es sich für einen Star aus Manchester gehörte. Er wurde von seinem Manager Slim, seiner Freundin

(Typ Vorzeigeblondine) und seinem besten Freund Doggo begleitet. Natürlich sprach er kein Wort mit Jamie, Sy oder mir. Immerhin gab er Rothaut Jack auf eine kerlige Ich-box-dir-in-den-Oberarm-Art die Hand. Sie hatten schon früher zusammen Auftritte gehabt, und ihm war wohl klar, dass der Dichter weit komischer war als er. Aber Billys Nummern waren in sich perfekt. Seine Routine ritt hart und wild (kein Kalauer beabsichtigt) auf Penissen und Scheiße rum. Beim «Nur ein Vindaloo»-Gag fielen sie jedes Mal von den Stühlen, und wenn er seinen Wahlspruch: «I'm mental, me» – «ich bin eben bekloppt», rausschmetterte, traf das auch immer ins Schwarze. Sein Zugeständnis an die Alternativszene bestand in einer langen Meditation darüber, ob Mrs. Thatcher wohl einen Penis habe.

«Na ja, das ist doch verfickt noch mal keine Frau, oder, ich meine, im Ernst, ich würd nicht mit ihr ficken, ihr etwa? Ihr etwa? Ihr würdet! Tatsächlich! Verfickte Scheiße, wer ist hier eigentlich bekloppt!»

Klingt das nach Müll? O nein. So was nennt man ironisch. Die Medien waren hingerissen. Er spielte einen bestimmten Typ. Sehr clever, sehr *postmodern*. Natürlich war es ein Doppelspiel, weil er im wahren Leben tatsächlich ein versoffenes, sexistisches Schwein war.

Wahrscheinlich denkt ihr jetzt, ich sei nur neidisch. Er verdiente tatsächlich ganz gut mit seiner Nummer, vor allem, nachdem er sie etwas abgemildert hatte und im Spätabendfernsehen auf Channel Four mit seiner *Billy 4 U* - Serie auftrat. Ich weiß noch, dass die *Mail* ihn für ihren Artikel über Comedy-Künstler, die mit Jamie gearbeitet hatten, interviewte. Er sagte, ihm sei sie schon bei ihrer allerersten Begegnung merkwürdig vorgekommen. Er hätte versucht, ihr ein paar Tipps zu geben, ein bisschen auszuhelfen, und sie hätte ihm beinah den Kopf abgebissen – typisch radikale Feministin. Schade um sie, aber er konnte nicht behaupten, dass ihn die Sache überraschte.

Er sprach kein Wort mit ihr. Oder nein, das stimmt nicht. Einmal sagte er, sie solle ihm, verdammt noch mal, aus dem Weg gehen, als sie auf der Seitenbühne stand. Neidisch? Nein. Das wäre noch viel zu harmlos.

Aber er ging uns auch nichts weiter an, jedenfalls nicht an dem Abend. Irgendwann musste die Show weitergehen. Sy betrat unter tosendem Desinteresse (abgesehen von seiner Mam) die Bühne, und da man ihm aus feuerpolizeilichen Gründen verboten hatte, Experimente mit brennenden Keulen zu veranstalten, behalf er sich mit einer surrealistischen Jongliernummer mit zwei toten Kabeljaus und einem Kohlkopf. Das Ganze endete damit, dass er einen der Kabeljaus im Bierglas eines muskulösen Riesen versenkte, der in einem Bradford-University-Rugby-T-Shirt in der ersten Reihe saß. Daraus ergab sich eine kleine Auseinandersetzung, die der Kabeljau nicht in einem Stück überstand. Nachdem nun also die Bühne und der Saal mit toten Fischfetzen übersät waren, ging Sy links von der Bühne ab. Und Jamie war dran.

Inzwischen war ich nur noch ein Bündel bloßliegender Nerven, und Mojo trank einen Black Russian nach dem andern. Durch einen Strohhalm. Ich hatte Jamie aus der Toilette der Garderobe gezerrt und begleitete sie auf die Seitenbühne, wo sie wie eine zum Tode Verurteilte dastand und darauf wartete, dass die Bühnenarbeiter die Kabeljaureste von der Bühne wischten und der Ansager, ein Student der Theaterwissenschaften, der mit der Hoffnung schwanger ging, selbst einmal Komiker zu werden, sie vorstellte. Sie wirkte still und abwesend, ihre grauen Augen waren reglos, ihr Gesicht verschlossen und maskenhaft in dem gedämpften blauen Licht.

«Viel Glück», flüsterte ich.

«Nein, sag: ‹Hals- und Beinbruch›. Graeham sagt, dass sie im Zirkus so sagen, mit ‹Viel Glück› fordert man den Teufel heraus, einem Unglück zu bringen. Sag ‹Hals- und Beinbruch›, Lily.»

«Also gut, Hals- und Beinbruch. Ich werde im Publikum sein, wir sind für dich da, es wird großartig werden, glaub mir, es …»

«Er sagt dich gerade an, raus mit dir», zischte einer der Betreuer. Ich rannte runter in den Saal, während sie die Treppe hochstieg.

«Hey-hey-hey, Leute, jetzt kommt ein ganz besonderes Vergnügen – ein Mädel aus unserem eigenen Bradford mit Sternen in den Augen, ich bitte um Applaus für … JANIE GEE!» Ich hätte ihm die picklige Fresse einschlagen können, weil er ihren Namen falsch gesagt hatte. Wie würde sie bloß darauf reagieren?

Es gab einen kurzen Applaus, als Jamie langsam zum Mikro ging und es auf die richtige Höhe einstellte. Sie blickte leicht lächelnd auf die Zuschauer. Es war nicht das, was die Leute gewohnt waren, und ich spürte, wie mein Magen sich verkrampfte. Mojo neben mir murmelte: «Komm schon, Liebling, *bitte* …»

Jamie sah noch immer lächelnd in das Publikum. Einen Moment lang starrte es schweigend zurück, während es die erstaunliche Tatsache verdaute, dass hier a) eine Frau stand, die b) keine Angst zu haben schien. Dann brüllte ein großer haariger Lümmel in der hinteren Reihe: «Zeig uns deine Titten!» Damit erntete er Gelächter, und Zwischenrufe von «Genau, raus damit!», erklangen im Raum. Schließlich waren die meisten von ihnen nichts weiter als Studenten – die zukünftigen Führer unserer Nation.

Mojo neben mir stöhnte leise.

«Warum sollte ich dir meine Titten zeigen?», erkundigte sich Jamie freundlich. «Du wüsstest doch ohnehin nicht, was du mit ihnen anfangen solltest. Sieh dich doch an – ein einziges Limobier, und schon machst du dich in der Öffentlichkeit zum Arsch – ne, Junge, geh jetzt lieber nach Hause und sorg dafür, dass deine Mami dir zu Weihnachten ein Hirn strickt. Und hör endlich auf, auf den Typen neben dir zu zeigen, du Pisser – na ja, so ist es eben mit Freunden, verpfeifen dich, wo sie können – pass bloß auf, Kumpel, dass du mit dieser Bande nie verhaftet wirst, die müsste man foltern, damit sie aufhören zu singen.»

Und damit hatte sie sie die nächsten zwanzig Minuten bei den Eiern.

Es ist komisch, wenn man versucht aufzuschreiben, was sie ihnen sagte, die Antworten auf die Zwischenrufe, die Nummern. Es waren flüchtige Geschichten, gebaut aus Scheinwerfern und dem Zigarettenrauch, der bläulich durch den kleinen Lichtkegel zog, den sie besetzte. Alles entstand aus dem Moment; man konnte sehen, wie sie nachdachte, die Atmosphäre abtastete nach dem, was sie haben wollten. Die intimen, menschlichen Späße und die Geschichten gaben den Leuten das Gefühl, sie seien ein Teil von etwas, mit Jamie als eine Art großer Schwester. Sie warf ihnen keine Gags zu, um zu beweisen, wie clever sie war. Sie war nur einfach warm und authentisch und vollkommen furchtlos. Erfüllt von dem Leben, das sie gelebt hatte, von den Dingen, die sie gesehen hatte. Der Liebe, dem Sterben, den Heilungen. Sie zog sie auf, war dreist und verspielt mit ihnen, nahm sie auf den Arm und beschimpfte sie zum Spaß, als seien sie alle Teil ihrer Familie.

Ich sah auf ihre Gesichter, auf diese strahlenden, lauschenden Gesichter, und wurde von einer Woge des Gefühls überschwemmt, die ich kaum beschreiben kann. Wie Liebe, aber überhaupt nicht zärtlich oder sentimental. Ich liebte diese Menschen, weil sie es ihr ermöglichten, ihr Ding zu machen, ihren Weg zu gehen. Sie waren das, was Jamie brauchte, um frei zu sein; und umgekehrt brauchten sie sie auch, weil Jamie so war, wie sie war, und ihnen ganz und gar gehörte, solange sie auf dieser schmutzigen Bühne stand.

Ich will damit nicht sagen, dass alle von ihr begeistert waren; ganz und gar nicht. Ich sah wütende Gesichter, ich sah gelangweilte Gesichter, ich sah Empörung und Abscheu, alles. Aber im Großen und Ganzen funktionierte die Sache. Ich war auch stolz, auf sie und auf mich, weil wir es geschafft hatten. Das war ein ganz geheimer Stolz, er gehörte mir allein. Es war die Art von «Versucht bloß, mir noch einmal dumm zu kommen, ihr Wichser»-Stolz. Er war meine Befreiung. Ich hatte etwas gefunden, wofür ich mich einsetzen konnte. Ich wurde *gebraucht*. Mein Herz lief über.

Ich sah zu Mojo. Mojo sah zu mir, und beide machten wir stumm: «Ja!» Und dann war es vorbei. Es gab Rufe nach einer Zugabe, aber sie stand auf der Seitenbühne und schien nichts mitzukriegen. Ich wollte schon sagen: «Los, geh noch mal raus», aber der Nachwuchs-Ansager trat auf die Bühne und verkündete den Beginn der Pause.

Danach schlenderte er zu uns rüber.

«Das war großartig, wirklich. Sehr ungewöhnlich. Schreibst du deine Sachen selbst? Falls du irgendwie Hilfe brauchst, können wir uns gerne einmal zusammentun – du weißt schon, ein bisschen an deinen Sachen feilen, so was. Der Comedy-Club der Uni trifft sich immer donnerstags im Shearbridge, schau doch mal vorbei ...» Er stockte, als er ihre strahlenden Augen sah. Dann besaß er den Anstand zu erröten und gegen seinen Willen zu murmeln: «Danke, danke. Ich … es war …»

«Nein, ich danke dir, Mann. War doch cool, oder?» Jamie lächelte ihn an und er lächelte zurück wie der kleine Junge, der er im Grunde war. Ich beschloss, ihm nicht den Kopf abzureißen, weil er ihren Namen falsch ausgesprochen hatte. Er war auch so schon verwirrt genug.

Mojo kam in flatterndem, pistolengrauem Seidensatin und einer Wolke von Poison zu uns gesegelt. Er hielt Jamie kurz mit ausgestreckten Armen vor sich und umarmte sie dann sanft, küsste sie auf beide Wangen. Er blickte sie ernst an und sagte: «Meine Lieben, *a star is born!*»

Das gab uns den Rest. Irgendwann überließ ich die beiden Kichererbsen ihrem Schmunzelfest und machte mich auf die Suche nach Jim, um das Geld abzuholen. Er war in seinem kleinen Schlupfloch und zog melancholisch an einem Joint. Die Luft hing voller Haschischschwaden, was darauf hinzudeuten schien, dass er schon eine Weile dabei war. Ich hustete, während meine Lungen sich mit Rauch füllten.

«O. k., gut, hier sind die Scheine, da musst du unterschreiben, ihr blutet mich aus, ist mir doch egal», und er seufzte tief.

«Es sind nur fünfundzwanzig Mäuse, Jimmy, Kleingeld für einen Geschäftsmann wie dich, hätte ich gedacht.»

«So ist's recht. Werd auch noch frech. Du wirst es weit bringen, glaub mir. Weißt du eigentlich, wie viel es mich kostet, diese verdammten Abende auf die Beine zu stellen? Weißt du, wie viel dieser brabbelnde Idiot, seine Exzellenz B. Mental plus beschissener Hofstaat, mich kostet? Ich musste ihm eine Flasche Jack und Gott weiß was noch alles in die Garderobe stellen und trotzdem das Geld auftreiben, um euch alle zu bezahlen. Bricht mir das Herz.»

«Sy kriegt kein Geld von dir.»

«Sei ehrlich. Würdest du ihn bezahlen?»

«Ich sage nichts. Er meint es gut.»

«Das gilt für den Papst genauso, und du siehst ja, was dabei herauskommt. Ach, was soll's. Sie war gut, hat jedenfalls alle Erwartungen erfüllt, die Graeham in mir geweckt hatte. Komm Mittwoch mal vorbei, ich bin gegen zwei Uhr unten in der Bar. Ich hab Grae versprochen, euch ein paar Kontakte zu vermitteln. Hatte ich zwar nicht vor, aber scheiß drauf, sie war wirklich gut. Jedenfalls besser als dieser schwanzbesessene, egomanische Vollidiot.»

Ich küsste ihn auf die unrasierte Wange. «Vorsicht», sagte er.

Leicht angesäuselt wankte ich zurück zur Bar und hielt Ausschau nach den himmlischen Zwillingen. Mojo traf ich vollkommen betrunken an, er wurde gerade von einem riesigen Kerl in einem Holzfällerhemd voller Fischschuppen angebaggert, der wie der Innenschuh eines Schleppnetzfischers roch. Mojo trug ein steifes, glasiges Lächeln auf den bemalten Lippen, und ich konnte an seinen unfokussierten Augen erkennen, dass er das Stadium von «ich bin voll-*kommen* nüchtern» erreicht hatte. Der Holzfällertrottel warf mir einen wütenden Blick zu, und ich spielte mit dem Gedanken, ihn aufzuklären, was für eine Art Dame er sich geangelt hatte; aber he, ich bin kein Spielverderber. Das arme Schwein. Ob betrunken oder nicht, Mojo wusste genau, wie er mit der Situation umgehen musste, irgendwann verschwand er einfach und hinterließ einen verwirrten, schwer verliebten Hetero-Jungen, der sich fragte, wo das exotische, wunderschöne Mädchen seiner erotischen Träume abgeblieben war.

Ich sah mich nach Ihrer Hoheit um, konnte sie aber nirgends entdecken. Ich überlegte schon, ob ich die Träume des jungen

Liebenden kurz unterbrechen und Mojo fragen sollte, wo sie steckte, als mein Blick auf sie fiel. Sie stand hinten im Raum, direkt über ihr ein unrasierter Kerl in einer Lederjacke, der sich mit dem Arm an der Wand hinter ihr abstützte. Er besaß das fiese Gesicht eines Habichts, tiefhängende Augenbrauen und eine schnabelartige Nase. Sie starrte ihn an, und er beugte sich zu ihr und flüsterte ihr etwas zu. Auf ihrem Gesicht erschien ein Ausdruck, den ich da noch nie zuvor gesehen hatte. Er gefiel mir nicht. Es lag etwas von Unterwerfung darin. Der Kerl legte ihr eine schmutzige Pranke auf die Taille in einer Art, die vielleicht romantisch gemeint war, aber etwas merkwürdig Grausames an sich hatte. Das ganze Bild war seltsam, es hatte irgendwie mit Macht zu tun, und ich glaube, ich übertreibe nicht, wenn ich sage, dass ich da Zeugin einer Art geistiger Vergewaltigung wurde. Jagte mir einen Riesenschrecken ein. Ich spürte, wie sich mir die Nackenhaare aufrichteten.

Ich drehte mich auf dem Absatz um und ging zur Bar. Ich bestellte einen doppelten Jameson und kippte ihn in mich hinein. Ich war stinksauer. Wie, zum Teufel, konnte sie sich mit einem solchen Dreckskerl abgeben? Man sah doch, dass er nichts wert war, er hätte genauso gut ein Neonschild mit der Aufschrift «Arschloch» über seinem schmierigen Kopf tragen können. Und dabei hatten wir einen so netten Abend gehabt – wie konnte sie sich bloß so erniedrigen? *Mich* erniedrigen – indem sie ohne ein Wort mit diesem *Wichser* davonging. Ich kam immer mehr durcheinander, und meine Wut steigerte sich immer mehr. Der Alkohol brodelte wie Säure in meinem Blut, und der vom Whiskey beflügelte Ärger jagte meinen Adrenalinpegel in die Höhe. Ich machte dem Barkeeper ein Zeichen.

«Noch einen Jameson, mein Freund, einen doppelten …»

Eine Hand umschloss die meinige auf der Bar. «Die Bestellung ist gestrichen, klar, Junge?», dröhnte eine tiefe, männliche Stimme neben meinem Ohr.

«Was, zum Henker … mein Gott, Gabe, was tust du hier? Ich dachte, du bist den ganzen Monat weg …»

«Die Gigs wurden abgesagt – der Gitarrist hat sich das Handgelenk gebrochen, als er betrunken war. Dieser Idiot. Ich hab in London gleich den Zug genommen. Hab sie gesehen. Sie war gut, fand ich.»

«Aber Mann, hör mal, was, zum Teufel, geht hier eigentlich vor? Hast du gesehen, was sie dort drüben treibt? Himmel. Ich meine, ich bin nicht ihr Aufpasser, aber – Scheiße, es ist einfach nicht in Ordnung. Es ist, ach – und dann mit einem solchen *Arschloch* …» Wie immer kriegte ich kaum einen Satz raus, was diesmal an meiner Wut lag. «Gabe, was ist mit ihr los, Mann? Ich hab sie noch nie so gesehen.»

Gabriel Smith war ein großer Kerl. Er hat jetzt etwas zugenommen, aber damals war er schlank, nur Muskeln und lange Beine. Seine Hautfarbe würde ich papierbraun nennen, grobe Gesichtszüge, braune Augen, schwarzes, krauses Haar. Sieht aus wie ein richtiger Zigeuner. Seine Stimme ist volltönend, und ich mochte schon immer seine Hände; große, breite Handflächen mit langen, spatelförmigen Fingern, immer trocken und warm. Also gut, ich hatte mich da schon in ihn verknallt, ist doch nicht verboten, oder? Jedenfalls nicht in der Theorie.

An diesem Abend war ich froh, ihn zu sehen, enorm froh. Ich brauchte seine große, warme Präsenz, seine tröstliche Männlichkeit, wenn man so will. Ich brauchte Schutz, und auf Gabe konnte man sich immer verlassen.

«Ich hab ihn gesehen. Ich kenne ihn. Er heißt Dodger. Ich kenne die Familie, und ja, er ist die Luft nicht wert, die er einatmet.»

«Also, dann lass uns doch etwas unternehmen, ihn wegschicken – wahrscheinlich ist sie besoffen, sie weiß bestimmt nicht, was sie tut, bitte, es ist so schrecklich.»

«Es gibt nichts, was du tun könntest. Sie ist nicht besoffen, darauf könnte ich wetten. Sie ist einfach so. War schon immer so. Kein ‹Aber›, und ich bin auch nicht hartherzig; ich sag dir nur, was Sache ist. Komm, hol Mojo, wir gehen nach Hause – zu euch nach Hause.»

Er legte den Arm um mich, und ich schmiegte mich an ihn, roch die Mischung aus Leder, frischem Schweiß und süßer Kerligkeit, die ich so sehr mochte. Plötzlich fühlte ich mich erschöpft und ausgelaugt. Ich wollte eine Tasse Tee, und für einmal vielleicht noch etwas mehr.

Mojo kam zu uns gesegelt. «Schätzchen, oh, wie himmlisch, der Engel Gabriel, mein absoluter Liebling. Tiger Lily, ich fühle mich etwas betrunken, um die Wahrheit zu sagen, und es gibt da einen ganz *außergewöhnlichen* Mann, der mir wie ein Hündchen überall hinterherläuft. Ich glaube, er ist eine Art *Matrose.* Er scheint voller Fisch zu sein, sehr eigenartig ...»

Wir nahmen ein Taxi nach Hause. Taxis sind in Bradford billig, nicht wie an andern Orten. Wir ließen uns in die Sitze plumpsen, und abgesehen von einer kurzen, hitzigen Debatte zwischen Mojo und dem Taxifahrer in Urdu, nach der der Fahrer entrüstet und Mojo selbstzufrieden aussah, war es eine angenehme Fahrt durch dunkle, nasse Straßen.

Aber ich war krank vor Sorge wegen Jamie. Ich fand es furchtbar, sie so zurückzulassen, es kam mir einfach nicht richtig vor. Es passte auch überhaupt nicht zu Gabe und Mojo. Was wussten sie, was ich nicht wusste? Zu Hause braute ich Tee und steckte Toast in den Grill. Nachdem ich alles ins Wohnzimmer gebracht hatte, setzte ich mich mit Gabe aufs Sofa. Kurz darauf kam Mojo rein. Er hatte sich abgeschminkt und trug eine schwarze Jogginghose und einen schwarzen Cashmerepullover. Sein Haar war zu einem Zopf zusammengebunden, und er wirkte plötzlich überhaupt nicht mehr betrunken. Einen Moment lang warf sein Anblick mich um. Dann dachte ich nur, was für ein unglaublich gut aussehender Mensch er doch war, ob als Mann oder als Frau. Er und Gabe blickten ernst; ich wusste, dass sie mit mir reden wollten.

Ich schenkte Tee ein und sagte: «Was gibt's denn, Jungs?»

Elf Gabriels Geschichte

«Die Sache ist die, Lily. Ich kenn Jamie seit Jahren. Meine Mam hat drüben in Ilkley eine Wiese mit'n paar Ponys und einem Bungalow drauf. Meine Mam war eine Fahrende, hast du das gewusst? Hat einen von außerhalb geheiratet, und es gab ein bisschen Ärger, weil sie einen Gadje – einen Sesshaften wollte, aber es war Liebe, keine Frage, und nach'n paar Jahren und so war alles o. k. Und als mein Dad bei dem Unfall starb, hat Mam dieses Stück Land mit dem Haus drauf gekauft. Es ist nett da, irgendwann zeig ich's dir mal, sie ist eine tolle Frau, meine Mam. Spielt jetzt keine Rolle. Die Gegend da ist reich, und das heißt, meine Brüder und Schwestern und ich konnten gute Schulen besuchen. Deswegen war Mam auch dorthin gezogen. Ich war zwar nie mit Jamie in einer Klasse oder so, sie ging zur Mädchenschule auf dem Hügel. Aber wir hingen zusammen rum, seit wir ungefähr dreizehn waren. Die ganzen Baby-Punks, alle, die nicht in den beschissenen Tennisverein eintreten wollten. Jamie und ich, wir mochten dieselbe Musik, dieselben Bücher, dasselbe alles. Für mich war sie wie eine weitere Schwester, nur irgendwie noch mehr. Meine Schwestern sind harte Weiber, Kriegerinnen, denen kommt keiner dumm. Eigentlich wie Mam. Großartige Frauen, ich lieb sie mehr als mein Leben – aber hart, das ja.»

Er hielt inne, um Tee zu trinken, und sein Blick schien auf Dinge gerichtet, die weit, weit weg lagen. Mich fröstelte. Dann seufzte er und fuhr fort. «Aber Jamie war anders. Klar, sie hatte eine große Klappe, regte sich immer furchtbar auf über irgendwas, schrie immerzu rum. Prügelte sich gerne. So hab ich sie kennen gelernt, als ich irgendein Kind von ihr abpflückte, das gerade auf sie einschlug. Sie war voller Schlamm, hatte eine riesige Schramme auf der Wange, schluchzte zum Gotterbarmen und fluchte gleichzeitig wie ein Matrose. «Du kannst dich auch verpissen», sagt sie zu mir. «Tu ich aber nicht», sag ich. Und dann gab ich ihr mein Taschentuch, damit sie sich das Gesicht abwischen konnte. Sie sagt, sie hätte es noch immer, diese sentimentale Gans. Und danach waren wir ständig zusammen. Sie kam zu uns nach Hause, und ich lehrte sie, auf den Ponys zu reiten, und meine Mam ließ sie mit uns Abendbrot essen. Wir hörten Platten in dem Schuppen, den ich für mich eingerichtet hatte, und liehen uns gegenseitig Bücher. Manchmal kifften wir oder tranken Apfelwein – davon wusste Mam aber nichts. Glaube ich jedenfalls. Klar hatte ich noch andere Freunde, aber Jamie war meins, sie war ein Teil von mir, sie war mir ewig viel wert. Klingt vielleicht bekloppt – keine Ahnung. Eine Kinderliebe. Wir hatten nie was miteinander, nicht mal ne winzige Knutscherei, und ich kann dir sagen, es gab in der Schule einige Mädchen, die hinter mir her waren. Jamie und ich, das war wie Familie. Die Leute haben natürlich geredet, das tun sie immer – das tun sie noch heute, aber nein, es ging nie um Sex. Sie brauchte mich, sie brauchte wirklich jemanden, der sich um sie kümmerte, und ich wollte mich um sie kümmern – sie wirkte irgendwie … verloren.»

Ich spitzte die Ohren, als er das sagte – genauso war es mir mit Jamie auch ergangen. Verloren war sie mir vorgekommen, und jetzt würde ich vielleicht herausfinden, warum. Die Gasflamme zischte und der Rauch unserer Zigaretten wand sich durch den Raum, als suche er nach einem Fluchtweg. Ich wollte auf jeden Fall erfahren, was Gabe mir zu sagen hatte – aber ein klein wenig fürchtete ich mich auch davor. Was, wenn … wenn er mir etwas über Jamie erzählte, das mein Bild von ihr veränderte? Ich schob den Gedanken von mir. Wie albern. Das konnte er gar nicht. Sie war meine beste Freundin, daran würde sich nichts ändern. Seine Stimme riss mich wieder in die Gegenwart zurück.

«Ich bin nur einmal bei ihr zu Hause gewesen, obwohl es gar nicht weit weg war von da, wo meine Mam wohnte. Ich wollte sie abholen. Wir waren beide vielleicht siebzehn. Sie lebte in einer vornehmen Siedlung; bisschen Grün vor und hinter dem Haus – vorstädtisch. Beschissene Häuser – billig gebaut, teuer verkauft. Ihr Vater ist irgendein Direktor, glaubt er zumindest. Ihre Mam hat sich mit Wohltätigkeitsarbeit einen Namen als gute Fee gemacht. Du solltest mal hören, wie meine Mam über ihre Mam reden kann, verdammte Kiste. Aber ihr Vater ist in derselben Loge, wie meiner war, also lassen wir das. Jamie kommt nach ihrer Mutter, breit gebaut, aber ihre Mam ist einfach nur fett. Jamie hat mehr Muskeln, dafür hab ich gesorgt. Ihre Mam trägt immer tonnenweise Schminke und diese pastellfarbenen Kleidchen, die man in teuren Läden kriegt. Hüte mag sie auch. Trägt immer einen Hut und eine große, viereckige Handtasche, wenn sie ausgeht. Scheiße. Ihr Vater ist ein kleiner, wieselartiger Typ, dünn, schmierig, wird langsam kahl. Wenn er dich begrüßt, ist das, als ob du einer nassen Socke, die mit kaltem Haferschleim gefüllt ist, die Hand gibst. Aber er ist ein großes Tier in der Loge – gesellschaftlich eine wichtige Nummer.

Jedenfalls komm ich da an, und dann sagen die mir, Jamie sei noch nicht fertig, was ich komisch finde, aber gut, und ob ich etwas zu trinken haben möchte, Tee oder eine Cola? Klingt o. k., also sag ich, ich hätte gern ne Cola. Ihre Mam wieselt rum, als sei das eine Riesensache, und am Ende sitz ich da mit einem langen, dünnen Glas voll abgestandener Cola mit Eis und Zitrone drin und einem verfickten Papierdeckchen drunter.

Und ihr Dad nimmt mich unterdessen ins Kreuzverhör, tut so, als sei er superhart drauf, traut sich dabei nie, mir in die Augen zu schauen. Wo wir hinwollten? Wann wir wiederkommen würden? Wir seien doch minderjährig? *Ich hoffe, ihr habt nicht vor, Alkohol zu trinken.* Wo meine Familie wohne?, etc., etc. Als ich meinen Familiennamen sage, zuckt er irgendwie zusammen und sagt, er habe meinen Vater gekannt, ein großer Verlust usw. Ich sage: ‹Ich weiß, dass Sie ihn gekannt haben›, und erwähne die Loge und er wird ganz kumpelhaft und meint, ich soll's nicht weitersagen, aber irgendwann würde ich auch dazugehören. Ich sage, danke, nein, das ist nicht mein Ding, und er wird stocksauer und fängt an rumzuwettern über die Jugend von heute, woraus sich irgendwie eine Überleitung ergibt zu faschistoiden Sprüchen über die Schwarzen und die Juden. Heute würde ich ihm eine knallen, aber damals war ich zu jung und außerdem abgelenkt.

Ich konnte Jamie nämlich weinen hören. Von oben hörte ich, wie sie weinte und wie die Stimme ihrer Mutter ganz leise auf sie einredete, aber einzelne Sachen verstand ich trotzdem wie «dreckige Zigeuner», «die Nachbarn», «du kleine Schlampe», «Schande» und so weiter. Es machte mich so verdammt wütend. Ich stellte die Cola – ich hatte nichts davon getrunken, und darüber war ich froh – auf ein Tischchen, das neben mir stand, und sagte: ‹Wir müssen los, wenn wir nicht zu spät kommen wollen.› Ich war nicht höflich, ich starrte ihn einfach an und sagte: ‹Wo ist Jamie?› Das hat ihn umgehauen, alle, die er kannte, machten Katzenbuckel vor ihm und schleimten rum, damit er ihnen einen Gefallen tat und so weiter. Aber ich wusste das, was Jamie mir erzählt hatte, ich wusste, was in diesem Haus vor sich ging, und irgendwie schaffte ich es einfach nicht, zu dem Typen höflich zu sein.»

Mojo und ich tauschten Blicke. Gabe und höflich zu jemandem, den er nicht mochte? Das konnten wir uns nicht vorstellen. Niemals. Ich versuchte, meine verkrampft ineinander gefalteten Hände zu entspannen und meinen steifen Nacken zu lockern, während er ruhig und gemessen weiterredete.

«Dieser Typ und seine Frau, das war wie eine beschissene Einheit, ganz nah beieinander, als seien sie füreinander gemacht. Warum sie überhaupt ein Kind haben wollten, ist ein verdammtes Rätsel, aber sie hatten eins. Nur eins, nämlich Jamie. Jemima Olivia Gerrard – Jamie. Der Name kam von irgendeiner alten Erbtante, auf deren Geld sie scharf waren. Aber ihre Mam hasst Kinder, sie hasst sie wirklich. Die von andern Leuten genauso wie ihr eigenes. Interessierten sie nicht, wollte sich nicht davon stören lassen. Und deswegen gaben sie Jamie ihrer Oma zum Großziehen – der Mutter ihres Dads, die in der ‹Omawohnung› lebte, die sie nach hinten raus gebaut hatten. Die andern Großeltern waren längst tot. Nur Nana Gerry lebte noch. Und nach Ansicht von Jamies Mam und Dad bedeutete Jamie eine unzumutbare Belastung für ihren Lebensstil. Sie schienen sie überhaupt nie wahrzunehmen. Sie kam in ihrer Lebensplanung einfach nicht vor. Sie spielten nicht mit ihr, es gab keine Ausflüge, keine Ferien, nicht mal ein beschissenes Picknick auf den Felsen, was wirklich jeder in Ilkley mal gemacht hat, sie lasen ihr nie Pooh-der-Bär vor, nichts. Dafür war immer Nana zuständig. Und dann, als sie neun war, starb Nana. Herzanfall. Bummbumm, peng, weg. Hätte Jamie auch beinah umgebracht. Ich denke, sie hatte wahrscheinlich so was wie einen Zusammenbruch. Aber ihre Eltern kümmerten sich einfach nicht darum und – hör dir das an – fuhren mit Nana Gerrys Geld nach Zypern und ließen Jamie zu Hause. Mit ihrem gottverdammten Onkel Ted.»

Er machte eine Pause und rieb sich übers Gesicht. Mojo lehnte sich etwas vor, die Hand ausgestreckt, als wollte er Gabe trösten – aber Gabe bemerkte ihn nicht, und Mojo setzte sich vorsichtig wieder in seinen Sessel, um Gabe nicht zu stören, der hustete und dann weiterredete.

«Scheiße, ich hasse das, ich ertrage es einfach nicht, daran zu denken. Wenn sich dieser Scheißkerl nicht umgebracht hätte, hätte ich ihn erledigt. Wichser. Ted war der Bruder ihrer Mam. Ein echter Partylöwe und ein wunderbarer Mensch, o ja, und ganz vernarrt in die lieben Kleinen. Immer bereit, als Babysitter einzuspringen. Er war Schwimmtrainer, machte jedes Mal den Weihnachtsmann bei der Kinderfeier. Ja, ja, Onkel Ted. Warum hat er eigentlich nie geheiratet? Hat wahrscheinlich einfach nie die Richtige getroffen, was, Ted? Aber sicher. Scheiße. Jamie hat er gehütet, seit sie ganz klein war. Nana Gerry zottelte jeweils zu ihrem Bridgeabend oder was auch immer, und Onkel Ted war gerne bereit, ihr auszuhelfen. Seine kleine Prinzessin war ihm das Wichtigste auf der Welt. So traurig, dass er nie eigene Kinder hatte, und bla bla bla. Herrgott noch mal.»

Er drehte sich um und schaute mir direkt in die Augen. Ich erschrak kurz, ich wusste gar nicht, warum. Dann sagte er:

«Es tut mir Leid, Lily. Das alles ist nicht besonders angenehm, und ich möchte dich auch nicht schockieren oder so, aber ich glaube, du solltest alles wissen, damit du es verstehen kannst. Du musst verstehen, was mein armes kleines Mädchen durchgemacht hat. Weißt du, wenn sie alleine waren, zwang er sie, ihm den Schwanz zu lutschen. Und später fickte er sie auch. O ja, das ganze Programm. Von vorne, von hinten, alles. Fesselte sie, pisste auf sie drauf, holte sich über ihr einen runter und rieb ihr den Samen ins Gesicht, alles, was du dir vorstellen kannst. Armer kleiner Wurm. Mein Gott, dieses arme, hilflose Würmchen. Es gab nichts, was er ihr nicht angetan hätte. Er zeigte ihr Bilder von gefolterten Frauen in Pornoheften und sagte ihr, es würde ihr genauso ergehen, wenn sie jemandem etwas verriet. Sagte, jeder, dem du was sagst, wird sterben. Ich werde erst sie umbringen, dann dich, dann mich. Aber wer glaubt schon einer schmutzigen kleinen Schlampe wie dir? Du bist Dreck, Abschaum. Nicht mal deine Mama oder dein Papa ertragen es, dich bei sich zu haben, aber ich, ich liebe dich, du bist meine kleine, dreckige, geheime Liebe, Jemmy, nicht? Mein kleines Geheimnis.

Scheiße. Scheiße, ich … es war schon alles vorbei, als ich sie kennen lernte, es war vorbei, seit sie elf war. Zu alt für ihn. Er sagte ihr, sie sei so abstoßend und verdorben, dass er sie nicht mehr lieben könne – sie hatte ihre erste Regel bekommen. Er sagte ihr, das sei der Beweis dafür, wie abstoßend sie sei. Es sei die Strafe Gottes dafür, dass sie mit ihm zusammen gewesen sei, ihn verführt habe und so weiter. O ja. Er wusste immer ganz genau, wie er es drehen musste. Sie konnte niemandem etwas sagen. Nana Gerry hätte ohnehin nicht geglaubt, dass es so etwas auf der Welt gab, und darüber hinaus hatte Jamie eine panische Angst davor, dass Onkel Ted ihrer Nana wehtun könnte, wie er es ihr angedroht hatte. Und ihre Eltern? Vergiss es. Die hielten Onkel Ted für das Größte. Sie sagte immer, was ihr am meisten zugesetzt hätte, war, wie ihre Eltern sie zwangen, Onkel Ted aufs Knie zu sitzen und ihm einen dicken Kuss zu geben. Und wenn sie einen unglücklichen Eindruck machte, hieß es, sie sei «ein unhöfliches, undankbares kleines Mädchen» und dass Onkel Ted sie doch «zum Fressen gern» habe. Als sie klein war, dachte sie eben immer, ihre Eltern wüssten Bescheid, sie wüssten alles und würden nur nichts sagen, weil sie sich vor ihr ekelten. So, wie man über Klogänge nicht spricht oder so. Eine Peinlichkeit.»

Ich sah, wie in seinen Augen Tränen glitzerten – genau, der Mann, den die ganze Stadt für so unglaublich hart und cool hielt. Er konnte weinen – nein, trauern – um dieses verlorene Kind. Ich sah zu Mojo. Er lag in seinem Sessel und die Zigarette, die zwischen seinen langen Fingern hing, war schon gefährlich weit abgebrannt. Die andere Hand hatte er über die Augen drapiert. Genau, ich wollte diese Dinge auch nicht sehen. Gabe trank einen Schluck kalten Tee und fuhr fort.

«Er hat sich umgebracht, Ted. An ihrem dreizehnten Geburtstag. Hat sich in der Garage aufgehängt. Sie dachte, es sei ihre Schuld, sie würde mit ihrer Verderbtheit die ganze Familie in den Tod treiben. Ich persönlich glaube, irgendjemand war ihm auf die Schliche gekommen und hatte ihn bedroht. Zumindest gab es damals Gerüchte, die in die Richtung gingen, aber dann wurde alles vertuscht. Wir lebten doch in Ilkley. So was passierte einfach nicht in Ilkley.

Ein halbes Jahr danach habe ich sie kennen gelernt. Von Ted erzählte sie mir einige Jahre später. Wollte mir einreden, dass wir nicht mehr zusammen rumhängen durften, weil sie verflucht sei – genau so drückte sie es mir gegenüber aus, «ich bin verflucht, Gabe». Ich ließ nicht locker, bis sie mir gesagt hatte, was los war, und dabei zitterte und bebte und heulte sie wie ein geprügelter Hund. Ich wusste bis dahin gar nicht, was es heißt, wütend zu sein. Ich dachte, ich platze gleich. Ich glaube, nachdem ich das gehört hatte, war meine Kindheit vorbei. Ich war nie wieder wirklich ein Kind. Ich war vielleicht sechzehn. Mir war natürlich aufgefallen, dass etwas ernsthaft nicht in Ordnung war mit ihr, sie war so wild – soff, nahm Drogen, ging mit jedem ins Bett. Ungefähr mit vierzehn fing sie an, regelmäßig zu trinken, die Drogen kamen kurz danach, und dann natürlich die Jungs. Sie war das Paradebeispiel eines verwirrten Teenagers. Ich kann mich gar nicht mehr erinnern, wie oft ich ihr aus irgendeiner Patsche geholfen habe – o ja, da stimmte eindeutig etwas nicht. Ich schob es immer darauf, dass ihre Eltern solche Arschlöcher waren.

Sie hatte ihnen nie irgendetwas von Ted erzählt, aber als sie ungefähr achtzehn war, entdeckte sie in einer Frauenzeitschrift einen Artikel über Kindesmissbrauch. Und da kapierte sie, dass sie nicht die Einzige war. In dem Artikel stand, dass man seine Eltern konfrontieren soll, die Wahrheit an den Tag bringen, all so was. Und das tat sie, die arme Sau. Die beiden sind durchgedreht. Gott im Himmel. Kreischten und brüllten rum, sagten, wie sie es wagen könne, den armen toten Onkel Ted in den Schmutz zu ziehen, der sie doch «angebetet» habe. Dass sie sich damit nur aufspielen wolle. Dass sie geisteskrank sei, eine widerliche Lügnerin, eine Nutte, ein Flittchen, und zwar schon seit immer. Eine lebende Schande sei sie, was die Eltern bloß falsch gemacht hätten? Auf den besten Schulen sei sie gewesen, die man mit Geld kaufen könne, und bla bla bla. Die ganze

Palette rauf und runter. Und dann schmissen sie sie raus. O ja, «Tschüs war *alles*, was sie schrieb». Verschwinde aus unserm netten kleinen Haus, aus unseren netten kleinen Leben. Diese Wichser.»

Die Wut in seiner Stimme war spürbar, dumpf und drohend. Seine Hände waren zu Fäusten geballt, die Knöchel hoben sich weiß von der braunen Haut ab.

«Sie hat sich die Pulsadern aufgeschnitten. Ich hab sie gefunden, im Moor oben im Happy Valley, in dem kleinen Schlupfwinkel, wo wir als Kinder immer spielten. Eine eiskalte Nacht. Überall war Blut, und wahrscheinlich hat sie die Kälte gerettet, hieß es nachher jedenfalls. Der Blutfluss wurde dadurch gestaut. Keine Ahnung, warum ich da hoch ging – ich war eigentlich verabredet, aber ich sagte ab, ging hin und fand sie da. Schneeweiß – sie sah aus wie ein Gespenst. Ich riss mein T-Shirt in Streifen und verband ihr damit die Handgelenke, dann hob ich sie auf, und weißt du was? Obwohl sie so groß ist, schien sie überhaupt nichts zu wiegen. Eigenartig. Ich rannte hinunter zum Pub und rief einen Krankenwagen. Mann, das war vielleicht ein Skandal. Erst war sie im Krankenhaus, und dann wollten ihre Eltern sie in eine Anstalt einsperren lassen. Aber meine Mam sagte, nein, sie kommt zu uns. Also brachte ich sie nach Hause, und meine Mam und meine Schwestern kümmerten sich um sie. Und als sie von dieser Scheiße mit Onkel Ted erfuhren – Jesus, da war ich froh, dass er sich schon umgebracht hatte, die hätten ihn in Stücke gerissen. Ihre Eltern tönten noch ein wenig rum von wegen, man müsse sie verwahren, aber ich sagte ihnen – *nein*. Einfach so. Ihr Alter versuchte, mir und meiner Mam deswegen Schwierigkeiten zu machen, aber eigentlich passte ihnen das prima. Vor ihren Freunden spielten sie die Märtyrer, aber im Grunde wollten sie sie einfach weg haben.

Also sagten sie irgendwann nur noch: ‹Sie muss die Suppe auslöffeln, die sie sich eingebrockt hat – in unserm Haus ist sie nicht mehr willkommen.› Ich meine, ‹unser Haus›, das sagt doch schon alles, oder? Also sagte ich: ‹Großartig.› Schweine.»

Er hielt inne, um sich eine weitere Zigarette anzuzünden, und ich sah, dass seine Hände zitterten. Ich kann gar nicht beschreiben, wie ich mich fühlte: Wie konnte Jamies eigenes Fleisch und Blut sie so behandeln? Es war – es war, es gelang mir nicht, das zu verstehen. Gabe zog den Rauch einmal tief ein und fuhr dann fort.

«Danach ging es ihr längere Zeit nicht besonders gut – sie war deprimiert, ständig am Heulen. Die Ärzte wollten sie zwingen, alle möglichen Pillen zu nehmen, aber meine Mam sagte, kommt nicht in die Tüte – sie braucht Liebe. Meine Mam. Das ist eine Nummer, im Ernst. Ich sagte ihr: ‹Mam, sie ist nicht einer deiner verletzten Füchse oder ausgesetzten Kätzchen, sie ist richtig kaputt.› Aber meine Schwestern schalteten sich ein, sagten, sie würden helfen, es sei das einzig Richtige – außerdem gehöre Jamie doch zur Familie. Und Mam lächelte nur. Aber sie behielt Recht. Es dauerte lange, es gab eine Menge Rückfälle und schwere Zeiten, aber am Ende ist sie da rausgekommen. Sie war immer noch ein bisschen verrückt, hing mit den Rockern im Ort rum und so, aber ich kriegte sie so weit, dass sie die Drogen sein ließ, dass sie mit mir zum Tai-Chi kam, übers Moor spazierte – sie geht auch jetzt noch überall zu Fuß hin. Wir ritten auf den Ponys und gingen im Sommer zum Badestrand – nette, einfache Unternehmungen. Und irgendwann konnte sie schlafen, ohne schreiend aufzuwachen. Sie soff auch nicht mehr. Ich dachte schon, wir hätten es geschafft. Aber es gibt eine Sache, von der sie nicht loskommt, und das sind die Typen.

Sie hat mir mal gesagt, dass sie genau weiß, was sie tut – nämlich sich die kompletten Arschlöcher aussuchen –, aber dass sie nichts dagegen tun kann. Sie meinte, es sei wie eine Art Droge, und egal, wie schlecht es ihr damit ginge, sie käme davon nicht los. Und ich weiß nicht, wie ich ihr da helfen soll – außer, indem ich so gut wie möglich auf sie aufpasse. Anfangs versuchte ich noch, einzugreifen – ich hab dem Kerl eine Abreibung verpasst, solche Sachen. Aber sie ist bloß schluchzend zu ihm zurückgekrochen. Inzwischen hab ich kapiert, dass ich ihr die Droge nicht wegnehmen darf, wenn sie drauf ist. Das Einzige, was dabei passiert, ist, dass sie sich in Stücke reißt, um wieder an sie ranzukommen – das kannst du dir gar nicht vorstellen. Sie kreischt, schlägt mit dem Kopf gegen die Wand, schneidet sich auf – grauenvoll. Manchmal schäme ich mich dafür, dass ich ein Mann bin, wenn ich das sehe. Und die Schweine riechen das, wie Raubtiere sind sie hinter ihr her, wie beschissene Haie. Wie dieser Scheiß-Dodger. Mann, ich weiß nicht. Man kann nur warten, bis sie wieder nach Hause kommt. Aber mir jagt das eine Scheißangst ein. Kann dir gar nicht sagen, wie oft ich in der Gegend rumgefahren bin und nach ihr gesucht habe. Was überhaupt nichts bringt. Jesus.

Nichts, was man tut, kann nämlich dieses höllenschwarze Loch in ihrem Herzen füllen, gar nichts. So sehe ich das jedenfalls. Und ich glaube, genau deswegen kann sie auf der Bühne auch so komisch sein. Unheimlich, nicht? Sie war schon immer so, hat uns immer alle zum Lachen gebracht, für sie war das eine Art Schutz, wenn sie den Clown abgeben konnte. Als sei das ein Teil von ihr, den sie selbst gemacht hat, der mit ihrer Vergangenheit nichts zu tun hat. Sie braucht das, sie braucht irgendetwas, worüber sie ganz alleine die Kontrolle behält. Wer weiß, vielleicht braucht sie auch keine Typen mehr, wenn diese

Comedy-Sache ins Rollen kommt, was meinst du? Jedenfalls ist es ein Versuch wert, findest du nicht?»

Er drehte sich mit einem flehentlichen Ausdruck im Gesicht wieder zu mir.

«Lily, du musst das verstehen. Du darfst sie nicht verachten, es war nicht ihre Schuld, wirklich nicht. Genauso wenig wie jetzt – sie kann nichts dafür. Wenn du wirklich ihre Freundin sein willst, dann musst du auf sie aufpassen, ich kann nicht mehr immer hier sein – und sie braucht uns – hab ich Recht, Mojo?»

Zwölf Mojos Geschichte

Gabriel drehte sich zu Mojo und sah ihn mit gequälten braunen Augen an. Mojo beugte sich vor und strich ihm sanft über die Hand.

«Erzengel Gabriel, was bist du doch für ein guter Mensch. Ich weiß, ich weiß, es ist so unendlich schwer. Wir werden in die Welt geworfen und können dann zusehen, wie wir darin zurechtkommen.»

Mojo bot uns Zigaretten an, und wir zündeten uns alle eine an. Eine Weile lang rauchten wir schweigend, dann seufzte er tief.

«Ich hab sie bei Lucky's kennen gelernt, weißt du. Scheußlicher Ort. Randvoll mit Originalen. Sie war einundzwanzig, und ich … nun, das spielt jetzt keine Rolle. Ich war gerade aus London zurückgekehrt und wohnte bei zwei Freunden, die ein Cottage in, sagen wir, Bingley besaßen. Sehr schick. Die beiden waren ein häusliches Paar, immerzu Quiche und Chianti, ganz reizend. Aber meine Güte, wie sie mich zu verkuppeln versuchten! ‹Mo, Schätzchen, das hier ist Trevor, er ist Englischdozent an der Universität, ein wunderbarer Mensch, wirklich, gerade aus Penge hierher gezogen, überhaupt nicht szenig.› Da saßen auf der einen Seite diese ganzen Schrankschwulen, ganz einfach in Tweed und Cord gekleidet, und ich auf der andern Seite, in Versace, meine Lieben. Nein. Ich wollte mir immer etwas Eigenes suchen, aber schon die Vorstellung schien mich zu erschöpfen. Als Terry und Tim dann für einige Monate auf die griechischen Inseln fuhren, blieb ich einfach da wohnen und hütete ihr Häuschen. Sehr praktisch, fand ich.

Aber nach ungefähr einer Woche ergaben sich einige Probleme. Ich war zurückgekommen, um mit einem gewissen Jemand zusammen zu sein. Jemand Besonderer, versteht ihr, und die Dinge liefen gar nicht gut. Ich fühlte mich so entsetzlich niedergeschlagen, also steckte ich das Notwendigste in meine Handtasche, füllte mir das Näschen mit Koks und ging aus, um das Terrain zu sondieren. Eine wandelnde Einladung für eine Katastrophe, du lieber Himmel.

Schließlich landete ich in einem desolaten Zustand bei Lucky's. Zum Glück traf ich da Lonnie und schaffte es, mich an ihrem Tisch auf einen Stuhl fallen zu lassen; ihr kennt Lonnie, sie hielt da gerade Hof, wie immer wahnsinnig russisch und dramatisch. Ihre Rede bestand aus lauter ‹Libblinks› und ‹einen halben kleinen Wodka› und ‹Illonka schweerrt auf dich, Libblink, setz dich zu mirr›. Geboren und aufgewachsen in Bradford, wie wir alle wissen, aber Lonnie würde sich eine gute Pose nie von etwas so Banalem wie der Wirklichkeit verderben lassen, finde ich immer. Am Wochenende glaubt Lonnie, sie sei Anastasia. Den Rest der Woche ist sie einfach Königin Katharina.

Wo war ich? Ach ja. Also zwänge ich mich auf einen widerlichen kleinen Stuhl und trinke ekelhaften Wodka. Es ging da zu und her wie im Zirkus – lauter grauenvolle Betrunkene und Spießer, die einen auf Bohemien machten. Ich trug natürlich ein Kleid. Vergesst bitte nicht, dass ich mich nicht als Transvestit verstehe. Ich bin ein Junge und trage ein Kleid, das ist etwas ganz anderes.

Nachdem ich etwas von Lonnies Giftbrühe in mich reingekippt hatte, taumelte ich zur Bar, um da einen anständigen Drink zu bestellen. Keine Glanzidee, aber ich hatte meinen Kopf grade nicht bei mir. Da stand ich also in meiner Strumpfhose, meinen Pumps und meiner Gucci-artigen Tunika, als ein Mann mir eine runterhaute. Er schlug mir hart ins Gesicht, seitlich, und ich fiel um wie ein Baum. Einige Minuten lang war ich gar nicht bei Bewusstsein, und als ich auf dem schmutzigen Fußboden zu mir kam, saß auf mir eine Tigerin, Schätzchen, nämlich Jamie. Sie saß auf meinem leblosen Körper und schrie einen wirklich riesigen Mann an. Ich versuchte aufzustehen, und sie trat zur Seite und half mir auf die Beine, ohne je ihre brennenden Augen von dem betrunkenen Blick dieses Unholds zu lösen. Dieses Scheusal war ganz verwirrt. Er brummte irgendetwas von ‹Schwuchteln› und ‹anständigen Leuten›, aber sie stand einfach da, stützte mich mit einem Arm und machte ihn zur Schnecke. Sie hätte bei der geringsten Provokation wahrscheinlich eine Prügelei angefangen, aber ihm war diese Harpyie so peinlich, dass er murrend abzog. Und dann hat man uns natürlich rausgeschmissen.

Das Erste, was sie zu mir sagte, war: ‹Hast du deine Handtasche?› Sie zitterte wie Espenlaub und war totenblass. Ich vermutlich genauso, aber ich möchte lieber nicht darüber reden. Ich war – wie soll ich sagen, so *gerührt* von dem, was sie getan hatte.

Normalerweise war es nicht so, dass wildfremde Leute sich für mich einsetzten, wenn, dann eher umgekehrt. Also antwortete ich natürlich mit einem sehr albernen Satz. ‹Weißt du, ich bin ein Mann›, sagte ich. Keine Ahnung, wie ich darauf kam.

‹Das ist mir schon klar›, sagte sie ungeduldig. ‹Was spielt es für eine Rolle – du bist so schön, so wunderschön.›

Der Satz schien ihr aus tiefster Seele zu kommen, es war einfach herzzerreißend. Und es handelte sich nicht um ein Kompliment – ich liebe Komplimente. Es war etwas anderes. Als würde ein Kind auf ein Spielzeug starren, das seine Eltern ihm nicht kaufen können; eine Art unbewusster Reflex. Mir war sofort klar, dass sie sich selbst für unglaublich hässlich hielt. Ich kenne diese Art von Defekt. Ich wollte etwas sagen, aber dann übermannte mich plötzlich der Schmerz und ich bekam Angst, dass meine Verletzungen diesmal schlimmer sein könnten als sonst. Ich nehme an, dass ich kurz *gejault* habe.

Den Rest des Abends verbrachten wir dann in einem Krankenhaus und ließen uns von Ärzten und Schwestern unhöflich behandeln. Wir waren ein bemerkenswertes Paar. Mein Gesicht war lila – eine Farbe, die mir noch nie gut stand – und Jamie, mein Gott. Damals trug sie noch Lederjeans und enge T-Shirts; schwere Stiefel, Nietenarmbänder. Sehr butch. Sie hatte sich so viel Make-up aufs Gesicht geklatscht, dass man mit dem Fingernagel seinen Namen in ihre Wange hätte einritzen können. Hab ich von Colette geklaut. Aber sie war sehr komisch und auf eine unakademische Art belesen. Mit der Zeit tauten sogar die Schwestern ein klein wenig auf, und schließlich wurde das Ganze gesellschaftlich gesehen zu einem richtigen kleinen Erfolg. Ich weiß noch, wie mich ihre Fürsorge für einen Wildfremden beeindruckte, vermutlich macht sich da der Einfluss deiner Familie bemerkbar, Gabriel, mein Herz.

Irgendwann hatten wir alle Medikamente und Predigten entgegengenommen und standen auf dem Parkplatz, und ich hörte mich sagen – ‹Hast du eine Bleibe, möchtest du heute Abend vielleicht in meinem Häuschen in Bingley übernachten?› Offen gestanden wollte ich einfach nicht allein sein, vor allem nicht in *Bingley*. Sie zögerte nur ganz kurz und sagte dann: ‹Danke schön.› Herrlich wohlerzogen – auch das Verdienst deiner Mutter, Engel?

Und da wurde aus der Sache eine richtige kleine Pyjama-Party. Es war, als kennten wir uns seit Jahren, ganz erstaunlich. Nie hätte ich vermutet, dass jemand, der in einem solchen Aufzug herumlief, mir so schnell, so innig ans Herz wachsen könnte. Sie blieb zwei Wochen, dann beschlossen wir, zusammen eine Wohnung zu suchen. Mir passte das wunderbar, da sie bereit war, die Anstrengungen auf sich zu nehmen, die so etwas mit sich bringt. Für mich spielt es ohnehin keine Rolle, wo mein Bettchen steht. Das unvermeidliche Resultat einer Schulzeit im Internat. Ich kann mich überall hinlegen und schlafen und habe das auch schon oft getan. Erst mieteten wir eine Wohnung in Manningham, zogen kurz darauf dann nach Undercliffe, und schließlich landeten wir hier. Wir haben eine ganze Reihe von Untermietern durchprobiert, sozusagen, und mit einigen war es ganz himmlisch – ich liebe es, wenn *du* hier bist, Gabriel, ich fühle mich dann so sicher –, mit andern dagegen ziemlich scheußlich. Und ich muss leider zugeben, dass die Scheußlichen ausnahmslos zu Jamies Fehltritten gehörten. So nenne ich sie für mich. Dieser schreckliche Andy; ein fürchterlicher Mensch. Er hat meine wunderschöne Cartier-Uhr und mein silbernes Armband von Tiffany geklaut, und glaubt mir, das fand ein gewisser Jemand ganz und gar nicht komisch. Jamie war – und das ist sie jedes Mal, nicht wahr, verehrter Engel? –

unglaublich betroffen über das Verhalten dieser Bestie. Danach tut es ihr immer unendlich Leid. Nicht wegen sich selbst, sondern wegen der Schmerzen, die diese Fehltritte denjenigen zufügen, die ihr nahe stehen.

Und zu diesem Personenkreis gehöre ich ebenfalls, unbedingt. Wenn auch auf eine etwas andere Art als du, Gabriel. Ich habe kein Bedürfnis, sie oder irgendjemanden sonst zu retten. Das mag euch kalt und egoistisch vorkommen, und vielleicht bin ich das ja auch. Im Gegensatz zu dir bin ich kein Erlöser, mein Lieber. Mir gefällt das Leid, das sie sich zufügt, genauso wenig, aber es ist nun mal ihr Leben, und nur sie kann etwas daran ändern. Wie könnte ich das Verhalten anderer Menschen missbilligen, wo mein eigenes schon so kompliziert ist? Ich werde natürlich weiterhin auf sie Acht geben, und ich bin absolut dafür, dass sie ihre Comedy-Ambitionen weiter verfolgt. In dem Punkt gebe ich dir Recht. Sie findet darin einen Lebenssinn, eine Möglichkeit, kreativ zu sein, und vielleicht, wenn wir Glück haben, wird es ihr irgendwann auch dabei helfen, sich von ihrer Vergangenheit zu lösen.

Ich bin nicht so leidenschaftlich wie du, mein Engel. Jamie ist nicht meine Mission, sie ist meine Freundin. Ich habe ein Leben außerhalb dieser vier Wände, das niemanden außer mich selbst etwas angeht. Natürlich ist das ein Grund, warum ich gerne mit ihr zusammenlebe. Allein die Vorstellung, ein Haus mit einem Haufen kreischender Provinzschwuchteln zu teilen, die alle gleichzeitig ins Badezimmer drängeln und nach Poppern riechen! Das hier mag ein Slum sein, aber mir passt das ganz gut. Ich brauche mich nicht weiter darum zu kümmern. Ich kann so sein, wie ich bin.

So, ihr Lieben, und nun habt ihr genug vom Innenleben dieses kleinen Mädchens erfahren. Mein Bettchen ruft. Ich liebe dich wahnsinnig, Erzengel, bar jeder Vernunft – und Lily, liebste Tiger Lily, versuch bitte, dir keine Sorgen zu machen. Du musst lernen, das zu akzeptieren, was du nicht ändern kannst. Irgendwann wird sie nach Hause kommen, und dann wird sie dich brauchen. Anders als du, Gabriel, mache ich mir keine Sorgen um ihre körperliche Sicherheit; ich glaube nicht, dass sie zu denjenigen gehört, die einem Wahnsinnigen zum Opfer fallen.»

Du lieber Himmel. Ich werde nie vergessen, wie leichthin er das sagte. «Einem Wahnsinnigen zum Opfer fallen.» So was passiert doch Leuten wie uns nicht, oder?

Dreizehn

In dieser Nacht teilte ich mit Gabriel ein Bett. Wir schliefen nicht miteinander, aber das lag nicht daran, dass ich mich geziert hätte, glaubt mir. Ach, Scheiße. Was geschah, war Folgendes. Mojo ging schlafen, dann Gabe, der wie immer in Jamies Bett war, und nachdem ich mir das Gesicht gewaschen und die Zähne geputzt hatte, legte ich mich ebenfalls hin.

Aber ich konnte nicht schlafen. Der Mond war eine riesige weiße Kugel und hing in der Dunkelheit wie ein großer Scheinwerfer. Er leuchtete durch mein Dachfenster, wo ich weder Jalousien noch sonst was montiert hatte. Ich versuchte, Schäfchen zu zählen, tief zu atmen, flach zu atmen, alles – nichts funktionierte. Ich wollte lesen – keine Chance. Ich war hellwach. Mein Hirn war hyperaktiv von all den schrecklichen Dingen, die ich erfahren hatte, und ich war ganz durcheinander. Ich wusste nicht, was ich denken, was ich tun sollte. Einerseits tat mir Jamie so entsetzlich Leid; aber anderseits – nun, stolz bin ich darauf nicht, aber es ließ sich nicht vermeiden, dass ich dachte: Mann. Lasst mich doch mit alldem in Ruhe. Klingt beschissen, ich weiß, aber es war eben so. Heutzutage hört man so viele Schreckensgeschichten über Kindesmissbrauch, dass man sich auf eine gruselige Art irgendwie daran gewöhnt hat. Wenn eine Frau verrückt spielt, nehmen die Leute inzwischen einfach an, dass sie ein dunkles Missbrauchsgeheimnis mit sich herumträgt – und bei Typen genauso. Obwohl, das stimmt auch wieder nicht. In der Schule gab es einen Jungen, der seine kleine Schwester gefickt hatte. Ich wusste das, weil er damit rumgeprahlt hatte. Wir hielten ihn alle für ein Arschloch, und vermutlich haben die meisten Leute ihm nicht wirklich geglaubt. Ich auch nicht. Aber jetzt schon.

Mir wurde ganz übel bei der Vorstellung, was man der armen kleinen Jamie angetan hatte. Und ihre beschissenen Eltern! Kein Wunder, dass wir nie etwas von ihnen sahen oder hörten, kein Wunder, dass sich Jamie dauernd über sie lustig machte. Schutzmechanismen. Ich verstand jetzt, was Graeham mit «Dunkelheit» gemeint hatte. Ich glaube nicht, dass er die Geschichte kannte, aber wahrscheinlich ahnte er, dass sich in ihrer Vergangenheit etwas Schlimmes verbarg. Er war nicht blöd – im Gegensatz zu mir. Ich meine, was passierte eigentlich noch Schreckliches in der Welt da draußen, während ich rumhüpfte und mich fragte, welche Lippenstiftfarbe ich auftragen und was ich abends essen sollte?

Ich wollte Gerechtigkeit für Jamie und all die anderen verlorenen Kinder. Diese lebenden kleinen Toten, die elenden Überreste der kannibalistischen Orgien von Erwachsenen. Mein Hirn kreiste immerzu um diesen Gedanken, aber gleichzeitig war ich irgendwie ungehalten darüber, dass man mir für diese Grausamkeiten die Augen geöffnet hatte. Ich schämte mich deswegen, aber ich konnte nichts dagegen tun. Es gelang mir überhaupt nicht, mich zu beruhigen.

Ich stand auf, streifte ein riesiges T-Shirt über und schlich mich runter zum Klo. Ich pinkelte, wollte dann in meine Mansarde zurückkehren und dachte plötzlich, ich will nicht alleine sein. Ich will, dass jemand mich in die Arme nimmt. Ach, scheiß drauf, ich wollte Gabe.

Ich gehöre nicht zu diesem dreisten, hemmungslosen modernen Mädchentyp, auch wenn ich nach außen hin vielleicht so wirke. Ich kann die beutehungrigen Girlies im *Cosmopolitan* nicht leiden. Klar überkommt es mich auch ab und zu, aber normalerweise behalte ich meine Hände schön bei mir. In dieser Nacht war das anders, in dieser Nacht ging es für mich um das Überleben.

Ich öffnete die Tür zu Jamies Zimmer und stand einen Moment da, lauschte Gabes regelmäßigen Atemzügen. Dann ging ich rein, setzte mich auf die Bettkante und schüttelte ihn wach.

«Wassislos? Äh, Lil, Mädel, was ist denn?»

«Darf ich mich zu dir legen? Mir ist so furchtbar komisch, ich kann nicht einschlafen, bitte, Gabe …»

«Klar, Baby, hüpf rein. Hier, kuschel dich ran, und ab geht's ins Traumland, Kleines.»

Er schlief sofort wieder ein. Wir lagen Rücken an Bauch eng aneinander geschmiegt, ich wie ein Kind in seinen Armen. Ich spürte seine Kraft, das warme Schwellen seiner Muskeln, roch den süßen Duft seiner Haut – der saubere, tröstliche Geruch eines gesunden Kerls. Ich war froh, dass er Aftershaves und Deos hasste, ich liebte seinen eigenen Gabe-Geruch so sehr. Sein Atem war ebenfalls süß, und sein lockiges, schwarzes Haar roch leicht nach Kräutershampoo.

Ich wusste, dass ich mich in ihn verliebt hatte.

Verfluchter Mist.

Weil nämlich manchmal die Chemie einfach nicht stimmt, versteht ihr? Oder sie stimmt vielleicht für einen selbst, aber nicht für den andern. Und nichts, was man tut, kann etwas daran ändern. Ich wusste, dass mein geliebter Gabriel mich für eine «großartige Person» hielt. Ich wusste, wie begeistert er war, dass seine Jamie eine ständige Begleiterin hatte, der er vertrauen konnte. Ich wusste, dass er für mich alles tun würde, was ich von ihm verlangte, weil ich zu seiner erweiterten Familie gehörte. Aber liebte er mich so wie ich ihn? Niemals. Weshalb sollte ich mir da etwas vormachen – darüber würde ich nur den Verstand verlieren. Ich hatte seine Freundinnen gesehen. Er mochte magere, neurotische Blondinen mit riesigen Glubschaugen und Fick-mich-Lippen. Jede Einzelne war ein verdammtes Luder, aber er dachte immer, sie seien schlecht behandelt worden oder missverstanden von der Welt. Auf seine eigene Art war er nämlich in Liebesdingen genauso verkorkst wie Jamie. Für ihn stellte ich schlicht keine mögliche Geliebte dar, und das würde sich auch niemals ändern. Ich wusste das. Scheiß auf die ganzen Ratschläge, die behaupten, man könne jeden kriegen, wenn man nur etwas Körperbetontes anzieht, einen Kussmund macht und mit seinem G-String rumspielt. Das funktioniert nie. Und um keinen Preis würde ich mich einer solchen Demütigung unterziehen. Mir war lieber, Gabe sah in mir eine kleine Schwester als eine notgeile Nymphomanin.

Ich wollte seine Achtung nicht verlieren, selbst wenn der Preis dafür ein gebrochenes Herz war. Also lag ich in seinen Armen und ließ den ganzen Schmerz wie eine schwarze Blume in mir aufblühen. Alles ließ ich raus, und schließlich spürte ich, wie die Nacht mir die Augen schloss. Und falls ich weinte, weinte ich im Schlaf, und das zählt nicht.

Am nächsten Tag erwachte ich wie immer gegen sieben. Ich ließ ihn schlafen und schlich ab, um mich für die Arbeit anzuziehen. Natürlich küsste ich ihn, während er schlief, bin ich etwa eine verdammte Heilige? Ich wollte nicht weg für den Fall, dass Jamie zurückkam, aber ich hatte einige wichtige Kleinigkeiten für Carrington's, den Juwelier, zu erledigen. Mehr als einen Vormittag würde ich dafür nicht brauchen, und da Gabe und Mojo zu Hause waren, nahm ich an, dass das schon in Ordnung ging.

Bis halb eins hatte ich alles erledigt, dann schwindelte ich dem alten Mr. C. vor, mir sei etwas schwummrig, als bekäme ich gleich die Grippe. Nach dieser Lüge fühlte ich mich tatsächlich wie Scheiße und dachte, dass ich vielleicht wirklich die Grippe hatte. Ich konnte gar nicht aufhören zu zittern, mir war nirgends mehr wohl, und ich schwitzte und fühlte mich fiebrig. Auf die Idee, dass das am Stress liegen könnte, kam ich nicht. Stress machte mir doch nichts aus, Stress war etwas für Yuppie-Ärsche. Leute aus London litten unter Stress. Ich war ein strammes Mädel aus dem Norden und hatte keinen nervösen Knochen in meinem gesunden kleinen Körper. Ruhig wie ein Mühlenweiher, glatt wie Seife. O ja – das glaubte ich damals wirklich. Süßer Vogel Jugend, was für eine Scheiße. Ich beschloss, bei Ma vorbeizufahren und zu schauen, ob sie was zu futtern für mich hatte. Ich hatte seit Stunden nichts Festes mehr zu mir genommen, und außerdem spürte ich ein starkes Verlangen nach meiner Ma. Es war ein wunderschöner Tag, und wunderschön ist in Bradford beinah so gut wie am Meer.

Die Leute lachen, wenn ich sage, dass Bradford für mich eine der schönsten Städte im Norden oder in England überhaupt ist. Und was ist mit York, sagen sie, oder mit Harrogate? Quatsch. Gar kein Vergleich. Weil Bradford nämlich in einem Kessel liegt. Das Stadtzentrum ist ganz unten, und auf allen Seiten gehen die Hügel hoch. Oben ist in Bradford gleichbedeutend mit außerhalb der Stadt. Und deswegen hat man, wenn man zum Beispiel auf der Leeds Road nach unten fährt, einen Himmel über sich, der weit, offen und voller kinoähnlicher Wolkenansichten ist. Es ist, als würde man einen Gipfel überqueren und die See vor sich sehen, nur ist da statt Wasser violettes Moorland auf der andern Seite des Tals.

Und während man da langfährt, wird man von den Farben und Formen der Früchte und Gemüse in den Auslagen der kleinen Läden beinah erschlagen – Mangos, Feigen, Papayas, Auberginen, Möhren, Zuckerrohr, Pflaumen, Grapefruits, Kartoffeln, Koriandersträuße, Spinat und riesige Berge von Äpfeln, Birnen und Kohlköpfen. Alles, was man sich wünschen könnte, aus jeder denkbaren Ecke der Welt. Die Stoffläden blenden dich mit riesigen Rollen von saphirblauem, blutrotem, smaragdgrünem, gold- und metallfarbenem Stoff, Chiffon, Seide und Wakka-Jacka-Polyester; tausend verschiedene Pinktöne stellen jede Rose in den Schatten, und alles ist bestickt, verziert, mit Spitzen versetzt, übersät mit Gold, Silber, Pailletten, winzigen Spiegeln und kleinen Hologramm-Plastikstücken. Man braucht sich die asiatischen Mädchen nur anzuschauen, wie sie in ihren Satin- und Pailletten-Kleidern glitzern wie die Göttinnen, während sie mit dem Kleinen im Buggy mal kurz an die frische Luft gehen, um einen Schwatz abzuhalten. Die kriegen die besten Klamotten von allen, ehrlich.

Und ich fand es wunderbar. Ich würde natürlich gerne behaupten, dass in diesem idyllischen kleinen Juwel nur vorbildliche Bürger und fröhliche, gutmütige, ehrliche Nordengländer lebten. Aber das wäre gelogen. Hier wohnten echte Menschen, und das bedeutet, dass auf jeden fröhlichen etc. vier minderbemittelte Volltrottel beiderlei Geschlechts kommen, die das Hirnvolumen einer Forelle und das Temperament eines tollwütigen Pitbulls in sich tragen. Wir sind vielleicht keine besonders große Stadt, aber wir haben unseren Anteil an Gangstern, Schlägern, Huren, Zuhältern, Dealern, Drogensüchtigen, Betrügern, Spielern, Fundamentalisten, Spinnern, Schurken, Mobstern, Gaunern, Xanthippen, Unruhestiftern, Möchtegern-Outlaws, echten Outlaws, Blasphemikern, Lüstlingen, Pädophilen, Räubern, Vandalen, Gruftis und ganz normalen Arschlöchern, sowohl im öffentlichen als auch im Privatbereich.

Ich leierte während des Fahrens unablässig die Liste der guten Dinge und der schlimmen Dinge vor mich hin, versuchte andauernd herauszufinden, welche von ihnen länger war, aber sie liefen einfach immer weiter, wie ein Refrain. Ich hatte rasende Kopfschmerzen, und das dumpfe Sonnenlicht, das durch die zerkratzte alte Windschutzscheibe drang, verstärkte sie noch. Ich hätte alles gegeben für einen Tee und zwei Paracetamol.

Als ich endlich bei Ma ankam, war ich so dankbar, dass ich den Wagen wie eine Anfängerin hinstellte, beinah aus dem Mini gefallen wäre und die Treppe hochstolperte in den herrlich dunklen Hauseingang.

«Ma, Ma, ich bin's! Ma, ich bin's, Lily, bist du in der Küche?»

Natürlich war sie da. Ich bekam eine mehlige Umarmung und jammerte wegen meiner Kopfschmerzen und meinen Grippegefühlen. Daraufhin erhielt ich Tee und Tabletten, außerdem wurde mir ein Tomaten-Speck-Brötchen versprochen, triefend vor Butter und Ketchup, auf einem ganz frischen Brötchen von heute früh aus der Bäckerei. Ich bin so froh, dass Pa Bäcker ist. Ich liebe Kohlenhydrate und Fett.

Ich sah ihr zu, wie sie in der winzigen Küche herumtrabte, Dinge briet und mit Butter bestrich und mir dann kühle Köstlichkeiten zum Nachtisch anbot. Ich liebte sie so sehr, dass ich mich zusammenreißen musste, um mich nicht weiter darüber auszulassen. Sie trug das, was sie immer trug: eine Bluse, einen Rock, eine Wolljacke, eine Schürze und pelzige Hausschuhe. Alles von BHS oder Marks. Das einzig Ungewöhnliche an ihr war ihr erstaunlich langes Haar, das sie zu einem festen Zopf geflochten und in einem Knoten im Nacken festgesteckt hatte. Sie trug es immer so, außer wenn sie mit Pa in den Dales oder wo auch immer wandern ging. Dann bestand ihre Ausrüstung aus einer altmodischen Skihose, Wanderstiefeln und einem Pullover, und das Haar steckte als langer Zopf in ihrer Windjacke. Sie veränderte sich nie. Pa auch nicht. Das war so beruhigend.

Ich verschlang mein Brötchen in riesigen Bissen und trank einen halben Liter Tee. Ich war gerade dabei, mich über ein mit leuchtend grünem Zuckerguss überzogenes Plätzchen herzumachen, als Ma sich die Hände an einem Küchentuch abwischte und sich mir gegenüber an den kleinen Tisch setzte. Ein kurzes bedeutsames Schweigen, dann fragte sie:

«Was ist denn los, Liebes, was ist mit dir?»

Ach du Scheiße. Ich konnte ihr noch nie etwas vormachen. Also beichtete ich, die ganze Geschichte. Was ich über Jamie erfahren hatte, wie sehr mich das verwirrt hatte, wie schuldig ich mich fühlte und dass ich in Gabriel verliebt war. Es floss aus mir wie eine finstere Flutwelle in diese warme Küche, und Ma machte immer nur, «hmm», «verstehe» und «oje». Als ich alles erzählt hatte, legte ich meinen heißen Kopf auf die Arme und seufzte. Ich war so erleichtert, dass ich alles losgeworden war.

Und dann überkamen mich Schuldgefühle. Wie konnte ich meiner unschuldigen, unerfahrenen Ma all diese schrecklichen Dinge erzählen? Ich setzte mich kerzengerade hin und fing an, Entschuldigungen und Erklärungen zu stottern.

Sie sagte nichts, und irgendwann ließ mein Brabbeln nach. Wir saßen einen Moment lang schweigend am Tisch, dann seufzte Ma.

«Oje, mein armes kleines Häschen.» Sie sah traurig aus und wirkte verloren; ich spürte, wie mich ebenfalls eine Welle aus Traurigkeit durchspülte. Ma seufzte wieder und fuhr dann sanft fort.

«Liebling, du weißt natürlich, dass kein Mann es mag, wenn man ihm hinterherjagt. Das brauche ich dir nicht zu sagen. Ein Mädchen wird sich so nur erniedrigen. Oh, mir ist schon klar, dass sich die Dinge verändert haben, aber die Regel gilt nach wie vor. Wenn er so nett ist, wie du sagst, dann sorge dafür, dass ihr Freunde bleibt. Irgendwann wird er einsehen, was er an dir hat. Ich weiß, es tut weh, Liebling, aber ich kann dir nichts sagen, was die Sache für dich leichter machen würde. Gott sei Dank bist du kein dummes Mädchen, ich brauche mir deinetwegen keine Sorgen zu machen. Aber Liebling, mir tut es so Leid, dass du Kummer hast – dein Pa und ich halten so viel von dir, das weißt du, wir sind so stolz auf dich – dieser Mann wird schon noch zur Besinnung kommen, wart's ab. Und wenn nicht, nun, andere Mütter haben auch Söhne, und am Ende ist er derjenige, der was versäumt, und nicht du.»

Ich beugte mich zu ihr und küsste sie. Sie sagte immer die richtigen, mütterlichen Dinge. Nicht wie die Mütter meiner Freundinnen, die die besten Freundinnen ihrer Kinder sein wollten und verlangten, dass sie sie beim Vornamen nannten, als schämten sie sich dafür, Mütter zu sein. Diese Scheiße hasse ich. Mütter sollten stolz darauf sein, Mütter zu sein, und Väter darauf, Väter zu sein, statt zu versuchen, ewig Kind zu bleiben. Alles andere ist doch albern.

Ich war so beschäftigt damit, innerlich rumzuzetern, dass ich beinah nicht mitgekriegt hätte, was Ma sagte; aber ich kam verdammt schnell wieder zu mir, als ihre Worte in meine innere Predigt hineinwehten.

«... deine arme Freundin. Aber natürlich, ich meine, auch in unserer Nachbarschaft. Die kleine Judy Esthwaithe, du erinnerst dich doch noch an Judy, oder? Eine Zeit lang wart ihr beide ziemlich befreundet ...» Ich erinnerte mich an Jude: Pferdeschwanz, Pickel, dumm wie Brot und schwanger mit fünfzehn. Was hatte Jude mit Jamies Problem zu tun?

«Es war natürlich das Kind ihres Vaters, offenbar ging das schon seit Jahren so, auch mit dem älteren Mädchen, wie hieß sie noch gleich?»

«Karen», sagte ich benommen. «Sie hieß Karen.» Judes Vater? Ihr rotbackiger, herzlicher, Friar-Tuck-artiger Vater? Inzest? *Was, zum Teufel?*

«Genau, Karen. Das war eine echte Tragödie. Die gerichtliche Untersuchung ergab zwar, dass es ein Unfall gewesen sei, aber uns war wohl allen klar, dass sie sich umgebracht hatte. Ich habe mich während des Prozesses so gut es ging um Betty Esthwaithe gekümmert – die meisten aus dem Viertel hätten sie am liebsten gelyncht, aber ich sagte mir: Wer weiß schon, was in diesem Haus vor sich ging – ‹wer unter euch ohne Schuld ist, der werfe den ersten Stein›. Und dann natürlich, als Judys Baby zur Welt kam, war es letztendlich ein Segen, dass es nicht überlebt hat – der arme kleine Wurm. Fünf Jahre hat er bekommen, Gordon Esthwaithe – und wenn du mich fragst, hätte er lebenslänglich verdient. Ich weiß noch, wie ich damals zu Pa sagte: Gott sei Dank haben wir Lily nie erlaubt, dort hinzugehen, das war, nachdem das mit den ganzen andern Kindern, die er missbrauchte, herausgekommen war. Offenbar hatte er Fotos gemacht. Was für ein Monster, ich habe ihm nie getraut. Der hat immer viel zu viel gelächelt, weißt du? Ich erinnere mich noch, wie Etta mir vorwarf, ich sei albern – ihre May war ständig da, und man sieht ja, was dabei herauskam. Furchtbar. Diese armen, armen Dinger. Betty hat sich von dem Prozess nie ganz erholt; ich weiß nicht, ob sie wirklich wusste, was da vor sich ging, aber allein schon die Verdächtigungen – entsetzlich. Sie leben jetzt in Blackpool, Betty und Judy. Hab ich dir das eigentlich erzählt, Schatz?»

Erzählt, Ma? Erzählt? Was denn? Dass zwei meiner Klassenkameradinnen von einem Perversen vergewaltigt worden waren, eine davon seine eigene Tochter? Dass sie in meinem Schlafzimmer gesessen und Monopoly gespielt hatte, während ihr der Bauch bis hier vorne stand mit einem Inzestbalg, und ich dachte nur, wie nett es von dir sei, ein Mädchen nicht zu schneiden, das heimlich einen Freund hatte und «in Schwierigkeiten» geraten war? Und ehrlich gesagt hielt ich mich ebenfalls für ziemlich anständig, weil ich den Klassenarsch zu mir nach Hause einlud. Nun ja. Ach, und May Pollitt war also nicht deswegen «komisch», weil ihre Mutter eine durchgeknallte Neurotikerin war – sondern weil ein Nachbar sie wiederholt missbraucht hatte? Und dieser nette, fröhliche Mr. Esthwaithe ging also ins Gefängnis und nicht, wie ich geglaubt hatte, «auswärts arbeiten»? Nein, Ma, du hast mir nie auch nur das kleinste bisschen erzählt.

«Nein, Ma, das wusste ich nicht, ich hatte keine Ahnung …»

«Nun ja, ich glaube, dein Pa und ich hielten es für das Beste, du warst noch so jung und das Thema eignet sich nicht für Kinder. Wir wollten dich vermutlich schützen, deine Unschuld bewahren.» Sie seufzte wieder. «Aber irgendwann werden wir alle erwachsen, und hier bist du nun und steckst in derselben Zwickmühle wie ich damals. Die Welt kann grausam sein, so viel ist gewiss. Mir ging es genauso wie dir jetzt, Liebling. Ich dachte: Warum sollte ich mich in etwas so Schreckliches hineinziehen lassen? Aber es gab keine andere Wahl. Dein Pa und ich waren uns einig, dass wir nicht einfach wegschauen und keine Hilfe leisten wollten. Wir haben unser Bestes getan, und ich hoffe, du wirst es ebenso halten. Deine Freundin kann nichts dafür, das weißt du ja. Es gibt bestimmt einige Leute, die ihr die Schuld geben möchten – du hättest hören sollen, was über die arme Judy und Karen und die andern gesagt wurde: schreckliche, gemeine Sachen – aber nein, deine Freundin war ein kleines Kind, eine Unschuldige. Sie braucht dich, vor allem jetzt. So ist das nun mal.»

So war das nun mal, allerdings. Mein ganzes Bild meiner Kindheit als eines idyllischen, gemütlichen Märchens hatte sich in Luft aufgelöst. Ma und Pa waren keine pummeligen, liebenswürdigen Gestalten, die sich irgendwie durchs Leben fummelten, sondern wild entschlossene Wächter meiner Unschuld. Die beiden Mädchen, die ich zusammen mit allen andern in der Schule als Versager eingestuft hatte, waren das Opfer eines furchtbaren Verbrechens gewesen. Was gab es eigentlich in der Welt sonst noch, von dem ich keinen blassen Schimmer hatte? Wie konnte ich mir jemals einbilden, ich sei erwachsen? Großer Gott. Mein Gott. Ich hatte mir den ganzen Tag über selbst Leid getan, und das alles nur, weil ich zu erbärmlich war, um meiner Freundin zu helfen, und weil ich, wie eine Million anderer Leute auf diesem Planeten, an Liebeskummer litt. Jesus, wie ich mich schämte. Aber mir wurde auch bewusst, dass etwas mit mir geschehen war. Vielleicht hatte sich die Watteschicht, in die man mich so sorgfältig verpackt hatte, ein ganz klein wenig gelöst, und durch die Ritze schien nun das kalte Licht der Wirklichkeit herein.

Die Dinge würden nie mehr dieselben sein; und merkwürdigerweise war ich froh darüber.

«Ma, ich liebe dich.» Ich meine, was hätte ich sonst sagen sollen? Manche Dinge kann man einfach nicht aussprechen. Keins meiner Worte konnte irgendein Gewicht haben außer «Ich liebe dich». Und ich liebte sie wirklich, aber mehr noch bewunderte ich sie für das, was sie getan hatte, und dass sie sich dem gestellt hatte, vor dem ich mich hatte drücken wollen. Ich legte meine Hand auf ihre rote, weiche, die auf dem Tisch lag, und sagte, dass ich jetzt gehen müsse. Sie nickte.

«Pass auf dich auf, Liebes, und bleib brav.»

Adios, Ma. Zeit, dass ich erwachsen wurde.

Vierzehn

Als ich zurückkam, war es vier. Ich hatte ein schlechtes Gewissen, weil ich so lange weggeblieben war, aber anderseits ging ich davon aus, dass Gabe oder Mojo da sein würden. Dem war aber nicht so. Mojo war schlicht unauffindbar, und Gabe hatte mit Tape eine seiner kryptischen und kaum leserlichen Nachrichten auf den Küchenspiegel geklebt.

«J hier. M. ist in Leeds sagt kommt heute spät wieder. Ich auch muss fort wegen Van. Schlüssel dabei keine Umstände. Liebe und Küsse an meine beiden Mädels G.»

Liebe und Küsse. Scheiße, schön wär's. Mein Herz schlug kurz schmerzhaft in meiner Brust, aber dann setzte ich Wasser auf und ermahnte mich streng, vernünftig zu sein. Danach ging ich nach oben und steckte den Kopf durch Jamies Tür.

Sie sah schrecklich aus. Ihr rosarotes Haar war ein Rattennest aus zerdrücktem Hochtoupiertem und Haarspray. Irgendwann hatte sie sich das Make-up vom Gesicht gewaschen, aber in den zusammengekniffenen Augenwinkeln hingen noch gummiartige schwarze Klümpchen. Ihr spitzes Kinn war rot und aufgerieben von einer unrasierten Männervisage, und an ihrem Hals waren zwei große, dunkle Male – ich will sie nicht Knutschflecken nennen. Sie war käsebleich, und das ganze Zimmer roch nach ungewaschenem Bettzeug, Furzen, abgestandenem Parfüm und Möse. Die Hand, die unter der violetten Blümchendecke hervorsah, war zu einer Faust geballt. Sie trug ihren ganzen Schmuck.

Ich dachte, sie schlafe, aber als ich mich zurückziehen wollte, sagte sie schwach: «Ist schon in Ordnung, Lil, ich schlafe nicht.» Ihre Stimme, die normalerweise so wohltönend war, krächzte rau.

«Lust auf eine Tasse Tee, Baby?», fragte ich sanft. «Ich hab Wasser aufgesetzt.»

«Ja, bitte. Danke.»

Ich brachte ihr den Tee – und Kuchen, den ich von Ma mitgebracht hatte – auf ihrem Lieblingstablett mit dem Katzenbild drauf. Nachdem ich heimlich das Fenster etwas geöffnet hatte, setzte ich mich auf die Bettkante, während sie sich aufrichtete und sich Kissen in den Rücken stopfte. Sie sah mich nicht an.

Dann sagte sie mit dünner Stimme: «Ich weiß, dass Gabriel dir alles erzählt hat. Wahrscheinlich war's das dann wohl. Keine Angst, ich kann das verstehen. Du hast zwar die Miete bis zum Monatsende bezahlt, aber du kriegst sie wieder. Ich schicke das Geld zu deiner Ma oder wohin auch immer.»

Sie weinte dabei, die Tränen rannen unter ihren Augenlidern hervor und über ihre runden Backen. Ich schenkte ihr Tee ein und legte ein Stück Früchtekuchen auf einen kleinen Teller.

«Trink, Liebes, bevor es kalt wird.» Kurz versetzte es mir einen Schock, als ich hörte, wie die Stimme meiner Mutter aus meinem Mund kam. Genau das hätte sie auch gesagt. Ich wartete kurz, bis ich mich wieder gefangen hatte, und redete dann weiter.

«Nichts hat sich verändert, Kleine. Du bist meine beste Freundin.»

«Aber er hat dir – er hat dir alles erzählt, was mit mir war und mit meinen Eltern und so ... oh, o Lily, du willst doch nicht mit jemandem wie mir zu tun haben. Wie könntest du? Wie kannst du? Ich bin schmutzig, ich – ich bin kein netter Mensch wie du, ich bin verflucht ...»

Gabe hatte erzählt, dass sie glaubte, sie sei verflucht, aber es brach mir das Herz, die Worte aus ihrem eigenen Mund zu hören. Eine so merkwürdige, altmodische Vorstellung. Verflucht sein war etwas, das in einen Hammer-Horrorfilm gehörte. Aber ich wusste, was sie damit sagen wollte. Sie glaubte, dass sie nie wieder etwas tun könne, was gut oder richtig wäre. Als stünde sie *außerhalb* von allem, als sei sie wertlos.

Ich nahm ihr die Tasse aus der Hand, bevor sie den Tee überallhin schüttete, und stellte sie auf den Fußboden. Dann griff ich nach ihrer kalten Hand und hielt sie fest.

«Ich mag dich, du dummes Schaf, du bist nicht schmutzig oder verflucht oder irgendetwas sonst in der Art. Es war nicht deine Schuld. Und ich werde dich nicht verlassen, außer du bittest mich darum. Wir sind Freunde, für immer zusammen. Das dynamische Duo. Stimmt's?»

«O Lily ...»

«Stimmt's?»

«Wenn du meinst ... bist du denn ganz sicher?»

«Darauf kannst du wetten, Freundin. Wir werden berühmt

sein. Du wirst arbeiten wie ein Tier und ich werde stinkreich werden. Wir haben das Zeug dazu, uns kann keiner aufhalten.»

Sie heulte sich aus, und dann aß sie den ganzen Kuchen auf.

Später, beim Essen, erfuhr ich Einzelheiten über diesen Scheißkerl Dodger. Was sie mir erzählte, versetzte mich in einen Zustand eiskalter Wut, der nur noch schlimmer wurde dadurch, dass sie zu glauben schien, sie hätte die allerschlimmste Behandlung verdient. Dass dieser Casanova sich wie ein komplettes Arschloch benommen hatte, war keine Überraschung. Was mich umhaute, waren die ganzen kleinen Details, wie er zum Beispiel aufstand, um sich die Hände zu waschen, bevor er sich eine Zigarette anzündete – «du erwartest doch nicht etwa, dass ich mir mit den Händen an den Mund fasse, nachdem ich mit so etwas wie dir rumgemacht habe, oder?» O ja, das war nur einer seiner reizenden Sprüche. Gegen Mittag warf er sie raus, nachdem seine Freundin angerufen hatte, um zu sagen, dass sie ihn an dem Abend besuchen wolle. Er hielt es für angebracht, Jamie mitzuteilen, dass er das Bettzeug wechseln und das Zimmer lüften wolle, um den Geruch von diesem «stinkenden Hippie-Kram» loszuwerden, mit dem sich Leute wie sie überschütten würden.

Ich will jetzt nicht weiter eingehen auf das, was er sich außerdem erlaubt hatte. Und es war auch nicht so, dass Jamie mir alle Details ihres Sexlebens auftischte, weder damals noch später. Sie gehörte nicht zu den Frauen, die ihre Bettgeheimnisse in jedem Damenklo von Bradford rausposaunen. In der Hinsicht war sie eher prüde; sie konnte auch schmutzige Witze nicht ausstehen. Würde man von ihr vielleicht gar nicht vermuten, aber es war so. Wir Menschen sind ein einziger Haufen von Widersprüchen. Und ehrlich gesagt, brannte ich auch nicht vor

Verlangen auf eine ausführliche Schilderung. Mir war es schon peinlich, *Wildlife On One* mit Ma und Pa zu schauen, wenn die Passagen über Begattung kamen. Und was die Spätabendsendungen auf Channel Four angeht – vergiss es. Vielleicht waren wir etwas seltsam, aber eigentlich glaube ich das nicht mal, nicht, wenn die Leute wirklich ehrlich wären. Es wird nicht halb so viel gefickt, wie die Medien behaupten. Hey ho.

Ausnahmsweise hatte ich nicht besonders viel Hunger und sie auch nicht. Den größten Teil des Essens ließen wir für die Heimkehr der Jungs stehen, setzten uns mit einer Tasse Tee vor den Fernseher und schauten *Blade Runner* auf Video. Ab und zu wechselten wir ein paar Worte über ihre Vergangenheit oder unsere Zukunft.

Nur einmal ließ sie eine Andeutung darüber fallen, warum sie sich mit Typen wie Dodger überhaupt abgab. Die Sache war für sie unglaublich beschämend und demütigend. Ich fragte sie ganz, ganz vorsichtig, ob sie jemals mit irgendjemandem darüber geredet hatte – einem Therapeuten oder was auch immer – jemand, der darin ausgebildet war, mit so etwas umzugehen.

Sie lachte bitter. «Es ist schrecklich, nicht wahr? Eine beschissene, blöde Angelegenheit. Ich weiß, wie furchtbar es ist. Ich krieg's von allen Leuten auch gesagt. Aber ich weiß nicht, wie ich damit aufhören soll; es ist so sehr ein Teil von mir, dass ich mir nicht vorstellen kann, ohne es zu sein. Ich denke immer, wenn ich damit aufhöre, bin ich langweilig und bürgerlich und grau. Idiotisch, nehme ich an. Ich wäre bestimmt ein besserer Mensch. Scheiße. Ich weiß einfach nicht …»

Ihr Gesichtsausdruck veränderte sich – wurde aufsässig, rebellisch. Ich dachte bei mir: Das ist das Gesicht, mit dem sie als Kind der Welt entgegentrat. Eine richtige kleine Dame – wenn man nicht wusste, was mit ihr war. Sie sah einen Moment zu

Boden, dann wieder zu mir, die Augen zwei graue Gewitterwolken, während sie fortfuhr.

«Ich kann die ganze Scheiße noch auswendig, die die Ärzte mir an den Kopf warfen, aber Mann, die waren genauso auf einem Machttrip. Sahen sich als die Guten, die das böse Mädchen retten. Wollten, dass ich mich ihrer Vorstellung von einem netten Mädchen unterordne. Was, frage ich dich, was, zum Teufel, wussten die darüber, wie ich mich fühlte? Wie konnten solche Leute überhaupt verstehen, was mit mir passiert war? Die meisten dieser rückgratlosen Ärsche glaubten mir noch nicht mal. Nein, sie wollten mir nicht glauben, darum ging es nämlich. Irgendeine Freudmasche – sie sagten, ich hätte alles erfunden. Jesus, wie könnte man so etwas erfinden? Für die war ich nicht besser als eine Kriminelle, eine Schlampe mit einem beschissenen Ruf – sie soll tun, was man ihr sagt, oder zum Teufel gehen. Also habe ich mir gedacht, scheiß auf sie. Scheiß auf alle, die normal sind, scheiß auf die normale Gesellschaft. Die haben nie einen Finger für mich gerührt, und als ich am Boden lag, sind sie noch auf mir rumgetrampelt. Mein Gott – ich weiß nicht. Wahrscheinlich bin ich einfach von Geburt an schlecht gewesen; ‹Bolschie› nannte meine Nana mich immer. Genau. Unter einem schlechten Stern zur Welt gekommen oder so.»

Und ich dachte, da ist was dran. Als sie die Gesellschaft brauchte, hat die ihr den Rücken zugekehrt, hat sie wie Dreck behandelt. Und jetzt brauchten wir sie nicht mehr. Wir hatten unsere eigene Familie – wir gegen sie. Die echt Guten gegen die echt Bösen. Selbstgerecht.

Ich sagte ihr nichts über meine Gefühle für Gabe. Ich dachte, der Moment ist nicht richtig, ich warte lieber. Ich dachte, wenn ich niemandem etwas verrate, wird es leichter sein, die Sache in den Griff zu bekommen. Ihr wisst schon. Aber ich schilderte ihr in den glühendsten Farben meine Pläne für die Eroberung der Welt. Meine Luftschlösser entlockten ihr schließlich sogar ein Lächeln. Sie nannte mich noch Jahre später «Fu Manchu». Und ich nannte sie «Lotus Blossom». Die Leute dachten, wir hätten sie nicht mehr alle.

Und so war es auch. Wir waren jung und hatten viel Feuer in uns und ebenso viel Scheiße; aber wir hatten halt auch nichts zu verlieren.

Himmel, ja, nichts zu verlieren – das glaubten wir jedenfalls. Daran glaubten wir wirklich.

Buch Zwei

Fünfzehn Einer meiner Lehrer unterhielt sich im Unterricht mal mit uns über die Zeit. Er sagte: Wenn ihr an einer Bushaltestelle steht und fünf Minuten lang im Regen warten müsst, kommen euch diese fünf Minuten vor wie eine Stunde. Aber wenn ihr auf einer tollen Party seid und es dauert noch fünf Minuten, bis euer Vater euch abholen kommt, dann vergehen diese fünf Minuten wie fünf Sekunden. Stimmt, meinten wir alle. Die Frage ist nun, sagte er, wart ihr vielleicht tatsächlich länger an der Bushaltestelle und kürzer auf der Party? Das geht doch nicht bei der Zeit, meinten wir alle im Chor. Die ist einfach so, wie sie ist. Woher wissen wir das so genau, meinte er, wer sagt denn, dass es nicht genau so war, wie ihr es erfahren habt. Vielleicht findet die Zeit nur in eurem Kopf statt, vielleicht haben wir sie erfunden, um das Tageslicht in Einheiten aufteilen zu können. Er gab uns ein Zitat mit – «Zeit ist nur eine Art zu denken».

Der Rest der Klasse glaubte, er sei übergeschnappt. Aber mich hat er beeindruckt, ich hatte das Gefühl, ich wüsste, worauf er hinaus wollte. Hat mich damals enorm beschäftigt, die Vorstellung, und das tut sie im Grunde noch immer.

Die Jahre vergingen im Hui. So schnell. Ich meine damit nicht die Zeit an sich; es gab Jahre, da waren wir wegen Rückschlägen oder unserer Finanzlage so frustriert, dass sich die Monate wie flüssiges Karamell in die Länge zogen. Aber rückblickend … sind die Jahre wie im Flug vergangen. Ich hatte mich entschlossen, nach dem «Wer nicht fragt, kriegt auch nichts»-Prinzip zu arbeiten, um Jamies (und meine, ich sah sie auch als meine) Karriere voranzutreiben.

Ich belagerte jeden, der auch nur entfernt mit dem Showgeschäft zu tun hatte, fragte nach Namen von Veranstaltungsorten, Journalisten, die über sie schreiben könnten, Radiosendungen, einfach allem. Ich ließ knallbunte Flugblätter drucken, die ich an jeden verdammten Veranstaltungsort im ganzen Land schickte. Ich gebe zu, ich habe die Pressestimmen darauf selbst erfunden. Was hätte ich tun sollen? Es war entweder das oder untergehen. Dinge wie: «*Englands großartiges neues Comedy-Talent* ... Manchester Evening News» oder «*Eigenwilliger und innovativer Comedy-Stil ... eine Begabung, die wir im Auge behalten werden* ... Bristol Gazette.» Machen doch alle, ich meine, ich bitte euch. Und es gibt niemanden, der das kontrollieren würde, den Veranstaltern ist es scheißegal, die interessiert nur, wie billig sie dich kriegen können und ob du Zuschauer bringst. Ärsche auf die Stühle.

Anfangs lag Jamies großer Vorteil darin, dass sie eine Frau war. In jenen Schwindel erregenden Tagen der politischen Korrektheit (oder einfach eines fairen und höflichen Umgangs miteinander, fand ich immer ...) wollte jeder Veranstalter ein gemischtes Programm haben. Eine Frau, ein Mann, ein Schwarzer und, falls möglich, ein Schwuler. Niemand bemühte sich je um eine schwarze Frau, es gab gar keine – und ich brauche wohl nicht zu erklären, warum nicht, oder ...? Merkwürdigerweise war es fast immer der Mann, der am Abend dann den Haupt-Act bestritt, nicht, dass das jemandem je aufgefallen wäre. Die internen Regeln der «Unterhaltungsindustrie» halten keiner genauen Überprüfung stand, vergiss es.

Deswegen konnte ich anfangs, wenn ich überhaupt nicht

mehr weiter wusste, immer noch mit dem Spruch «Heißt das etwa, ihr habt noch keine *Frau* im Programm?» einen Auftritt für sie besorgen. Erst kapierte ich natürlich gar nichts; aber als ich etwas mehr Übung hatte und weniger Illusionen im Hinblick auf alles, was sich «Glamour» oder «die Magie des Showgeschäfts» nannte, wurde mir klar, dass die Sache gar nicht so anders lief als in den ganzen kleinen Betrieben, für die ich gearbeitet hatte. Billig einkaufen, teuer verkaufen. Und irgendwann hatte ich den Ruf, unglaublich effizient und knallhart zu sein. Was mir nur recht war. In diesem Geschäft bedeutete das nur, dass man keine Ärsche küssen oder Schwänze lutschen musste, um einen Auftritt zu kriegen, und dass man sich nicht über den Tisch ziehen ließ, nur weil man gemocht werden wollte. Zum Teufel damit. Promoter, Agenten, Veranstalter – Mann, das ist eine einzige Schlangengrube, die interessiert nichts als das Geld in ihrer Kasse. Klar hat man mich ein paar Mal reingelegt, und das waren keine schönen Erfahrungen – aber ich habe aus ihnen meine Lehren gezogen. Höflich, aber bestimmt, lautete mein Motto, und zähl deine Ringe, nachdem sie dir die Hand geschüttelt haben.

Und Jamie lernte ebenfalls dazu. Sie lernte, keine Wutanfälle auf der Bühne zu kriegen, egal wie sehr die Zwischenrufer störten. Irgendwann trank sie auch nicht mehr vor den Auftritten, und eine katastrophale Show lehrte sie auch, davor keine Amphetamine zu nehmen. Herr im Himmel, an dem Abend glaubte ich wirklich, sie würde gleich einen Herzanfall kriegen. Sie war auf der Bühne vollkommen durcheinander und plapperte wie ein Idiot. Wenn ich an sie rangekommen wäre, hätte ich ihr eine runtergehauen.

«Aber ich war so *müde*, Lil, so verdammt müde … das waren jetzt acht Shows hintereinander und dazwischen nie ein richtiges Bett. Der Inspizient hat sie mir gegeben, er meinte es nicht böse, ehrlich …»

Natürlich nicht. Na gut, wahrscheinlich hat er überhaupt nicht weiter darüber nachgedacht. In dem Bereich läuft alles mit Amphetaminen – oder Koks in den oberen Etagen – und wahrscheinlich war die Vorstellung, dass jemand *ohne* zurecht kam, ihm vollkommen fremd.

Aber trotzdem war auch etwas dran an dem, was Jamie sagte. In diesen ersten Jahren waren die Zeiten hart. Fünf Stunden auf der Straße, dann irgendein widerliches Fastfood reinziehen, stundenlang in einem stinkenden, eiskalten, schmutzigen Veranstaltungsort warten, fünfundzwanzig Minuten auf der Bühne und dann auf dem Fußboden der feuchten, übel riechenden Wohnung von irgendjemandem übernachten, falls ich es an dem Abend nicht bis nach Hause schaffte.

Es gab einige Ausnahmen, mit denen wir uns gegenüber den andern Acts, die nicht so weit in den Norden gekommen waren, aufspielen konnten. Die übrige Zeit waren wir an den meisten Abenden erschöpft, schmutzig und hungrig. Ich war die ganze Zeit am Rande meiner Kräfte, und dabei musste ich noch nicht mal dieses fürchterliche Lampenfieber aushalten, um es dann zu überwinden und mit übermenschlicher psychischer Energie jeden Abend aufzutreten. Ich merkte mir, was da gelaufen war, und richtete die Buchungen in Zukunft so ein, dass zwischen drei Auftritten immer mindestens ein freier Abend lag. Finanziell eine heikle Entscheidung, aber ich wollte, dass Jamie bei Kräften blieb und nicht ausbrannte.

Durchschnittlich hatten wir ungefähr einen Gig pro Woche. Wenn ich zwei oder drei zusammennehmen konnte, wunderbar. Sonst fuhren wir einfach im Mini los und landeten irgendwo in Milton Keynes, oder in Oxford, oder in Carlisle – wo auch immer. Ich konnte die ganzen Veranstaltungsorte irgendwann nicht mehr unterscheiden – sie dagegen wusste noch jedes Detail.

«Erinnerst du dich an den Ort, wo dieser Dicke sagte, es gebe eine Garderobe, aber dann war da nur ein Keller mit einem Sofa drin, der mit Kaninchendraht unterteilt war, weil er im hinteren Teil zwei Dobermänner untergebracht hatte? Meine Fresse. Weißt du nicht mehr? O Mann, als wir dort unten ankamen, fingen diese verdammten Hunde an, sich gegen den Kaninchendraht zu werfen und wie die Wölfe zu heulen, und ich musste dort sitzen und meinen Lidstrich sauber auftragen! Ich tropfte von fliegendem Hundesabber, weißt du noch? Das war in Bournemouth, eine Pub-Bühne, und die hieß, mmm … *Mindy*, genau, Mindy – wie Mindy Mork, nehme ich an. Gott, was für ein Loch. Außer mir trat Genghis Stanza, der Comedy-Dichter auf, du weißt schon, und – wer war das noch? Genau, Francine «Scarlett» O'Hara. Erinnerst du dich an sie? Die warfen mit brennenden Kippen nach ihr und ruinierten ihr das Kleid. Sie rannte heulend von der Bühne – das hast du bestimmt nicht vergessen, Lil, du warst echt nett zu ihr und sie war ein bisschen in dich verliebt – doch, war sie! Trotzdem, lange hat sie es nicht ausgehalten, was? Obwohl mich das nicht überrascht. Sie war komisch, aber viel zu girliehaft. Kein alter Stiefel wie ich, was? Weißt du noch …?»

Und so ging es immer weiter, während wir Jahr um Jahr auf der M1 rumtuckerten. Sie bekam beinah von Anfang an relativ viel Presse, hauptsächlich wegen ihres Aussehens. Die nannten sie die «Grufti-Gauklerin» oder die «Grusel-Königin» oder, mein Lieblingsname, «Morticia der Munterkeit». War nicht die Intelligenz, was mir an dem Spruch gefiel, ganz im Gegenteil. Wir krümmten uns immer ein wenig, wenn wir bei einem Veranstaltungsort vorfuhren oder die Veranstaltungshinweise in der Lokalzeitung durchsahen und etwas entdeckten, was in die Richtung ging, irgendein idiotischer Spruch über ihre Haare oder ihre Körpergröße. Nach einem besonders ausgeflippten Gig in einem Lagerhaus unten am Fluss kam sie auf die Titelseite des *City-Life*-Magazins in London. Eigentlich sollte es eine Art «Happening» werden, aber da waren nicht viel mehr als die üblichen Comedy-Leute und ein nacktes Mädchen auf Droge, das in einem Schubkarren voller Wackelpeter rumgefahren wurde. Mit Limonengeschmack, wenn ich mich richtig erinnere.

Der Schreiberling jedoch, der für *City Life* darüber berichten sollte, beschloss, dass Jamie die Zukunft sei. Cool, angesagt, was auch immer. Er war derjenige, der sie als Erster ein «weiblicher Lenny Bruce» nannte, nicht dieser Schrumpfschwanz Ronnie Dummkopf Rage.

Ich weiß nicht mehr, wie der Journalist hieß. Wie war sein Name noch? Wenn Jamie da wäre, hätten wir ihn sofort …

Jedenfalls, nennen wir ihn mal Fred. Fred und Jamie waren sofort ein Herz und eine Seele. Unterhielten sich stundenlang. Und dann organisierte er für sie eine Foto-Sitzung mit David Macavoy, der damals als Fotograf absolut im Kommen war. Was für ein Arsch, acht Stunden dauerte die Knipserei, und sie wollten nicht, dass sie sich selbst schminkte, aber so richtig grufti kriegten sie es nicht hin und versuchten andauernd, sie mit perlmuttfarbenem Lipgloss und ähnlichem Scheiß aufzumotzen. Davy-Baby war eine unglaublich aufgeblasene Dumpfbacke, und schließlich sah Jamie auf dem Bild, *das* Bild, meine Liebe, einfach nur zu Tode gelangweilt aus. Aber Fred mochte es («die Aufnahme ist so gewagt, so Heute») und Freds Boss ebenfalls, und damit war die Sache gelaufen. Die «neue Sensation im Comedy-Bereich – Jamie Gee». Er war kein schlechter Kerl, Fred. Was wohl aus ihm geworden ist?

Ich besitze noch immer die gerahmte Ausgabe dieser Titelseite. Sie sieht darauf so jung aus, so verflucht jung. Nichts als Eyeliner und Attitüde, Gott schütze sie. Für uns war die Geschichte ein Segen, die Gigs kamen danach richtig flüssig rein. Und wir erhielten unsere erste Einladung nach Glastonbury. Jamie wurde für die große Cabaret Marquee gebucht, zunächst mal für zehn Minuten, aber als am ersten Abend klar wurde, wie gut sie ankam, erhielt sie für Samstag und Sonntag jeweils zwanzig Minuten und dazwischen ein paar Moderationen. Danach waren wir jedes Jahr dort. Stammgäste. Ihre Hoheit liebte dieses Festival, die ganzen Stände mit ihren bekloppten handgeflochtenen ethnischen Makramee-Freundschaftsarmbändern und den Hippie-Sarongs aus der Mottenkiste. Body Painting. Henna Tattoos. Artisten, Kristallheiler. Jeden Rummelspaß, den man sich vorstellen kann. Als Dance kam, wurde es etwas hyper, aber wir gingen trotzdem hin. Sogar im ärgsten Schlamm. Kein Problem. Ich mietete einen Transit bei Rent-A-Rek, legte eine Matratze rein, und dort übernachteten wir dann. Sehr kuschlig. Gummistiefel fakultativ.

Nachdem wir das erste Mal in Glastonbury waren, änderte Jamie ihren Look. Sie zog einfach eines Morgens los und erschien zum Tee am Nachmittag wieder mit kastanienbraunem Haar, das noch immer lang war, aber statt der ausgefransten Spitzen nun in einem Viereck geschnitten, mit einem superkurzen, rasiermesserscharfen Pony. Ich hätte beinah meine Teetasse fallen lassen, und Mojo hat tatsächlich gejapst.

«Na ja», sagte sie in einem etwas defensiven Ton, «Pink hat mich einfach gelangweilt. Diese ganzen Bauarbeiter, die «Pretty in Pink» hinter mir her grölen – wisst ihr? Ich will auch keine Röcke mehr tragen. Ich denke an einen schwarzen Männeranzug aus dem Second-hand-Laden – dazu meine Docs und irgendein enges Oberteil mit rundem Ausschnitt. Tonnenweise Schmuck. Einfach mal was anderes. Die ganze Grufti-Sache ist ohnehin – wie sagt man, Mojo?»

«Liebling, du meinst vermutlich *passé* – aber du siehst himmlisch aus, *ma sœur*, einfach himmlisch. Ich denke gerade an, hmm – ja – Augenbrauen, einen Hauch Puder und einen wunderschönen roten Lippenstift – einen matten Lippenstift – für die *maquillage*, was meinst du?»

«O ja, herrlich – nur, der Lippenstift, du denkst da bestimmt an Chanel – wie heißt die Farbe noch mal, ‹Cosmos›?, perfekt, da stimm ich dir zu, aber das wird nicht billig werden …»

Ich überließ sie ihren Erörterungen. Wahrscheinlich hätte ich sauer sein sollen, weil sie sich so komplett verändert hatte, aber eigentlich war ich erleichtert. Ihr Timing war wie immer genau richtig. Die Grufti-Schiene war wirklich nicht mehr ganz neu, und sie hasste es, zu lange bei einer Sache zu bleiben. Dann eben neue Fotos. Da war doch dieser Fotografiestudent … damals ging es hauptsächlich darum, mit Jamie Schritt zu halten.

Wir kriegten auch immer mehr Anfragen vom Radio; natürlich nicht Radio Four *Comedy*, ach was, die bringen nur Oxfordabsolventen. Nein. Es waren Kurzauftritte in verschiedenen Magazinprogrammen; eine Einladung in die «Woman's Hour», um über die Erfahrungen einer Frau im alternativen Comedy-Bereich zu erzählen. Jamie konnte so was gut. Sie passte ihren Tonfall dem jeweiligen Programm an, schaffte es, ihnen keine Angst einzujagen. Und danach hieß es dann immer – anfangs haben wir uns ein bisschen gefürchtet vor dir, aber eigentlich bist du echt nett, was? – als sei das ein Kompliment, diese Idioten. Nein. Ihre Hoheit war ein echter Profi, und auf unsere Professionalität bildeten wir uns was ein. Wir waren freundlich, ohne uns einzuschleimen. Unser Wahlspruch lautete: Immer höflich bleiben und allen die Hand geben. Keine Verspätungen, keine Anmache, keine Launen.

Ein paar Mal waren wir auch im Fernsehen. Aber, mein Gott, diese Fernsehleute sind vielleicht Idioten! Unglaublich. Ihr kennt das – die stellen eine Frage, hören aber nie hin, wenn du was sagst. Sie wissen eben schon im Voraus, was kommen soll, und wenn man ihre Erwartungen nicht erfüllt, dann werden sie unangenehm, als sei das alles deine Schuld. «Wir können euch nicht *brauchen*», sagen sie und kapieren nie, welche Ironie in dieser Aussage liegt. Jamie trat in einigen Shows auf, ein paar Spätabend-Comedy-Programme, aber ihr Stil passte da nicht rein. Sie wollten sie «strahlend», «schlagfertig», «abgedreht». Sie wollten den Boy's Club, die Fizz! Preisträger, die immer da waren, wo was los war, an den richtigen Partys, mit den richtigen Drogen oder im Bett mit den richtigen Produzenten. Um ehrlich zu sein, kapierten wir wahrscheinlich einfach nicht, worum es da eigentlich ging. Wir glaubten, die Show stünde im Vordergrund, ein Programm, das die Zuschauer zum Lachen bringt. Und schließlich kamen keine Anfragen mehr.

Aber dann dachten wir, scheiß auf diese Idioten. Irgendwann werden sie sich schon an uns gewöhnen, sie werden gar keine andere Wahl haben. Unsere Gefolgschaft für die Livegigs war ein Traum. Die Leute mochten sie, wir kriegten tonnenweise Fanpost – ich besorgte uns ein Postfach, sobald wir es uns leisten konnten. Fans sind herrlich, aber sie brauchen nicht unbedingt zu wissen, wo man wohnt. Und so wie Jamie ihr Ding machte, waren die Zuschauer am Ende halb überzeugt, sie würden sie wirklich kennen, sie wäre eine Art Freundin, wenn man so will. Und als sie dann anfingen, auf einen Tee und einen Schwatz bei uns aufzutauchen, zog ich einen Strich und kratzte das Geld für ein Postfach zusammen. Ich tauschte den Mini ein – gegen einen ziemlich netten Peugeot – knallrot, einwandfreier Zustand; na gut, auf dem Zähler waren über 125 000 Meilen, aber für 1500 Pfund plus den armen alten Minski war das ein Coup. Ich hab mich um diese Wagen wirklich echt gekümmert. Ich mag es, wenn ein Motor gepflegt klingt. Selbst Mojo war manchmal bereit, in ihm mitzufahren – in den Mini wäre er nie eingestiegen.

Uns gefiel dieses Leben, ganz im Ernst. Und wir hatten oft einen irren Spaß, sie und ich, wenn wir zu zweit im ganzen Land herumfuhren und hausten wie die Zigeuner; wie Schausteller. Die harte Arbeit, die Erschöpfung, der Hunger – all das machte uns nichts aus. Dass wir überhaupt dieses Leben führen konnten, gab uns einen unheimlichen Auftrieb.

Und Jamie blühte auf. Die schlimmen, schwarzen Depressionen, unter denen sie wie unter einer Art psychischer Migräne regelmäßig gelitten hatte, kamen nur noch in seltenen Ausnahmefällen. Wir unternahmen eine Menge miteinander, besuchten Freunde im ganzen Land, verbrachten Weihnachten bei meinen Eltern, den zweiten Weihnachtstag bei Gabes Mam. Nach Glastonbury fuhren wir immer in Jahresurlaub – tuckerten in unserm gemieteten Transit nach Cornwall, kurvten rum – Polzeath, St. Ives, Newquay. In einem Jahr buchten wir einen Pauschalurlaub auf Kreta. Lauter einfache, preisgünstige Sachen. Jamie hatte auch nicht aufgehört, nebenher zu schreiben, und inzwischen wurde manchmal etwas von ihr gedruckt, im lokalen *What's On?*-Magazin und einmal auch in *City Life*. Sie spielte mit dem Gedanken, einen Roman zu schreiben, aber neben den ganzen Gigs war das am Ende wohl einfach zu viel Arbeit. Wenn ich pensioniert bin, sagte sie immer, wenn ich alt bin. Ich führte weiter mein Tagebuch und arbeitete mich immer mehr in den Computerbereich ein. Ich richtete sogar eine

Homepage für sie ein, mit ihren Tourdaten, ihrer Biographie und ein paar von ihren Texten. Ich hatte ihr auch einen Zapmail-Account besorgt – *jamiegee@zapmail.com* – und darüber erhielt sie eine Menge Feedback. Sie war glücklich, wenn sie mit den Leuten in Verbindung sein konnte; wie Brieffreunde oder Fanpost, aber schneller.

Klar gab es immer noch Affären. «Fehltritte». Aber sie ging auch mit ein paar ganz netten Kerlen aus. Hielt vielleicht nicht lange, aber immerhin ein Anfang. Und ich, nun, mein Herz brannte nach wie vor für Ihr-wisst-schon-wen, aber wenn mir einer gefiel, sagte ich nicht nein. Es wurde nie etwas Ernsthaftes draus, alles ganz freundschaftlich. Dieser eine Typ, Ty Ellis, machte mir sogar einen Heiratsantrag. Ich hab ihn abgelehnt. Ein netter Kerl – die Familie kommt aus St. Kitts –, Studiomusiker, Saxophonist. Richtig, ein *Musiker*. Großartig im Bett, mit Leidenschaft dabei – aber einen Musiker heiratet man doch nicht, oder? Eine Katastrophe. Das bittere Ende der Fahnenstange, das weiß jeder. Zum Glück sind wir noch immer Freunde. Wahrscheinlich war ihm das mit dem Heiraten nicht hundertprozentig ernst – hoffe ich zumindest …

Sechzehn

Zu Hause war alles in bester Ordnung. Wir hatten sogar das Haus ein wenig renoviert, das heißt, *wir* renovierten, und Mojo zog aus, bis die Farbe trocken war, zog dann wieder ein und beschwerte sich über den Geruch. Sein Verschönerungsbeitrag bestand darin, in einem schwarzen Seidensatin-Pyjama und einem Dèvorè-Tuch umherzuschweben und eine Wolke aus Obsession oder Poison oder irgendeiner anderen Giftbrühe hinter sich her zu verströmen. Immerhin zahlte er die Farbe. Oder ein gewisser Jemand zahlte sie. Ungefähr um die Zeit herum wurde dieser Jemand ganz häuslich und schenkte uns Berge von Bettwäsche, Frotteetüchern und Steppdecken. Alles von M&S. Ich wagte einmal zu fragen, ob «Jemand» denn Mr. Marks oder Mr. Spencer sei, erhielt aber zur Antwort nur einen ungnädigen Blick. Nun ja, Jemand wirkte seine Wunder eben gerne im Verborgenen. Wenn Gabe in der Stadt war, kam er ebenfalls vorbei und vollbrachte männliche Handwerkertaten mit Holz. Er trug dabei nur ein weißes Unterhemd und Militärhosen. Seine schwarzen Löckchen hingen ihm in die Augen, die indigoblauen Schlangenlinien seiner keltischen Tattoos betonten seine Muskeln – die bloße Vorstellung, mit der Fingerspitze diesen Tintenmustern nachzufahren und dann … an solchen Tagen war ich nicht zu Hause. Es gibt eine Grenze dessen, was ein Mädel aushalten kann.

Wir fingen sogar an, den Vermieter zu bearbeiten, damit er uns das Haus verkaufte – er wurde auch langsam weich, und wir waren inzwischen eine richtige kleine Familie – zwei alte Jungfern, eine tuntige Prinzessin und eine neurotische Katze.

Jawohl, wir hatten eine Katze – klar, auch uns überfielen ab und zu unsere Hormone, sodass wir ins Grübeln kamen und sentimental wurden, wenn wir bei Asda vor den hippen Babykleidchen standen. Eigentlich hatte sich die Katze uns ausgesucht. Am einen Tag waren wir noch ohne Katze, am nächsten schon mit, sozusagen. Wir nannten sie Moley; und sie war ein schwarzer, seidener Klecks von einem Tier, immer am Jaulen oder am Schmusen. Eines Tages kam sie einfach zur Küchentür reingetapst, setzte sich und bat höflich um ihr Frühstück, als hätte sie immer schon zu uns gehört. Im Grunde war sie Jamies Haustier. Mojo streichelte sie ganz gerne, um seine wunderbaren langen Hände zur Geltung zu bringen, und Moley war auch einer vorgetäuschten Liebe nicht abgeneigt. Aber Jamie war ihre Heldin, und sie war Jamies Baby. Ich durfte sie füttern, und manchmal strich sie mir dafür morgens kurz um die Beine.

Ich hörte oft, wie Jamie mit ihr redete. Es war merkwürdig anrührend.

«Wer ist denn mein Mädchen? Meine Prinzessin, meine glänzende schwarze Königin der Liebe, mein Schlangenkopfbaby, mein kleiner Tintenklecks; liebt dich deine Mama, ich glaube schon, Blumenpfote, Satinnase. O ja, und wie ich dich liebe, Mitternachtspelzchen, Smaragdauge, Mäusemörderin ...»

Jamie konnte sich endlos mit solchen Liebeslitaneien aufhalten, und Moley schnurrte dazu nur und sabberte auf den Quilt und versuchte, ihre Herrin mit den kleinen schwarzen Lederpfoten weich zu kneten.

O ja, alles war okay. In bester Ordnung. Bis auf die Tatsache, dass ich mir Sorgen machte. Nichts Ernsthaftes, nur kleine, nagende Bedenken wegen unserer Zukunft. Es war 1995, und im Geschäft änderte sich gerade einiges; junges Blut galoppierte die Comedy-Pfade hoch, die ich, offen gestanden, einfach nicht lustig fand. Natürlich gab es Ausnahmen – Eddie Izzard etwa, saukomisch. Er trat ebenfalls nicht im Fernsehen auf, und das schien ihm nicht groß zu schaden. Andererseits hatte er mit seiner Transvestitennummer eine absolut sichere Bank. Die andern dagegen: Ricky Sharpe, Mona McLeish, Dermott Joyce. Sie waren alle hart, clubmäßig und zynisch bis an die Grenze zur Grausamkeit – manchmal auch darüber hinaus. Sie holten sich die Lacher über eine abgeklärte, kommerzorientierte Ironie, darüber und indem sie sich explizit als anti-PC definierten. Sie zielten auf die unterste Verständigungsebene – schmutzige Lacher in Klamotten von Paul Smith. Diese Künstler hatten tote Koksaugen und waren verliebt in ihre eigene Genialität. Die Zuschauer waren begeistert. Aus der Thatcher-Generation waren abgebrühte Szenegänger hervorgegangen, die ihr Vergnügen zum Gesetz erhoben hatten und nach dem Prinzip lebten: «Tu, was du willst, alles andere ist egal.» Von Comedy erwarteten sie, dass sie apolitisch, amoralisch, elitistisch und an der Speerspitze des feministischen Backlash sei. Und genau das bekamen sie auch.

Mich beunruhigte das. Sicher, Izzard war genau wie Jamie einer, der seine Geschichten aus der jeweiligen Stimmung im Saal holte, aber er war ein einsamer Rufer in einer Wüste, deren Bewohner mir kalte Schauer über den Rücken jagten ... es war nicht mehr so einfach, Ihrer Hoheit Auftritte zu verschaffen. Auch nicht so viel schwieriger, aber ein bisschen doch. Ein Hauch von Winter lag in der Luft, und ich fragte mich, ob Jamie etwas davon mitkriegte. Ich wollte nicht, dass sie sich veränderte; ich wollte, dass die Welt sich veränderte.

1995. Jamie war neunundzwanzig; ich achtundzwanzig. Das machte uns noch nicht zu Senioren, aber wir waren auch keine Kinder mehr. Wir hatten unser Leben gelebt, falls ihr versteht, was ich meine; wir hatten uns nicht gerade geschont, aber wir hatten uns auch nicht mit Drogen oder Alkohol kaputtgemacht. Keine Babys, keine Abtreibungen, kein Furcht erregender Virus. Glück gehabt, aber auch nur, weil wir auf unsere Art aufgepasst hatten. Und trotzdem waren wir – nun, nicht wirklich *gelangweilt*, einfach noch nicht ganz bereit, ruhiger zu treten; wir drehten uns immerzu im Kreis, genau wie Moley, bevor sie sich niederließ. Drehten uns in unserm kleinen Lebensraum und versuchten darin einen Ort zum Niederlassen zu finden. Schauten ein bisschen zu oft in den Spiegel, kontrollierten ein bisschen zu oft unser Denken nach den Verkalkungssymptomen des *Alters*.

Wir waren beide unruhig; eine Veränderung stand vor der Tür, ob wir es wollten oder nicht. Wir hatten beide zu lange um unser Überleben gekämpft, um das nicht spüren. Vor allem Jamie. An manchen Abenden wirkte sie auf der Bühne beinah gehetzt; schritt auf und ab, erkundete Themen, die für eine Dokumentarsendung besser geeignet gewesen wären als für den Comedy-Bereich. Sie stellte alles infrage, sezierte den Kadaver der Postmoderne mit einem Rasiermesser. Die Zuschauer liebten sie, ihre treuen Hardcores, und gerade dann, wenn sie ihre Isoliertheit zerpflückte, die Entfremdung ihrer Generation analysierte. Anderen jagte diese Kämpferin, die an den Nähten ihres sicheren Lebens zupfte, Angst ein, und sie hassten sie. Sie war intelligent und belesen und hielt damit nicht hinterm Berg. Sie erwartete von den Zuschauern, dass sie mit ihr Schritt hielten, und weigerte sich, das Dummchen zu spielen, damit sie sich wohler fühlten. Sie war eine Urkraft, weise und wild, und ihre Auftritte gaben einem immer mehr, als man dafür bezahlt hatte – noch Tage danach erinnerte man sich an ihre Sätze. Aber sie war auf der Suche nach etwas, immer auf der Suche – und sie schien einfach nicht zu wissen, wonach.

Versteht ihr nun, weshalb ich besorgt war? Ich war einer der wenigen Menschen, die wussten, wie sie tatsächlich beschaffen war – die ihre Selbstzweifel kannten, ihren Mangel an Selbstachtung. Was, wenn diese Kräfte in ihr wieder die Oberhand gewannen, und alles, wofür wir gearbeitet hatten, über Bord ging? O ja, ich machte mir wirklich Sorgen.

Nun denn. Dann muss man eben etwas unternehmen. Und was war unsere Antwort auf diese Beinah-dreißig-Angst? Wir beschlossen, eine Party zu feiern. Tolle Lösung, ich weiß schon, aber aus irgendeinem Grund begeisterte uns die Vorstellung. Fragt mich nicht warum, wir hatten so was noch nie gemacht, aber die Idee zog uns in ihren Bann. Selbst Mojo war einverstanden – warum nicht? Wir haben uns viel zu sehr an unsern immer gleichen Trott gewöhnt, das wird uns aufrütteln – geben wir doch eine Hollywood-Halloween-Party, genau. Das wird ein Spaß, lass uns ein bisschen *Spaß* haben; wir dekorieren das ganze Haus mit Kiddie-Kitsch, wir machen einen auf Addams Family – alles. Wir würden Einladungen kopieren und unsere ganzen Wertsachen in mein Zimmer einschließen – dort standen ohnehin schon die Computer – Moley mit ihrem Kram konnte da ebenfalls rein, dann die Nachbarn informieren und wow! Es kann losgehen, Kollegen! Cool.

Wir konnten es kaum noch erwarten, es würde tierisch werden – Gespenster, Karamelläpfel, Kerzen und Kürbislaternen, große Schüsseln mit Weinpunsch, in dem Zimt und Nelken schwammen, Retromusik, Ghule und Hexen und ... Teufel.

Siebzehn In dem Jahr fiel Halloween auf einen Dienstag; also beschlossen wir, unsere Veranstaltung am Samstag davor, am Achtundzwanzigsten, steigen zu lassen. Wir überredeten Mojo – der ganz kreativ sein konnte, wenn man ihn unter Druck setzte – dazu, Einladungen herzustellen, trugen die Vorlage in den Kopierladen und schwupps! Instant Party. Mojo wollte uns nicht sagen, wen er einladen würde. Ich versuchte, aus ihm herauszukriegen, ob wir mit einem gewissen Jemand rechnen durften, aber er hob nur eine ziselierte Augenbraue und murmelte «Ich glaube eher nicht, Schätzchen», bevor er sich wieder in Mark Aurel vertiefte. Die gebundene Ausgabe. Ich war am Boden zerstört.

Lonnie und Ben meinten, sie würden uns am Einundzwanzigsten in O'Reillys treffen, der irischen Tränke am Ort, damit wir zusammen was einnehmen und ihnen die Einladungen übergeben konnten.

«Ihr braucht doch keine Einladung, Lonnie», sagte ich am Telefon.

«Libblink, du berrraubst mich meiner Rrrechte, wenn dieser Idiott Marrkuss eine Einladunk hat, warrrumme nichte iche? Mojo hat ihn kemacht, ich weiß das, und Ben mechte auch eine – es ist unser Geburrrtsrecht!»

«Du spinnst komplett, weißt du das eigentlich?»

«Ho ja, aber he, ein bieschen Spinnerrei ist nichts Schlimmes, nicht wie ihr Enkländerr mit eurer ständigen Beherrschtheit.»

«Ilonka, du bist in einem Bradforder Krankenhaus zur Welt gekommen. Du stammst aus Yorkshire. Ich bitte dich. Nur deine Mutter ist russisch.»

«Meine Seele iest russisch, Libblink – und außerdem ist es so langweilig, aus Yorkshire zu sein. Ich bin immer lieber eine russische Lesbe als eine aus Yorkshire.»

Was soll ich sagen? Schnallt euch an, jetzt wird's holprig.

Es mag euch merkwürdig vorkommen, dass man sich mit seinen Freunden auf ein bestimmtes Datum verabredet, aber seit wir im Geschäft waren, war unser normales Sozialleben zum Fenster rausgeflogen. Ich fand es zwar mehr als ein bisschen beunruhigend, dass wir an zwei Wochenenden hintereinander frei waren, aber dann dachte ich, sei nicht immer so verdammt pessimistisch, Mädchen.

Ich weiß nicht, ob ich das jetzt erwähnen soll oder nicht, weil es so unglaublich nach «Akte X» klingt, aber ich fühlte mich den ganzen Tag über wirklich seltsam. Ihr werdet sagen, das sei mir erst im Nachhinein so vorgekommen, aber ich hab in meinem Tagebuch nachgeschaut, und da steht: *NB 6PM. Mir ist, als käme gleich ein Sturm. Ich fühle mich irgendwie schwindlig. Hab gar keine Lust auf* Leute, *aber ich muss jetzt gehen, alle warten auf mich. Mir ist* sehr komisch *zumute. Lieber nichts sagen, Jamie ist schon ganz aufgeregt. Vielleicht nur PMS.* Genau, schieb doch alles auf die Regel.

Manchmal möchte dein Körper dir etwas sagen, das dein Kopf einfach nicht hören will, nicht verarbeiten kann.

Also schluckte ich natürlich zwei Paracetamol und trug meinen Lippenstift auf.

Achtzehn Das Pub war brechend voll, als wir endlich dort ankamen. Wir brauchten etwa fünf Minuten, bis wir Ben und Lonnie entdeckten, die in einer Nische auf der erhöhten Plattform saßen, so weit weg wie möglich von den Lautsprechern, aus denen eine Imitation von irischer Musik plärrte. Sie sahen angepisst aus, und mein Herz wurde schwer. Wir setzten uns ihnen gegenüber auf die Bank, und ich bemühte mich, mitfühlend dreinzuschauen.

«Hi», sagte ich mit gespielter Munterkeit.

«Ja, ja, hi», erwiderte Ben trübe. Ihr breites Gesicht über dem existentialistischen schwarzen Rollkragenpullover war gerötet. «Tut mir Leid wegen hier. Das Letzte. Lauter Städter. Mein Gott.» Ben sprach immer in kurzen Sätzen, wahrscheinlich eine Reaktion darauf, dass sie als eine der vielversprechendsten jungen Philosophen Englands gehandelt wurde. Keine Ahnung von wem – ich vermute mal von anderen Philosophen, weil Ben nie bereit war, über Philosophie zu reden, außer sie war betrunken, und dann zog sie auch nur über ihre Philosophenkollegen her, wegen deren intellektueller Schlampigkeit, Fremdenfeindlichkeit und Hass auf Frauen. Ja sicher, warum nicht – ich meine, was, zum Teufel, wusste ich schon? Mein Gebiet waren Zahlen. Ich mochte Ben, sie hatte nicht das Gefühl, dauernd lächeln zu müssen, was eine Erleichterung war.

Lonnie war auf volle Lautstärke eingestellt, sie hatte mit Guinness angefangen und war dann eiligst zu Wodka zurückgekehrt. «Mein Gott, das iesst ein Ketrrenk firr Bauern, firr schwankere Frauen; firr Essen, firr schwarze Suppe, nicht firr Trinken. Ich hasse ess, ich will es nicht! Ben, Ben Schätzchen, merrr Wodka, ich bieete dich …»

All dies trug sie mit einer entsetzlich durchdringenden Stimme vor, während sie die steifen Strähnen ihres langen, gefärbten Haares hin und her peitschte. Ihre dunklen, slawischen Augen loderten unter den falschen Augenwimpern, und sie lehnte sich gegen das dunkle Holz der Nische, eine zitternde, magere Hand auf der knorplig wogenden Brust. Lonnie glaubt nicht an Essen, sie hält es für unverdaulichen Schweinkram. Eigentlich hätte sie sich mit Mojo, einem weiteren campigen Essensverweigerer, wunderbar verstehen müssen – aber denkste. Jeder hält den andern für unglaublich affektiert und anstrengend. Mojo schwärmt dagegen für Ben, und sie können stundenlang über Schwindel erregende Highbrow-Konzepte reden, während Lonnie ihnen vorwurfsvolle Blicke zuwirft und in einer Sprache vor sich hin murmelt, von der sie behauptet, sie sei Russisch, aber von der ich vermute, sie sei gar nichts. Gut, Lonnie ist eine Nervensäge, aber auf ihre Art kann sie auch sehr freundlich und liebevoll sein. Sie und Ben sind seit der Universität zusammen und waren ungefähr das *verheiratetste* Paar, das ich kannte.

Ich seufzte und meinte zu Ben, sie solle ruhig sitzen bleiben, ich würde die Getränke holen. Ich wusste genau, was alle haben wollten, also kämpfte ich mich zur Bar durch und versuchte, mit der mürrischen Deern dahinter Kontakt aufzunehmen.

Als ich eine Viertelstunde später durch den Bierschlamm zurückgewatet kam, kicherten Jamie und Lonnie miteinander wie zwei Volltrottel, und Jamie zischte: ‹*Schau nicht hin, schau nicht hin, nein, dort, dort, bei der Jukebox, o Lonnieee*› und so weiter, Sie benahmen sich wie hysterische Teenager.

Ben seufzte und drehte an dem silbernen Reifen mit der Inschrift «vous et nul autre», den sie an ihrem Ringfinger trug.

«Dort drüben. Blonder Typ. Gott. Nervig. Sieht ganz gut aus, nehme ich an. Wenn man sie so mag. Nein. Dort drüben. Zwischen dem Fenster und den Spielautomaten. Dort. Weißes T-Shirt. Jeans. Die volle Uniform. Trägt bestimmt Timberlands. Du lieber Gott.»

Ich versuchte halbherzig das Objekt von Jamies Bewunderung auszumachen. Dann entfernte sich jemand aus meinem Blickfeld, und ich sah ihn zum ersten Mal. Sean Powers.

Er lehnte an einem riesigen einarmigen Banditen und nuckelte an einem Bier, schielte dabei über den Glasrand nach Jamie, die mit Lon herumkicherte … Himmel, allein bei der Erinnerung daran wird mir übel … nutzt nichts, ich muss weitermachen, für Jamie und mich. Also. Das Erste, was mir auffiel, waren seine Augen. Sie hatten diesen intensiven, hellen, kristallartigen Blauton, der aussieht, als würde er von hinten angeleuchtet. Der Typ wirkte beinah blind dadurch oder wie irgendein Tier. Sein ganzes Gesicht hatte etwas von einer Tierschnauze; die stumpfe Nase, das schmale, eckige Kinn und der breite Kiefer. Sein Mund war für einen Mann relativ voll, das Haar ein schmutziges Blond, hinten und an den Seiten kurz, oben lang, ein fransiger Pony, der ihm in diese eigenartigen blinden Augen hing.

Ich dachte, der ist doch viel zu bürgerlich, um sich für Leute wie uns zu interessieren. Er sah aus wie Brad Pitt für Arme. In der Presse wurde das später oft angesprochen, diese entfernte Ähnlichkeit mit einem Filmstar, als sei das aufregend und wichtig. «*Der Killer mit dem Gesicht eines Filmstars …*» Vielleicht spielt ihn Brad ja irgendwann in einem Fernsehspielfilm – falls er es schafft, einen *Brad-furd*-Akzent hinzukriegen.

Ich blickte zu Jamie und dachte – vergiss es, das ist ein verdammter Städter, der macht sich über uns nur lustig. Sie war ganz rosig vor Aufregung und flatterte wie ein Vogel im Netz. O nein, dachte ich, bitte nicht. Aber ganz offensichtlich war sie schon auf das Spiel eingestiegen und ging jetzt aufs Ganze. Lonnie rollte mit den Augen und gestikulierte mit ihrer Sobranie-Zigarette – und immerzu starrten diese Kristallaugen in die Augen meiner Jamie. Lonnie flüsterte ihr etwas zu, und sie griff nach ihrer Tasche und verkündete, dass sie zur Toilette wolle. Um dort hinzukommen, musste sie an ihm vorbei. ER ließ sie keinen Moment lang aus den Augen, während sie sich durch die Menge schob und ihn mit großem Aufwand ignorierte.

«Illonka, was hast du angestellt?», fragte Ben streng.

«Niechts Libblink, niechts – ich sage nurrr, he, lad den Kerrl doch zu deiner Parrty ein – vielleicht kommt er. Lustig, nein?»

Ich war stinksauer. Ich musste mich zusammenreißen, um Lonnie mitsamt ihrer Lust am Unruhestiften nicht in Grund und Boden zu stampfen. Für sie war die Sache nichts weiter als ein harmloser Flirt, sie hätte gar nicht verstanden, warum ich so wütend war. Also sagte ich nichts. Aber Ben war überhaupt nicht begeistert. «Himmel, Lon. Schau ihn dir doch an. Bürgerlich bis in die Knochen. Gibt garantiert Ärger. Wie kannst du nur? Das ist nicht deine Party. Was glaubst du denn, denkt er von uns? Das weißt du doch, oder? Oder nicht?»

Lonnie zog einen Riesenflunsch, und Ben entschuldigte sich bei mir, was Unsinn war, also sagte ich einfach: He, was soll's, der kommt sowieso nicht. Kein Problem, vergiss es.

Als die ganze Geschichte dann vorbei war und die Zeitungen sich überboten mit Beschreibungen unserer «*lesbischen Partyfreundinnen, die Showbiz-Swinger Jamie mit dem lächelnden Killer zusammenbrachten*», machte sich Lonnie Vorwürfe, weil sie Jamie damals ermuntert hatte; sie hatte einen «Zusammenbruch» oder wie auch immer die Ärzte es nannten; Prozac, Therapie, alles. Sie wollte mich nicht sehen, aber mit Ben unterhielt ich mich über die Sache – nicht ausführlich, wir kreisten eher um das, was sich nicht sagen ließ. Arme Ben, sie gab sich solche Mühe, vernünftig zu bleiben, sich davor zu schützen. Am Ende trennten sich Lonnie und sie darüber; Lonnie war offenbar der Ansicht, Ben verhalte sich unsensibel. Ich sehe das anders – sie ist zwar nicht der Typ zum Heulen und Klagen wie Lon – aber deswegen hat's ihr doch nicht weniger wehgetan. Himmel.

Jedenfalls saßen wir da in dieser verdammten Atmosphäre und dann entdeckte ich Jamie, die von den Toiletten zurückgeschlendert kam, als sei sie aus Eis. Sie blieb gaaaanz locker und mit einem eigenartigen Gesichtsausdruck vor ihm stehen. Mir fiel auf, dass sie beide gleich groß waren, mit denselben breiten Schultern und langen Beinen. Damals kam mir das merkwürdig vor, ich weiß gar nicht warum, aber sie wirkten beinah wie – ein Paar. Sie gab ihm eine unserer Einladungskarten, und ich konnte mir den albernen Austausch genau vorstellen, obwohl ich über dem Radau der «Black Velvet Band» kein Wort verstand. «*Oh, hallo, wir wollen eine kleine Party feiern, und meine Freunde und ich fragten uns grade, ob du vielleicht Lust hast, zu kommen … großartig, toll, hier ist die Einladung, du musst sie unbedingt dabei haben, sonst kommst du nicht rein – ha ha ha.*»

Sie schaffte es, nicht im Laufschritt zu uns zurückzukehren, setzte sich mit dem Rücken zu ihm an den Tisch und platzte beinah vor Aufregung.

«Schaut nicht hin, schaut nicht hin, nicht hinschauen – was macht er grade? Ohh, wie findet ihr das, ist er süß oder was? Diese Augen! Und der Körper! Verdammte Scheiße, ich sterbe gleich, er hat gesagt, er will kommen! Glaubt ihr, dass er kommen wird? Er meinte, wir sehen alle so interessant aus! Er sagte, er mag Künstlertypen! Er fragte mich, ob ich zur *Kunsthochschule* gehe! Ich wollte ihm nicht sagen, wie alt ich bin – Mann, mein Herz hämmert ja wie eine Pauke!»

Ungefähr fünf Minuten lang merkte sie nicht einmal, wie wenig Begeisterung ihr neuester Schwarm am Tisch hervorrief. Als dieser Umstand dann zu ihr durchdrang und man ihr die Sache erklärte, saß sie da wie ein Kind, dem man den Teddy genommen hat.

«Na gut, dann geh ich eben hin und sag ihm, dass die Sache nicht läuft – nein, ist schon in Ordnung, was soll's, ich kenne ihn sowieso nicht – ihr seid meine Freunde. Ihr braucht es nur zu sagen, dann geh ich sofort hin, kein Problem, wirklich nicht.»

Natürlich sagte keiner ein Wort.

Wir überschlugen uns in linkischen Bemühungen, uns selbst zu bezichtigen und zu betonen, wie wenig die Sache bedeutete, und währenddessen sah ich nochmals zum Spielautomaten. Er war weg, sein Bierglas stand oben auf der Maschine. Ich überlegte, ob ich sagen sollte: «Dein Kerl hat sich verpisst» oder etwas in der Art, aber irgendwie schaffte ich es einfach nicht. Das Einzige, was mir durch den Kopf ging, war, Gott sei Dank. Mit ein bisschen Glück taucht er gar nicht bei uns auf. Ich meine, ein gut aussehender Typ wie der kann unmöglich zu haben sein, bestimmt ist er jetzt nach Hause zu Frau oder Freundin gegangen und vergisst seinen kleinen Flirt mit den *Künstlertypen*.

Der Abend endete unspektakulär, Lonnie betrank sich und fing an, rumzubrabbeln, dass keiner sie haben wolle usw., und Ben brachte sie nach Hause. Ich weiß, ich war nicht besonders nett zu ihr gewesen, aber mich machte das, was sie getan hatte, aus irgendeinem Grund unglaublich wütend. Falsch. Was Jamie getan hatte. Wir tranken aus und machten uns auf die Suche nach einem Curry.

Draußen, in der feuchten, modrig riechenden Herbstnacht, hüpfte Jamie neben mir her und summte tonlos vor sich hin, dann blieb sie plötzlich stehen, packte mich und schwang mich zu sich herum. In ihren Augen strahlte das helle Mondlicht, und ihr Gesicht war erleuchtet von der Straßenlaterne über uns.

«Oh, Lil, Lil! Hast du das gesehen, ist er nicht unglaublich? Er sieht so gut aus, und er mochte mich, er mochte mich wirklich, Mann, ich hab das gemerkt! Und er schien es wirklich ernst zu meinen, als er sagte, er will zur Party kommen! Was für ein netter Typ, er war so, ach, ruhig und höflich, wirklich nett. Ich weiß, es ist idiotisch, Baby, aber ich war in letzter Zeit manchmal so deprimiert wegen, ich weiß auch nicht, dem Älterwerden, und wegen meinem Aussehen. Die Mädchen heute sind alle so dünn, und ich bin neunundzwanzig, und irgendwie dachte ich schon beinah, das war's, weißt du, das liegt jetzt alles hinter mir, die Liebe und so. Aber wie er mich angeschaut hat! Scheiße! Einer wie der, der könnte doch jede kriegen, jede, die er haben will, und mich schaut er an, als sei ich etwas Besonderes! Das hat er wirklich getan, du konntest es ja nicht sehen – o Lil, der alte Zauber ist noch da, was?»

Und ich dachte nur, Scheiße, Scheiße, *Scheiße*. Ein weiterer monumentaler Fehltritt mit allem, was dazu gehört. Ehrlich gesagt hatte ich davon langsam die Nase voll. Ich dachte: Nicht schon wieder. Es gibt schon genug, worum ich mich kümmern muss, auch ohne diese beschissene emotionale Achterbahnfahrt, die uns mit diesem Stück Scheiße von eben bevorstand. In dem Moment, wo ich geglaubt hatte, ich hätte sie allmählich auf dem Trockenen, kommt Mr. Timberlands mit seinen Wolfsaugen und seinen verfluchten, spielenden Bizepsen. Und also fuhr ich sie an, das erste Mal, dass ich so etwas tat.

«Gott im Himmel, Jamie, siehst du denn nicht, dass er nichts weiter ist als eine beschissene Platzverschwendung? Kannst du das nicht sehen? Wenn es um andere Leute geht, ist dein Urteil so klar, aber wenn es um dich selber geht ... Scheiße, Jamie, du bist wunderschön, wirklich, das finden wir alle, ist doch vollkommen egal, wie alt du bist, du redest so, als wärst du eine beschissene Oma oder sonst was, ich meine ...» Aber meine dumme Zunge verknotete sich, und am Ende stand ich einfach wutentbrannt und mit geballten Fäusten vor ihr auf der Straße.

Sie sah mich entsetzt an, auf ihrem blassen Gesicht lag ein unglaublich verletzter Ausdruck. «Lily, tut mir Leid, Mann, äh, ich wollte dich nicht sauer machen – Gott, es tut mir Leid, was auch immer da war, es tut mir Leid. Lily, sei nicht so, du machst mir Angst. Hat es etwas mit, nun, mit Gabe zu tun? Wegen mir und dem Typen und dir und Gabe? Er liebt dich, Liebling, das tut er wirklich, und irgendwann wird er auch begreifen ...»

Ich konnte es nicht fassen. *Sie wusste, was ich für Gabriel empfand!* Sie hatte darüber nie ein Wort verloren. Ich war vollkommen geplättet. «Was, wie ... wie meinst du das?»

«Ach, Schätzchen – ich weiß doch, was du für ihn empfindest. Ich habe nie irgendjemandem etwas darüber gesagt, und das werde ich auch nie tun, glaub mir. Nur, die Art, wie du mit ihm bist, Liebes, es ist so offensichtlich – für mich jedenfalls, weil ich euch beide so gut kenne. Sonst hat das keiner mitgekriegt. Mach dir keine Sorgen um Mojo, der ist zu sehr mit sich beschäftigt, um sich noch groß um andere zu kümmern. Lil, Lil, ich mag dich, ich mag Gabe, und wenn ihr beide zusammenkämt, wäre das für mich das schönste Geschenk auf der ganzen Welt, ehrlich! Sei bitte nicht eifersüchtig, bitte, es kommt schon alles in Ordnung – und der Typ in der Bar, scheiß auf ihn. Vergiss ihn. Gehen wir was essen. Komm, sag schon, dass du mir verzeihst, bitte ...»

Ich war baff. Nicht nur wusste sie von der Sache mit Gabe, sondern sie dachte auch noch, ich würde sie um ihren Erfolg bei diesem Typen beneiden. Ich konnte es nicht fassen. Ich murmelte irgendetwas Unverständliches und trottete hinter ihr zur Rose Of Kashmir wie ein Zombie. Ich aß mein Marsala, ohne irgendetwas zu schmecken, während sie weiterplapperte und sich freute, dass man ihr «verziehen» hatte.

Ich war so gefangen in meinem Schock, dass ich Mr. Timberland, Mr. Superspießer vollkommen vergaß. Ich hatte zu viel damit zu tun, mich irgendwie wieder einzukriegen, um mich mit mehr zu befassen als damit, wie ich diese Sache mit Jamie verdauen sollte. Ich wusste, am nächsten Tag würde es mir wieder besser gehen – ich hatte mir vermutlich einfach etwas vorgemacht, als ich geglaubt hatte, ich sei die große Undurchschaubare. Aber solange Gabe es nicht mitkriegte – und Jamie versicherte mir, dass er nichts ahnte – typisch Mann –, war alles in Ordnung. Ich würde schon klarkommen, ich hatte alles im Griff. Ich wusste, dass ich mich auf Jamies Verschwiegenheit verlassen konnte, sie war keine von denen, die sich in Dinge einmischen.

Also vergaß ich Sean vollkommen. In meinem Tagebuch stand nur ein kurzer Eintrag: 21/10/95 … *schreckliche Nacht, und wieder ein beschissener Fehltritt am Horizont* … und das war's.

Ich dachte überhaupt nicht mehr an Sean – Mann, das hätte ihn bestimmt geärgert.

Neunzehn

In jener Woche hatten wir nur einen Auftritt; eine Radio-Interview/Chat-Show-Geschichte am Montag für den Lokalsender Kirkstall in Leeds. Es war ein nationaler Lokalsender, versteht ihr, was die Sache aber keinen Deut besser machte. Sie hatten Jamie direkt angesprochen wegen ihrer Unterstützung verschiedener AIDS-Veranstaltungen, und sie gehört zu diesen Mädels, die einfach nicht Nein sagen können. Von mir hätten sie bestimmt keine Zusage gekriegt, vergiss es, Kumpel; Lokalsender sind bekannt für ihre unverbesserliche Dummheit, Unhöflichkeit und Geistlosigkeit. Ich meine, sechs Personen und ein Hund hören Radio Kirkstall, aber sie taten so, als seien sie der Geheimdienst persönlich.

Sie brachten die üblichen Banalitäten und Dummheiten und schafften es tatsächlich, sie in der Einführung als: «Bradfords einheimisches Comedy-Talent, die Grufti-Königin der alternativen Comedy-Szene, bekannt für ihre superpinken Haare und ihre zweideutigen Witze …» vorzustellen. Rosa Haare, blaue Witze, was für ein Schwachsinn. Ich knöpfte mir die Programmleiterin vor und beschwerte mich. Ich fragte, wie sie Jamie so einführen konnten, wo sie sie doch in Natura gesehen hatten, und wo bitte waren die pinken Haare und die Grufti-Klamotten? Sie wand sich und tat beschämt, aber im Grunde war es ihr vollkommen egal, wie falsch und neben der Spur sie lag und was für ein schlechtes Licht damit auf Jamie fiel. Ihre Entschuldigungen waren nichts weiter als ein galvanisches Zucken. Ich saß draußen im Korridor und kringelte mich vor Peinlichkeit. Das so genannte Interview genügte nicht einmal den niedrigsten Ansprüchen.

«Jamie, du bringst das ganze Land zum Lachen, aber es gibt eine Sache, die ist dir todernst, nicht? Genau, AIDS. Viele unserer Zuhörer haben uns zum heutigen Thema geschrieben, und immer wieder taucht in ihren Briefen die Frage auf: Existiert AIDS denn überhaupt noch? Oder ist es für immer verschwunden? Können wir endlich auf diese grausigen Kondome verzichten?» – herzliches Lachen – «Im Ernst, Jamie, was hältst du denn als Kämpferin gegen AIDS von der ganzen Sache? Geht es euch vielleicht nur darum, der Nation ihr Sexleben zu vermiesen? Ist AIDS nicht ein Schwulenproblem? Die Leitungen sind frei, Leute, ruft uns an und sagt uns eure Meinungen zu AIDS ...»

Es dauerte etwas weniger als zehn Minuten, inklusive die vorbereiteten Einspielungen. Jamie schaffte es, einigermaßen ruhig zu bleiben und den Moderator nicht zu beißen. Was ich bestimmt getan hätte. Sie kam mit einem Gesicht wie eine Gewitterwolke aus dem Studio, und wir gingen, während die Programmleiterin sich dafür entschuldigte, dass der Moderator das AIDS Awareness Benefit nicht erwähnt hatte, der eigentliche Grund, warum wir die Sache überhaupt mitgemacht hatten.

Auf dem Weg nach Hause war Jamie ungewöhnlich ruhig. Wir beschlossen, im einzigen Künstlercafé von Bradford, im Espresso, einen Kaffee trinken zu gehen. Während wir darauf warteten, dass die Kellnerin ihr Lippenschürzen und Stirnfransenzupfen lange genug unterbrach, um uns tatsächlich zu bedienen, starrte Jamie aus dem verregneten Fenster.

«Denk nicht mehr an diesen Radio-Quatsch, Mädchen», sagte ich. «Du bist gut dabei weggekommen, er war derjenige, der wie ein Idiot wirkte. Die Programmleiterin hat mir geschworen, dass er am Ende der Show das Benefit erwähnt, es kommt also alles in Ordnung.»

«Das ist es nicht. Na ja, schon, aber nicht nur, es geht um alles. Lil, hast du nie ein Problem damit, wie sich die Sachen gerade entwickeln? Ich meine Comedy und all das. Es geht nur noch um Geld, Geld, Geld, scheiß auf Kreativität oder Leistung. Bei der Nottingham Show neulich bin ich mir vorgekommen wie ein beschissener Dinosaurier, wirklich. Dieser kleine Wichser Liam O'Hare kam nach der Show zu mir und meinte, wie *mutig* er es fände, dass ich das mache, was ich mache. Mutig! Was er damit meinte, war, dass ich altmodisch bin, nicht mehr im Trend; keiner will mehr hören, was ich zu erzählen habe, sie sind alle wie die da.» Sie deutete mit dem Daumen in Richtung unserer Kellnerin, die Lolita der Clubszene. «Es geht nur noch um Clubs und Sex und, ooo, lass uns H nehmen, das wird eine Bombenerfahrung, und Gott, reden wir nicht über Politik, Politik interessiert uns nicht, wir brauchen uns doch gar nicht zu ereifern, uns geht es gut, nur Versager motzen rum, weil sie eben Versager sind. Schau sie dir an, diese kleine Tussi, grrr. Die kotzt dir doch vor die Füße, sobald du nur das Wort ‹Feminismus› aussprichst. Kotz.

Ich weiß schon, dass es dort draußen auch Leute gibt, die mich hören wollen. Klar. Sieh dir die Hardcores an, wie sie ihre Freunde mitbringen und ihre Freunde dann sagen: O Mann, du warst so toll, du solltest im Fernsehen kommen, warum bist du nicht berühmt? Klar bin ich berühmt – berühmt dafür, *völlig daneben* zu liegen.»

Die Baby-Kellnerin knallte uns einen Furcht erregend trendigen Kaffee in riesigen, abgeschlagenen, trendigen Kaffeetassen hin und stakste davon. Jamie seufzte tief und verzog das Gesicht, als sie von der bitteren Brühe kostete.

«Es ist wie dieser Laden hier», sagte sie und stellte die lindgrüne Tasse auf das violette PVC-Tischtuch. «Außen hui, innen pfui, auf den ersten Blick todschick, aber der Kaffee ist Scheiße und unglaublich teuer. Machen einen auf Bohemien, aber hast du gesehen, wie die uns anstarrten, als wir reinkamen? Die Comedy-Szene von heute ist genau gleich, tut so, als sei sie alternativ, aber eigentlich bestätigt sie einfach den Status quo; vermittelt denjenigen, die was haben, ein besseres Selbstwertgefühl und scheiß auf die Habenichtse. Himmel, hör dir an, wie ich daherrede, wie eine alte Oma. Dieses Land. Es bricht mir das Herz, ehrlich.»

Sie war unglaublich deprimiert, und ich konnte ihr das eigentlich nicht vorwerfen. Ich war mit allem, was sie gesagt hatte, einverstanden, und ich wusste auch, dass es vielen andern ebenso ging, aber wie sollten wir ohne Fernsehen an sie rankommen? Heutzutage lag alle Macht beim Fernsehen – bei dem Toten Auge, wie die nordamerikanischen Indianer es nannten, und damit trafen sie den Nagel auf den Kopf. Ich bin süchtig danach, Mann, ich weiß, wovon ich rede. Die Droge der Nation.

Es gab doch bestimmt einen Weg dran vorbei, es musste einfach einen geben. Wir durften nur nicht den Glauben an uns selbst verlieren, wir würden noch härter arbeiten und auf rattengesichtige Flachwichser wie O'Hare mit seiner «Ich bin ein cleverer faszinierender Ire»-Routine gar nicht hören. Den Glauben wahren – versuchen, ein wenig Presse für Ihre Hoheit zu kriegen, vielleicht eine seriöse Reportage über das Thema Comedy im Sonntags-*Observer*, etwas in der Art. O ja, damals hielt ich Journalisten grundsätzlich noch für anständige Menschen; zumindest die von der seriösen Presse. Ich meine, Fred war doch o. k. gewesen. Klar, die Lokalzeitungen waren das Letzte, aber was konnte man da auch erwarten? Jamie sagte immer, wenn sie den Friedensnobelpreis gewinnen würde, würde der *Telegraph & Argus* auf Seite zwei die Schlagzeile: «Einheimisches Mädchen gewinnt Preis» bringen und darunter ein zehn Jahre altes Foto.

Nein, wir mussten einfach weitermachen. Und das sagte ich ihr auch. Das heiterte sie nicht sonderlich auf, aber sie war mit mir einverstanden. Ich meine – was hätten wir sonst tun sollen? Bei Lichte besehen hatten wir überhaupt keine andere Wahl. Zumindest Jamie nicht. Ich hätte allenfalls wieder zu meinen Buchhaltungsaufträgen zurückkehren können. Zur Not. Ach was. Wir hatten beide keine Wahl.

Jamie war den ganzen Rest der Woche ziemlich niedergeschlagen. Erst am Freitag besserte sich ihre Laune, als Mojo in einem Taxi nach Hause kam und einen ganzen Ballen schwarzes Musselin mitbrachte, den vermutlich ein gewisser Jemand besorgt hatte. Wir zogen los, kauften im Laden an der Ecke Kürbisse und schnitzten Laternen. Meine sah aus wie ein tragisch fehlgeschlagenes biologisches Experiment, aber die andern wirkten sehr professionell. Ich mochte meine trotzdem am liebsten. Ich nannte sie die Niki-Lauda-Laterne, armes kleines Ding.

Zwanzig

Am großen Tag waren wir relativ früh auf und räumten Sachen um. Moley beschwerte sich lauthals und lange, stellte sich so vielen Menschen in den Weg wie möglich und suchte sich schließlich ein Plätzchen im Musselin, wo sie miauend rumzappelte. Ich machte ein Foto von ihr, sie sah unglaublich süß aus.

Wir trugen alle Wertsachen in die Mansarde, wo gerade noch so viel Platz blieb, dass ich in mein Bett gelangen konnte. Mojo bestand darauf, seine Matratze und sein Bettzeug ebenfalls in mein Zimmer zu stopfen, weil er nicht wollte, dass jemand darauf rumvögelte; verständlich. Sein Schminkzeug und den ganzen Rest wollte er in einen seiner beiden Kleiderschränke einschließen. Er meinte, wenn die Leute in seinem Zimmer Sex haben wollten, müssten sie das entweder auf den Bettfedern oder auf dem Fußboden tun. Jamie räumte in ihrem Zimmer bloß ein bisschen auf; warf einen riesigen alten Quilt über das Bett und stopfte ihn an der Seite rein. Eine echte Minimalistin, dieses Mädchen.

Wir liefen Amok mit dem Musselin, am Ende war das Haus eine einzige Feuerfalle. Alles hing voll mit schwarzen Stoffbahnen, dazu tonnenweise nackte Äste aus dem Park, Kürbislaternen und Behälter mit Sand drin als Aschenbecher. Ich stellte das Essen (Baguettes, Brötchen und Kuchen von Pa, plus Käse) auf den Küchentisch, den ich gegen die Wand geschoben hatte, und Jamie braute einen tödlichen Punsch. Sehr nett, wenn man sich auf eine geringe Quantität beschränkte. Papierbecher und -teller mit Halloween-Dekorationen drauf, viele Orangen und Äpfel als Verzierung, ein paar wohlplatzierte Kerzen und voilà! Möge der Ball beginnen!

Wenigstens gab es keine Nachbarn, die uns den Spaß verderben konnten. Das Haus nebenan stand leer und war zum Verkauf ausgeschrieben, und Mr. Majid eins weiter schien nichts dagegen zu haben, als wir ihm Bescheid sagten. «*Junge Leute sollen ihr Leben genießen*», meinte er nur. Was für ein süßer alter Mann.

Wir wohnten im Eckhaus, und die Häuserzeile, die uns am nächsten lag, stand quer zu der unsrigen an einer kleinen, ungepflasterten Gasse, die direkt neben unserm Haus lag. Dahinter war an der Brunel Street ein etwas heruntergekommenes Fabrikgebäude aus den Sechzigern und noch weiter hinten der Park. Die Häuserzeile, Hardy Street, sollte abgerissen werden und stand schon seit einigen Jahren leer. An ihrem Ende gab es einen kleinen Garten, den ein früherer Bewohner als Schrottplatz benutzt hatte. Er war noch immer mit rostigem Maschendraht eingezäunt, aber das Tor war kaputt und das Schloss und die Kette längst weg. Vor unserem Haus lag Brachland, zumindest wenn man aus dem ersten Stock sah. Wenn man aus der Eingangstür trat, sah man nur eine zwei Meter hohe Mauer mit einigen rechten Parolen drauf, die wir allen Anstrengungen zum Trotz nicht weggekriegt hatten. Wie auch immer, der Blick aus Jamies Zimmer war ganz nett, wenn man postindustrielle Tristesse mochte.

Begreift ihr jetzt, wie ruhig wir da lebten? Der Ort war ideal für den größten Rave des Jahrhunderts.

Gegen acht trafen die ersten Leute ein – diese Party war keine von denen, die man ansteuert, wenn die Pubs geschlossen sind. Pete und Andy, zwei Bikerfreunde von Gabe, kamen, um «nach dem Rechten zu sehen». Gabe konnte nicht da sein, weil er mit Killzone in Deutschland war; sie sollten an dem Abend in München spielen.

Obwohl ich ihn vermisste, hatte ich vor, den Abend zu genießen. Ich setzte mir sogar eine Art Leuchtband mit Teufelshörnern, die man anknipsen konnte, auf den Kopf. Das sah ziemlich cool aus, nachdem ich meine Dreads über das Band drapiert hatte. Als sei ich so zur Welt gekommen. Jamie sah wunderbar aus, wirklich bezaubernd. Sie hatte zur Abwechslung mal ein Kleid angezogen, ein knöchellanges, weinrotes Samtteil im Empireschnitt. Sie hatte es die Woche davor bei Long Tall Sally gekauft, also war es ihr auch tatsächlich lang genug. Metallisch-goldene Chipie-Turnschuhe vervollständigten ihr Outfit. Sie hatte sich die Haare rot- und kupferfarben färben lassen, mit ein paar dunkelblonden Strähnchen im Deckhaar, und ausnahmsweise trug sie es offen. Es ging ihr beinah bis zur Taille. Sie trug auch fast keinen Schmuck, was mir eigenartig vorkam. Sie hatte nur ihre Piercingringe aus Stahl eingesetzt. Sie hatte den Ausschank der Bowle (die in einem Eimer war) übernommen, also ließ ich sie in Ruhe.

Lonnie und Ben kamen. Lon trug ein Crêpe-Kleidchen, das mit Glasperlen verziert war, und war über und über mit falschen Perlenketten behängt. Riesige dazu passende Ohrringe reichten ihr beinah bis zur Schulter, und sie rauchte ihre Cocktail-Sobranie in einer Zigarettenspitze aus Perlmutt. Selbst Ben hatte sich mit einem festen schwarzen Seidenhemd und schwarzen Lederjeans herausgeputzt. Sie sahen unglaublich cool aus.

«Libblink, du hast mirr verrgeben, biete sag es, bieete, sonst brricht mirr das Herrz.» Sie rollte ihre Augen flehentlich in meine Richtung. Ben rollte mit den Augen zur Decke.

«Sei nicht albern, Lonz. Gott, ihr seht beide so hinreißend aus, ich wünschte, ich hätte mir mehr Mühe gegeben.»

«Du siehst wunderrbarr aus, Libblink, ich schwerre es – diese kleinen Hörner, so süß, und die Dekoration! Ay, mnyeh khochyeetsah peet! Skahryehyeh, Benksa, mein Libblink!» Und weg war sie, um Jamie zu begrüßen.

«War das, was sie am Schluss gesagt hat, wirklich russisch?», fragte ich Ben, während Lon davonschwebte.

«Keine Ahnung. Schon möglich. Sie war bei ihrer Mutter. Danach ist sie immer russischer. Frag mich nicht, was es bedeutet. ‹Dein Pudel hat einen Furunkel am Arsch, Genosse›, oder so? Bei ihr weiß man nie. Vollkommen übergeschnappt. Aber ich liebe sie sehr. Also, hast du ihr verziehen?»

«Jetzt werd du nicht auch noch albern. Es gibt nichts zu verzeihen, vergiss es. Lass dir von Jamie ein Glas von ihrer umwerfenden Bowle geben, dann verschwinden vielleicht deine sentimentalen Anwandlungen.»

Genau in diesem Moment hatte Mojo seinen Auftritt, sehr zum Kummer von Lonnie. Er sah aus – was soll ich sagen? Jamie hatte ihm ein Kleid aus ihrer Grufti-Zeit geliehen, aber eins, das sie nie getragen hatte. Es stammte von Camden Market, deswegen hatte sie es gekauft, ohne es anzuprobieren. Die Frau am Stand hatte gesagt, das Kleid sei aus 100 Prozent Satin-Lycra und würde sich ihrer Körperform anpassen, und das stimmte auch – aber wenn Jamie es trug, blieb nichts, aber auch gar nichts der Vorstellungskraft überlassen. Sie war zu prüde, um es zu tragen. Es war schwarz, ein Schlauch mit Fischschwanz, und schmiegte sich auch bei Mojo eng an. Vorne hatte es einen V-Ausschnitt und hinten ging das V des Rückens weit, weit nach unten. Die langen Ärmel endeten über den Händen in einem Spitz. Von den Knien an abwärts bis zu seinen stilettobewehrten Füßen flatterten Chiffon- und Spitzentücher, die mit glitzernden schwarzen Pailletten übersät waren. An Mojo sah das Kleid umwerfend aus. Sein gewelltes, glänzendes Haar hätte die Flügel eines Raben in den Schatten gestellt. An seinen Händen steckten riesige Silberringe mit funkelnden Steinen, und um den Hals trug er ein tiefschwarzes Spitzenband. Seine vollen Lippen waren blutrot. Ich kann seiner Erscheinung nicht annähernd gerecht werden – er war die allerschönste Hexenkönigin, die ich je in meinem Leben gesehen hatte. Die Leute haben tatsächlich applaudiert. Er hob elegant die Schulter und winkte freundlich mit seinen dunklen Chiffon- und Spitzenstöffchen.

Gott, o Gott, war ich neidisch. Aber so war es nun mal – was hätte ich dagegen tun sollen? Zumindest kam ich auf die Idee, ein wenig Lippenstift aufzutragen. Immerhin etwas. Also rannte ich in Jamies Zimmer hoch, um mir einen von ihren Chanels zu borgen. Wir hatten vielleicht nicht viel Geld, aber bei den wirklich wichtigen Dingen scheuten wir keine Kosten.

Ich wühlte gerade in ihrem Schminkzeug, als ich unten einen Wagen vorfahren hörte und zum Fenster ging, um zu sehen, wer es war. Es war ein Taxi, und ihm entstieg – genau, ihr habt es erraten – der gottverdammte Mr. Timberlands. Mein Herz wurde schwer. Mist, Mist, Mist. Ich blickte runter und stellte fest, dass er zwei Tragetaschen bei sich hatte, offensichtlich mit Flaschen gefüllt, und dachte, na ja, wenigstens hat er was zu trinken mitgebracht. Er stand einfach nur da und starrte auf das Haus. Es war seltsam. O. k., dachte ich, vielleicht ist er schüchtern, aber es sah nicht danach aus; seine Haltung war – eigenartig. Als lauschte er dem, was bei uns vor sich ging – als würde er das Haus beschnuppern. Seine komischen blauen Augen streiften das Fenster, an dem ich stand, und ich trat gerade noch rechtzeitig hinter den Vorhang zurück. Dann tat er etwas Merkwürdiges. Er wechselte auf unsere Straßenseite, und ich verrenkte mir beinah den Hals, um zu sehen, wie er durch die Tür trat, aber das tat er nicht. Er ging um das Haus herum zu der Seite, die einmal die Hardy Street gewesen war.

Ich schoss aus Jamies Zimmer und hätte beinah Marcus umgerannt, der auf dem Weg zum Klo war. Ich stürzte in Mojos Zimmer, wo es zwei Fenster gab, eins zur Hardy Street und eins zu unserem Hintergarten. Mr. Timberlands spähte gerade in die leer stehenden, abbruchbereiten Häuser auf der andern Seite der Gasse. Eins nach dem andern sah er sich an, und dann entdeckte er den früheren Schrottplatz, stieß das Tor auf und ging rein. Ich hielt den Atem an. Was, zum Teufel, hatte er vor? Wollte er kurz pinkeln, bevor er zur Party kam? Während ich noch grübelte, kamen Jenny und Magda rein und legten ihre Mäntel zu den andern auf dem leeren Bettgestell. Marcus kam ebenfalls rein, mit seinem ernsthaften Freund Saleem im Schlepptau. Ich verlor Mr. Timberlands aus den Augen, während alle auf mich einredeten, wie toll das Haus aussehe, was für ein Spaß etc.

Ich ging die Treppe runter, noch immer leicht beunruhigt. Unten war die Party schon in vollem Gang, aus der alten Beatbox in der Ecke des Wohnzimmers kamen coole Sounds; und dann klingelte es an der Tür. Andy stand auf, um sie zu öffnen. Ich folgte ihm. Tatsächlich. Es war Mr. Timberlands. Er stand da, Einladung in der Hand, ein verlorenes Jungenlächeln im Gesicht und fragte, ob er hier wohl richtig sei. Als wäre er gerade erst gekommen. Andy ließ ihn rein. Über die Schwelle.

Er spazierte rein und spielte ganz überzeugend den Unsicheren – das sage ich nicht erst im Nachhinein, ich glaubte ihm schon da nicht, es war alles nur Theater. Seine andere Seite hatte ich vorhin oben durch das Fenster sehen können. Er beachtete mich nicht, tat so, als sei ich gar nicht vorhanden. Und warum wohl? Weil er Jamie entdeckt hatte, die mit Mojo und Ben auf dem mit Musselin bedeckten Sofa saß. Lonnie hockte auf der Armstütze. Er ging auf Jamie zu, und ich sah, wie ihr Gesicht vor Freude über sein Kommen zu strahlen anfing. Sie sah mit riesigen, leuchtenden Augen zu ihm hoch.

Mir wurde schlecht dabei, um ehrlich zu sein. Ich dachte mir, Mann, was für ein aalglatter Kerl. Widerlich. Ich ging zu ihnen und stellte mich hinter ihn. Er setzte seine Tragetaschen ab und zog aus der einen eine Flasche Moët et Chandon, ungelogen.

«Das ist für dich, ich … ich dachte, vielleicht magst du so was; in den Taschen sind auch noch Biere und so, aber ich wollte, dass du etwas Besonderes kriegst. Weil du mich eingeladen hast, meine ich.» Jamie starrte ihn an wie eine Madonna ihr beschissenes Jesus-Baby. Uns allen hing der Mund offen.

«Es tut mir wirklich Leid», sagte er, ohne den Blick von ihr zu lösen, «aber auf der Einladung steht ‹Jamie, Mojo und Lily›, und neulich im Pub war ich zu … jedenfalls habe ich dich gar nicht nach deinem Namen gefragt. Blöd von mir. Ist mir echt peinlich.» Er lächelte sein falsches Jungenlächeln und ich sah, dass seine Zähne sehr weiß und regelmäßig waren – amerikanische Zähne nannte ich so was für mich. Er schob sich eine blonde Locke aus den Augen, ganz beiläufig. Die Haare waren eigentlich braun, stellte ich fest, hellbraun mit eingefärbten hellen Strähnchen. Ich fühlte, wie ich mich vor Anspannung verkrampfte. Mojo sah ihn mit leicht zusammengekniffenen Augen an, wie Moley, wenn sie einen Spatzen im Visier hat. Ben hatte die Stirn gerunzelt, und Lonnie kicherte vor sich hin.

«Das … das macht doch nichts. Ich bin Jamie … ähm, das sind Mojo, Ben, Lonnie – Lily, komm her – das hier ist …?»

«Sean, Sean Powers. Freut mich, dich kennen zu lernen.» Er streckte die Hand aus. Sie nahm sie. Er hielt ihre Hand einen Augenblick zu lange, schüttelte sie dann und ließ sie los. Um uns andere kümmerte er sich gar nicht. Nicht mit mir, Freundchen, dachte ich.

«Hi!», sagte ich munter und streckte ihm die Hand entgegen. «Ich bin Lily. Wie war dein Name? Sean?»

Er drehte sich etwas, damit er mich sehen konnte. Seine Kristallaugen musterten mich, und ich merkte, wie ich von einem ungeheuren Widerwillen erfasst wurde. Es gab gar keinen Grund dafür. Auch egal, weil es nämlich einfach so war, ich konnte ihn nicht ausstehen. Und für alle war offensichtlich – außer vielleicht für Jamie –, dass er meine Gefühle erwiderte.

«Genau, Sean, richtig. Sehr erfreut.» Er zögerte ganz kurz und drückte mir dann die Hand. Das war das einzige Mal, dass ich ihn freiwillig berührt habe. Er drehte sich sofort wieder Jamie zu, und ich wischte mir heimlich die Hand an der Jeanshose ab. Oder vielleicht doch nicht so heimlich, weil ich nämlich sah, wie Mojo mich beobachtete. Wir starrten einander ausdruckslos an – genau, eine dieser Mienen, die nichts sagend heißen, weil sie *alles* aussagen.

Ich hing nicht weiter da herum. Wozu auch? Ich kam mir vor wie eine beschissene Stachelbeere. Ich wanderte also in die Küche und holte mir ein kaltes Bier aus dem Kühlschrank, dann stand ich eine Weile bei Pete und Andy und unterhielt mich mit ihnen über Gabe. Gott, wie traurig. Aber so ist unerwiderte Liebe nun mal, eine Quelle des Pathos und der Poesie. Meine Laune wurde wieder besser, als ich sah, wie gut sich die Leute unterhielten. Ich war schon ganz gebläht vor Stolz und Selbstgefälligkeit über die wunderbare Idee, eine Party zu feiern – das Bier flüsterte mir ein, es sei meine gewesen – und ich blieb sogar ruhig, als Marcus und Saleem mich in eine längere Debatte über die Vor- und Nachteile der Adoption schwarzer Kinder durch weiße Eltern verwickelten. Es war das übliche Blabla zur kulturellen Identität und der Suche nach den eigenen Wurzeln. Ich weiß noch, wie ich meinte, eine gemischtrassige Frau hätte in Sachen kultureller Identität ohnehin die schlechtesten Karten der Welt, und wie Saleem sich darauf stürzte. Er wollte sich gerade ziemlich unhöflich über meine Eltern verbreiten, die er natürlich im Leben nie kennen gelernt hatte, als die Natur ihr

Recht forderte und meine Blase seine Visage vor einer Ohrfeige bewahrte. Ich entschuldigte mich und rannte hoch zum Klo.

Als ich rauskam, stand Sean im Flur.

«Die Toilette ist hier drin», sagte ich etwas ungnädig.

«Danke.» Er machte keine Anstalten, einzutreten oder so, er stand einfach da. Mir war, als wartete er auf etwas; sein Verhalten war höchst merkwürdig, genau wie eben, als er draußen stand. Ich beschloss, ihn damit zu konfrontieren. Oder beschlossen es die Biere in mir?

«Ich hab dich draußen gesehen, bevor du reinkamst, du hast dir drüben die Häuser angeschaut und bist in den Garten reingegangen. Was wolltest du da? Warum hast du nachher so getan, als seist du gerade erst angekommen?»

Er sah auf mich runter und lächelte leicht. Es war, als würde er mich überhaupt erst richtig wahrnehmen. Ich spürte, wie sich auf meinem Nacken die Haare aufrichteten, und wollte schon Andy und Pete holen und sie bitten, ihn rauszuschmeißen. Aber dann dachte ich an Jamie mit ihrem neuen Kleid und ihrem nackten Gesicht und zögerte.

«Dir entgeht nicht viel, was?» Er lächelte noch immer. Ich kam mir vor wie ein dummes Kind, das gerade etwas Peinliches gesagt hatte. Unangenehm.

«Nein, nicht viel. Und?»

«Ich hab gar nichts getan – hab mich nur umgesehen. Ich war noch nicht oft in dieser Gegend – ich dachte, ich könnte vielleicht bei meinem nächsten Besuch den Bus in dem Garten dort drüben abstellen. Das wäre sicherer für mich, wo ich meine ganzen Sachen drin aufbewahre, weißt du?»

In mir stieg Ärger hoch. «Du rechnest damit, dass du noch mal herkommen wirst, was? Ist das nicht verdammt voreilig?»

«Ich glaube nicht. Nein, das glaube ich ganz und gar nicht.

Sie ist eine besondere Lady, deine Freundin. Ich denke, wir könnten uns sehr gut verstehen. Keine Sorge, ich werde sie anständig behandeln, zerbrich dir darüber nicht den Kopf. Es ist nett, wenn man zu seinen Freunden hält, ich mag das bei Frauen. Zicken kann ich nicht leiden.»

«Verdammt richtig, Mann. Sie ist etwas ganz Besonderes, und nicht nur für mich. Sie hat Freunde, sehr gute Freunde sogar, und an deiner Stelle würde ich das auch nie vergessen. Ich – ich …» Ich kam nicht mehr weiter, ich war völlig durcheinander. Er lehnte sich gegen die Wand und drehte den Kopf so, dass er mich im Blick hatte. Er wirkte sehr ruhig.

«Weißt du was, du solltest nicht so viel fluchen. Wirklich nicht. Ein nettes kleines Mädchen wie du. Das gibt den Leuten den falschen Eindruck. Sie könnten glauben, du seist eine Schlampe oder noch schlimmer, und das wollen wir doch nicht, oder? Oder?»

Jetzt war ich *richtig* sauer. Ich wusste genau, was er mir damit sagen wollte, aber ich kriegte die Worte nicht richtig zusammen. Ich wollte ihm gerade die Hölle heiß machen, als Jamie die Treppe hochkam. Sie war auf der Suche nach ihm, so viel war klar.

«Und hier kommt unsere ganz besondere Lady», sagte Sean und streckte ihr die Hand entgegen. Sie nahm sie, und er zog sie sanft an seine Seite. «Ich sagte gerade zu deiner Freundin hier – entschuldige, Milly heißt du, oder? Ach so, *Lily*, genau, Lily, richtig, meine Schuld, wenn's um Namen geht, bin ich unmöglich, tut mir Leid – nun, wir sagten gerade, was für eine wunderbare, ganz besondere Lady du bist und wie viele wirklich gute Freunde du hast. Und ich habe gesagt, ich hoffe nur, dass ich mich eines Tages, du weißt schon, auch zu ihnen zählen darf …»

Jamie strahlte. Ich starrte ihn mit offenem Mund an. Ich wartete darauf, dass sie ihn auseinander nahm, weil er so komplett verkitscht daherredete. Aber sie kicherte nur und *errötete* wie eine Vierzehnjährige bei ihrer ersten Verabredung. Es war zum Kotzen. Ich spürte, wie mein Magen sich umdrehte, und wusste, wenn ich jetzt den Mund halte, ihr nicht erzähle, wie er rumgeschlichen war und mich beleidigt hatte, dann würde es zu spät sein, dann würde sie ihm hoffnungslos verfallen.

Ich öffnete den Mund, um etwas zu sagen, als Lonnie, Magda und Jenny die Treppe hochgerannt kamen und über irgendetwas lachten, das mit Mojo und Andy zu tun hatte. Sie packten Jamie, zogen sie mit nach unten und ließen mich mit Sean allein. Es war vorbei. Ich hatte die Schlacht verloren. Ich wusste, sie würde mir jetzt nie mehr glauben, ich hatte meine Chance verpasst. Aber ich würde einen Weg finden. Irgendwie würde ich es schaffen, dass sie einsah, was für ein Arschloch er wirklich war, bevor es zu spät war. Ich würde den verdammten Krieg gewinnen. Ich funkelte ihn an.

Er starrte zurück und lächelte noch immer sein scheußliches kleines Lächeln.

«Nichts für ungut, eh, Kleine? Alles in Butter und so weiter. Versuchen wir doch, um ihretwillen miteinander auszukommen. Wir wollen unser besonderes Mädchen doch nicht unglücklich machen, oder?» Das Lächeln wurde breiter, und er – dieser Mistkerl – *zwinkerte* mir tatsächlich zu.

Ich kochte vor Wut. Ganz ehrlich, ich glaube, ich wusste bis zu diesem Moment gar nicht, wie Wut sein kann. Er spielte mit mir wie eine Katze mit einer Maus, und er versuchte nicht einmal zu verbergen, wie gut ihm das gefiel. Ich wirbelte herum und stürzte ins Badezimmer, wo ich wütend die Tür verschloss, als befürchtete ich, er könnte mir folgen.

Ich stand am Waschbecken, mein Atem ging abgehackt und unregelmäßig. Dann zwang ich mich, mich zu beruhigen, mich nicht mehr so blöd anzustellen. Ich ließ kaltes Wasser über meine Handgelenke laufen, genau wie Ma es mir immer riet, wenn ich nervös war oder mich aufgeregt hatte. Ich sah in den alten Badezimmerspiegel. Ein netter kleiner Gegenstand, wir hatten ihn auf dem Flohmarkt in Bristol gefunden, mit Goldrahmen und einem Haufen farbiger Blumen und Bänder aus Gips obendrauf. Das Glas war ein bisschen matt und in den Ecken waren schwarze Altersflecken. Man sah darin aus wie jemand aus dem achtzehnten Jahrhundert, fanden wir immer. Jetzt starrte mir daraus mein Gesicht mit den albernen Halloweenhörnern im Haar entgegen. Ich riss sie mir vom Kopf und warf sie in den Müll. Was hatte ich mir bloß dabei gedacht? Ich sah lächerlich aus, kindisch. Ich kam mir auch kindisch vor – und unglücklich. Meine Hände zitterten, meine Lippen waren weiß und zusammengepresst. Ich wollte weinen, aber aus meinen Augen traten einfach keine Tränen. Idiotisch! Vollkommen bescheuert! Ich war bescheuert – diese Party war bescheuert – alles war bescheuert, mein Leben, ich selbst, mein dicker Stummelkörper und meine Schlangenlocken. Ich hasste alles. Nichts war so, wie es sein sollte.

Ich saß auf dem Toilettensitz und rieb mir das Gesicht, versuchte ruhig und langsam zu atmen. Warum setzte mir dieses Arschloch Sean so zu? Wer war er überhaupt? Bloß ein weiterer Scheißkerl, der gerne die Leute benutzte. Jamie war meine Freundin und meine Schwester – der sollte bloß versuchen, seine Tricks bei ihr anzuwenden. Diesmal nicht, Wichser, diesmal schau ich nicht zu, wie irgendein Mistkerl das Leben meiner Freundin zur Hölle macht und sie dann sitzen lässt. Diesmal stand zu viel auf dem Spiel.

Sehr heroisch. Aber noch während ich dort saß und meinen kleinen Schlachtruf übte, wurde ich von den Zweifeln und Ängsten überfallen, die immer dann kamen, wenn ich niedergeschlagen war. Es war wie in diesen Trickfilmen, wo auf der einen Schulter des Helden ein Engel sitzt und auf der andern ein Teufel. Der Engel flüstert dir die ganze Leier vom Beschützen und Verteidigen und Selbstlossein ins Ohr, aber der Teufel, der Teufel weiß ganz genau, wie er dich kriegen kann. Wozu der Aufwand, raunt er. Warum nimmst du das alles auf dich für jemanden, die doch immer wieder denselben Fehler macht? Dieser Arsch wird sich hier breit machen, er wird bei den Gigs auftauchen und sie ablenken, er wird mit euch an einem Tisch essen. All das wirst du aushalten müssen und dich dann auch noch um Jamie kümmern, wenn er gemein zu ihr ist und ihr das Herz bricht. Und die Arbeit läuft im Moment nicht gerade von selbst, oder? Warum gehst du nicht einfach, kümmerst dich zur Abwechslung mal um dich selbst. Du hast genug getan, niemand wird dir die Schuld geben. Im Showbereich könntest du eine Menge Arbeit kriegen, ganz abgesehen von der Buchhaltung – hat Penny Kuchens Manager nicht kürzlich gemeint, sie hätte jederzeit einen Platz für dich in ihrem Büro, wenn du mal einen brauchen solltest? Warum verschwindest du nicht einfach, ziehst nach London, überlässt Jamie ihrem Schicksal – schließlich hat sie sich die Suppe eingebrockt.

O ja. Der Teufel verstand sein Handwerk. Und ich war hundemüde. Ich wollte Gabriel. Ich wollte ihn auf diesen Kerl hetzen und zusehen, wie Mr. Ich-bin-so-verdammt-clever Sean mit einem Mann wie Gabe fertig wurde. Ich spielte kurz mit dem Gedanken, mich voll laufen zu lassen, aber wozu? Danach würde es mir nur zwei Tage lang schlecht gehen, und alles würde liegen bleiben.

Ich stand auf und musterte mich noch einmal im Spiegel. Ich stellte mich grade hin und ordnete meine Dreadlocks. Weiche von mir, Satan, dachte ich. Ich hatte vielleicht keine Lust, ich steckte vielleicht voller Vorwürfe, und ganz bestimmt war ich stinksauer, aber ich kannte meine Pflicht, und mehr noch, ich wusste, wer mir wichtig war. So viel dazu, Satan. Verpiss dich, du hast verloren.

Als ich aus dem Badezimmer kam, war er weg – ich weiß gar nicht, warum ich dachte, er könnte noch da sein. Jedenfalls kamen immer noch Leute, und ich ging runter, um sie zu begrüßen und rumzuquatschen. Lonnie sagte: «O Libblink, du hast deine hibschen kleinen Hörrnerr abgenommen, Schande!» Aber die Verkleidungsnummer war für mich gestorben, mir ging es besser, wenn ich einfach ich selbst war, wer auch immer das sein mochte …

Ich steckte mein «Disco-Inferno»-Tape in die Anlage, und die Stimmung wurde langsam ausgelassen – nicht ausgelassen wie in *trendy*, einfach nur laut und albern. Ich weiß noch, dass Marcus sich in schwarzes Musselin einwickelte und «Kokon» spielte, was unter anderem bedeutete, dass er sich mit Gurgelgeräuschen durch das Wohnzimmer robbte und – na ja, man musste es gesehen haben, nehme ich an. Alles war cool, es war eine gute Party, und gegen drei Uhr morgens fingen die Leute an, nach Hause zu gehen. Ben musste Lonnie praktisch raustragen, weil sie so betrunken war, aber sie wirkte ganz zufrieden. Ben bot an, am nächsten Tag vorbeizukommen und beim Aufräumen zu helfen, was ich sehr nett fand.

Mojo erschien frisch geschminkt und hatte eine schwarze Pashmina über sein Kleid geworfen. Er verströmte eine Aura der Heiligkeit – oder lag das am L'Heure Bleu? Er bestellte ein Taxi. Offenbar wollte ein gewisser Jemand sich an seiner

Schönheit laben und hey, Hausarbeit war ohnehin nicht seine Sache. Was hätte ich tun sollen? Er schwor, dass er uns bei seiner Rückkehr zu einem Riesencurry einladen würde, also ließ ich ihn mit einem leichten Stirnrunzeln und einem dicken Kuss abziehen.

Und so blieben am Ende nur ich und Jamie. Sie lag auf dem Sofa und hatte die Schuhe abgestreift, und wir tranken Tee und aßen Baguette- und Käsereste; ich wollte mich nicht über Ihr-wisst-schon unterhalten, aber sie musste einfach von ihm erzählen.

«So ein süßer Kerl – wirklich Lil, er ist so süß. Ein richtiger Schatz. Weißt du, was er getan hat, als er ging? Er hat mir die Hand geküsst! Ganz im Ernst, ich schwör's dir. Nichts mit angrabbeln oder so, einfach nur superhöflich. Irgendwie altmodisch war das. Er sagte, er kommt morgen vorbei und wir könnten dann in Judy Woods spazieren gehen, ist das nicht nett? Ich meine, ich kann es nicht glauben, er sieht so gut aus, und er ist erst vierundzwanzig! Ich weiß gar nicht, was er in einer alten Schachtel wie mir sieht – aber er sagt, er bevorzuge reifere Frauen, richtige Frauen – er sagt, junge Mädchen seien langweilig. Ich glaube, er ist der Richtige, Lil, das glaube ich wirklich. Er mag die ganzen Sachen, die ich auch mag – er liest wahnsinnig gerne, sagt er, aber er kommt neben der Arbeit nicht oft dazu, und er geht gerne ins Kino und spazieren und all das. Er war ein richtiger Profi-Athlet, weißt du, ein Sprinter, bis er verletzt wurde, aber so hat er seinen Job gekriegt, weil die Firma seinem alten Trainer gehört. Er sagte, er könne nicht für jemanden arbeiten, den er nicht achtet – dazu sei er einfach zu stolz. Deswegen hatte er so viele Jobs, er konnte sich einfach nicht unterordnen, ertrug es nicht, sich von Idioten herumkommandieren zu lassen. Versteh ich gut bei jemandem wie ihm. Seinem Dad gehört

Powers Motors, du weißt schon, diese große Werkstatt beim Kreisel; außerdem hat er zwei weitere Werkstätten, beinah eine Kette, das war mir gar nicht klar gewesen. Aber offenbar kommen sie nicht miteinander aus, traurig eigentlich, man würde denken, jeder wäre stolz auf einen solchen Sohn …»

Und so weiter, und so weiter. Wie hätte ich mich dagegen wehren sollen? Sagen, dass er eine doppelzüngige Schlange war? In diesem Moment war mir das ehrlich gesagt schlicht zu anstrengend. Ich war hundemüde, und sie war so glücklich, wie sie da lag in ihrem hübschen Kleid, die langen, weißen Füße auf einem Kissen, beinah wie ein mittelalterliches Bild auf einem Grabstein irgendwo. Mir fiel auf, dass sie die Zehennägel goldfarben lackiert hatte, und ich weiß noch, wie ich dachte: *Das hat sie für ihn getan, sie wollte, dass alles für ihn perfekt ist.*

Also nickte ich nur und brummte und schützte irgendwann Müdigkeit vor. Als ich aufstand und mich streckte, mich am Kopf kratzte und gähnte, setzte sie sich plötzlich auf, ganz ernst, die Augen voller Tränen.

«O Lil, du magst ihn doch, oder? Ich fände es so schrecklich, wenn du ihn nicht mögen würdest. Er hat gesagt, dass er dich mag – ein echtes Original, hat er gesagt; bitte, Lily, diesmal wird alles anders, wirklich, ich schwör's dir. Er ist nicht wie die andern, im Ernst, ich weiß das. O Lil, ich will ihn so sehr, so sehr – du kannst mir das glauben, ich würde meine Seele verkaufen, um bei ihm eine Chance zu haben, das würde ich wirklich tun. Ich will nur, dass wir uns alle verstehen, Freunde sind. Bitte, Lil, du bist meine Familie, meine beste Freundin, mein Alles – aber ich … ich will ihn, ich …»

Und da tat sie mir so unendlich Leid. Ich kam mir beschissen vor, weil ich auch nur in Betracht gezogen hatte, sie zu verlassen. Dieses arme kleine große Mädchen. Was für ein Jammer.

Warum ist das Leben nicht einfach für diejenigen, die das am dringendsten nötig hätten? Ich zitterte vor Müdigkeit, aber ich kniete mich neben sie und nahm ihre Hand.

«Ist schon in Ordnung, Baby, alles wird gut. Wart's nur ab. Geh jetzt einfach in dein Bettchen. Morgen sieht alles ganz anders aus, das verspreche ich dir. Ehrlich. Ich bin sicher, dass er ein richtig netter Kerl ist, und wenn nicht, nun, andere Mütter haben auch Söhne und so weiter, was?»

Sie drückte ihre erhitzte Wange gegen meine Hand und lächelte. Ich kam mir vor wie ungefähr eine Million Jahre alt. Mindestens. Alt und weise und abgebrüht. Ich ging rauf, schloss die Mansardentür auf und kroch zu Moley ins Bett.

Draußen blies der Wind und peitschte eisige Regenstöße gegen mein Oberlicht. Aber ich fühlte mich sicher in meinem Bett, mit der Katze und meinen gemütlichen Decken; sicher in meinem eigenen Haus, in meinem eigenen, sicheren Leben.

Draußen, im Dunkeln, lächelte der Schwarze Mann wie ein verlorener kleiner Junge.

Einundzwanzig

Natürlich kam er am Sonntag nicht. Ben und ich schleppten uns durch die Aufräumarbeiten – alles in allem weniger schlimm als befürchtet –, steckten das Musselin in eine Mülltüte, um ihn mit andern Dingen wie Kissenbezügen im Waschsalon zu waschen. Glücklicherweise hatte niemand gekotzt, das ist immer das Schlimmste.

Jamie versuchte, uns zu helfen, aber jedes Mal, wenn es am Eingang raschelte oder das Telefon klingelte, fuhr sie beinah aus der Haut. Schließlich sagte ich ihr, sie solle Tee und Toast machen – den sie verbrannte. Ben und ich seufzten theatralisch und rollten mit den Augen. Schließlich ging Jamie hoch und wir ließen uns aufs Sofa fallen.

«Diese Liebesgeschichten», sagte Ben trübsinnig. «Ein Elend. Reiner Irrglauben, genau genommen. Wir belügen uns nur. Und dieser Kerl, weiß nicht, was von ihm zu halten ist. Gesagt hat er zwar nichts … aber ich glaube, Lonnie und ich waren ihm … *unangenehm*. Übrigens nichts gegen seine Reaktion, als er entdeckte, dass Mojo ein *Mann* ist. Hätte beinah sein Bier verschüttet, blieb ihm im Hals stecken. Klingt lustig, aber das war es nicht. Ich fälle nicht gerne vorschnell Urteile, Lily, das weißt du, aber …»

«Aber was? Was? Komm schon, wir sind unter uns. Sei nicht so verdammt *philosophisch*, was hältst du von ihm?» Ich erwartete eine Bemerkung darüber, dass er ein brutaler Kerl sei, jetzt geht das schon wieder los – in der Art. Bei dem, was dann tatsächlich kam, blieb mir der Mund offen stehen.

«Er ist homophob. Ein Rassist. Gefährlich, glaube ich. Voller Wut. Ein krankes Hirn. An deiner Stelle würde ich vorsichtig sein. Und Jamie. Pass auf sie auf. Du kannst mich immer anrufen, Tag und Nacht, das weißt du. Keine Ahnung, ob ich etwas ausrichten könnte, aber trotzdem. Ruf mich einfach an, falls irgendetwas passiert.»

«Ben, Himmel – wie kommst du darauf? Hat dieses Arschloch irgendetwas zu dir gesagt? Hat er dich dumm angemacht?»

«Nein. Er brauchte gar nichts zu sagen. Ich war schon immer lesbisch, das weißt du. Ich kenne das einfach. Etwas in ihrem Verhalten, im Gesichtsausdruck, in der Art, wie sie mit dir reden. Er versuchte es zu verbergen, scheiterte. Mojo war für ihn der Antichrist; er konnte ihn kaum anschauen. Genau wie Saleem und Ty. Rassismus in der Art von ‹Leute wie ihr› und ‹ich bin kein Rassist, aber›. Unangenehm, sehr, sehr unangenehm.»

«Gott. Hast du Jamie etwas gesagt?»

«Zwecklos. Er versteckt es ganz gut. Sie ist ihm verfallen. Aber – versteh mich nicht falsch, ich meine das nicht als Kritik – was sieht er in ihr? Ich mag Jamie unglaublich, wunderbare, lustige, intelligente Frau. Aber – er ist spießig, jünger als sie, gut aussehend, manipulativ – was will er von ihr? Irgendetwas stimmt da nicht, glaube ich. O. k., ich muss los, Thema abgeschlossen, bin eine alte Jammertante. Nimm's mir nicht übel; normalerweise bin ich großzügiger. Tut mir Leid.»

Ich begleitete sie schweren Herzens zur Tür. Ben war ganz und gar nicht dumm, und wenn sie befürchtete, dass etwas nicht stimmte – nun, ich war froh, dass ich nicht die Einzige war, die übersensibel reagierte. Ich wünschte mir, Gabe würde nach Hause kommen, aber er sollte bis Weihnachten in Europa bleiben.

Aus dem Nachmittag wurde Abend, und Jamie wurde immer trübsinniger, je mehr das Tageslicht verschwand und die kalte Nacht sich im Haus breit machte. Ich werkelte rum und drehte die Gasheizung auf, stellte den Fernseher an und versuchte, mich mit ihr zu unterhalten. Keine Antwort. Ich kannte diese Stimmungen schon bei ihr. Irgendwann hielt ich einfach die Klappe und schaute schweigend mit ihr einen alten Film an.

Als Mojo nach Hause kam, bestellten wir Unmengen von Take-Away, und ich schlang alles runter wie Ben Gunn auf Käse-Tour. Jamie stocherte in dem Chicken Tikka rum und starrte ins Leere. Gegen elf ging sie schlafen. Ich wusste, dass sie weinen würde, aber ich konnte nichts tun außer stumm vor mich hin wüten.

Mojo tupfte sich sorgfältig mit einem Stück Haushaltspapier die Lippen ab und setzte einen nachdenklichen Blick auf. Im

Fernseher schoss John Wayne auf jemanden. Ich wartete. Schließlich sagte er:

«Liebling, dieser … Mann. Ich mache mir Sorgen.»

«Du bist nicht der Einzige, mein Freund. Ben war da und hat alles Mögliche gesagt, dass er homophob sei, ein Rassist, solche Dinge. Ich kann mich nicht erinnern, dass sie jemals jemanden so wenig mochte – außer vielleicht einen andern Philosophen. Ich glaube, er ist ein Stück Dreck, aber ich könnte nicht behaupten, dass er wirklich etwas gesagt hätte, was daneben war, es waren eher die Andeutungen, die Art, wie er bestimmte Dinge formulierte, machte mich richtig wütend.»

«Oh, unser neuer Freund ist alles, was die liebe, liebe schlaue Ben gesagt hat, und mehr noch, fürchte ich.»

«Aber anderseits hat er gesagt, er würde sie heute besuchen, und er ist nicht gekommen – vielleicht verschwindet er einfach wieder, jetzt, wo er gesehen hat, dass wir nicht zu ihm passen und er sich hier nicht wohl fühlt …»

«Er wird wiederkommen, glaub mir, mein Herz. Das ist es, was mir Sorgen macht. Nun, ich werde diesen netten Andy morgen bitten, ein Schloss an meine Tür zu machen. Ein charmanter Junge und so hilfsbereit. Ja doch, ich glaube, diesmal möchte ich meine Juwelen lieber behalten. Macht nichts, Schätzchen, mach dir keine Sorgen – das gibt nur Falten. Dieser *Sean* ist einfach wieder einer von Jamies Fehltritten, das wissen wir beide. Unangenehm, möglicherweise unangenehmer als die andern – aber im Grunde bleibt uns nichts übrig, als die Sache auszusitzen. Ich nehme an, du wirst sie doch aussitzen? Dachte ich mir. Was für eine liebe, treue Seele. Darf ich dich jetzt vielleicht zu einem Häppchen Pistachio Kulfi verführen? Es ist im Kühlschrank, und ich weiß doch, was für einen gesunden Appetit du hast …»

Und er tauchte auch wirklich wieder auf. Als ich am folgenden Tag nach der Arbeit und einem Besuch bei Ma, die, wie ich fand, müde aussah, nach Hause kam, war Jamie im siebten Himmel wegen eines Blumenstraußes, der in Zellophan verpackt und mit dem üblichen kotzgrünen Geschenkband vom Floristen zugebunden war.

«Schau mal – die sind von *ihm* – sind sie nicht wunderbar? Eine Karte war auch dabei – gestern konnte er nicht kommen, weil es Ärger gab zu Hause – der arme Kerl, ich weiß genau, wie das ist! Himmel, ich hab noch nie Blumen geschickt bekommen – gibt es bei uns irgendwo eine Vase oder so? Wo denn? Kein Problem, ich hol sie.»

Am selben Abend rief er an. Ich sah auf die Uhr – fünfzig Minuten. Wir hatten in der Woche zwei Gigs, am Donnerstag und am Freitag. Am Donnerstag waren wir in St. Albans, am Freitag im Pow! Club in Brighton. Beide Orte zahlten gut, und ich fragte mich, wie konzentriert sie sein würde, wo ihr Hirn gerade durch die Lieeeebe zu Brei wurde.

Meine Sorge war umsonst – sie war hervorragend. Alle schwärmten davon, wie unglaublich, wie großartig sie auf der Bühne rüberkam. Ich war wirklich beeindruckt, sie schien beinah zu glühen. Ihre Schwärmerei für Sean hatte ihr offenbar richtig Auftrieb gegeben. Vielleicht hatten wir alle etwas vorschnell geurteilt – laut Jamie war Sean ein Mann, der darum kämpfte, seine Herkunft zu überwinden. Und ich dachte, vielleicht ist es das, vielleicht liegt es nur daran, dass wir nicht zu seinem Milieu gehören, vielleicht bessert sich alles noch. Wahrscheinlich wollte ich glauben, dass ich mich getäuscht hatte, weil er sonst nämlich nicht mehr zu retten gewesen wäre, weil alles andere eine schwere Belastung für unsere Freundschaft dargestellt hätte.

Wir hatten Spaß bei den Gigs – richtig Spaß, genau wie früher. Am Samstag gingen wir in das kultige «Perforations» Piercing-Studio in Brighton, wo ich mir die Lippe piercen ließ und Jamie den Tragus. Ich erzählte ihr, dass ich ein Tattoo haben wolle und dass Gabe mir versprochen hatte, mich zu Van Burgess, seinem Tattooisten, mitzunehmen. Wir lachten darüber, wie auf dem ersten Notizzettel, den er für mich hinterlassen hatte, in seiner unleserlichen Schrift gestanden hat, er müsse sich um einen «Van» kümmern, und ich gedacht hatte, er meine einen Bus. Wir redeten über meine Vorstellung eines geflochtenen Armbands und fragten uns, ob es wohl wirklich so wehtat. Wir aßen Crêpes am Hafen und rannten kreischend am Strand herum. Auf der langen Fahrt nach Hause unterhielten wir uns oder hörten Radio Four und alte Tapes von Sisters Of Mercy, Killing Joke und New Model Army, und ich zwang sie, sich Tupac, Kate Bush, Cypress Hill und *Round the Horne* anzuhören. Sie stöhnte ein wenig, aber insgeheim mochte sie meine Sachen ganz gerne – und sie gaben uns einen Vorwand, uns zu streiten, was wir beide sehr mochten. Die Meilen flogen an uns vorbei, und alles war cool.

Es war eine der letzten glücklichen Autofahrten, die wir zusammen unternahmen. Wenn ich jetzt daran denke, verkrampft sich mir das Herz; wir waren uns so nah, so eins miteinander.

Am Tag nach unserer Rückkehr kam Sean vorbei. Ich hatte beschlossen, ihm gegenüber ganz offen zu sein, eine zweite Chance, all das. Aber es nützte nichts. Rein gar nichts. Wieder ging es nicht um das, was er sagte, sondern darum, wie er es sagte, wie jedes Gespräch sich um ihn drehte und darum, wie schwer ihm mitgespielt worden war. Ich meine, Gott im Himmel, seine Familie war nicht gerade arm, er hatte gute Schulen besucht und das Beste von allem gehabt. Vielleicht war sein Vater etwas grobschlächtig – der Prototyp eines Wheeler-Dealers – aber so wie Sean über ihn redete, hätte man denken können, er sei Hitler persönlich. Ich wollte, *mein* Daddy hätte mir einen schicken Wagen geschenkt, als ich achtzehn war, aber Seans Ansicht nach war sein Vater ein verdammter Geizhals, weil er ihm keinen brandneuen geschenkt hatte. Und die Sache mit dem Sport – ach, hätten die Sean nur einmal rangelassen, dann wären die Olympischen Spiele geritzt gewesen. Aber alle waren gegen ihn, klar, und dann (schluchz) auch noch die Verletzung, ein kaputtes Band im Knie – eine Kriegswunde war nichts dagegen. Wir wurden sogar mit der Auskunft beehrt, wie gerne er zur Armee gegangen wäre, zur Marine oder zu diesen Spezialtruppen oder was das war. Aber so ein Pech, sie wollten ihn nicht haben, weil er Asthma kriegte, wenn er gestresst war. Mein Gott, wie mein Herz blutete, als ich das hörte. Ich glaubte kein einziges Wort, es klang alles wie einstudiert. Man merkte, dass er dieselbe Geschichte immer wieder erzählte; er hatte sie richtig geübt. Ich war froh, dass Mojo nicht da war, er hätte das keine Sekunde lang ausgehalten und es hätte bestimmt Streit gegeben. Aber Jamie sog es in sich auf, servierte ihm sein Essen, schenkte ihm Wein ein wie eine gottverdammte Geisha. Ich war überrascht, dass sie ihm nicht auch noch die Füße salbte und sie dann mit ihrem eigenen Haar trocknete. Würg, kotz.

Es war kein toller Abend. Ich beschloss, früh ins Bett zu gehen und den Yankee-Noir-Thriller zu lesen, den ich gekauft hatte, als wir unterwegs waren. Ich hatte mich grade fertig gemacht und trank in der Küche noch eine letzte Tasse Tee in meinem scheußlichen alten rosaroten gesteppten Morgenmantel, einem Männerpyjama von M&S und pelzigen Häschen-

Pantoffeln, als ich spürte, wie jemand hinter mir stand. Ich *hörte* zwar nichts, aber ich spürte jemanden. Ich schnellte rum, fertig mit den Nerven, und da lehnte Sean im Türrahmen.

«Verdammte Scheiße – Himmel, musst du dich so an die Leute ranschleichen?»

«Hab ich dich erschreckt? Tut mir Leid. Ich glaube, ich bewege mich wirklich ziemlich leise – hab ich von einem Bekannten übernommen, der beim SAS ist.» Er sprach es «Sass» aus, und auf seinem Gesicht lag ein Grinsen, als sei er sich sicher, dass mich das unglaublich beeindrucken würde. Als ich nicht gleich in Ohnmacht fiel, setzte er eine ernste Miene auf und seufzte.

«Hör zu, Lily, ich wollte mit dir reden – mir ist klar, dass wir, nun, nicht gerade gut miteinander angefangen haben, wahrscheinlich meine Schuld. Ich – nun, ich bin nicht besonders begabt, wenn es um Leute geht, weißt du? War schon immer eher ein Einzelgänger. Falls ich dich beleidigt habe, tut mir das wirklich Leid. Ich möchte gerne, dass wir miteinander auskommen, ich weiß, wie viel du meiner ganz besonderen Lady bedeutest. Meinst du nicht, dass wir uns ebenfalls anfreunden könnten? Es wäre doch schön, wenn wir uns alle gut verstehen würden, wie Freunde eben. Mir bedeutet Jamie wahnsinnig viel. Ich meine, ich kenne sie ja noch nicht lange oder so, aber schon als ich sie das erste Mal sah, dachte ich, wow, die ist wirklich etwas Besonderes – ich wollte sie näher kennen lernen. Und jetzt bin ich dabei – nun, sie richtig kennen zu lernen, und sie ist so großartig. Wirklich. Weißt du, ich hab in meinem Leben einige Male die falsche Wahl getroffen – die falschen Frauen kennen gelernt, aber das liegt jetzt alles hinter mir, ich möchte zur Ruhe kommen, das Leben genießen. Was hältst du davon, sollen wir das Kriegsbeil begraben, Freunde sein? Was? Komm schon, gib mir noch eine Chance, ich werde auch ganz brav sein, ich schwör's dir, ehrlich!»

Und diesen ganzen schleimigen Schwachsinn sagte er mit einem Lächeln, das vermutlich gewinnend sein sollte. Ich übersah die Hand, die er mir entgegenstreckte, und stellte die Tasse ab, bevor ich sie ihm womöglich in die Fresse schlug.

«Lass den Scheiß, Sean. Ich mag dich nicht und du magst mich nicht. Damit kann ich leben. Wir können einen Waffenstillstand ausrufen, falls es das ist, was meine Freundin glücklich macht. Aber geh einen Schritt zu weit, tu ihr irgendwie weh, und du kannst dich darauf verlassen, dass ich es dir heimzahle. Das ist keine leere Drohung, glaub mir. Du bist nicht das erste Schwein, das ihre Gutmütigkeit ausnutzt, aber ich schwöre bei Gott, ich hoffe, du wirst das letzte sein. Und das meine ich ernst, ich ...» Ich verlor allmählich den Faden und beschloss, ein diskreter Rückzug wäre vermutlich die beste Lösung für was auch immer. «Also, wenn du mich jetzt entschuldigen möchtest, ich würde gerne schlafen gehen.» Ich griff nach der Tasse und wollte schnaubend aus der Küche.

Es war, als hätte sich eine gläserne Maske auf sein Gesicht gelegt und seine Gesichtszüge zusammengequetscht. Er war starr vor Wut; in seinen merkwürdigen Augen loderte der Zorn wie Feuer unter Eis. Ich duckte mich instinktiv vor dieser entsetzlichen, undefinierten Explosion eines stummen Rasens. Und dann, genauso plötzlich, schien er sich wieder unter Kontrolle zu haben, und es war weg.

«O. k.» Ein angespanntes Lächeln. «O. k., machen wir es auf deine Art. Nein, nein, ist schon in Ordnung – wie gesagt, ich bewundere deine Loyalität, ich kenne das, in der Armee ist es genauso, Freunde, Kumpel, Kameraden. Eine richtig enge Verbindung. Du und Jamie, ihr habt eine Menge miteinander durchgemacht, und davor habe ich großen Respekt. Es tut mir nur Leid, dass du mir keine Chance geben willst. Aber hey, es ist noch nicht aller Tage Abend. Ich weiß genau, dass du irgendwann meine Gefühle für Jamie verstehen wirst, und wie viel sie mir bedeutet – eines Tages werden wir zusammen über das hier lachen, da bin ich mir sicher.» Er nickte und schenkte mir seinen vorwurfsvollen Gesichtsausdruck eines missverstandenen Jungen. Es machte mich wirklich fertig, wie er sich einfach Mienen aufsetzen konnte, als hätte er sie einstudiert, sie vor dem Spiegel geübt. Es war widerlich.

Ich drückte mich an ihm vorbei und ging kochend vor Wut nach oben. O Gott, lass es bald vorbei sein, lass es nur eine kurze Affäre werden. Damit wir alle wieder in unsern normalen Alltag zurückkehren konnten.

Und an dem Abend, zum ersten Mal, seit ich eingezogen war, schloss ich meine Schlafzimmertür ab, bevor ich das Licht löschte.

Zweiundzwanzig

Nun, es wurde keine kurze Affäre. Es ging immer weiter und weiter. An den meisten Abenden war er bei uns, obwohl er anfangs zum Schlafen zu seinen Eltern nach Hause ging. Das machte mich neugierig, die meisten Typen, mit denen Jamie sich zusammentat, blieben ganz selbstverständlich über Nacht. Aber Weihnachten stand vor der Tür, wir hatten entsprechend mehr Gigs auf dem Plan, und mir blieb keine Zeit, um sie deswegen auszuhorchen. Immerhin gelang es mir mit der Zeit, eine interessante Tatsache in Erfahrung zu bringen. Eines Abends hatten die beiden einen mordsmäßigen

Streit, so schlimm, dass ich die Lautstärke am Fernseher aufdrehen musste, damit ich nicht alles aus zweiter Hand mitkriegte. Zum Glück hatten wir keine Nachbarn. Moley zitterte in meinem Schoß, und ich war erleichtert, als ich schließlich hörte, wie Sean die Eingangstür hinter sich zuknallte und in seinem abgetakelten Bus davonfuhr. Irgendwann kam Jamie runter und setzte Tee auf, dann wechselte sie zu mir ins vordere Zimmer und setzte sich auf die Lehne des Sessels beim Kamin. Sie war weiß wie ein Laken, und es war ziemlich offensichtlich, dass sie sich die Augen ausgeheult hatte. Ich stellte den Fernsehton aus und fragte sie, ob alles in Ordnung sei.

Sie schniefte, und ihre Unterlippe zitterte. «Du hast uns bestimmt streiten gehört. Es tut mir Leid, ich wollte nicht das ganze Haus in Aufruhr bringen. Es ist nur, Sean – ich weiß ja, dass du nicht viel von ihm hältst, aber er hat echte Probleme, weißt du? Ich meine, klar, er kann manchmal – in der Öffentlichkeit ist das nicht immer so toll, dieses ganze Macho-SAS-Zeug, aber das liegt nur daran, dass er so unsicher ist.»

Ich wollte gerade etwas Gemeines sagen, aber ihr Gesichtsausdruck hinderte mich daran. Und einmal mehr fragte ich mich, warum er mir eigentlich so unsympathisch war. Ich meine, klar, Ben, Lonnie, Mojo und ich hielten ihn für ein Arschloch, aber anderseits fanden Jenny, Magda und ein paar von den andern Mädchen, die wir kannten, ihn umwerfend und richtig nett. Ein Supertyp. Es war sogar ziemlich offensichtlich, dass Jenny in ihn verliebt war, und sie machte Jamie gegenüber ständig Andeutungen, sie könne ihn ruhig an sie weitergeben, wenn sie mit ihm durch sei. Keine von ihnen schien sein Benehmen zu stören, was mich verwirrte. Waren Ben und ich einfach zu ernsthaft? Wir konnten natürlich in mancher Hinsicht enorm pessimistisch sein. Ich sah ihn zwar als Fehltritt, aber streng genommen hatte er bisher keinen Fehler gemacht. Er hatte nichts geklaut, Jamie nicht geschlagen, er war höflich und … zum millionsten Mal in meinem Leben wünschte ich mir, ich wäre wortgewandt und souverän. Ich hörte, wie Jamie weiterredete.

«Ich weiß, dass du das nicht weitererzählen wirst, aber er – er hat Probleme im Bett – es ist schlimm für ihn, wirklich schlimm. Er kann einfach nicht – er kann nicht – er ist *impotent.*» Ihr Gesicht glühte rot vor Scham.

Ich lehnte mich vor und legte ihr die Hand aufs Knie. Ihre Beine zitterten. «Liebes, du brauchst mir nichts zu erzählen, wenn du nicht willst …»

«Nein, nein – eigentlich tut es mir ganz gut, darüber zu reden. Ich hab so etwas noch nie erlebt, ich meine, ich erleb's ja auch nicht – du verstehst schon. Ich dachte immer, nur ältere Männer hätten so was, aber er kann einfach nicht – er will immer, aber es passiert nichts. Das treibt ihn zum Wahnsinn, er sagt immer, er sei kein Mann und dass ich ihn bestimmt auslachen würde. Aber das stimmt nicht, Lily, so etwas würde ich nie tun – ich versichere ihm andauernd, dass es nichts macht, aber er wird so wahnsinnig wütend deswegen. Und heute Abend haben wir – du weißt schon, es wieder probiert, aber es war schlimmer denn je. Ich hab alles versucht, aber – nichts. Er wurde so wütend, er sagte furchtbare Dinge – er meint sie nicht so, aber es bringt ihn einfach um. Und jetzt weiß ich nicht, wo er hingegangen ist. Ich hab solche Angst, dass er bei Lisa ist.»

«Lisa?»

«Seine Ex-Freundin. Er kann sie nicht vergessen – er sagt, sie sei echt hart, weißt du, nur Goldschmuck und Stilettos; sie hat ihn rausgeworfen und ganz viel von seinen Sachen behalten.

Geld auch, deswegen hat er jetzt immer kaum welches. Aber weißt du, es ist eher die Art, wie er über sie redet, als hasste er sie, aber als könne er sie trotzdem nicht vergessen. Manchmal komme ich mir vor wie ein Ersatz, nicht in derselben Liga wie Lisa, nicht gut genug. Und dann wieder sagt er, dass er mich liebt und dass sie ihn nur wiederhaben wolle, um zu beweisen, dass sie das schafft; mein Gott, sie klingt wie eine richtige Hexe. Ach, ich weiß nicht. Ich würde ihm gerne helfen, aber ich weiß nicht, wie ich das machen soll.»

Das Teewasser kochte wie blöd, also goss ich es übers Kraut. Wir redeten über das, was wir über Impotenz wussten, und kamen schließlich zum Schluss, man sollte es am besten mit Geduld und Liebe versuchen. Irgendwann ging sie schlafen. Kurz danach kam Mojo rein, und ich erzählte ihm, was Jamie mir erzählt hatte. Tratschtante, ich weiß schon, aber ich war beunruhigt, und ich wollte mit ihm darüber reden.

«Siehst du denn nicht, er kriegt nicht nur keinen hoch, sondern lässt dann auch noch Jamie deswegen leiden, indem er sie mit dieser Lisa quält, die nach einem ziemlichen Hammer klingt.»

«Hmm – ist er vielleicht heimlich schwul? Er ist so *unglaublich* macho, das macht einen natürlich schon misstrauisch. Ich gebe zu, mir gefällt diese Sache überhaupt nicht. Ich wünschte, der liebe Erzengel würde nach Hause kommen, mir scheint, er wäre vielleicht in der Lage, Jamie zur Vernunft zu bringen, und möglicherweise sogar – wie soll ich sagen – unsern Freund dazu zu *ermuntern*, sich nach neuen Weiden umzusehen. Anderseits hat das in früheren Fällen auch nichts gebracht. Oje, oje, oje; ich werde diese Liebesdinge nie verstehen, sie sind immer so kompliziert. Selbst die kleine Moley mag unsern Hausfreund nicht, stimmt's, meine Süße, nein, ganz und gar nicht – und ich muss ehrlich zugeben, auch wenn es vulgär klingt: mir jagt er eine Scheißangst ein.»

Ich hatte mir bisher keine Gedanken darüber gemacht, aber Mojo hatte Recht. Moley mochte Sean nicht. Ich gehöre nicht zu denjenigen, die überzeugt sind, dass Tiere einen sechsten Sinn haben, und Moley war ein Flittchen ersten Ranges, das mit jedem Typen schmuste, der bei uns rumhing, selbst mit Jamies früheren Fehltritten. Aber jetzt, wo Mojo es sagte, wurde mir klar, dass sie um Sean einen großen Bogen machte, während er sie ganz einfach ignorierte. Und wenn Mojo sich dazu herabließ, vulgär zu reden, dann bedeutete das, er war wirklich verstört. Ich wiederholte also mein Gebet an den Allmächtigen, es möge alles bald vorbei sein. Klar tat es mir für Sean auch irgendwie Leid, wenn er tatsächlich impotent war – so etwas war bestimmt eine unglaubliche Behinderung, vor allem wenn einer jung und gut aussehend war und alle annahmen, er sei ein Superhengst. Aber ich traute ihm auch weiterhin nicht, und diese Geschichte mit der Ex-Freundin roch zehn Meter gegen den Wind nach Manipulation und miesen Spielen. Scheiße. *Scheiße.*

In dem Jahr schien Weihnachten auf uns zuzurasen. Wir hatten im November und im Dezember einige gute Auftritte – Jamie jedenfalls gab alles, was sie konnte. Ein Scout vom Fernsehen rief an und meinte, jemand hätte ihr erzählt, Jamie sei die weibliche Billy Conolly und sie würden überlegen, ob sie sie vielleicht bei einer neuen Popmusik-Gameshow einsetzen könnten, und das gab uns zumindest in Sachen Karriere ein gutes Gefühl. Sie erhielt auch zwei gute Kritiken in der Lokalpresse – Aberystwyth und Oxford, wenn ich mich richtig erinnere, und das war ganz nützlich. Aber wenn sie nicht auf der Bühne stand, war sie in Gedanken bei Sean, und das machte alles ein bisschen langweilig, weil sie ständig nur über ihn redete.

Ich schaffte es, alle meine Geschenke einzukaufen – ich besorgte einen Pager für Ihre Hoheit, was ich für eine echt witzige Idee hielt –, aber dann deutete Jamie an, dass Sean uns auch etwas schenken würde, und ich dachte, Scheiße. Also kaufte ich ihm einen Büchergutschein – eine der Sachen an ihm, die mich ohne Ende ärgerten, waren seine Lügengeschichten. Und die dickste davon war, dass er gerne las. Was für ein verfluchter Schwachsinn. Man musste sich nur fünf Minuten mit ihm unterhalten, um zu merken, dass er abgesehen von seiner Sammlung beschissener Handbücher der Special Forces («Sechs Arten, einen Mann lautlos umzubringen», «Menschenfallen und wie man sie einsetzt», «Mein Schwanz ist größer als dein Schwanz» etc.) mehr oder weniger gar nichts gelesen hatte. Wir lasen alle wie blöd, deswegen glaubte er, er würde einen Coup landen, wenn er sich als fanatischer Leser aufspielte. Traurig, eigentlich. Mojo und ich verabredeten schließlich, ihn damit nicht mehr aufzuziehen. Jedes Mal, wenn wir es taten, wurde er nämlich stinksauer und lud seine Wut an Jamie ab bei einer ihrer zunehmend regelmäßiger werdenden Streitereien.

Und tatsächlich kam Sean am Einundzwanzigsten vorbei und brachte Jamie und mir Geschenke; nichts für Mojo. Jamie erhielt zwei offensichtlich beim Trödler erstandene große Ohrreifen aus Gold, etwas, was sie normalerweise nie tragen würde, und er bestand darauf, dass sie zwei ihrer Piercingringe rausnahm und sie ansteckte. Was Jamie auch tat, und sie sahen richtig Scheiße aus, aber er war unglaublich stolz – wahrscheinlich vor allem, weil er sie dazu zwingen konnte, das zu tun, was er wollte. Außerdem erhielten wir alle seidene Thermo-Unterwäsche, Jamie lange Unterhosen und ein langes Unterhemd in

Schwarz und ich ein beiges T-Shirt. Ich will mich nicht weiter darüber auslassen, was ich davon hielt. Wir durften uns außerdem eine ewig lange Predigt darüber anhören, dass es reine Seide sei, das Aller-, Allerneueste aus der Sportwelt, und dass die Königliche Luftwaffe so was tragen würde und sein Boss Mike die Ware direkt aus China importiert habe und Raptor Sports in Yorkshire der Hauptvertreter sei und ... ich dachte, *er hat sie bei der Arbeit mitgehen lassen, dieser Geizhals.* Ich steckte meins in die Schublade und nahm es nicht mal aus der Zellophanpackung. Bei Jamie hätte man glauben können, er habe ihr die Kronjuwelen geschenkt, nicht bloß Unterwäsche und ein paar billige Ohrringe.

Mich störte es, dass er für Mojo nichts besorgt hatte, aber Jamie sagte, Sean habe angenommen, Mojo würde als Asiate kein Weihnachten feiern. Das war ein bisschen seltsam – ich meine, Bradford ist dermassen multi-kulti, dass alle alles feiern, Weihnachten, Diwali, Hanukkah, Ostern, wahrscheinlich auch Beltane, wenn man genau hinschaut. Sean kannte bestimmt eine Menge verwestlichte Asiaten, die Weihnachten feierten. Und er hätte Mojo wenigstens eine Karte kaufen können; aber er behandelte Mojo ungefähr so, wie er Moley behandelte – für ihn waren beide unsichtbar, er versuchte, sie so weit wie möglich auszublenden.

Wie dem auch sei – Jamie und ich verbrachten jedenfalls wie gewohnt den Weihnachtstag mit Ma und Pa. Ein gewisser Jemand hatte Mojo nach Südfrankreich oder an einen ähnlich exotischen Ort entführt, wie er es jedes Jahr tat. Wir erhielten immer Geschenke aus dem Duty-free-Laden, was nett war, auch wenn sie reichlich spät kamen. Mojo meinte, da er nominell ein Moslem sei, habe er allen Grund, den schauerlichen britischen Feiertagsriten zu entfliehen. Manchmal wünschte ich mir, ein gewisser Jemand hätte auch eine Schwäche für kurze, gemischtrassige Frauen, vor allem nach dem Genuss von flambiertem Truthahn-Kebab.

Das war jetzt gemein von mir. Eigentlich liebte ich Mince Pies und Christmas Cake – für jeden Mince Pie ein Wunsch frei, wie Ma immer sagte. Und ich machte mir auch Sorgen um Ma, sie wirkte immer öfter müde, und ich fragte mich, wie gesund sie eigentlich war. Sie selbst danach zu fragen nützte nichts, ich hatte es ein paar Mal versucht, und sie hatte einfach alles auf ihr Alter geschoben. Mit Pa sprach ich auch, aber er sagte nur, sie würde länger brauchen als sonst, um sich von der Grippe zu erholen, die sie Anfang Dezember aufgegabelt hatte.

Jamie war ein wenig niedergeschlagen, weil Sean ihr gesagt hatte, er verbringe die Feiertage mit Freunden in Glencoe beim Skifahren – und da ich ihn überhaupt noch nie mit irgendeinem dieser «Freunde» gesehen hatte, von denen er immer redete, war ich misstrauisch. Ich vermutete eher, dass er bei seinen Eltern war oder bei der göttlichen Schlampe Lisa.

Aber nun kein langes Gerede über Sean. Ich war froh, dass wir ihn eine Weile lang los waren, und wir verbrachten ein nettes Familienweihnachten.

Am zweiten Weihnachtstag waren wir bei Gabes Mam. Ich hatte Gabe seit Monaten nicht mehr gesehen, und ich war stinksauer, als ich dort ankam und feststellen musste, dass er seine neueste Flamme, ein deutsches Mädchen namens Silke, mitgebracht hatte. Sie war ein richtiges Gabe-Mädel. Magersüchtig, neurotisch, kohlschwarze Löcher anstelle der Augen – ein echtes Technomausi. Wir nannten sie den dürren Käfer. Zum Glück sahen wir nicht viel von ihr, wenn sie nicht im Bad war, schlief sie. Passte mir prima. Ihre mageren Reize waren mir schon nach zwei Sekunden verleidet. Richtig schlecht wurde mir beim Anblick ihrer schlampigen Bauchnabelpiercings, die gummig aus ihrem tief liegenden Hosenbund standen, und dem Klang ihrer weinerlichen Babystimme: «Ich kann das nicht essen, ich mag das nicht, wo ist die Dusche, Gaa-briel?» Ich war nicht eifersüchtig oder so – wirklich nicht, dafür bin ich viel zu erwachsen. Im Ernst. Ach, glaubt doch, was ihr wollt. Tatsache ist, dass ich eine Menge Deutsche kennen gelernt habe (als ich vierzehn war, hab ich mal mit einem Austauschschüler namens Günther geknutscht), deswegen empfinde ich ihnen gegenüber überhaupt nicht die Vorurteile der meisten Engländer. Es kam nicht drauf an, woher Fräulein Silke stammte, diese beschissene Art von Mädel gibt es auf der ganzen Welt. Neuro-Chicks nannten wir sie. Das Ergebnis war, dass ich umso mehr aß. Ja, ja, schon klar, alles führt dazu, dass ich mehr esse.

Mrs. Smith betonte immer, dass sie kein Festessen zubereiten würde, und jedes Jahr standen mehr Leckereien auf dem Tisch, als man sich überhaupt vorstellen kann. Sogar die Ponys, Hunde, Katzen, Frettchen, Kanarienvögel, Hasen und die Ziege – die Concepta hieß – erhielten ein besonderes Essen. Es war der Wahnsinn.

Irgendwann, nach einem monumentalen Gelage, wechselten wir erschöpft ins Wohnzimmer zu Kaffee und diversen Brandyflaschen, Jameson's und Mrs. Smiths Lieblingsgetränk, Bailey's. Im Kamin brannte ein Feuer, es war glühend heiß, und der Fußboden war mit einem dicken Flaum aus Tierhaaren bedeckt. Die edlen Spender dieser Haare lagen wie lebende Teppiche herum und keuchten, schnurrten oder quiekten. Genau wie wir. Silke zog sich schmollend in Gabes Zimmer zurück und trieb seine Handyrechnung in die Höhe. Mrs. Smith wandte sich mit einem Glas alkoholischer Puddingbrühe in der großen, geröteten Hand zu Jamie.

«Jetzt erzähl doch mal, Mädchen. Ich hab gehört, du hast einen neuen Freund. Ist er nett? Wie heißt er denn?»

«Sean Powers, Mam, seinem Vater gehören die Autowerkstätten, du weißt schon, Powers Motors.»

«Natürlich kenne ich Paddy Powers – oder vielleicht sollte ich Patrick Powers sagen, jetzt, wo er in der Welt vorangekommen ist. Sean wird wohl der Älteste sein – da waren doch noch zwei Mädchen, Katherine und … Theresa, genau. Gabriel, du kennst die Powers-Mädchen, oder nicht? Caitlin, schenk Lily einen Kaffee ein, sie ist bestimmt ausgetrocknet …»

«Ja …» Gabe schüttelte den Kopf und wirkte besorgt. Mein Gott, er sah so gut aus, ich brauchte sofort ein Stück Schokolade. «Terri – Theresa – kannte ich besser als Kathy. Das waren vielleicht zwei hochnäsige junge Damen, du lieber Himmel. Eine entsetzliche Familie, fand ich immer. Irgendetwas stimmt da nicht – erinnerst du dich noch an die Geschichte mit Paddys Schwester Lana und ihrer Freundin – wie ging sie noch, Mam? Ist schon eine Weile her …»

Natürlich spitzte Jamie bei allem, was mit ihrem Geliebten auch nur entfernt zu tun hatte, die Ohren – aber ich war ebenfalls ganz wild auf Tratsch, das waren wir alle. Gabes jüngere Schwester Rosary flatterte mit den Händen, um die Aufmerksamkeit auf sich zu lenken, und trötete dann wie eine Nachrichtensprecherin im Fernsehen:

«Lana Powers Freundin, Simone Irgendwas, wurde *entsetzlich* tot in einer *unglaublich* verfänglichen Situation in einem Hotelzimmer in Leeds aufgefunden, und Miz. Powers selbst wurde aufs Polizeirevier *geschleift* …» Alle Schwestern, Caitlin, Rosary und Grace, johlten im Chor und rollten ihre dunklen Augen. Furchtbare Mädchen sind das, im Ernst.

«Rosy, ich glaube, das reicht. Keine Frage, das war ein furchtbarer Skandal. Die Freundin, Simone, trug, soweit ich mich erinnere, ein bizarres Kostüm und hatte sich irgendwie erwürgt oder so …»

Gabe blickte ernst. «Und dann wurde alles vertuscht. Mam, war der alte Powers nicht in derselben Loge wie Daddy? Dacht ich's mir doch – genau wie dein Vater, Jamie. Und diese kleine Störung wurde ganz routiniert untern Tisch gewischt. Lana und ihre Freundin hatten offenbar eine Schwäche für eine ganz spezielle Art von *Abenteuer* – mehr kann ich nicht sagen, es sind Damen anwesend – na gut, na gut, es ging um Fesseln und wilde Spiele mit bezahlten Kerlen … ganz bestimmt, das ist die Wahrheit. Und sie hatten sich in diesem Hotel in Leeds verschanzt, um eine kleine Privatparty abzuhalten, und irgendetwas scheint schief gelaufen zu sein und da – hoppla, war Lanas Freundin plötzlich tot. Es gab eine gerichtliche Untersuchung und ein medizinisches Gutachten, das auf ‹Unfalltod› hinauslief. Ich könnte wetten, dass der Gerichtsmediziner den goldenen Handschlag gekriegt hat. Das ist vielleicht eine Nummer, diese Lana Powers. Tommy Garrat hat mir von ihr erzählt, genau, Cait, der Lange – er hat damals in Powers' erster Garage Autos gewaschen. Die Jungs nannten Lana alle die «schwarze Witwe». Sie trägt immer diese engen schwarzen Lederröcke – tonnenweise Schminke, wie Joan Collins – das Haar in pechschwarz gefärbten Locken hoch gesteckt. Tommy sagte, sie sei immer rumgeschlichen und hätte die Jungs angeglotzt und ihre Reize zur Schau gestellt. Ihr wisst schon, was ich meine, machte einen auf jung. Der alte Powers hielt sie aber für das Größte überhaupt, er wollte nie irgendetwas gegen sie hören – merkwürdig, nicht?»

«Junge, das ist verständlich, immerhin ist sie seine einzige Schwester. Aber die Mutter – Rosalie – ist eine eigenartige Person. Sehr fromm, bitte schön – o ja – eine Stütze der Mariengesellschaft, singt immer im Chor mit und so weiter. Sorgt dafür, dass die Patres immer ausreichend Kuchen und Jameson's haben. Bei der Reise nach Lourdes, die ich letztes Jahr mitgemacht habe, war sie auch dabei – ganz still, sagte kein Wort. Saß einfach da mit ihren Gebetsperlen in den Fingern und starrte aus dem Busfenster. Ein kleines blondes Mäuschen, und dabei ist Paddy ein so riesiger Kerl ... sei nicht so unanständig, Gracie, wirklich, ich weiß nicht, wo du das her hast ...»

Darauf folgte eine Kissenschlacht und Hysterie, dann beschlossen die Schwestern, in den Pub zu gehen, und fragten, ob wir mitkommen wollten. Niemand erwähnte den dürren Käfer, der noch immer oben in Gabes Zimmer war – wahrscheinlich kratzte sie sich den Piercingschorf vom Bauchnabel –, also sagten wir, nein, wir bleiben genauso gerne hier und verdauen.

Mrs. Smith wollte sich beim Aufräumen nicht helfen lassen, sie meinte, seit Gabe ihr eine Spülmaschine geschenkt habe, sei sie eine feine Dame und würde nicht mehr als eine Minute brauchen, um die Küche wieder in Ordnung zu bringen. Gabe, Jamie und ich räkelten uns in der Hitze wie Pythonschlangen nach dem Konsum von – nun, sagen wir lieber nicht *Ziegen*.

Es dauerte nicht lange, bis Jamie Gabe das fragte, was ihr seit einer halben Stunde auf der Zunge brannte. Sie kniete zu seinen Füßen und blickte ernst zu ihm hoch. Ich seufzte und gestattete mir, meine Aufmerksamkeit etwas wandern zu lassen.

«Gabe, Schätzchen, woher kennst du die Powers? Ich meine, kennst du Sean?»

«Es sind Iren, genau wie wir – eine irische Bradford-Familie. Obwohl sie immer etwas auf uns heruntersahen, weil Mam eine Fahrende gewesen war. Da schwang immer etwas von dieser ‹Kesselflicker›-Scheiße mit. Jedenfalls weiß ich gerne Bescheid über die Leute – ich mag es, wenn ich informiert bin, eine Art Hobby ist das, ich bin einfach neugierig. Und die Powers, die sind vollkommen krank, Mädchen, das weiß jeder. Geld kauft dir kein Glück, das ist ihr Dilemma – und arm sind sie nicht, das kannst du mir glauben. Terri Powers kannte ich, weil sie damals mit Franco von Ultimate Angel zusammen war – zu der Zeit, als ich ab und zu für die einen Job machte. Terri gefiel es, sich als Rock-Chick zu sehen. Aber in dem Fall hatte sie eine schlechte Wahl getroffen – Rock 'n' Roll ist nichts weiter als eine Mösenfabrik für jemanden wie Frankie-Boy. Und im Town And Country Club in London kam es zum Showdown. Angel hatte einen Auftritt, Terri war vollkommen weg auf Koks und Jack, stöckelte auf 12-Zentimeter-Absätzen herum – damals war sie noch ganz jung, tat aber so, als sei sie *unglaublich* abgebrüht. Die Band geht also von der Bühne, und plötzlich ist in der Garderobe die Hölle los – offenbar hatte sie Franco dabei überrascht, wie er sich von irgendeiner Schlampe den Schwanz lutschen ließ, und drehte vollkommen durch. Stürmte zurück ins Hotel und wollte Franco nicht in sein Zimmer lassen. Am nächsten Morgen früh tauchte Sean in einem heißen Schlitten auf und fuhr mit ihr davon. Daddy hatte ihn hingeschickt, um seine Schwester abzuholen. Du musst ihn mal danach fragen, Kleines. Es war eine Riesensache. Tat Francos Ruf als Casanova unendlich gut, aber für sie schaute nicht viel dabei raus, denk ich mal.»

«Und was war mit Sean, hast du je was mit ihm zu tun gehabt?»

«Nein, er hatte einen anderen Bekanntenkreis. Sportler, soweit ich weiß, er war Sprinter oder so. Aber der alte Powers, der behandelte ihn wie einen Laufburschen, das ist mal sicher. Wie einen Angestellten, nicht wie seinen Sohn, soweit man hört.

Glaube nicht, dass er das Powers-Imperium übernehmen wird – das macht eher Kathy, denk ich mal. Das ist eine harte Frau. Er sieht gut aus, keine Frage – er hat doch diese merkwürdigen Augen, oder? Genau wie Lana und Terri. Die andern nicht. Gene sind was Komisches.»

Gabe lächelte und tätschelte Jamie den Kopf, als ob sie ein Kind wäre. «Sei nachsichtig, Liebling, du darfst nicht zu streng mit ihm sein. Der arme Kerl weiß bestimmt nicht, wo oben und unten ist bei euch zu Hause – bei den Powers gibt es nur Chinateppiche und Kristallgläser, sagt Mammy. Keinen beschissenen Hippie-Schrott wie bei euch.»

Wir verprügelten ihn. Ihm gefiel das. Mir auch – aber he, das ist *privat*.

Dreiundzwanzig

Das neue Jahr fing nicht gut an für mich. Ma wurde krank, und ich drehte vor Angst um sie beinah durch. Nach dem Silvester-Wanderausflug mit Pa nach Helvellyn oder so kriegte sie wieder die Grippe, und die ging einfach nicht mehr richtig weg. Und dann wurde daraus noch eine Lungenentzündung. Ich kann euch gar nicht sagen, wie ich mich fühlte, einfach komplett hilflos. Sie musste ins Krankenhaus und lag da wie eine Stoffpuppe, mit dem langen Zopf auf der scheußlichen Krankenhausdecke.

Pa und ich lebten mehr oder weniger in ihrem Krankenzimmer, obwohl wir damit auf ziemliche Widerstände stießen. Wir brauchten wahrscheinlich einfach das Gefühl, dass wir etwas Sinnvolles taten. Himmel, es war so schrecklich. Dieser Ort – Gott, ich bin sicher, die Patienten kommen da noch kranker raus, als sie reingegangen sind. Aber die Schwestern waren süß, nur vollkommen überarbeitet und ausgelaugt.

Und meine Ma, mein Gott – ich betete und betete darum, dass sie nicht starb oder so. Es war furchtbar mit anzuhören, wie ihre Lungen keuchten und gurgelten, einfach schrecklich. Pa wurde ganz grau und sah aus, als könnte er sie keinesfalls überleben, falls sie starb; er war am Ende.

Auf Jamie und Gabe konnte ich mich wirklich verlassen, sie hätten auf eine ganz praktische Art nicht netter und hilfreicher sein können. Selbst Mojo – den meine Eltern schon vor Ewigkeiten ins Herz geschlossen hatten – brachte nutzlose, aber nette Sachen vorbei, Ausgaben von *Vogue*, Flaschen mit Lavendelwasser und einen riesigen Rosenstrauß, den ein gewisser Jemand gespendet hatte. Der arme Mojo, Krankenhäuser waren einfach nicht sein Ding, aber innerhalb seiner Möglichkeiten tat er, was er konnte, der Gute.

Mrs. Smith kam mehr als einmal zu meinen Eltern nach Hause, um zu putzen und die Wäsche zu waschen – eine richtige Heilige. Alle unsere Freunde schickten Karten – Ben und Lonnie außerdem noch einen Früchtekorb. In solchen Zeiten wird einem klar, wer einem wirklich nahe steht.

Und dann kam diese eine Nacht, in der wir richtig Angst hatten. Es war eiskalt, die Station neben Mas kleinem Nebenzimmer schien voller Sterbender zu sein. Jamie war an jenem Nachmittag da gewesen, aber ich blieb bis in die Nacht hinein an Mas Seite. Pa schlief, es war wahrscheinlich gegen Mitternacht. Mir war ganz elend vor lauter Angst und Sorgen. Plötzlich spürte ich eine kalte Hand auf meiner Schulter. Ich wäre beinah aus der Haut gefahren. Als ich mich umsah, stand Jamie da und schälte sich aus einem großen schwarzen Wollschal, der von Frostperlen glitzerte.

«Wie – wie bist du reingekommen?», fragte ich.

«Ich sagte ihnen, ich sei deine Schwester – was hätten sie auch sagen sollen, ich erklärte, wir seien beide adoptiert. Das Sicherheitssystem hier ist ohnehin Scheiße. Und Lily, du *bist* meine Schwester. Ich liebe dich, und ich liebe auch Ma und Pa. Ich möchte einfach ein bisschen bei dir sein, wir brauchen nicht zu reden. Macht es dir was aus?»

Ich umarmte sie. Wir saßen Hand in Hand neben dem Bett, wo Ma um jeden Atemzug kämpfte und das Fieber in ihrem Blut kochte.

«Was ist mit … Sean? Macht es ihm nichts aus, wenn du so spät noch weg bist?»

Sie senkte den Kopf, die Augen voller Schmerz. «Du bist so gut zu mir, Mädchen», sagte sie. «Ich weiß nicht, wo er ist; ich glaube – ich glaube, er ist mit jemand anderem zusammen, mit Lisa. In letzter Zeit war er so merkwürdig, so nervös. Egal, das spielt alles keine Rolle. Das einzig Wichtige ist *das* hier.»

Ich nickte, ich war zu erschöpft, um irgendetwas zu sagen. Wir saßen einfach nur da und hielten uns in dem kleinen Nebenzimmer an der Hand. Es war eine lange Nacht, und die Morgendämmerung kam zögernd, grau und weich wie das Rauschen von Flügeln.

Nach dieser Nacht ging es meiner Ma besser, ein bisschen zwar nur, aber doch besser. Wir andern waren völlig am Ende – aber das war egal, wenigstens wurde Ma allmählich wieder gesund – und ich fühlte mich, als sei mir ein Stein vom Herzen gefallen.

Ich konnte Pa und Ma jetzt wieder alleine lassen und ab und zu in die Stadt gehen. Die Stimmung da fühlte sich aufgeregt an, es lag eindeutig eine Spannung in der Luft – warum, wurde mir klar, als ich die Lokalzeitung sah. Eine riesige Schlagzeile schrie: «Brutaler Mord: Keine Spuren im Fall Sara Evans.» Ich schaute kurz zu Hause vorbei, und während ich meine Wäsche wusch, fragte ich Jamie, was da gewesen war. Ihr Bericht klang beunruhigend.

«Scheußliche Sache, nicht wahr? Dieses arme kleine Mädchen. Offenbar wurde sie zerstückelt, richtig schlimm. Und jetzt heißt es, es hätte schon zwei ähnliche Fälle gegeben, aber hör dir das an – das waren *Nutten*, und das hier ist ein *anständiges* Mädchen. Macht mich echt wahnsinnig, so was. Und du weißt natürlich, was jetzt alle denken, oder?»

«Der Ripper ist wieder da.»

«Ganz genau. Drei Frauen ermordet, und im Fernsehen und in der Presse die ganze Zeit die Polizei, die ‹kein Kommentar› sagt. Die Stadt ist voller Journalisten – na ja, gesehen habe ich bisher noch keinen. Anderseits, ich könnte sie auch nicht von normalen Menschen unterscheiden, es sei denn, sie tragen in ihrem Hutband ein Schild mit ‹Presse› drauf.»

«Zwei andere also – und wann?»

«Keine Ahnung. Eine irgendwann letztes Jahr und eine vielleicht ein Jahr davor. Offenbar gibt es keinerlei Hinweise. Naz im Laden unten sagt, sein Freund sei Bulle und die würden tonnenweise schreckliche Details zurückbehalten, wegen der ganzen Leute, die zu ihnen kommen und gestehen wollen – um Aufmerksamkeit zu kriegen. Stell dir das vor. Ich dachte, so was gibt es nur im Film, aber offenbar nicht. Die tanzen massenweise bei der Polizei an und machen einen auf ‹Verhaftet mich, ich hab die Blondine umgelegt› – und deswegen müssen sie ein paar Dinge geheim halten, damit sie die Spinner aussortieren können. Trotzdem, Naz' Kumpel sagt, wer immer es war, hat diesen Frauen mehr oder weniger den Kopf abgeschnitten und eine richtige Schweinerei hinterlassen – abgebrühte Bullen hätten gekotzt wie die Kinder. Gott, um nichts in der Welt möchte ich einen solchen Job machen. Igitt.»

Am selben Abend kam Sara Evans' Mutter im Fernsehen. Ich weiß noch, wie ich dachte: Warum tut sie so was? Es kam mir so schrecklich vor, ihr elendes, verwüstetes Gesicht, wie sie weinte und das Foto von Sara in die Kamera hielt. Ich sah immer statt des jungen, eher ernsten Gesichts des Mädchens einen zerhackten, blutigen Fleischklumpen. Ich kriegte eine Gänsehaut davon. Wir waren uns alle einig, dass wir nicht im Fernsehen auftreten würden, wenn einer von uns so etwas zustoßen sollte. Die dummen, obszönen Fragen, mit denen sie Mrs. Evans belästigten: «*Was empfinden Sie gegenüber dem Mörder ihrer Tochter?*» Was, zum Kuckuck, hätte sie darauf antworten sollen? «*Ach ja, irgendein Irrer hat meine Tochter aufgeschlitzt, aber eigentlich macht mir das gar nicht so viel aus.*»

Und dann das ganze Geseier darüber, wie normal das Mädchen gewesen sei – sie hatte nach ihrem Abendkurs in Lyrikanalyse an der Bushaltestelle gewartet (oben beim Manningham Lane, in der Nähe des Erwachsenenbildungszentrums). Und natürlich war *sie* keine von denen, die «provokative» Kleidung trugen oder leichtsinnig waren, o nein. Sie war eine gute Schülerin gewesen und hatte versucht, etwas aus sich zu machen und einen Job zu finden – und dann, bamm! Irgendein Alki-Penner hatte die Überreste im Gebüsch hinter einem verlassenen Haus am Lane entdeckt, wo er sich hinbegeben hatte, um seinen Methylalkohol oder was auch immer in Ruhe zu genießen. «*Brutaler Mord*», hieß es dazu. «*Dieser ungeheuerliche Überfall auf ein unschuldiges junges Mädchen.*» Als wären die beiden andern nichts weiter als Abschaum gewesen, ein Nichts, keiner noch so kleinen Aufmerksamkeit wert. Es war so verdammt heuchlerisch, es verschlug uns allen den Atem.

Und alle redeten darüber. Ich meine, Bradford hatte immerhin eine Geschichte, wenn man an den Schwarzen Panther und den Ripper dachte – aber wir waren keine *«Mörderstadt»*, wie die *Sun* schrieb. Die Leute hatten allmählich die Nase voll davon, als Englands Hauptstadt der Mörder und Psychos zu gelten – was war denn mit Manchester? In der Lokalzeitung machten sie eine ziemlich gruselige Volksbefragung – ihr kennt das ja. Man wird im Arndale-Einkaufszentrum überfallen, fotografiert und mit seiner Antwort zur Frage: *«Was können wir gegen den schlechten Ruf von Bradford unternehmen?»* abgebildet. Lauter junge weiße und asiatische Typen mit diskret geschnittenen Haaren und Bürokrawatten legten sich da ins Zeug: *«Ich finde, man sollte die Prostituierten aus der Stadt jagen»*, und *«Diese Frauen sind doch selber schuld, und jetzt sollen anständige Leute die Zeche bezahlen.»* Plus eine Hand voll junger Muttis und Omas, die kundgaben, dass sie sich nachts nicht mehr aus dem Haus trauten. Die Zeitung druckte auch die üblichen Vorsichtsmaßnahmen für Frauen ab, sich nicht allzu leicht bekleiden, nicht spät aus dem Haus gehen. Ich mochte das mit der leichten Bekleidung – offenbar hatte sich keiner die Mühe gemacht, auf das Außenthermometer zu schauen. Selbst die Damen der Nacht trugen Moon-Boots und Skianzüge, hatte ich jedenfalls gehört. Außerdem wurden die üblichen kranken Witze erfunden, die ich nicht wiederholen will.

Irgendwann legte sich das Ganze wieder, und die Schlagzeilen wandten sich anderen Dingen zu, zum Beispiel dem Neuesten aus dem unerfreulichen Leben der königlichen Familie. Viel Spaß auch, meinten wir dazu nur – diese stumpfe Inzuchtsbrut.

Gabe hatte Jamie zu den paar Auftritten begleitet, die ich wegen Mas Krankheit hatte auslassen müssen, und das war nett, aber er sollte demnächst mit Salamanca nach Amerika fahren. Er ging davon aus, dass er Monate fort sein würde, falls er es mit ihnen aushielt, und mein Herz wurde schwer. Zum Glück war der dürre Käfer nach Köln zurückgekrabbelt, also beschlossen wir, für ihn ein großes Abschieds-Spaghetti-Essen zu veranstalten. Jamie war noch immer ziemlich niedergeschlagen wegen Sean, der weder vorbeikam noch sich auch nur meldete – ich hoffte wirklich, dass er beschlossen hatte, Schluss zu machen, und dachte, verdammt typisch. Solche wie er verschwinden jedes Mal, ohne ein Wort zu hinterlassen. Wir gingen eigentlich alle davon aus, dass es vorbei sei. Ich wusste, dass sie litt, aber sie hielt sich ziemlich gut und riss sogar ein paar lahme Witze über ihn.

An dem Abend, als wir Gabes Essen kochten, meldete sich Sean auf ihrem Pager. *«Ich liebe dich, Sean»*, lautete die erste Nachricht. Ich dachte, sie platzt gleich vor Freude. Meine Laune verschwand im Keller, ätsch. *«Meine besondere Lady»*, kam als Nächstes, dann *«Bis heute Abend»* und *«Vergib mir, Liebling»*. Was die Pagerleute von diesem ganzen Schwachsinn halten, ist mir schleierhaft, aber wahrscheinlich sind sie daran gewöhnt. Ich wünschte mir, ich hätte ihr zu Weihnachten einen Pullover geschenkt.

Er kam mit einem Strauß Tankstellenblumen gegen das schlechte Gewissen und einem großen weißen Teddy. Ich ließ ihn rein, und bevor er über die Schwelle trat, machte er eine Kunstpause und sagte in einem lauten Flüstern:

«Tut mir Leid, Lily, du bist bestimmt total sauer auf mich, ich kann das verstehen. Familienprobleme, weißt du, aber das ist jetzt vorbei, ich verspreche es dir, mein Wort drauf. Ich möchte mich nur mit Jamie aussöhnen und glücklich werden – wie wär's also mit einem Waffenstillstand, eh? Eh?»

Ich grunzte. Ich konnte nichts erwidern, weil ich verdammt sicher war, er wusste, dass Jamie jedes Wort mitkriegte. Es ging ihm nur um die Wirkung, weiter nichts. Ich musste zwar ein Lächeln unterdrücken, als er ins Wohnzimmer kam und Mojo und Gabe dort sah. Wahrscheinlich hatte er sich vorgestellt, mit Jamie allein zu sein oder allenfalls mit Jamie und mir. Nicht mit der ganzen Truppe.

Er setzte einen reumütigen Blick auf und gab Jamie die Blumen und das Stofftier. Sie versuchte so zu tun, als sei sie wütend, aber es war ein kläglicher Misserfolg. Mojo nahm die Blumen und murmelte: «Soll ich die ins Wasser stellen?» Das wirkte schockierend, normalerweise kommt er nicht im Traum darauf, sich an der Hausarbeit zu beteiligen, und mir wurde klar, dass er von Sean wegkommen wollte. Wow, dachte ich. Die beiden können sich wirklich nicht riechen. Mojo stopfte die welken Chrysanthemen in einen Krug, hängte sich den neuen, langen, schwarzen Mantel über die Schultern und sagte, ihm sei gerade eingefallen, dass er noch verabredet sei und ob wir ihn entschuldigen würden.

Es war eine offensichtliche Lüge. Gabe stand auf und umarmte ihn zum Abschied, während Jamie verwirrt rumstammelte, sie habe für vier Personen gekocht.

«Schätzchen, jetzt, wo Sean hier ist, seid ihr vier, und ich muss wirklich los. Ich liebe dich, Erzengel, pass auf dich auf im Land der Freiheit, Küsschen …»

Ich ging mit ihm zur Tür und fragte dann, bevor er sie aufmachen konnte: «Wohin willst du? Du hast heute Abend keine Verabredung, und das weißt du ganz genau.»

«Liebling», antwortete er. «Ich ertrage einfach kein gemütliches Beisammensein mit unserem Charmeur. Es … er ist – ach, lassen wir das.» Für einmal fehlten ihm die Worte. Es war ein merkwürdiger, beunruhigender kleiner Moment, und ich wünschte, ich hätte nachdrücklicher versucht, mit ihm zu reden, bevor er in die Nacht hinauswirbelte und in Richtung Mega Kars Taxis verschwand.

Ich wanderte zurück und kam mir etwas verloren vor. Im Wohnzimmer hatte Sean sich im Sessel beim Kamin niedergelassen und hielt Gabe – der unübersehbar gelangweilt wirkte – einen Vortrag zum Fall Sara Evans. Dieser Kerl hatte zu allem eine Meinung. Nach Ansicht von Sean-Baby war der Mörder ein echt cleverer Kerl.

«Ist doch logisch. Er ist bestimmt ein Ex-SAS-Typ, einer dieser Elitekämpfer – aus dem Dienst entlassen und wütet jetzt in der freien Wildbahn. Die Regierung weiß alles über diese Typen, die wissen, dass sie da draußen sind, aber sie lassen nichts raus, damit keine Panik entsteht. Ein normaler Mensch hat keine Chance gegen so jemanden. Die sind Geheimoperationen gewohnt. Bewegen sich, ohne dass man sie sieht, Experten in Sachen Camouflage.»

«Und warum würde ein solcher Typ ein kleines Mädchen angreifen?», meinte Gabe gleichmütig. Er nahm einen Schluck Bier. «Ich meine, das ist doch, wie sagt man, ein weiches Ziel, eine Studentin auf dem Weg nach Hause.»

Sean schwieg, aber sein Kiefer mahlte nervös. «Nun, kann ja sein, dass er seine Gründe hat; ich meine, manchmal steckt bei einem solchen Kerl mehr dahinter, als man auf den ersten Blick erkennen kann. Es könnte irgendetwas sein. Wir werden das wohl nie erfahren, oder, weil sie ihn ja nicht schnappen werden oder so, und ein Zivilist wird ohnehin nicht informiert. Das sind alles streng geheime Informationen, Regierungsgeheimnisse und so.»

«Ach was, das ist doch Quatsch. Da steckt bestimmt nicht mehr dahinter als ein armer Irrer, der seine beschissene Mutter ficken will.» Gabe lächelte träge, und mir wurde klar, dass er Sean auf den Arm nahm. Sean war weiß vor Wut.

«Das ... das kannst du nicht sagen, ich meine, das stimmt doch nicht. Dieser Typ ist ein Profi, wie ich schon sagte, clever, kein Spinner – er ist wie diese Burschen in den Vietnamfilmen, in *Platoon* und *Full Metal Jacket* – ein richtiger Profi, eine Todesmaschine – Himmel, er ist, er ist nicht, was du gesagt hast ...»

«Vielleicht, vielleicht auch nicht – aber komm schon, der tickt bestimmt nicht richtig. Ein Typ, der kleine Mädchen aufschneidet? Ich bitte dich ...»

Sean grinste humorlos, hinter trockenen Lippen erschienen die makellosen Zähne. «O. k., o. k. – aber manche – und ich sage bewusst manche, keineswegs alle Mädchen, und Anwesende sind natürlich nicht gemeint – aber manche Mädchen, nun, die sind nicht besser, als sie sich geben, wenn ihr versteht, was ich meine. Habt ihr sie auf der Lane und in der Stadt gesehen, wie sie mit den Röcken bis zum Arsch hochgezogen rumstaksen – sich zur Schau stellen – das ist doch nicht anständig, oder? Ein Mädchen sollte sich nicht so benehmen.»

«Ist doch ihre Sache, wie sie sich anziehen – tut doch keinem weh. Heutzutage ist die Mode vielleicht tatsächlich etwas – aber deswegen muss man sie doch nicht umbringen, oder?» Gabe wirkte jetzt nicht mehr freundlich, er schien sich sogar ein wenig zu ärgern – und ich kochte natürlich. Selbst Jamie besaß Anstand genug, verlegen zu wirken. Für wen hielt sich Sean eigentlich? Den verdammten Erzbischof von Canterbury? Den Moralwächter der Nation? Arschloch.

Sean lehnte sich vor, das Gesicht angespannt, die Ellbogen auf den Knien aufgestützt. «Das ist kein Mord, es ist – ich meine, die sind doch wie eine Krankheit, diese Nutten und die Mädchen, die sich wie Nutten aufführen – sie korrumpieren das Leben anständiger Leute. Ich habe alles darüber gelesen – es gibt nichts Schlimmeres als eine Frau, die auf den falschen Weg gekommen ist. Ein Verbrechen gegen die Natur. Dieser Typ – ich hab jedenfalls schon Leute gehört, die meinten, er würde der Welt einen Gefallen tun, die Straßen säubern – die Drecksarbeit der Gesellschaft auf sich nehmen, wie in den Charles-Bronson-Filmen – eine Antihelden-Sache, irgendwie.»

Wir sagten alle einstimmig «Scheiße!» Dann stellte Gabe sein Bier ab, lehnte sich zurück und starrte Sean ins Gesicht. Der schaute weg.

«Wer sagt denn so was?» Gabes Stimme war leise, aber durchdringend.

«Die Jungs in der Kneipe – alle möglichen Leute – jetzt komm schon, Gabe, jedem Mann, jedem echten Mann geht es so, wenn er eine Hure sieht – da ekelt man sich doch – denen geht's doch besser, wenn sie tot sind. Ich meine damit ...»

«Ich glaube, du hältst jetzt besser die Klappe, Junge, das glaube ich – und hör auf, diesen Macho-Männer-Schwachsinn zu lesen. Komm mir nicht mit der Nummer – ich bin keiner von deinen Idioten aus dem Pub – du solltest lieber darüber nachdenken, was für eine widerliche Brühe aus deinem Mund kommt, und dazu noch hier. Diese beiden Mädchen sind meine Familie, vergiss das nie ...»

Sean wurde bleich, und ein merkwürdiges kleines Zucken erschien unter seinem Auge – die Art von Tick, die man kriegt, wenn man richtig unter Stress steht. Er sah aus, als würde er demnächst platzen, und auf seinen Wangenknochen erschienen zwei rote Flecken. Hopplahopp, dachte ich, jetzt geht's gleich los.

Aber es ging nicht los. Er zog sich einfach in den Sessel zurück und breitete die Hände vor sich aus. «Richtig, richtig, war nicht so gemeint, Chef, tut mir Leid – ich würde diesen wunderschönen Damen doch nicht zu nahe treten wollen mit meinen – Ideen oder was auch immer – du hast bestimmt Recht, das ist nichts weiter als Kneipengerede – du weißt ja, wie die Jungs da drauf sind … tut mir Leid, wenn ich, ihr wisst schon, jemanden beleidigt habe …» Er lächelte wieder sein unfrohes Lächeln, und Gabe griff nach seinem Bier, nahm einen langen Schluck und kümmerte sich nicht weiter um ihn. Ich dachte nur – wie lange muss ich es denn noch mit diesem *Schwein* aushalten? Werd ihn endlich *los*, Mädchen …

Jamie stand schnell auf und fing an, ziellos Sachen zu ordnen. «Ach, was soll das, Jungs, lasst es bleiben – streiten wir uns nicht; im Ernst, mir macht die ganze Sache Angst. Diese armen Mädchen, sie tun mir wirklich Leid – es war bestimmt so schrecklich für sie. Ich mag gar nicht daran denken. Zeit zu essen, was meint ihr? Lily, hilfst du mir, die Sachen reinzutragen?»

Und bis wir mit dem Essen wieder da waren, sprachen Gabe und Sean über Fußball – wenn nicht entspannt, so zumindest auch nicht so, dass sie einander an die Kehle gesprungen wären. Gabe zwinkerte mir sogar zu, als Jamie und Sean nach dem Kaffee raufgingen, um «ein paar Dinge zu bereden».

«Was hältst du davon?», sagte ich und wünschte mir von ganzem Herzen, ich könnte jetzt oben mit Gabe ein paar «Dinge» bereden.

«Er ist einfach ein Idiot mit einer großen Klappe – diese Scheiße hör ich jedes Mal, wenn ich abends ausgehe – die sind doch alle hirntot. Nichts als heiße Luft, das merkt man genau – traut sich doch nichts, der Kleine, genau wie die andern. Die ganze SAS-Geschichte ist ein bisschen ermüdend, die Scheiße mit den ‹Geheimoperationen› – aber ich kannte einige Typen, die so drauf waren. Möchtegern-Soldaten. Wahrscheinlich kriegt er keinen hoch, das arme Schwein.

Ich wurde feuerrot. Da hatte er echt den Nagel auf den Kopf getroffen, sozusagen. «Ganz unter uns – in dem Bereich gibt es ein kleines Problem.»

«Überrascht mich gar nicht. Trotzdem, das ist ihre Sache, nehme ich an. Er ist ein bisschen, wie sagt man – *unreif*. Nicht das Schlimmste, was Jamie je begegnet ist – meine Fresse, erinnerst du dich noch an den Dodger-Typen? Ich glaube nicht, dass es lange hält, viel haben sie nicht gemeinsam, und er ist nicht ihr üblicher brutaler Typ. Du musst es so sehen, Lil, vielleicht ist es ein gutes Zeichen – vielleicht wird sie allmählich ruhiger, wendet sich sanfteren Kerlen zu.»

«Aber Ben meint …»

«Ich weiß, was Ben meint. Und Mojo auch. Ich bin sicher, der Mann hat nur Scheiße im Kopf, wenn es um Schwule und Schwarze geht, ganz abgesehen von diesem Schwachsinn wegen der Huren; aber wie gesagt, es wird nicht lange halten, und seine miesen Einstellungen werden sie am Ende auseinander bringen. Jamie wird nicht zulassen, dass er über ihre Freunde herzieht oder rassistische Dinge sagt. Das weißt du doch.»

«Ja, schon, aber er hat nie wirklich – eigentlich windet er sich immer ein bisschen drum herum und – es ist nur, seine ganze Art, die ist, ach, ich weiß nicht …»

«Jetzt komm schon, Mädchen. Du kannst nicht die ganze Welt mögen, und jeder weiß, dass dir für Jamie keiner gut genug ist. Er ist nichts weiter als ein hübscher Junge, ein Dummkopf. Vergiss ihn.»

Und an dem Abend gab er mir zum Abschied einen Kuss. Nichts Ausführliches, aber immerhin einen Kuss auf die Wange. Er hatte den Arm um mich gelegt, und ich dachte zuerst, ich würde gleich in Ohnmacht fallen oder kotzen. Es war der erste Kuss, den er mir je gegeben hatte, auch als Freund. Meine Güte, das klingt so kindisch – aber es gab mir Hoffnung, wisst ihr? Vielleicht würden er und ich ja irgendwann doch noch … nun ja.

Vierundzwanzig

Am nächsten Morgen sah Jamie aus wie Moley mit einem Joghurtbecher; ihrem seligen Gesichtsausdruck entnahm ich, dass die Vereinigung gelungen war. Als ich fragend die Augenbraue hochzog, nickte sie glücklich.

Langsam, aber unaufhaltsam zog Sean bei uns ein. Das erste Anzeichen war die Ansammlung von Toilettensachen in dem winzigen Badezimmer – ein Durcheinander aus männlichen, nach Desinfektionsmitteln riechenden Duschgels, Rasierzeug, Deos in riesigen Sprühdosen, ein durchdringendes Aftershave – das er Gott sei Dank selten benutzte. Die Plastikschalen seiner Wegwerf-Kontaktlinsen sammelten sich um den kleinen Mülleimer wie Treibgut, und in den Ecken lagen in gräulichen Häufchen seine schmuddeligen Sportsocken.

Dann, eines Abends, als ich von einem Besuch bei Ma zurückkam, hörte ich aus dem Keller ein höllisches Klopfen und Klirren. Ich stieß die Tür auf und rief die Treppe runter.

«Hallo? Hallo? Wer ist da unten – was ist los?»

Sean erschien unten an der Treppe und grinste gewinnend zu mir hoch. «Reg dich nicht auf, Lily – ich bringe nur die Kammer hier unten ein wenig in Form – dachte, ich könnte meine Trainingsgeräte hier hinstellen – gute Idee, oder?»

«Sean, das Zeug da gehört Mr. Suleiman – das kannst du

nicht einfach rausschmeißen – wer hat dir überhaupt erlaubt, deine …» Ich hielt ein. Ich wusste, wer es ihm erlaubt hatte.

«Ach, keine Sorge, ich stell seine Sachen einfach in die Ecke – hier unten ist eine Menge Platz. Das wird ein richtiges kleines Fitnessstudio, du kannst es auch benutzen, wenn du willst – Jamie jedenfalls sagt, sie will es mal ausprobieren!»

Ich zog mich ins Wohnzimmer zurück und drehte den Fernseher laut, um das Klopfen und Hämmern zu übertönen. Ein Fitnessstudio. Wie typisch. Er bildete sich endlos viel auf seinen Körper und seine Fitness ein. Es wurde jetzt langsam wärmer, und bei jeder Andeutung von milden Temperaturen hing er mit nichts weiter als einem Paar grauen Trainingshosen rum, die an der Taille eingerollt waren. Ich will nicht bestreiten, dass er einen phänomenalen Körper hatte; ich meine, ich würde ja gerne, aber es geht nicht. Glatte, haarlose Muskeln, schwelende Bizepse und ein Waschbrettbauch … seine Füße sahen aber scheußlich aus, was mich wieder fröhlich stimmte, und seine Fingernägel waren komplett abgekaut. Widerlich.

Je hartnäckiger Sean sich bei uns zu Hause einschlich, desto öfter schlichen Mojo und ich uns weg. Ich hatte mir ein Mobiltelefon zugelegt, etwas, was ich bisher abgelehnt hatte – einerseits wegen der Ausgaben und anderseits, weil ich damit aussah wie ein Dealer. Aber Mas gesundheitlicher Zustand stimmte mich um. Unsere Finanzlage war eigentlich ganz gut, und mir war wohler, wenn ich wusste, dass die Popsies mich jederzeit und überall erreichen konnten. Gabe gab ich ebenfalls meine Nummer. Für Anrufe aus Boston. Na ja, vielleicht brauchte er sie ja irgendwann, wer wusste das schon …

Mojos – Beziehung ist nicht das richtige Wort, ich weiß nicht, wie ich es nennen soll – vielleicht wechselseitige Antipathie mit Sean wurde immer schlimmer. Ich weiß, was die Leute sagen werden: Warum seid ihr nicht ausgezogen? Aber wir waren solche Invasionen gewohnt, und normalerweise dauerten sie allerhöchstens ein paar Monate. Wir dachten einfach, dass wir die Sache aussitzen könnten, und eines Tages – Abrakadabra! – würde sich Sean in Luft auflösen.

Aber Sean blieb und blieb. Manchmal verschwand er für eine Woche – die ewigen, nie weiter ausgeführten «Familienprobleme» oder Ausflüge zu Sportanlässen mit seinen unsichtbaren Freunden. Wenn er und Ihre Hoheit sich stritten, verpisste er sich mit der Andeutung, dass er auch bei jemand anderem unterkommen könne. Damit war natürlich die Menschenfresserin von Elmsford, Miss Lisa Taylor gemeint. Ich persönlich glaubte nicht an Lisa. Wenn sie so hart und grausam war, wie er immer behauptete, um unser Mitleid zu erwecken, warum nahm sie ihn dann jedes Mal umstandslos bei sich auf, wenn er mitten in der Nacht mit einer Adidastasche voller Schmutzwäsche bei ihr antanzte? Ach was, wahrscheinlich ging er einfach nach Hause zu seiner Mam, der langmütigen Rosalie, Mater Dolorosa, Madonna des Schmerzes.

An den Tagen, wo kein Gig war, ging ich entweder zu Ma und Pà oder öfter noch zu Ben und Lonnie, damit ich nicht die ganze Nacht mit den beiden Turteltauben fernsehen musste. Jamie hatte mehr oder weniger aufgehört zu lesen, weil ihr Lesen Sean irritierte und eifersüchtig machte. Aus demselben Grund hatte sie aufgehört zu schreiben. Sie blieben einfach zu Hause und starrten in die Flimmerkiste oder gingen ins Kino, um sich das neueste Testosteron-Epos von Bruce, Arnie oder Jean-Claude reinzuziehen. Ich muss ganz ehrlich sagen, ich weiß nicht, was sie in ihm sah. Ich meine, abgesehen von seinem Äußeren schwankte er zwischen selbstbesessen und todlangweilig. Aber sie sagte, er brauche sie – dass er in seinem Innersten nichts weiter sei als ein kleiner Junge, der sich verloren durch die Welt kämpfe. Genau, und ich bin Kate Moss.

Aber Jamie war nicht die Einzige, die von seinem zweifelhaften Charme und guten Aussehen überwältigt war. O nein. Falls ich den Eindruck vermittelt haben sollte, alle aus unserem Bekanntenkreis hätten ihn gehasst, muss ich jetzt festhalten, dass dem einfach nicht so war. Überhaupt nicht. Gabe und unsere männlichen Freunde (bis auf Mojo) waren der Ansicht, he – er ist zwar irgendwie ein Arschloch, aber was kann man von einem hübschen Jungen auch anderes erwarten? Sie unterhielten sich mit ihm zufrieden über Männerzeugs und verstanden nie, warum ich ihn nicht mochte.

Unsere Freundinnen teilten sich in zwei klar getrennte Lager: Lonnie und Ben auf der einen Seite und die ganzen Heten auf der andern Seite. Die Schlimmste von allen war Jenny, deren Schwärmerei für Sean auf eine beunruhigende Art zugenommen hatte, was schließlich in einem sehr unangenehmen Zwischenfall gipfelte.

Normalerweise war es nicht möglich, Sean aus «seinem» Sessel beim Kaminfeuer rauszulotsen, außer es ging um etwas, das mit ihm selbst zu tun hatte. Aber eines Abends beschlossen wir alle, zur Abwechslung mal zu O'Reillys zu gehen – selbst Ihre Hoheit. Zuerst wollte Sean nicht mitkommen, aber nachdem sich Jamie schön gemacht hatte, besann er sich plötzlich eines andern und kam ebenfalls, was hieß, dass wir uns alle verspäteten, weil wir auf ihn warten mussten.

Wir stürmten zu den blechernen Klängen einer verstümmelten Version von «Star Of The County Down» in den Pub und setzten uns zu Ben, Lonz, Magda und Jenny, die mit ihrem Freund Guy da war – wir nannten ihn alle Bloke (Guy = Kerl= Bloke … wir fanden das jedenfalls lustig). Bloke war echt süß –

einer dieser netten, stämmigen Typen, die nie eine Miene verziehen und perfekt in Filzhut und Trenchcoat reinpassen würden. Er arbeitete auf einer Bohrinsel. Wir mochten ihn alle sehr und freuten uns immer auf seine Landurlaube. Jenny war Bradfords Antwort auf Grace Kelly, in mehr als einer Hinsicht. Sie war sehr hübsch, sehr gepflegt, sehr WASP – ein weißes, angelsächsisch-protestantisches Technomausi in einem leichten, mehrschichtigen Kleidchen mit winziger Strickjacke und hochgeschnittener Bobfrisur. Wir fanden, dass die beiden ein niedliches Paar abgaben, ein bisschen wie in diesen alten Hollywood-Komödien mit einem sprücheklopfenden Helden und einer wunderschönen Frau.

Zuerst ging alles gut. Bloke reagierte auf Sean ähnlich, wie Gabe es getan hatte – man konnte sehen, wie er ihn als unbedeutend, nicht weiter wichtig abtat. Bei Jenny lag das anders. Mir war gar nicht klar gewesen, wie sehr unser Wunderknabe es ihr angetan hatte. Es dauerte nicht lange, da war sie wie verrückt am Flirten, die ganze Routine mit dem glockenhellen Lachen, dem Maskaraflattern und den geschürzten Lippen. Und Sean war begeistert. Er ließ seine Armmuskeln spielen, prahlte mit seinen «Verbindungen», beehrte sie mit der vollen Geheimoperationen-Nummer und verlieh dem Wort Blickkontakt eine ganz neue Dimension.

Die Atmosphäre wurde allmählich subarktisch, mindestens. Zuerst unterhielten sich alle angeregt über gar nichts in der Hoffnung, dass Sean und Jenny einfach damit aufhören würden – was sie nicht taten. Irgendwann wurde unser sprödes Geplapper von sporadischen Schweigemomenten unterbrochen, und schließlich brach das Gespräch ganz ab und wir saßen einfach nur trübsinnig herum und schauten zu, wie die beiden sich großartig miteinander unterhielten.

Bloke kippte finster ein Bier nach dem andern in sich rein, ein Mann mit einer Mission – auf ins Vergessen. Jamie stand ganz offensichtlich kurz vor den Tränen, und Ben warf mir bedeutsame Blicke zu, bis ich etwas zu laut sagte, ich müsse jetzt dringend mal für kleine Mädchen. Ich stand auf, hätte meinen Drink beinah umgeworfen, und verschwand nach links. Sekunden später war Ben schon bei mir, und wir starrten beide unglücklich in den zugedampften Spiegel über dem Waschbecken.

«Was, zum Teufel, geht hier eigentlich vor? Schöne Bescherung. Der arme Bloke. Jenny spinnt ja. Hör mal, ich bringe jetzt Ilonka nach Hause, bevor sie etwas Dummes sagt. Kommst du auch?» Ben seufzte schwer und, möglicherweise, existentialistisch.

«Geht doch nicht, oder? Scheiße, Ben, ich kann nicht einfach Jamie dalassen und abhauen – Bloke genauso wenig, es wäre einfach nicht richtig.»

«Ich weiß. Ich meine, ich weiß, dass du Recht hast, aber ich kann einfach nicht bleiben. Dieser widerliche Mann. Nichts als Ärger. Ich muss los – tut mir echt Leid. Macht mich krank. Ruf uns morgen an – komm zum Essen.»

Ich wusste sehr wohl, wen sie mit dem «widerlichen Mann» meinte, und als wir wieder zu unserer Nische zurückkamen, lagen Jenny und er praktisch schon aufeinander. Ich fand das ekelhaft, wie konnten sie bloß? Ben und Lonnie gingen, und Bloke stand schwankend auf. Oje, dachte ich. Jetzt kommt's, jetzt kommt's, jetzt kommt's.

«Jen, Jen, ich – ich geh jetzt nach Hause. Kommst du mit?» Keine Antwort. Er beugte sich vor und klopfte ihr auf die nackte Schulter – ganz sanft.

Sie zuckte zusammen wie ein Pferd, das von einer Mücke gestochen worden war, mit blitzenden Augen.

«Danke – ich hab dich gehört. Du bist betrunken, Guy, geh einfach nach Hause. Ich komme später nach. Geh jetzt, bevor du dich lächerlich machst.» Die Eisprinzessin hatte gesprochen. Das Ganze war unglaublich grausam. Bloke wartete noch kurz, aber ihre Aufmerksamkeit war schon wieder zu Sean zurückgekehrt, der mit den Armen hinterm Kopf gegen die Nischenwand lehnte und fies grinste. Ich redete Bloke innerlich zu, ihm mit aller Kraft eine runterzuhauen. Aber er tat es nicht. Er sah erledigt aus, als hätte, ohne dass ich es mitkriegte, zwischen ihm und Sean ein Wettkampf stattgefunden, den der arme Bloke verloren hatte. Er wirkte kraftlos, irgendwie verwirrt. Er murmelte etwas und stolperte davon. Ich rannte ihm hinterher.

«Bloke, geh doch noch nicht – wir haben dich seit Ewigkeiten nicht mehr gesehen. Komm, lass uns einen echten Bradford Curry suchen, komm schon, was hältst du davon? Bloke, vergiss die beiden, vergiss es einfach, ehrlich – morgen früh ist alles wieder in Ordnung, wirklich, ich verspreche es …»

Er sah mich an, als sei ich komplett übergeschnappt. Dann warf er sich die Jacke über die Schultern und verließ die Bar. Ich zottelte unglücklich zurück zum Tisch. Als ich dort ankam, stand Jamie im Mantel davor.

«Ich gehe jetzt auch», sagte sie laut. Magda starrte auf den Tisch, als hätte jemand darauf eine Schatzkarte eingeritzt, und Jenny ignorierte sie. Sean lächelte.

«Bis später dann. Ich glaube, ich begleite Miss Jenny hier besser nach Hause, jetzt, wo ihr Kerl sie allein gelassen hat. Eine hübsche Lady ist in dieser Stadt nicht sicher bei den ganzen Morden, die hier passieren. Na los, ab mit dir.»

Sie drehte sich um und ging davon – ganz schnell, aber nicht schnell genug, um zu verbergen, dass sie weinte. Ich baute mich vor Sean und Jenny auf.

«Was, zum Teufel, glaubt ihr beide eigentlich, was ihr hier tut?», fragte ich.

Jenny sah mich an, als sei ich eine Fremde und nicht die Frau, die sie seit Jahren kannte.

«Verpiss dich, Lily. Das hier geht dich nichts an. Warum rennst du nicht einfach Jamie hinterher, so wie immer? Gott weiß, dass sie jemanden braucht, der auf sie aufpasst.»

«Jen, lass das.» Magda rieb sich über die Stirn und wirkte verlegen.

«Halt die Klappe, Maggie – haltet doch einfach beide die Klappe. Ich weiß nicht, warum mir alle Vorwürfe machen, bloß, weil ich ein bisschen Spaß habe. Da steckt doch nur Eifersucht dahinter, nichts weiter. Komm schon, Lily, renn deiner *Freundin* hinterher, dann können für einmal die Erwachsenen unter sich sein.»

Mir war klar, dass sie betrunken war – der Wodka war in Strömen geflossen –, aber das war keine Entschuldigung. Ich spürte, wie die Wut wie eine schwarze Flutwelle in mir hochstieg.

«Was, zum Teufel, willst du damit sagen?»

«Ach, jetzt komm schon. Ich bin mir sicher, das weißt du ganz genau – Lily.»

«Nein, tu ich nicht. Willst du mich vielleicht aufklären?»

Sean nahm Jennys Arm und flüsterte ihr etwas ins Ohr. Sie brach in Gelächter aus. Magda stand auf und verschwand im Damenklo, das Gesicht starr vor Verlegenheit. Ich bekam undeutlich mit, dass Leute zu unserer Nische schielten; ich sah die weißen Gesichter der Studentenklientel, die wie kränkliche Blasen durch sich windende Schwaden von Zigarettenrauch glotzten. Ich hörte die widerlichen Klänge der billigen Tanzmusik, die durch die Tonanlage quietschte und stotterte, und sie zerrte an meinen Nerven und kratzte in meinem Kopf. Ich schnauzte Jenny an, die sich in aller Ruhe eine Zigarette anzündete.

«Ach ja, sehr gut – ihr habt euren Spaß gehabt, wunderbar, warum, zum Teufel, auch nicht. Aber jetzt komm schon, *Miss Jenny*» – ich warf einen Blick zu Sean, der sich einfach zurücklehnte und mit den Schultern zuckte – «warum sagst du uns nicht, was du auf dem Herzen hast – oder auf dem, was du anstelle eines Herzens mit dir rumschleppst.»

«Himmel, ihr glaubt immer, ihr seid so wahnsinnig clever, was? Mich kotzt das an, wie ihr immer so tut, als seid ihr etwas Besonderes – bloß weil die alte Schlampe sich in aller Öffentlichkeit hinstellt und lächerlich macht. Gott, du und diese fette alte Kuh – komm schon, Lily, jeder weiß doch, dass du auf die Alte scharf bist, es ist Mitleid erregend – wie ihr da zusammen Familie spielt, und dann auch noch mit diesem, diesem *Perversling*. Widerlich. Ich weiß nicht, wie ein richtiger *Mann* wie Sean das aushält, ich weiß das wirklich nicht.» Sie grinste hämisch, und mir drehte sich der Magen um. Ich hatte Jenny gemocht – O. k., sie war nicht meine allerbeste Freundin oder so, aber ich hatte sie gemocht und ihr Aussehen und ihren Stil bewundert. Es war erschreckend, wie sie für eine Chance bei Sean auf unsere Freundschaft einfach so verzichten konnte. So sind die Spießer, dachte ich. Man darf ihnen einfach nicht trauen. Und plötzlich war mir unglaublich elend zumute, und meine Antwort auf ihre Beleidigung war lahm, um das Mindeste zu sagen. Es gab mal eine Zeit, da hätte ich ihr in die hübsche, verwöhnte Fresse geschlagen – aber ich war einfach zu müde – zu angegriffen von Seans Spielchen.

«Halt einfach dein Drecksmaul, du – du – ihr kleiner Finger ist mehr wert als du …» Ich verhedderte mich und spürte, wie mein Gesicht anfing zu brennen.

«Ladies, Ladies – ich glaube, jetzt reichts. Es gibt keinen Grund, persönlich zu werden. Jenny, warum holst du nicht Magda und ich begleite euch zu einem Taxi? Braves Mädchen. Wir wollen hier doch nicht rausgeworfen werden, oder? So ist's recht, geh, puder dir die Nase.» Sean tätschelte ihr den Hintern, als sie davontorkelte, um Maggie zu suchen.

Ich zog so schnell ich konnte den Mantel an. Ich brannte darauf, dieses widerliche Szenario zu verlassen und Jamie zu finden. Ich kam mir schmutzig vor und irgendwie missbraucht.

«Und du, du Arschloch – das werde ich dir nie verzeihen – wir waren Freunde, bevor du aufgetaucht bist, du Schwein», zischte ich in sein lächelndes Gesicht, in die unnatürlichen Augen.

«Ich hab's schon einmal gesagt, und ich werde es auch immer wieder sagen – du solltest nicht so viel rumfluchen, Lily. Nimm dir ein Beispiel an Jenny – in allen Punkten eine richtige kleine Dame. Ich nehme an, Jamie wartet draußen – sag ihr, sie soll aus einer Maus keinen Elefanten machen – das war nichts weiter als ein Spaß, ein bisschen flirten tut niemandem weh. Alle haben ein paar Gläser mehr getrunken, als gut für sie war. Morgen sieht alles anders aus.»

Ich hätte beinah gelacht. Sean trank nie Alkohol. Er hatte genau gewusst, was er tat, und er hatte sich dabei köstlich amüsiert. Wir sprachen nie wieder mit Jenny. Maggie sah ich noch einige Male und Bloke auch, aber es war nicht mehr dasselbe – irgendwie gaben sie Jamie die Schuld, weil sie Sean in unseren Kreis eingeführt hatte. Sie hätten so etwas nie laut gesagt, aber man merkte es trotzdem. Als ich Ben am nächsten Abend davon erzählte, fröstelte sie nur und murmelte etwas vom Blick in den Abgrund, was ich nicht verstand – irgendetwas Philosophisches, nehme ich an.

Aber es war deprimierend – richtig deprimierend. Ich dachte,

Jamie würde sich jetzt bestimmt von ihm trennen. Weit gefehlt, einmal mehr. Langsam entwickelte sich eine ziemlich gruselige Routine – er machte irgendeine Scheiße, sie verzieh ihm, weil er so «durcheinander» war und es «nicht so meinte». Wenn sie sich stritten und er zu glauben schien, er sei am Verlieren, sagte er immer, wie sehr er sie brauchte, und dann (würg) *weinte* er. Das wurde als Beweis dafür vorgebracht, wie sensibel er sei. Ich persönlich gab seinen Kontaktlinsen die Schuld.

Die Zeit verging, und wir bekamen neue Nachbarn. Wir hatten wirklich gehofft, dass das nette junge schwarze Paar, das einige Male das Haus nebenan besichtigt hatte, einziehen würde. Aber nein, wir kriegten den weißen Abschaum. Die Familie sah aus, als würde sie von Netto gesponsert. Am Einzugstag kam der Mann zu uns rüber und klopfte laut an die Tür. Ich öffnete – Gott sei Dank nicht Mojo.

«Hallo!», sagte ich fröhlich und versuchte, das rote Gesicht, die Haare, die aussahen, als hätte sie der Hund abgekaut, das Liverpool-FC-Hemd und die Nylon-Jogginghose mit den Beinstreifen zu ignorieren. Man darf die Menschen nicht nach ihrem Äußeren beurteilen, lautet mein Motto. Selbst wenn sie aussehen, als würden sie in einem Film namens «Auch Abschaum ist menschlich!» von Dumpfback und Hirntot mitspielen.

«Hören Sie. Ich bin grade hier eingezogen, und eine Sache will ich gleich von Anfang an klarstellen. Ich halte nichts von Freaks. Irgendwelche Umtriebe, Lärm, was auch immer, und ich hetze Ihnen die Polizei an den Hals. Ich hab eine Frau und ein Baby im Haus, ist das klar?» Sein aufgedunsenes Gesicht war von der Anstrengung, diese Rede zu halten, gerötet, und er sah aus wie das Ebenbild des idiotischen British-Bulldog-Tattoos, das er auf dem fleischigen Vorderarm trug.

«Klar, Kumpel, kein Problem. Ähm, willkommen in der Nachbarschaft.»

«Werden Sie nicht frech, ich kenne meine Rechte. Ein schräges Ding, und ich hol die Polizei, denken Sie dran.»

«Klar, hab verstanden. Na dann, tschüssi.» Ich schloss die Tür und lehnte mich kichernd dagegen. Vermutlich hätte ich mich bedroht fühlen sollen, aber die Art, wie er wie ein Gorillababy sein Territorium markierte, war zum Schreien. Umtriebe. Freaks. O mein Gott – der sollte bloß abwarten, bis er uns wirklich kennen lernte, er kriegte bestimmt einen Herzinfarkt.

Ich erzählte den andern von dieser Begegnung, und Jamie und Mojo seufzten nur, aber Sean war ganz wild darauf, rüberzugehen und ihn sich «vorzuknöpfen». Gähn.

Ein paar Tage später war ich hinten im Garten am Rumwerkeln, als ich die neue Nachbarin sah, die in ihren dünnen Ärmchen ein großes, rübenköpfiges Baby in einem pastellfarbenen Acrylkleidchen trug. Himmel, das war vielleicht ein hässliches Kind.

«Hallo!», sagte ich und winkte.

Sie sah sich ängstlich um und hastete dann zu der Mauer, die unsere Grundstücke trennte.

«Hallo», sagte sie außer Atem. «Ich bin froh, dass ich Sie sehe – bitte, ich weiß, unser Gary war nicht besonders freundlich zu Ihnen. Er meint es nicht so, wirklich. Sein Bellen ist schlimmer als sein Beißen, sozusagen. Er passt einfach wahnsinnig gut auf mich und Charlene auf, weil er selbst keine Familie gehabt hat.» Sie senkte die Stimme zu einem verschwörerischen Flüstern. «Ein Waisenkind, wissen Sie, und für uns will er jetzt nur das Beste. Machen Sie sich nichts draus, er beruhigt sich schon wieder. Ich bin übrigens Reena, und das ist mein kleines Goldstück Charlene – freut mich, Sie kennen zu lernen.» Sie lächelte selig und wackelte mit dem Baby, das einen reizenden Speichelfaden produzierte.

«Was für ein süßes Kind», log ich. Sie strahlte vor Freude. «Ich bin Lily, und die andern heißen Jamie, das ist die Große, und Mojo ...» Ich wusste nicht weiter.

«Oooh, ich hab sie schon gesehen, sie ist so wunderschön – eine Asiatin, nicht? Wie ein Filmstar. Ich hab schon zu Gary gesagt, man merkt, dass sie eine richtige Dame ist, so, wie sie sich benimmt. Ich bin kein Rassist, ich nicht. Nein – wir sind doch alle Menschen, oder? Und Ihre Freundin, so wunderschöne Kleider – ist sie ein Model oder so was?»

Ich fand keine Worte, ehrlich. Ich nickte – was hättet ihr denn getan? Wir lächelten einander zu und waren aufrichtig erfreut, dass wir uns kennen gelernt hatten, dann hielt sie den Kopf lauschend Richtung Haus und eilte davon. Ich ging rein, um unserem «Model» zu sagen, er solle *Vogue* anrufen, seine Zeit sei gekommen.

Fünfundzwanzig

Und so lief alles mehr oder weniger einfach immer weiter; es war eigenartig, wie entsetzlich *normal* sich die Situation irgendwann anfühlte. Ein paar Mal überlegten Mojo und ich, ob wir ausziehen, uns irgendwo zusammen etwas suchen sollten, aber wir waren nicht mit dem Herzen dabei. Wir glaubten immer, Sean würde nach dem nächsten großen Streit bestimmt abhauen und niemals wiederkommen, ich meine, er ging immer wieder davon, ohne zu sagen, wo er war – und Jamie drehte beinah durch deswegen. Sie hatte schließlich sogar Bedenken aufzutreten, wenn er gerade verschwunden war; falls er zurückkam und sie nicht da war, nehme ich an. Ich würde ja gerne so tun, als sei ich wirklich fürsorglich und nett gewesen und hätte versucht, mit ihr über die Situation zu reden, aber he, das wäre eine glatte Lüge. Ich wollte nur, dass alles vorbei sei und unser Leben wieder normal wurde.

Aber manchmal erzählte sie mir Dinge. Er hatte sie vollkommen in der Hand – es war, als sei er eine Art Raubtier und sie seine Beute. Er vermittelte ihr alle möglichen Gefühle von Unsicherheit, wegen ihres Aussehens, ihres Alters, ihrer Intelligenz – um dann zu sagen, *für ihn* sei sie schön, alterslos, liebenswert. Für ihn, habt ihr kapiert, und für keinen sonst. Er deutete an (das entnehme ich der Art, wie sie es mir erzählte – ich bin keine Gedankenleserin), dass keiner außer ihm sie jemals ertragen könnte und dass er der Einzige sei, dem ihr Wohlbefinden wirklich am Herzen lag – der nicht irgendetwas von ihr wollte. Er natürlich, jung, schön und begehrt, hätte jede Frau kriegen können, die er haben wollte – aber er hatte sie *gewählt*, mehr noch, er *brauchte* sie. Sie fühlte sich endlos geschmeichelt, außerdem wurden dadurch alle ihre Loyalitätsknöpfe aktiviert. Sie wollte kein Wort gegen ihn hören.

Die Wochen wurden zu Monaten, und bald war es wieder Zeit für Glastonbury. Sean war nicht begeistert von der Vorstellung, dass Jamie zu irgendeinem «verdammten Hippiefestival» fuhr und ihn zu Hause sitzen ließ. Er wollte nicht etwa mitkommen, er wollte sie einfach daran hindern, selbst hinzugehen, seinen Willen durchsetzen. Er bemühte sich nie zu ihren Auftritten – eine Show hatte er gesehen, und ehrlich gesagt glaube ich, dass sie ihm peinlich gewesen war – ihm fehlte jeder Sinn für Humor. Für ihn war Glastonbury – genau wie für viele andere aufrechte Bürger – eine dreitägige Orgie mit Drogen, Nackedeis, Ficken und «Umtrieben». Er wollte seine Frau nicht mal für fünf Minuten außerhalb seines Einflussbereichs, geschweige denn für drei oder vier ganze Tage. Er redete immer weiter davon, dass sie nicht gehen solle, ihn nicht *verlassen*, als ob sie ein Jahr weg sein würde oder so. Es gab keinen Trick, den er nicht ausprobiert hätte – schmollen, schweigen, weinen (einmal stand ich im Flur und hörte ihn in ihrem Zimmer heulen und schluchzen wie ein Baby – was für ein Arschloch) und tagelang verschwinden. Aber für ein Mal blieb Jamie hart. Glastonbury war ihre Belohnung, ihre kleine Flucht vor der Realität, wenn man so will. Sie traf dort andere Künstler, Freunde aus dem Showgeschäft, sie war gerne da. Ich hörte, wie sie versuchte, vernünftig mit ihm zu reden, ihm sagte, sie sei doch nicht lange weg, er sei mit seinen Freunden schon viel länger unterwegs gewesen. Je mehr sie sich ihm widersetzte, desto entschlossener schien er, dass sie nicht fahren sollte. Ich dagegen war entschlossen, dass sie fahren würde, dass wir fahren würden. Sie hatte auf dem Festival einen guten Ruf, und wir sicherten uns dort immer eine Menge weitere Gigs – es war wichtig, etwas Besonderes.

Eines Abends ging dann die Bombe hoch. Es war ungefähr acht, und sie waren in Jamies Zimmer raufgegangen, um «Dinge» zu bereden. Daraus entwickelte sich ein brüllender, hemmungsloser Streit. Die Sprache war entsetzlich. Ich dachte jeden Moment, gleich kommt Gary von nebenan, um an die Tür zu klopfen, oder er holt die Polizei. Dann hörte ich, wie Jamies Tür ins Schloss fiel, und trat rechtzeitig in den Flur, um zu sehen, wie Sean mit einem Gesicht wie eine Gewitterwolke die Treppe heruntergedonnert kam.

Die kleine Moley saß auf der dritten Stufe von unten. Als sie das Poltern von Seans Stiefeln hörte, verfiel sie in Panik und wurde ganz starr. Und in genau der Sekunde, als ich hinrannte, um sie aufzuheben, trat er ihr in die Rippen, sodass sie in hohem Bogen gegen die Eingangstür flog, wo sie wie eine Stoffpuppe vom Holz prallte und schreiend vor Schmerz davonschlitterte.

Ohne nachzudenken warf ich mich auf ihn, rasend vor Wut. Und da hatte er mich auch schon bei der Kehle gepackt und gegen die Wand gedrückt, und sein zorniges, weißes, brennendes Gesicht hing dicht über mir, verzerrt zu einer wütenden Fratze. Ich konnte den feuchten Moschusduft seines Atems riechen, sehen, wie seine perfekten weißen Zähne in einem Fletschen aufblitzten, während er seine Schnauze auf mich richtete. Ein Tier, ein Ungeheuer. Er roch nach Schweiß und billigem Deodorant.

Und dann geschah etwas Merkwürdiges und, für mich, etwas unglaublich Beschämendes. Ich merkte, dass er nicht nur von einer furchtbaren Gewalt angetrieben wurde – die Gewalt, die ich davor schon in jener Nacht in der Küche gesehen hatte, sondern auch von einer intensiven sexuellen Erregung. Keine Ahnung, wie ich drauf kam, außer der Hand an meiner Kehle gab es keinen physischen Kontakt zwischen uns, aber mir war das trotzdem vollkommen klar. Es war wie ein Gas, das von ihm ausging und sich in meinem Hals verfing. Und, o mein Gott, plötzlich merkte ich, wie mein Körper darauf *reagierte.*

Es war, als hätten sich mein Kopf und mein Körper einen Moment lang vollständig getrennt. Mein Kopf ekelte sich vor ihm, aber mein Körper nicht – meine Nippel würden hart, meine Arme und Beine zittrig und heiß. Ich wollte mich übergeben und gleichzeitig seinen geschwollenen, perfekten Mund küssen.

Und er wusste es.

«O nein, Mädchen, nein – das ist nicht für dich, nicht für solche wie dich», hauchte er mir ins Gesicht.

Dann schleuderte er mich beiseite. Ich glitt zu Boden, und er polterte aus dem Haus und fuhr lärmend in seinem hässlichen alten blauen Bus davon.

Ich hörte, wie Jamie weinte, aber ich konnte mich nicht bewegen. Ich kam mir schmutzig vor, besudelt. Wie war es möglich, einem Mann gegenüber, den ich verachte, so etwas zu empfinden? Er sah gut aus, zugegeben, echt gut, und sein Körper war umwerfend – aber um Himmels willen, ich hasste ihn doch. Ich war angewidert von mir selbst und komplett verwirrt. Hieß das jetzt, dass ich ihn heimlich begehrte oder was? Wie ging noch mal der Spruch? Liebe war die Kehrseite von Hass? Unmöglich. Ich war eine vernünftige, denkende Person, keine Nymphomanin, die von tierischen Instinkten angetrieben wurde.

Aber genauso war es gewesen. Wie bei Tieren. Er hatte beinah ausgesehen wie ein Tier, die blassen kristallenen Wolfsaugen und sein grobes, brutales Gesicht. Und der Geruch, diese überwältigende, fleischig-dampfende Ausdünstung und die merkwürdig moschusartige Süße seines Atems. Ich hatte darauf reagiert wie ein Tier, wie eine beschissene *Hündin.*

All das purzelte wie wild durch meinen Kopf, und dann hörte ich, wie jemand wütend gegen die Tür polterte. Ich stand erschöpft auf und öffnete sie im Wissen, dass es Gary von nebenan war.

«Gut. Das war jetzt das letzte Mal. Ich hab euch gewarnt, einmal noch, und ich hol die Polizei. Ich lass nicht zu, dass –»

Er hielt plötzlich ein. Wahrscheinlich hatte er mein Gesicht gesehen.

«Himmel, Jesus, alles in Ordnung? Hat dieser Mistkerl Ihnen etwas angetan? Sie sehen schrecklich aus – soll ich Reena holen? Hören Sie, das war nicht so gemeint, ich war nur einfach stinkwütend – warten Sie, ich hol Reen…»

«Nein, nein, ist schon o. k. Tut mir Leid, Gary, wirklich. O Mann, ich kann es genauso wenig ertragen, es tut mir echt Leid, ich …»

«Vergessen Sie's, Kindchen, machen Sie sich nichts draus … Scheiße, wenn dieser Scheißkerl Ihnen irgendetwas angetan hat, dann können wir ihm die Polizei auf den Hals hetzen – Sie haben auch Rechte, wissen Sie, genau wie jede andere. Und die andern Mädchen auch und so. Dieser Bursche ist nichts wert, glauben Sie mir, einen Scheißdreck ist der wert.»

Ich lachte hysterisch. «Ja, ja, da bin ich ganz auf Ihrer Seite. Hören Sie, mir tut es wirklich Leid, ich werde versuchen … ich weiß nicht, irgendetwas muss ich mir ausdenken, damit alles wieder in Ordnung kommt.»

Sein Gesicht war ganz rosig und er wirkte verwirrt, aber er war bestimmt nicht halb so durcheinander wie ich.

Nachdem ich die Tür zugemacht hatte, dachte ich: Scheiße! Wo ist Moley? Ich rannte in die Küche, aber da waren nur ein paar kleine nasse Pfotenabdrücke wie feuchte Blumen auf ihrer Zeitung. Ich ging nach oben und verlangte von Jamie, mir bei der Suche zu helfen. Ich achtete weder auf ihre Versuche, Sean zu entschuldigen, noch auf ihre Tränen. Menschen verletzen ist eins, aber bei Tieren liegt die Sache noch mal ganz anders. Diesmal war er eindeutig zu weit gegangen. Ich durchsuchte das Haus und die Umgebung mit einer fieberhaften Konzentration, die auch daher rührte, dass ich nicht über das, was zwischen Sean und mir passiert war, nachdenken wollte. Mir wurde ganz unheimlich, als ich auf dem verlassenen Schrottplatz in Unkraut und Metallresten herumstocherte und nach Moley rief; das letzte Mal, als ich diesen Ort bewusst wahrgenommen hatte, war am Abend der Party gewesen, als Sean dort rumschnüffelte. Irgendwie schien das ganze Gelände nach Sean zu riechen, nach der Art, wie er in Orte eindrang und sie mit seiner Ekelhaftigkeit ansteckte. Ich kam mir beschmutzt vor, besudelt von seiner undefinierbaren Schmierigkeit – was war eigentlich zwischen Sean und mir vorgefallen – allein schon der Gedanke, dass es für Sean und mich nun ein «zwischen» gab! Ich wollte, dass er sich in Luft auflöste, tot umfiel, verschwand. Nicht mal im *Traum* hätte ich erfahren wollen, dass in meinem wohl geordneten Leben eine so scheußliche, bestialische Anziehung existieren konnte.

Als Jamie mir auf die Schulter klopfte, hätte ich beinah einen Herzanfall gehabt – ich wollte nichts als raus aus diesem verseuchten, vollgemüllten Garten. Frische Luft einatmen. Ich wurde das Gefühl einfach nicht los, dass Sean uns die ganze Zeit beobachtete, genau wie er das Haus beobachtet hatte in jener Nacht, als er das erste Mal bei uns war. Unmöglich, natürlich, aber so fühlte ich mich – irgendwie infiltrierte er das Bewusstsein wie Unrat, wie ein Schatten.

Wir suchten den ganzen Abend und bis tief in die Nacht. Sogar Mojo half mit, als er nach Hause kam, und flatterte mit seinem schwarzen Mantel durch die Dämmerung wie eine campige Fledermaus.

Wir fanden sie nicht, und sie kam auch nie wieder nach Hause. Ich vermisse den kleinen Racker noch immer. Das mag ein bisschen jammerig klingen nach allem, was danach geschah, aber die Art, wie Sean brutal nach ihr getreten hatte, als sei das kleine Tier nicht mehr als ein Fußball; die Erinnerung an diese reine, unreflektierte Grausamkeit ließ mich jedes Mal erschauern.

Sean blieb weg, bis wir aus Glastonbury zurückkamen – in diesem Jahr machten wir keine Ferien in Cornwall. Selbst wenn

Ihre Hoheit darauf Lust gehabt hätte, wäre es mir schwer gefallen. Ich konnte ihr nicht erzählen, was vorgefallen war, und die Sache belastete mich und schuf eine Mauer zwischen uns. Ich beschloss, mit Ma und Pa für eine Woche an die Seen zu fahren, zu ihrer jährlichen Orgie, Gott schütze sie, sieben Tage lang Hallodrio die Berge hoch und Teegelage am Nachmittag. Ich fettete gerade meine Wanderstiefel ein, als Jamies Pager piepte. Wenn ich die verdammten Stiefel angehabt hätte, wäre mein Herz in ihnen gewesen.

Ich fuhr nach Ambleside am Sonntagabend; er tauchte am Montag wieder auf.

Ein paar Mal telefonierte ich mit Mojo per Handy, aber er meinte nur, die Stimmung sei entsetzlich und Sean noch schwieriger und anstrengender als sonst – wahnsinnig nervös und reizbar. Benahm sich unmöglich, wechselte mit der Fernbedienung den Kanal, wenn sich die andern etwas anschauten, hing ungewaschen und unrasiert im Haus herum und fraß wie ein Schwein. Mojo war jetzt ernsthaft auf Wohnungssuche, und die Vorstellung, ihn zu verlieren, machte mich sehr, sehr traurig. Ich hatte das Gefühl, ich würde ihn nie wieder sehen, wenn er bei uns auszog. Ich weiß nicht warum, wahrscheinlich lag es daran, dass wir im Grunde so verschieden waren. Er würde mit einem gewissen Jemand davonschweben und ein tolles, glamouröses Leben führen, und ich würde in Bradford sitzen bleiben mit nichts als einer bröckelnden Freundschaft und einer unerwiderten Liebe. Buhu. Ach, zum Teufel damit.

Ganz für mich dachte ich auch, dass Seans Verhalten vielleicht mit dem zu tun hatte, was an jenem Abend vorgefallen war. Was zwischen uns passiert war. Es war so eigenartig gewesen – ich dachte, sein ohnehin wackliges Gleichgewicht sei dadurch vielleicht endgültig aus dem Lot geraten. Ich überlegte mir ernsthaft, ob ich vielleicht einfach meine Sachen packen und verschwinden sollte, bevor ich mich wieder mit ihm befasste. Schließlich beschloss ich, zurückzugehen und meine Sachen in Ordnung zu bringen, und falls Sean irgendetwas versuchte – oder auch nur etwas *sagte*, würde ich verschwinden.

Bei meiner Rückkehr wurde mir klar, dass Mojo Recht gehabt hatte. Sean war in einem desolaten Zustand. Aber er schien kein Interesse daran zu haben, das, was vorgefallen war, anzusprechen, und nach einer Weile dachte ich, er hat es vergessen, für ihn war da nichts, genau wie die arme Moley für ihn gar nicht vorhanden gewesen war. Einerseits war ich erleichtert, aber anderseits merkwürdig ärgerlich darüber, dass ich jemandem so vollkommen gleichgültig sein konnte – als sei ich ein Geist oder eine Dienstbotin.

Er gammelte bei uns rum wie ein richtiges Schwein. Jamie deutete an, dass ihr kleines «Problem» wieder aufgetaucht sei, und zwar schlimmer als zuvor, und schob sein Verhalten darauf. Als ich ihr die Sache mit Moley vorhielt, beharrte sie darauf, dass Moley nächstens wiederkehren würde und Sean untröstlich sei über das, was er getan hatte. Ach ja.

Wir machten ein paar Geldjobs und freuten uns schon auf die Herbstsaison. Die Zeitungen waren voller Berichte über einen weiteren Anschlag des neuen Rippers – er hatte eine Prostituierte angefallen, aber sie konnte entkommen – mit vielen Schnittwunden, der arme Wurm. Naz, unser Spitzel bei der Polizei, meinte, dass ein Liebespaar oder eine andere Hure und ihr Freier das Monster gestört hätten, als er das Mädchen gerade umbringen wollte. Er sagte, sein Kollege rechne damit, dass sie eine Beschreibung abgeben könne. Wir fühlten uns erleichtert, wie jede Frau in der Stadt – das Mädchen tat uns Leid, aber wir waren zuversichtlich, dass die Bullen den Kerl jetzt schnappen würden.

Was für ein Irrtum.

Sechsundzwanzig Wir hatten zwei Gigs an der Südküste, und die Seeluft wirkte ihren Zauber und ließ Jamie ein wenig aufleben. Wir unterhielten uns sogar ziemlich ernst auf unserm Zimmer nach ihrem Auftritt im Pompey, und ich hatte wirklich den Eindruck, dass es voranging. Sie gab sogar zu, dass sich seit dem Vorfall mit Moley etwas in ihrer Haltung zu Sean radikal geändert habe und sie sich im Ernst überlege, ob eine gemeinsame Zukunft für sie beide überhaupt möglich sei.

Aber sie redete wie jemand, der drogenabhängig ist, ständig dieses «Ich würde ja, wenn ich könnte» und «Ich komm schon klar, ich brauche nur etwas Zeit». Und dennoch war ich zuversichtlich, mehr als je zuvor. Es war das erste Mal, dass sie überhaupt nur daran dachte, ihn rauszuschmeißen. Ein Schritt in die richtige Richtung, bei den andern war sie gar nie auf die Idee gekommen, im Gegenteil – sie war immer diejenige, die sitzen gelassen wurde.

Ich war so aufgeregt, dass ich vom Badezimmer aus Mojo anrief – aber ich erhielt nur die Ansage «Dieser Vodaphonkunde ist gerade nicht erreichbar». Ich versuchte es noch einige Male, ohne Erfolg. Wetten, er saß irgendwo in einem Luxushotel, trank Champagner und rauchte Opium, dieser Snob. Dieser Glückliche, wenn man sich unsere «gemütliche» Pension vor Augen hielt.

Auf dem Nachhauseweg machten wir in Leicester Forest Halt

für Kaffee und Kuchen. Jamie ging die Sonntagszeitung holen und kam aufgeregt ins Café zurückgerannt.

«Wow! Schau dir *das* an!» Sie fuchtelte mit der Zeitung rum und deutete auf die Schlagzeile.

Sie lautete: *Night Creeper exklusiv – Opfer erzählt seine erschütternde Geschichte.*

«Es geht um das Mädel, das der neue Ripper erwischt hat – nur nennen sie ihn jetzt ‹Night Creeper›, weil er sich nachts an sie ranschleicht – igitt! Sie hat ihre Geschichte verkauft. Bestimmt hat sie eine Menge Geld dafür gekriegt und die Bullen sind jetzt stinksauer! Hier, schau mal, die ganze Doppelseite in der Mitte, Manno!»

«Sei nicht so morbide – komm, zeig schon her.»

Da war ein Farbbild des Mädchens, Tina Ferris, in einem Krankenhausbett. Ihr Kopf und Gesicht waren mit Verbandstoff zugepflastert. Im Arm hielt sie einen großen, flauschigen Teddy. Sie war offensichtlich sehr jung, und die riesigen dunklen Augen, die mit blauen Flecken umringt waren, wirkten verängstigt und verletzlich.

Der Text bestand aus dem üblichen unfassbaren Müll, den diese Wichser rauslassen. Keine Ahnung, wie die es schaffen, sich morgens im Spiegel anzuschauen. Jamie las es mir im Auto vor, während wir fuhren. Nichts Besonderes – dafür, dass es sich um eine Zeitbombe handelte.

Der Anfang war nicht besonders überraschend: *Zartes Opfer Tina kämpfte tapfer um ihr Leben in jener dunklen Nacht in Bradford, als der blutrünstigste Serienmörder Englands sich an sie heranschlich, während sie im berüchtigten Rotlichtviertel von Thornton Road auf einen Bus wartete … der hübsche Teenager Tina wurde von dem grausamen Killer angefallen, der Night Creeper genannt wird … schluchzend, den Teddy immer eng an sich gedrückt, erzählte sie flüsternd die Geschichte ihres Albtraums – dieser Journalist konnte die Tränen kaum zurückhalten, als sie das Grauen der schlitzenden Klinge schilderte, die sie für immer verunstaltet hat …*

Aber dann kam der Clou.

Tina, die sich jetzt an fast alles erinnert, was in jener schrecklichen Nacht geschah, beschreibt das wahnsinnige Untier, dessen viertes Opfer sie geworden ist, als großen, muskulösen schwarzen Mann mit heiserer Stimme und unglaublich starken Händen. Seine dunklen, brennenden Augen werden sie bis an ihr Lebensende in Träumen verfolgen, genauso wie die Erinnerung an das altmodische Rasiermesser, das er benutzte. Tina erlitt einen Zusammenbruch, als sie erzählte, wie der Mann wie ein finsterer Schatten der Nacht erschien und sie in die Seitenstraße zerrte, wo er sie mit dem Messer angriff. Er ließ von ihrem blutigen, zerschnittenen Körper erst ab und floh in einem schwarzen Bus, als ein Liebespaar auf der Suche nach einer ruhigen Ecke ihn bei seinem Vorhaben störte. «Wenn sie nicht gewesen wären, wäre ich jetzt tot», schluchzte die einst so fröhliche und hübsche Tina …

Ein Schwarzer. Gott allein weiß, was dieses nette Detail in einer multikulturellen Stadt wie Bradford alles heraufbeschwören würde. Insgesamt lebten wir ganz friedlich beisammen, aber es gab immer rassistische Arschlöcher, für die so etwas ein gefundenes Fressen war.

Vermutlich ging ich irgendwie davon aus, dass die Medien sich zurückhalten, die Sache nicht aufbauschen würden. Wie naiv von mir. Sie fielen über dieses arme, zerstörte kleine Mädchen her wie ein Rudel Hyänen über ein totes Zebra. Das war ein richtiges Gemetzel – bevor man auch nur Piep sagen konnte, war Tina Ferris schon als Drogensüchtige, Teenager-Prostituierte und Tochter einer Prostituierten «entlarvt» worden.

Je nach Zeitung wurde das alles natürlich ganz anders dargestellt. Die «anspruchsvollen» Blätter brachten lange, kulturpessimistische Berichte, die mit düsteren Schwarz-Weiß-Bildern von zerstörten postindustriellen Landschaften geschmückt waren. Texte wie: *Manchmal wirkt Tina wie eine Blume, die unter die grausamen Räder des nahenden Millenniums geraten ist – dann wieder erscheint in ihr das abgebrühte Kind der Straße, das sie ihr Leben lang war. Ihr blasses, zerschnittenes Gesicht kann ihr nicht länger als Währung für die Drogen dienen, nach denen ihr Körper sich verzehrt. Der archetypische «schwarze Mann» unserer modernen Albträume hat seine Wut in ihre zarte, korrumpierte Schönheit eingeschnitten. Was aber ist diese moderne Lolita, der man die Kindheit geraubt hat, um die Gier jener Männer zu befriedigen, die bereit sind, für die Plünderung solcher Unschuld zu zahlen? Ein Opfer, ja – aber das Opfer einer Gesellschaft, die kurz vor dem Zusammenbruch steht. Und jetzt zahlt Tina den Preis für alle unsere Sünden, sie muss mit unserer Apathie, unserer Feigheit leben …*

Die Regenbogenpresse drehte natürlich beinah durch. Nur diejenige Publikation, die die Geschichte als Erste gebracht hatte, wollte Tina weiterhin als armes, kleines, missverstandenes Mädchen sehen, das zum Opfer geworden war, und brachte «Interviews» mit ihrer Mutter, die empört war darüber, dass man sie als Nutte hinstellte und behauptete, sie hätte ihr eigenes Kind mit dreizehn in die Prostitution gezwungen – obwohl das zweifellos stimmte. Die andern stürzten sich auf die Geschichte mit dem Schwarzen und druckten kaum verhüllte Tiraden gegen die Immigration und Integration.

Aber das kam alles später. Als wir an jenem ersten Sonntag zu Hause eintrafen, hatten wir andere Sorgen. Zuerst einmal war Sean am Samstagabend in eine Prügelei geraten und sah furchtbar aus. Er hatte ein blaues Auge und Kratzspuren am Hals, außerdem verschiedene blaue Flecken und Schürfungen. Er war unglaublich schlecht gelaunt und schimpfte auf den Abschaum, der sich in den Bars herumtrieb, und darüber, dass man nicht mal in Ruhe irgendwo ein Bier trinken könne, ohne von Schlägern angegriffen zu werden. Er ließ auch verlauten, dass er überhaupt nicht ausgegangen wäre, wenn seine Freundin nicht geglaubt hätte, sie müsse im ganzen Land herumtingeln. Jamie flog an seine Seite, als hätte er eine Kriegsverletzung davongetragen, und merkte nicht mal, dass er seit unserer Abfahrt im Haushalt keinen Finger gerührt hatte. Das Haus war eine stinkende Kloake aus dreckigem Geschirr und jenen Staubkugeln und Schmutzsträhnen, die meine Ma «Schlampenwolle» nannte. Während ich versuchte aufzuräumen, unterhielt uns Sean mit den Einzelheiten seiner Prügelei und wie einzig seine paramilitärischen Überlebenskünste ihn aus einer tödlichen Situation gerettet hatten. Die Größe und Anzahl seiner Angreifer nahm beim Erzählen immer mehr zu, bis es den Anschein machte, als habe er sich gegen die beschissenen All Blacks ganz alleine gewehrt und sie besiegt. Zum Kotzen!

Ich beachtete ihn und seine Verletzungen so wenig wie möglich und kämpfte einen verzweifelten Kampf mit dem todgeweihten Hoover, der beim bloßen Einstecken schon anfing zu kotzen und abzusterben. Diese Maschine besaß die Seele eines hysterischen Schwindsüchtigen.

Ich hievte sie gerade mit viel gutem Zureden die Treppe hoch, als ich Mojos Tür offen stehen sah. Das war eigenartig, und mir kam sofort der Gedanke – dieser verdammte Sean hat in Mojos Abwesenheit sein Zimmer durchwühlt. Ich ging hin, um die Tür zu schließen, aber als ich reinschaute, sah ich, dass das Zimmer vollkommen leer war. Nichts war mehr da, weder der heiß geliebte Kelim-Teppich noch die Saris, die vor dem Fenster gehangen hatten, kein Schal, keine Perlenketten oder kaputte Ohrringe. Das Zimmer sah aus, als hätte es jemand nackt ausgezogen. Alles, was von Mojo noch geblieben war, war der schwache Duft nach Poison und eine zarte Schicht Gesichtspuder von Chanel. Mojo war ganz offensichtlich ausgezogen. Aber wie!

Ich war geplättet. Wie konnte er gehen, ohne ein Wort zu hinterlassen? Ich betrat den Raum und sah mich nach einer Nachricht um – nichts. Nada. Zero. Ich stürzte die Treppe hinunter und platzte ins Wohnzimmer, wo Sean und Jamie Krankenschwester und Patient spielten.

«Sean, wo ist Mojo?», sagte ich, ohne nachzudenken.

«Woher, zum Teufel, soll ich das wissen?» Für mich klang das defensiv. Hatte er sich einmal zu oft mit Mojo gestritten und ihn vertrieben? Als er mir sein entstelltes Gesicht zuwandte, spürte ich wieder diese beunruhigende Ambivalenz ihm gegenüber; ein Frösteln, als sei jemand über mein Grab gelaufen. Ich biss die Zähne zusammen und hielt seinem Blick stand.

«Du warst das ganze Wochenende hier, und Mojo war zu Hause, als wir fortgingen – also, wo ist er?»

Jamie unterbrach uns. «Was ist los – was ist mit Mojo? Worum geht's hier eigentlich?»

«Sein Zimmer ist völlig leer – sieht aus, als ob er weg sei. Frag doch deinen beschissenen Leutnant Fury, was passiert ist, ja? Mojo würde niemals weggehen, ohne uns eine Nachricht zu hinterlassen, nie.»

Sean mahlte wütend mit dem Kiefer, er nahm den Blick von mir und starrte stattdessen auf den Fernseher, der mit heruntergedrehtem Ton vor sich hin flackerte.

«Ich seh, verdammt noch mal, nicht ein, was das mit mir zu

tun hat. Bin ich etwa schuld, wenn diese beschissene Tunte sich aus dem Staub macht? Endlich sind wir ihn los.»

Jamie zuckte zusammen. «Sean! Sei doch nicht ... Sean, lass das. So was darfst du über Mojo nicht sagen, er ist unser Freund. Es sieht ihm nicht ähnlich, ohne ein Wort zu verschwinden.»

«Ach ja? Toller Freund, der sich ohne ein Wort verpisst, ohne die beschissene Miete zu zahlen. Großartige Freunde habt ihr, muss ich schon sagen.» Er sah mich bedeutungsvoll an. Ich starrte ausdruckslos zurück. Komm schon, Wichser, dachte ich, wag es nur.

Stattdessen senkte er wieder den Blick und quengelte Jamie an. «Warum gebt ihr mir die Schuld? Es ist nicht meine Schuld – er mochte mich sowieso nie, wahrscheinlich, weil ich ein Hetero bin. Kann ich etwas dafür? Ich kann doch nichts dafür, dass ich ein richtiger Mann bin, ich bin nun mal einfach so. Hör zu, Liebes, wahrscheinlich hat er einfach seinen ... diesen Freund überredet, ihm irgendwo eine Luxuswohnung zu kaufen. Ich meine, so läuft es doch im Leben, oder? Wenn es hart auf hart kommt, sind Leute wie wir für diese reichen Typen wie Luft.»

Reiche Typen? Das war eigenartig. Überhaupt war es eigenartig, wie er sich immer als völlig mittellos hinstellte, wo er doch einen guten Job als Vertreter für Raptor Sports hatte und die ganze Zeit im Firmenbus rumfuhr. Und seine Familie hatte massenhaft Kohle, das wusste jeder. Warum tat er also so, als sei er bettelarm? Typisch Sean, er hätte nie die Wahrheit gesagt, wenn es auch mit einer Lüge ging. Und dann glaubte er auch noch jedes Wort von dem, was er zusammenschwindelte, das war deutlich zu merken. Beinah, als wisse er gar nicht, wie man zwischen wahr und falsch unterscheidet. Mich hätte es kein bisschen verwundert, wenn er sich selbst das blaue Auge und die Kratzer verpasst hätte, um unser Mitleid zu erregen. Überhaupt nicht. Dieser Dreckskerl. Außerdem war er aber tatsächlich aufgebracht wegen irgendetwas – wahrscheinlich wegen seiner kleinen Kneipenschlägerei. Was immer es war, es führte dazu, dass er mehr als sonst fluchte. Das tat er nur, wenn er richtig wütend war – normalerweise war er stolz darauf, keine «schmutzigen Worte» zu gebrauchen. Deswegen fluchte ich natürlich in seiner Gegenwart wie ein Landsknecht. Kleine Racheaktionen, aber hey – das sind die schönsten.

Aber Mojo war weg – und ich konnte nicht glauben, dass er einfach ohne ein Wort verschwinden würde. Natürlich hatte er davon geredet auszuziehen, das hatten wir beide, aber einfach so abzuhauen, das sah ihm nicht ähnlich. Und dann das mit der Miete – er war immer sehr großzügig gewesen – beinah fürstlich in seinem vornehmen Abscheu vor Banknoten. Er hätte uns nie die Miete angehängt, niemals. O Mojo, wo *steckst* du?

Er ruft bestimmt an, dachte ich. Ich versuchte immer wieder, ihn über Handy zu erreichen, aber es ging nicht, er hatte es abgestellt. Macht nichts, er würde sich bestimmt melden. Wahrscheinlich kreuzte er mit einem gewissen Jemand in einer Luxusjacht um die griechischen Inseln oder sonnte sich in Acapulco. Das sähe ihm ähnlich. Er meldete sich bestimmt, wenn er wieder da war.

Aber die Zeit verging, die Zeitungen brachten immer mehr Enthüllungen zum Night-Creeper-Fall, und wir hörten nichts von Mojo. Gar nichts. Irgendwann dachte ich – wer kann schon wissen, wie die Leute wirklich sind? Sogar Reena von nebenan erkundigte sich nach ihm, und aus einem Schuldgefühl heraus gestand ich ihr, dass Mojo eigentlich kein Mädchen war. Sie war begeistert.

«Oooo, ich hab mal was über Transvestiten gelesen in einer

Illustrierten – kein Wunder, dass sie – upps, ich meine er, so schön war wie ein Filmstar – die stehen auf so was, wissen Sie? auf – Glamour – das stand da alles in dem Heft mit Fotos und allem drum und dran.» Sie senkte atemlos die Stimme, wie sie es immer tat, wenn sie aufgeregt war, und umklammerte Charlene, bis das Baby quiekte. «Die lassen sich operieren, stand da drin. Falscher Busen und alles. Da stand, die sind mehr als eine Frau, als eine richtige Frau, wissen Sie? Und so eine wohnte hier gleich nebenan, und so wunderschön dazu! Oh, ich hoffe, dass er wiederkommt, glauben Sie, er kommt wieder?»

Ich sagte, ich wüsste es nicht, und sann über das Mysterium Reena nach, mit ihrer ungeheuren Toleranz für Andersfarbige und sexuell anders Orientierte und ihrer Faszination mit der Magie und dem Glamour von «Promis». Ich streichelte Charlene über den flaumigen, spitzen Kopf und seufzte. Zumindest hatte Reena den Night-Creeper-Virus nicht erwischt, der im Moment in der Stadt grassierte.

Was das betraf, gerieten die Dinge langsam außer Kontrolle. Der relativ niedrige Pegel an Rassismus, der in Bradford kaum je nennenswerte Höhen erreichte, stieg langsam an, Schritt für Schritt, angeheizt durch die Berichterstattung der Presse. Alle ethnischen Gruppierungen, für die das Etikett «schwarz» zutraf, gaben Erklärungen ab, in denen sie jede Beteiligung der Ihren abstritten. Weihnachten stand vor der Tür, die Leute waren ohnehin schon gereizt, und die üblichen Grüppchen von betrunkenen weißen Angestellten mit ihren «schicken» Pastellhemden und Armani-Jeans, die nach Ladenschluss durch die Straßen zogen, hatten einen neuen Anlass gefunden, um sich aufzuspielen.

Und die Folge war natürlich, dass die schwarzen und asiatischen Jungs wütend und angepisst waren und sich zu eigenen

Banden zusammenschlossen. Jede ethnische Gruppierung gab an dem ganzen Schlamassel der andern die Schuld. Keine blieb verschont. Keine Spur von Vernunft oder Solidaritätsbewusstsein. Als Gemischtrassige fühlte ich mich beschissen und hasste beide Seiten, weil sie so dumm und gewalttätig waren und der Boulevardpresse bereitwillig jedes Wort glaubten. Als Frau hasste ich die dumpfe Männlichkeit, die da mitspielte; die Eskalation von Testosteron. Was war denn mit den Opfern des Night Creepers? Was war mit diesen armen Frauen? Alle gaben ihnen die Schuld, weil sie Huren waren und Bradfords guten Ruf «in den Schmutz gezogen» hatten. Ich bitte euch! Sara Evans' Familie veröffentlichte zahllose Stellungnahmen, in denen sie sich und ihr totes Mädchen von den andern Opfern absetzte.

Tina Ferris kam im Fernsehen. Sie hatte offenbar einen Agenten gefunden. Ich hab's mir angeschaut – sie war bis oben hin mit Medikamenten voll gepumpt und angezogen wie ein Spice Girl, rosaroter Mini-Zweiteiler und weiße Plateauschuhe. Trotz der dicken Schminke war ihr dreieckiges kleines Wieselgesicht ein einziges Katastrophengebiet, übersät mit schwarzen Nähten und Pflastern. Der *einfühlsame, sympathische* asiatische Typ, der mit ihr ein *intensives* Interview führte, war ganz offensichtlich ausgewählt worden, um zu demonstrieren, dass das Fernsehen keine Vorurteile kannte – wenn man die Augen schloss, klang er wie jeder andere Londoner Fernsehjournalist aus der Mittelschicht. Er hätte vermutlich noch herablassender sein können, obwohl ich mir schwer vorstellen kann, wie. Tina schien nicht ganz zu begreifen, wo sie war, und murmelte Allgemeinplätze, die klangen, als hätte sie jemand mit ihr einstudiert. Widerlich. Die Presse war begeistert und machte mit beiden Seiten Interviews, während die Stadt sich für einen spektakulären weihnachtlichen Krieg der Rassen aufrüstete.

Selbst Naz unten im Laden war nervös. Als ich vorbeischaute, um Koriander und eine Tüte Äpfel zu kaufen, war er gar nicht so gesprächig wie sonst. Ich konnte nichts aus ihm herausholen, außer ein wenig Blabla über das kalte, feuchte Wetter. Mir wurde klar, warum er so schweigsam war, als eine weiße Frau hereinkam und ein Brot kaufte. Sie schleuderte das Geld beinah auf die Theke und stolzierte davon, während sie etwas murmelte, das verdächtig nach «verdammte Nigger» klang. Ich spürte, wie der Adrenalinspiegel in meinem Blut in die Höhe schnellte. Naz starrte unglücklich aus dem Fenster.

«Naz, was war das denn, Mann? Sag bloß nicht, das hat mit dieser idiotischen Creeper-Geschichte zu tun? Oder?»

Er nickte unglücklich. «Du weißt doch, wie das läuft. Diese ganzen Berichte in den Zeitungen, und dann denken alle, ich sei der Creeper oder meine Freunde oder jeder, der nicht weiß ist. Für uns ist es hier langsam nicht mehr auszuhalten. Mein Kumpel – der, der bei der Polizei ist – sagt, er werde angepöbelt und als verdammter Niggerbulle beschimpft und noch schlimmer. Die behaupten, er wolle nur nicht einen von seinen Leuten festnehmen. Aber von einem asiatischen Mann hat das Mädchen doch gar nichts gesagt? Auch nicht von einem Westinder. Sie hat nur gesagt, er sei schwarz gewesen. Könnte jeder sein. Meine Frau geht nicht mehr aus dem Haus, und meine Schwestern und meine Mam auch nicht.»

«Denkt dein Kumpel bei der Polizei, dass sie ihn bald kriegen?»

«Weiß nicht. Er sagt, es gebe Spuren, die mit dem, was das Mädchen erzählt hat, nicht übereinstimmen. Er sagt, sie würden ihr nicht trauen, weil sie Drogen nimmt und so. Unzuverlässig, meint er. Er überlegt sowieso, ob er kündigt, nach dieser ganzen Geschichte. Er meint, die Polizei sei nicht der richtige

Ort für einen asiatischen Jungen; aber ich finde, wir müssen uns da genauso einsetzen, wenn wir hier leben wollen, verstehst du? Er weiß nicht, wie es weitergehen soll.» Naz schüttelte betrübt den Kopf und packte meine Sachen in eine gestreifte Plastiktüte.

«Naz, hör mal, wenn irgendwas – wenn irgendetwas sein sollte, dann weißt du, dass wir auf deiner Seite stehen, klar? Ich meine, wir finden auch, dass das alles Scheiße ist.»

«Danke, Schätzchen.» Er hielt ein und sah mich dann ernst an. Der Laden war leer, aber er blickte sich trotzdem kurz um. Es war seltsam – er wirkte plötzlich viel älter und gar nicht so heiter wie sonst. Ich merkte, wie ich den Atem anhielt.

«Ich hab gehört, dass du nach Mohammed suchst.»

Einen Moment lang wusste ich nicht, wen er meinte. Dann kam ich darauf – *Mojo*.

«Naz, weißt du, wo er ist? Geht es ihm gut, und was …»

Naz hob die Hand, und ich hielt ein. «Ich kenne Mohammed. Wir kennen ihn alle, ihn und seine Familie. Hör mal, Kleine, er sagt, du sollst vorsichtig sein; er sagt, er ruft dich auf deinem Handy an, vielleicht heute, vielleicht morgen – irgendwann. Aber er sagt, *sei vorsichtig*.»

«Was – was …»

«Das ist alles, du musst jetzt einfach Geduld haben. Hier, nimm ein Stück Zuckerrohr, schön süß.»

Und mehr war aus ihm nicht herauszuholen. Ich eilte durch den dichter werdenden Nebel nach Hause zu Jamie und hätte mich auf einem Haufen vergammelter Blätter, die süßlich in der Ecke vor sich hin moderten, beinah flach hingelegt. Keuchend erzählte ich ihr die Neuigkeiten. Wir konnten es uns nicht erklären. Warum sollte er mich anrufen, und nicht sie? An dem Abend aßen wir Kartoffelcurry, und das ganze Haus roch nach Garam Marsala und dem würzigen grünen Biss von Koriander.

Später (es war einer dieser wunderbaren Sean-freien Abende, weil er angeblich für die Firma eine Lieferung nach Manchester bringen musste und dort bei einem «Freund» – na klar – übernachten würde) überlegten wir hin und her, was Naz wohl gemeint hatte und was Mojo zugestoßen sein mochte. Es war nicht zu übersehen, dass die Vorstellung, Mojo würde sich bei mir und nicht bei ihr melden, Jamie verwirrte und ein wenig verletzte. Mir war das ebenfalls ein Rätsel – aber wie ich schon sagte, ich hatte ein Handy, und wahrscheinlich war das der Grund.

Jamie war reizend an dem Abend. Sie konnte ein wirklich netter und liebevoller Mensch sein, das habe ich ja schon gesagt – nur hatte in letzter Zeit vor allem Sean davon profitiert. Ich merkte, wie sehr ich ihre Gesellschaft vermisst hatte, unsere Gespräche zu zweit, so wie früher – damals, als wir eine Kanne Tee nach der andern brauten und Pläne für die Zukunft schmiedeten.

Und trotzdem spürte ich, dass mit ihr eine Veränderung vorgegangen war, etwas, das mir vorher nicht aufgefallen war. Sie hatte – ich weiß nicht genau – eine Art Stille in sich. Oder eine Melancholie. Als sei das große Feuer teilweise erloschen. Sie hatte sogar die scheußlichen goldenen Ohrreifen abgenommen, die sie von Sean bekommen hatte, und ihre alten Piercingringe wieder eingesetzt. Irgendwie wirkte sie einfach *anders*. Offen gestanden, ich musste an dieses alberne Horoskop denken – die Sache mit dem «großen Unheil», das ihr angeblich drohte. Sie kam mir vor wie jemand, der sich einem entsetzlichen Schicksal gefügt hatte. Ich weiß noch, wie ich dachte – so benehmen sich Selbstmörder wahrscheinlich, bevor sie endlich loslassen. Gut, gut, das war vielleicht etwas dramatisch, aber so kam es mir damals vor, und ich war entschlossen, ein Auge auf sie zu haben und auch mit Ben darüber zu reden.

Wir verstanden uns so gut, dass ich beinah versucht war, ihr die entsetzliche Sache, die zwischen Sean und mir vorgefallen war, zu beichten. Aber ich schaffte es einfach nicht. Und ich wollte nicht darüber nachdenken. Klar, sie hätte Sean danach vielleicht mit andern Augen gesehen – aber mich ebenso. Und ich war zu feige, um das zu riskieren.

Stattdessen redeten wir über Moley, ihre kleinen Angewohnheiten, ihr spitzes, samtiges Gesicht, wie süß sie war – gewesen war. Wir wünschten uns, dass sie nach Hause kommen würde, wir vermissten sie so sehr. Aber das Thema war gefährlich – schließlich war Sean an ihrem Verschwinden schuld – er hatte sie verletzt. Unser Gespräch kam ins Stocken.

Der Fernseher flackerte stumpf vor sich hin, und Jamie lehnte sich in das alte Sofa zurück, im Rücken ihre geliebten bestickten Kissen – diejenigen, die Mojo ihr vor einigen Jahren zu Weihnachten geschenkt hatte – in den langen Händen eine Tasse Tee. Es roch ganz leicht nach Sandelholz, und sie war in ein riesiges altes «Sack»-Kleid gewickelt, das wir vor Jahren gemacht hatten, und das sie jetzt zum Ausspannen anzog. Ihre Nägel waren türkis lackiert, und alles erinnerte mich, mit einem kleinen Stich, an den Tag, als wir uns kennen gelernt hatten.

«Lil», sagte sie sanft.

«Ja, Liebes? Was ist denn?»

«Lil, ich stecke in der Patsche, nicht wahr? Ich meine, mehr als sonst – du weißt schon. Ich bin mir darüber im Klaren, weißt du – ganz im Ernst. Ich weiß, dass er mich kaputtmacht – schlimmer, dass er uns kaputtmacht. Oder stimmt das gar nicht? Bin ich es vielleicht? Ist alles meine Schuld?» Sie hielt inne und schielte über die Lesebrille auf mich, die grauen

Augen offen und direkt. «Du willst ausziehen, hab ich Recht? – genau wie Mojo.»

Wie immer wusste sie, was ich dachte. Ich spürte, wie meine Wangen heiß wurden und starrte auf den Fußboden.

«Liebes – es ist nur, nun, es – ich – ich weiß nicht, Baby. Mir kommt es vor, als würdest du mich nicht mehr brauchen, als könnte ich dir nicht mehr helfen – o Jamie, bitte, bitte, wirf ihn raus, bitte. Wir sehen das alle so, na ja, jedenfalls ich und Ben und Lonnie. Nur alberne Gänse wie Jenny finden ihn großartig, und du hast ja gesehen, was dann passiert. Es tut mir Leid, aber er vertreibt sie alle – er macht dich so verdammt unglücklich, ich kann das nicht aushalten, ich kann es einfach nicht – und Mojo auch nicht.»

«Glaubst du, du könntest noch ein bisschen bleiben – nur ein winzig kleines bisschen? Lily, ich werde es versuchen – ich will es wirklich versuchen; mir ist in letzter Zeit so komisch zumute, als sei dies *mein* Winter, nicht nur die Jahreszeit, verstehst du? O Lil, ich hab solche Angst, aber ich weiß gar nicht genau, wovor. Ich will dich damit nicht belasten, aber er ist so … grausam. Ich frage mich jeden Tag, warum ich das mit mir machen lasse, und jeden Tag denke ich, jetzt reicht's. Er schlägt mich nicht, das ist es nicht, aber er ist … es ist entsetzlich, es ist so – furchtbar. O Gott, Lil, ich glaube nicht, dass man noch tiefer sinken kann. Aber es ist so krank, es ist, ich meine, wenn ich versuche, mit ihm Schluss zu machen, dann bricht er zusammen, dann ist er wie ein Kind – er heult und fleht mich an, ihn nicht wie alle andern zu verlassen. Ich weiß, ihm sind schlimme Sachen passiert, als er ein Kind war, ich weiß nicht was, aber irgendetwas Schlimmes war da. Und – ich kenne das, ich weiß, wie sich das anfühlt – es setzt mir jedes Mal unglaublich zu, und dann gebe ich wieder nach. Und dann die Impotenzgeschichte und ... andere Dinge. Was in seinem Kopf abgeht, ist so krank. Himmel, als ich ein Kind war, wollte ich nur schön sein – ich dachte, wenn man schön ist, dann ist alles andere ganz leicht. Aber schau ihn dir an – alles, was es ihm gebracht hat, ist Schmerz und eine kranke Seele. Ich kann nichts dafür, er tut mir immer noch Leid, aber ... ich weiß nicht, ob ich ihn noch liebe. Vielleicht hab ich ihn auch gar nie geliebt. Ich glaube, ich weiß gar nicht, wie Liebe ist, romantische Liebe, all das. Aber ich weiß, dass ich euch liebe, wirklich, von ganzem Herzen. Ich will meine Freunde nicht verlieren – ich will dich nicht verlieren – auf gar keinen Fall. Lass uns einfach Weihnachten hinter uns bringen, und dann schmeiß ich ihn raus. Ich schwör's dir. Das dauert nicht mehr so lange, oder? Nur noch ein paar Wochen. Gabriel kommt bald nach Hause, er kann mir dabei helfen. Sean wird sich nicht trauen, gegen Gabe vorzugehen. Lily, wenn es sein muss, ziehen wir auch um. Sean wird einfach zu Lisa zurückgehen, ich wette, dort ist er ohnehin die Hälfte der Zeit – er deutet es zumindest an, und irgendwie ist mir das jetzt auch egal, es ist mir einfach egal. Er will mich damit nur noch mehr quälen. Lily, ich liebe dich – du bist mehr als Familie für mich, du bist Blut von meinem Blut. Kein Typ ist es wert, dass ich für ihn meine Freunde aufgebe – das lass ich einfach nicht zu.»

Ich war sprachlos, wie immer. Ich wusste, ich würde bleiben – sie brauchte mich, sie hatte uns nicht abgeschrieben – uns, ihre Freunde. Wir umarmten uns wortlos, dann machte ich Popcorn und wir aßen ihn mit Honig und schauten ein bescheuertes Dokudrama.

Alles würde wieder gut werden. Gabe war auf dem Weg nach Hause, und ich und Ihre Hoheit waren auch immer noch Schwestern.

Die Sterne blinzelten frostig durch mein Dachfenster, als ich in jener Nacht in meinem kleinen Bett lag. Der Nebel hatte sich verzogen, der Himmel war endlos und wie aus Samt; übersät mit kleinen funkelnden Diamanten. Ich suchte nach Orion und schlief darüber ein. Alles würde gut werden, ich war mir ganz sicher.

Siebenundzwanzig

Weihnachten kam und ging wie jedes Jahr. Seit dem letzten Mal schien kaum Zeit vergangen zu sein. Ich wartete auf einen Anruf von Mojo, aber es kam keiner, und Naz wollte mir auch nichts weiter sagen – er meinte nur, Mojo würde sich melden. Er wollte mir nicht einmal verraten, woher er Mojo kannte, er sagte nur, die Iqbals seien für jedermann ein Begriff. Mich erinnerte das Ganze an «Der Pate», nur machte mir niemand ein Angebot, das ich nicht abschlagen konnte ... und keine Pferdeköpfe auf meiner Bettdecke, Gott sei Dank.

Gabe kam nach Hause, und obwohl ihn die Tour mit, wie er meinte, einem Haufen «aufgeblasener Hohlköpfe» ausgelaugt hatte, unternahmen wir zu dritt Spaziergänge im Baildon Moor und tranken Tee bei Betty's in Ilkley, unser absoluter Lieblingsort auf der ganzen Welt. Sean hasste es, uns alle so glücklich zu sehen – er schmollte, spielte sich auf und war unglaublich gereizt. O. k., ich gab mir auch keine Mühe, vor ihm zu verbergen, wie sehr ich die Tage genoss, die wir ohne ihn gemeinsam verbrachten – warum auch? Ich war schließlich nicht diejenige, die mit ihm zusammen war, und mit etwas Glück würde das für Jamie auch bald zutreffen. Das schien aber einfach nicht bei ihm durchzudringen. Wenn er nicht Trübsal blies, war er im Keller und hob Gewichte bis zum Abwinken – er lebte mehr oder weniger da unten. Ich nannte ihn nur noch den Kellergnom. Wenn er wieder nach oben kam, standen die Venen wie Gartenschläuche auf seinen Armen, und er triefte vor Schweiß. Ich versuchte ihm aus dem Weg zu gehen, allein bei seinem Körpergeruch drehte sich mir der Magen um. Ich glaube, das wusste er auch – es bereitete ihm einen perversen Spaß, immer etwas zu dicht an mir dran zu stehen – sozusagen in meine persönliche Atmosphäre einzudringen. Wenn ich dann wegging, kicherte er auf eine bösartige, kindische Weise. Das, was passiert war, hing unausgesprochen zwischen uns, und er schien mitgekriegt zu haben, dass ich niemandem davon erzählt hatte. Obwohl es ihm persönlich nichts bedeutete, mochte er offenbar das Gefühl von Macht, das er dadurch über jemand anderen erhielt.

Was die Feiertage betraf – hah! Diesmal erhielt niemand ein Geschenk von ihm; er packte einfach seine beschissene Adidastasche und verschwand ohne ein Wort am Heiligabend. Ich war davon ausgegangen, dass Jamie am Boden zerstört sein würde, aber sie strahlte eine neue, stille Entschlossenheit aus, ein für alle Mal mit ihm Schluss zu machen. Sie war sehr sanft in dieser Zeit, sie kaufte sogar einen wunderschönen großen Stoffhasen für Charlene, was ihr die unsterbliche Liebe von Reena und den widerwilligen Respekt von Gary eintrug. Wir hüteten einmal sogar die Heilige Rübe (wie wir Charlene nannten), als Reena und Gary an Silvester zu einer Party auf Garys Arbeitsstelle gingen. Wir hatten einfach keine Lust, auszugehen oder irgendetwas zu machen – wir wollten einen ruhigen, gemütlichen Abend verbringen. Es war nett, und wir fühlten uns schon beinah wie kleine Muttertierchen – bis es Zeit wurde, die Windeln zu wechseln.

Und dann, am ersten Januar, kam die Meldung, dass der Night Creeper wieder zugeschlagen hatte. Was für ein Start ins neue Jahr. Die Stadt ging hoch wie Zunder – am Lane gab es ständig Prügeleien, und die Polizei hielt Katastrophensitzungen mit den Vorstehern der Gemeinde und der Kirchen ab und versuchte, die Dinge zu beruhigen. Es gab eine Riesendemonstration vor dem Hauptrevier der Polizei und eine Nachtwache bei Kerzenlicht für das jüngste Opfer, eine Uni-Studentin, Lucy Allbright.

Ich kann gar nicht beschreiben, wie unglaublich sich die Medien aufführten – verglichen mit dem, was nach Lucys Tod abging, war alles davor noch harmlos. Eine Zeitung setzte eine Belohnung von 50 000 Pfund für Hinweise aus, die zur Verhaftung des Creepers führten – andere brachten Geschichten über die Unruhen und darüber, dass Bradford eine «Stadt am Abgrund» sei – «tumultgeschütteltes Bradford trauert um jüngstes Opfer». Die Bullen stellten sich auf den Kopf, um die Sache in den Griff zu bekommen, und ich hätte einen Wochenlohn dafür gegeben, morgens eine Fliege an der Wand im Polizei-Hauptquartier zu sein, wenn die Zeitungen erschienen.

Lucy Allbright war gerade neunzehn geworden – sie studierte im ersten Jahr «Modulare Humanwissenschaften» an der Phil-I-Fakultät der Universität. Der Studiengang war voller Raver, bekannt dafür, dass man hier mühelos zu einem Abschluss kommen konnte; die Leute schrieben Magisterarbeiten über Sachen wie «Geschlecht und Kindheit – Bilder der Unterdrückung in ‹The Magic Roundabout›». Ihr hättet hören sollen, wie Ben darüber wetterte. Für mich klang es alles ganz unterhaltsam, aber ich bin auch keine Philosophin.

Jedenfalls hatte Lucy einen Club besucht, in dem gerade eine Londoner Clubveranstaltung, «Sanctissima», zu Gast war, lauter hippe junge D.J.s und grauenvolle Musik, Eintritt 25 Pfund. Studenten wie Lucy gehörten nicht zum Typ des armen, zerlumpten Revoltierers von einst. Die Zeitungen blähten sich endlos auf wegen ihrer privilegierten südenglischen Herkunft und der möglichen Einnahme von Ecstasy – gerade so, als würde nicht die halbe Welt das Zeug wie Smarties in sich reinstopfen. Offenbar hatte sich die arme kleine Gans mit ihrem Freund gestritten und daraufhin beschlossen, vorzeitig zu gehen. Sie dampfte beleidigt ab, suchte nach einem Taxi, bei dem sie nie ankam. Am nächsten Morgen fand man sie, offenbar vollkommen zerstückelt. Es hatte geschneit, und sie trug ein neues, metallic-silbernes Miniröckchen und einen flauschigen weißen Kunstpelzmantel; Geschenke der Familie. »Mord an einem Engel«, verkündete eine Schlagzeile. «Blonder Engel Opfer Nummer fünf», «Blut im Schnee» und «Tragischer Tod eines Engels» plärrten andere. Der Begriff «Engel» setzte sich durch. Es war, als enthalte dieser Mord alles, was gerade Mode war – Clubs, Ecstasy, Blondine, Glitzer, Engel, Blut – das Ganze hätte von Gaultier stammen können.

Klingt das bitter? Bekenne mich schuldig. Versteht mich nicht falsch, mir tat die Realität des Todes dieses kleinen Mädchens unendlich Leid – aber bei dem, was die Medien daraus machten, wurde mir nur schlecht. Lucy Allbright verwandelte sich von einer netten, normalen jungen Frau – nicht übermäßig intelligent, allem Anschein nach, aber freundlich – zu einem geweihten Opfer, der jungfräuliche Engel der Schneewehen. Einfach nur, um Zeitungen zu verkaufen. Einfach nur wegen des *Geldes*.

Und was das Fernsehen betraf – nun, da gab es einen Aufmarsch von Dokumentarsendungen, der sich gewaschen hatte. Ich weiß aus sicherer Quelle, dass sie Kids für ein paar Bierdosen und etwas Bargeld dazu brachten, den Nazigruß zu machen und «Nigger» zu schreien, ganz abgesehen von den Interviews mit schlichtweg allen, die auch nur entfernt mit den Fällen zu tun hatten, einfach nur, um die Sendezeit zu füllen. Und das war nicht nur in den britischen Medien so – ich rede von der internationalen Berichterstattung.

Es war, als hätte die ganze Sache einen eigenartigen Nerv getroffen – einen Nerv, der pochte und «Schwarz gegen Weiß!» schrie. Ein schwarzer Mann, der weiße Mädchen abschlachtet. Der schwarze Teufel und der blonde Engel. Das ultimative Tabu war zum Leben – oder zum Tod – erwacht, und das in unserer Stadt am Ende der Welt. Es war widerlich. Es kotzte mich an, ich nahm das ganz persönlich. Ich konnte nicht ertragen, wie unsere normalerweise soliden – vielleicht ein bisschen langweiligen, aber einigermaßen toleranten – Bürger von Leuten von außerhalb aufgehetzt wurden und wie abgerichtete Pudel durch die Reifen der Medienleute sprangen. Würde die Stadt nach dieser Erfahrung jemals wieder dieselbe sein? Irgendwie zweifelte ich daran. Die Dinge hatten sich für immer verändert; zwar nur unterschwellig, aber sie hatten sich doch verändert.

Als ich ein Kind war, schrieb jemand in mein Poesiealbum: «Das Wort ist wie ein abgeschossener Pfeil, sein Lauf lässt sich nicht umkehren.» Diesen Satz sollte man Journalisten auf die Stirn tätowieren.

Die Stadt stank wie eine leere Eisenpfanne, die auf dem heißen Herd steht – der schwelende metallische Geruch von Wut und Hass. Schlimmer noch, von Massenhysterie. Selbst mir stießen merkwürdige Dinge zu. Zum Beispiel musste ich einmal den Bus nehmen, um zu einem Kunden zu fahren, weil mein Auto in der Werkstatt war, und eine beleibte, ehrbare ältere Frau setzte sich mit ihren Einkäufen neben mich. Ich merkte kaum, dass sie da war, bis sie sich mir zuwandte und mit einer völlig normalen Stimme meinte:

«Meiner Ansicht nach sollten sie ihm die Eier abschneiden.»

«Wie bitte?»

«Diesem Creeper. Die sollten ihm die Eier abschneiden. Ihn aufhängen. Einer von Ihren Leuten, nicht? Sie sollten sich was schämen.»

Ich stieg aus. Meine Hände zitterten. Jahrelang hatte mich der Umstand, dass ich ein Mischling war, kein bisschen gestört. Jetzt galt ich offenbar als schwarz. Ich war der Feind. Es war unglaublich.

Und dann reagierte die Polizei – viel zu spät, meiner Ansicht nach. Sie gaben eine Erklärung heraus, aus der hervorging, die «gerichtsmedizinische Untersuchung» habe ergeben, dass Lucy Allbright nicht von einem Schwarzen, sondern von einem blonden, weißrassigen Mann ermordet worden sei. Es bestand kein Zweifel, dass es der Night Creeper gewesen war – bestimmte «Besonderheiten» wiesen darauf hin. Also hatte er eine «Handschrift» wie die Mörder in den Thrillern, die wir alle so gierig verschlangen. Das bedeutete, dass alle Morde von derselben Person ausgeführt worden waren – und dass diese Person ein Weißer war. Unter «gerichtsmedizinischen Beweisen» stellte ich mir vor, dass sie ihm ein Haarbüschel ausgerissen hatte oder etwas in der Art und dass das gefunden worden war. Wir alle dachten so, weil wir alle die Sendungen über neue kriminaltechnische Verfahren im Fernsehen gesehen hatten. Jetzt hatten sie ein Stück von ihm. Und der Night Creeper war weiß. Weiß. Nicht *schwarz*.

Und das interessierte keinen auch nur die Bohne. Alle glaubten nur, die Polizei versuche, die Rassenproblematik zu entschärfen. Selbst ich dachte das. Ich wollte es zwar nicht, aber es war so.

Und die Presse? Nun, wann hätte die je zugelassen, dass ihr die Wahrheit eine gute Geschichte verdarb?

Die gesamte Medienlandschaft flippte komplett aus, Baby. Es war die geilste Story des Jahres – Rassen, Mord, Huren und Engel. Wir reden vom großen Geld, capito? Alles klar.

Jeder kannte jetzt den Night Creeper. Keiner schien sich an die Namen seiner Opfer erinnern zu können. Wie postmodern.

Achtundzwanzig

Aber natürlich waren wir wie alle unsere Bekannten besessen von dem Creeper – und von diesem Leben im Hexenkessel der Medienaufmerksamkeit, die sich so beharrlich auf unsere Stadt richtete. Wir redeten endlos darüber, warum gerade dieser Fall die Presse so sehr in seinen Bann schlug, wo der Kerl doch gar nicht so viele umgebracht hatte – da gab es noch ganz andere. Falls Sean während dieser Debatten mal kurz aus seinem Keller auftauchte, wurde er sehr wütend – behauptete, wir würden über etwas reden, wovon wir «nichts verstünden». Er meinte damit, dass er, der großes SAS-Kenner, ganze andere Einblicke hatte, als wir armen, zarten Mädels je haben würden. Er ließ Andeutungen fallen über Typen, «die er kannte», die ihm «Dinge steckten», wovon die Presse keine Ahnung hatte. Was für ein Quatsch – fast jeder Macker in der Stadt behauptete, er habe «Insider-Informationen»; man konnte nicht mal nach der Uhrzeit fragen, ohne dass irgendjemand einem gleich seine ganz private Theorie zum Fall präsentierte. Sean war natürlich nicht bereit, seine Einsichten mit uns zu teilen – hätte unsere zarten Gemüter vermutlich viel zu sehr erschüttert. Wahrscheinlich sparte er sie für seine unsichtbaren Freunde auf. Wenn wir ihn bedrängten, setzte er nur eine selbstzufriedene und enigmatische Miene auf und klopfte sich dann mit dem Finger auf die Nasenseite, in dieser wirklich bescheuerten Art, die Langeweiler auf der ganzen Welt draufhaben. Und dann durften wir uns eine Wiederholung seiner Jungfrau-Huren-Theorie anhören – anständige Mädchen oder unanständige Mädchen –, wobei die unanständigen ungefähr eine Stufe unter den Kakerlaken rangierten. Ich fragte mich oft, wo ich wohl auf seiner Tugendskala eingeordnet war – aber vermutlich stand ich diesbezüglich unter Jamies Fittichen – assoziative Reinheit, sozusagen. Wenn wir ihm entgegenhielten, dass einige der Opfer keine Prostituierten gewesen seien, fing er an rumzuzetern, dass ein anständiger Mann das heute gar nicht mehr unterscheiden könne – wie zum Beispiel bei dem letzten Mädchen. Vielleicht war sie ja aus besseren Kreisen, aber wenn jemand in dem Stadtteil und in einer solchen Aufmachung vollkommen zugedröhnt herumtorkelte – da würde sie doch jeder für eine Hure halten, oder? Ein verzeihlicher Irrtum. Genau, das war ein echter Mann, der Creeper – abgesehen natürlich davon, dass er ein Mörder war. Letzteres sprach er nicht laut aus – aber man merkte ihm an, dass er es *dachte*.

Ich versuchte mir einzureden, dass er uns einfach nur auf den Arm nehmen wollte – mir verschlug es immer vor Wut die Sprache, und Jamie ging mehr als einmal aus dem Zimmer –, aber es war nicht von der Hand zu weisen, dass seine Einstellung in der Stadt ziemlich verbreitet war. Eine ganze Reihe «harter Männer» waren der Ansicht, dass die Frauen in letzter Zeit viel zu aufmüpfig geworden waren – und das war nun eben der Preis, den sie dafür zahlen mussten. Sean äußerte seine Bewunderung für den Creeper vielleicht etwas deutlicher als andere, aber das Robin-Hood-Syndrom, der einsame Rächer, der gegen die Kräfte des Gesetzes, der Ordnung und des Feminismus antritt, spukte eindeutig in den Köpfen herum. Kranke Wichser.

Tatsächlich unterhielten wir uns bei Ben genau darüber, als mein Handy seine Version von «Jingle Bells» spielte, die ich seit Weihnachten nicht geändert hatte. Ich entschuldigte mich – ich dachte, es sei ein Anruf von einem Promoter in Canterbury, dessen Gig zunehmend suspekt wirkte – und ging in die Küche.

Es war Mojo. Durch das Knistern eines schlechten Empfangs hörte ich seine liebe, vertraute Stimme.

«Lily, Lily – hörst du mich? Ich bin's, Mojo.»

«Ja, ja – ich höre dich – o Mojo, wo bist du, was ist passiert, geht es dir gut?»

«Kannst du mich treffen, Liebling? Kannst du morgen nach Leeds kommen?»

Er klang merkwürdig – gar nicht exaltiert und unbeschwert wie sonst. Ich ging innerlich meine Termine durch, dankbar dafür, dass wir bis zum Wochenende keine Auftritte hatten, und beschloss, das ich Mr. Farrer auf Donnerstagnachmittag verlegen konnte – das würde ihn bestimmt anpissen, aber was soll's, wegen irgendetwas war er immer angepisst. Hier ging es um Freunde in Not, hier ging es um *Mojo*.

«Klar, klar, kein Problem – wo, wo sollen wir uns treffen, um wie viel Uhr …»

«Im Montmartre, um drei. Geht das?»

«Natürlich, klar – Mojo, bitte, was …»

Aber er hatte schon aufgelegt.

Am nächsten Tag war es draußen stürmisch, Wolken verbreiteten sich an einem bleifarbenen Himmel wie Tinte auf Löschpapier. Ich beschloss, das Auto stehen zu lassen und stattdessen mit der Bahn zu fahren, weil das Parken in Leeds ein Albtraum war und ich nicht zu spät kommen wollte. Eigentlich ist Leeds insgesamt ein Albtraum, aber ich komme eben aus Bradford. Leeds war vielleicht nur zehn oder zwölf Kilometer entfernt, aber die meisten Bradforder hielten es für die Stadt der Sünde, die Metropole der verlorenen Frauen, außen hui und innen pfui.

Ich dachte darüber und über andere kleinere Tiraden gegen unsere geliebte Schwesterstadt nach, als der Zug anhielt und uns alle auf den Bahnsteig auskotzte. Es war halb drei, also beschloss ich, meine erbsengroße Blase zu entleeren und meine Dreads neu zu ordnen, dann trottete ich durch eisige Windstöße zum Café Montmartre, eine düstere, pseudo-Pariser Lokalität neben dem großen steinernen Bienenstock des Corn Exchange. Das Montmartre gab vor, die Kopie einer berühmten französischen Fresskneipe près de la Sacré Cœur zu sein, oh, là, là, Folies Bergère etc. Ich konnte mir nicht vorstellen, wie Mojo ausgerechnet auf diesen Ort verfallen war. Bei unserem einzigen Besuch da war er mit einem derartig schneidenden Witz über das Etablissement hergefallen, dass ich überrascht war, dass davon nicht die schweren Vorhänge runterfielen.

Als mich ein besonders heftiger Windstoß durch die Türen blies, wurde mir klar, warum. Die Beleuchtung war unglaublich schummrig – wahrscheinlich wegen der «Stimmung». Sehr privat. Auf der einen Seite des Raums lagen dunkle Holznischen, und auf der andern Seite gruppierten sich kleine wacklige Tischchen um eins dieser «echten» Gasfeuer. Ein paar intellektuell wirkende Studenten spielten Schach oder lasen *Le*

Monde und versuchten dabei, die Lippen nicht zu bewegen. Es war vollgemüllt mit Nippes und Trödel und Etageren und absolut allem, was irgendwie «französisch» wirkte. Ein schlaffer Typ, der vielleicht oder vielleicht auch nicht ein echter *Français* war, polierte gelangweilt hinter dem Tresen eine Kaffeetasse. Der Geruch von Gitanes hing wie Weihrauch in der Luft – wahrscheinlich ein Raumspray, der «Atmosphère de France – Une Petite Boite de Montmartre» oder so ähnlich hieß.

Bei dem Gedanken musste ich kichern – ich war schon ein bisschen hysterisch wegen Mojos Geheimnistuerei – ich meine, das Ganze hatte mehr als einen Touch von schlechtem Agentenfilm. Ich suchte nach einem dieser Halstücher, die ich als Taschentuch benutze, putzte mir die verrotzte Nase und hoffte, mein unbeabsichtigtes Kichern würde als Niesen wahrgenommen werden. Und dann sah ich ihn.

Er saß in der hintersten Nische, tief im Schatten. Wahrscheinlich hatte ich ihn übersehen, als ich mich das erste Mal umsah. Eigenartig. Warum hatte er mir nicht wie üblich mit seinem eleganten Winken signalisiert, dass er hier war? Und warum tat er es jetzt noch immer nicht? Er saß einfach nur da, mit einer dunklen Brille im Dunkeln. Ich rannte zu ihm hin.

Als Erstes fiel mir auf, dass er wie ein Mann angezogen war – ich weiß, dass das merkwürdig klingt, aber es war nichts offensichtlich Feminines an ihm. Er trug einen wunderschönen schwarzen Kaschmirpullover mit Rollkragen und, soweit ich sehen konnte, eine schwarze, weite Hose – die teuren, maßgeschneiderten, nicht solche, wie sie die Kids tragen. Kein Schmuck, nur winzige, diskrete matte Silberknöpfe in den Ohren. Sein glänzendes Haar war zu einem Zopf zusammengebunden, und dann diese riesige Ray-Ban-Sonnenbrille auf seiner perfekten Nase. Seltsam.

Er bewegte sich nicht und sagte auch nichts, als ich mich zu ihm in die Nische setzte. Eine studentisch wirkende Kellnerin kam zu uns gehastet, das sommersprossige Gesicht rosig vor Begeisterung über diesen wunderhübschen Kerl ganz in Schwarz, dem sie schon einen Espresso gebracht hatte. Ich bestellte einen Cappuccino – italienischen Kaffee in diesem nachgemachten kleinen Frankreich. Mojo sagte noch immer kein Wort, er sagte überhaupt nichts, bis ich meinen Kaffee hatte. Ich war natürlich völlig neben der Spur. Ich wollte hallo sagen, aber er bedeutete mir nur, still zu sein. Langsam wurde ich wütend. Was, zum Teufel, war mit ihm los?

Er setzte die Ray-Ban ab. Eine zornige, gerötete Narbe schnitt durch seine ehemals perfekte Augenbraue, zwei weitere schlängelten sich unter seinem linken Auge bis zur Schläfe hoch. Die Narben verunstalteten seine Augenform und zogen an der papierdünnen Haut; das Auge selbst wirkte entzündet und wässrig, als hätte er es dem Wind ausgesetzt.

Ich war zutiefst schockiert. Mein Herz hämmerte wie wild – ich weiß, dass ich laut japste. Es war, als sei ein Kunstwerk entstellt worden, einem Vandalen zum Opfer gefallen. Ich weiß natürlich, dass es für jeden schrecklich wäre, vernarbt zu sein, einfach furchtbar – aber ich konnte mir nicht helfen, bei Mojo kam es mir noch schlimmer vor. Er war so perfekt gewesen, und jetzt war er so – hässlich. Ich meine damit nicht, dass ich ihn hässlich fand – Narben stören mich nicht sonderlich, um ehrlich zu sein – aber ich war sicher, dass er so empfand.

Plötzlich kam mir das affektierte Halbdunkel des gefälschten Cafés bedrückend und Furcht einflößend vor. Ich wollte Tageslicht, eine ganz normale, helle Beleuchtung. Meine Hand zitterte, ich verschüttete etwas Kaffee. Er bemerkte es und wandte den Kopf ab.

«Mojo, du lieber Himmel, Mojo, was, zum Teufel, ist denn passiert – wie …» Meine Stimme klang dünn und nichtssagend – ich schaffte es einfach nicht, die richtigen Worte zu finden. Warum konnte meine verdammte Zunge nie das rüberbringen, was ich dachte?

«Lily, Lily – kleine Tiger Lily.» Er nannte mich bei dem Spitznamen, den er mir gegeben hatte, und das Blut schoss mir ins Gesicht. Ich streckte die Hand aus und griff nach seinen Fingern – so schmal, so zart. Seine Hand war eiskalt.

«Du siehst, ich bin nicht mehr der Alte.» Eine Träne rann über das glänzende Rund seiner Wange, war sie echt, oder war es das zerstörte Auge, das selbst dieses schwache Licht nicht aushielt? Ich wusste es nicht. Er zog die Hand aus meiner und tupfte die Feuchtigkeit mit einem Seidentaschentuch ab.

«Sag nichts, meine Lily. Ich, ich …» Er holte tief Atem und seufzte. «Ich wollte das hier nicht tun, wollte dir nichts sagen – aber ich muss. Also hör zu, aber bitte – sag nichts.»

Seine Stimme war vor Eindringlichkeit ganz belegt, und ich nickte stumm, während mein Magen sich vor Angst verknotete. Mir war kalt, ich war nervös, meine Hände zitterten immer noch. Ich setzte mich auf sie drauf.

«Du musst mir glauben, dass das, was ich dir jetzt erzählen werde, die Wahrheit ist; es ist die Wahrheit, und ich glaube, du und Jamie seid in Gefahr – in großer Gefahr. Es gibt keine freundliche, keine anständige, keine einfache Art, es zu sagen – Lily, Sean hat mir das hier angetan, er hat versucht, mich zu … vergewaltigen; er hat mich geschlagen und mich mit einer zerbrochenen Parfümflasche angegriffen. Still, still – nicht. Lass mich einfach erzählen.

Es war, als ihr bei irgendeinem Auftritt wart; ich kam nach Hause, und er war da. Ich dachte bei mir – beachte ihn einfach nicht, geh in dein Zimmer, rauch ein wenig Haschisch, beachte ihn nicht. Weißt du, ich dachte, er sei in mich verliebt – o ja, der Supermacho Sean hatte – Bemerkungen gemacht. Es gibt so etwas wie Körpersprache. Immer, wenn ihr nicht da wart, natürlich. Was er gesagt hat? Das spielt keine Rolle – vor allem Beleidigungen. Aber Beleidigungen – nun, meiner Erfahrung nach drücken sie oft mehr aus als Komplimente, zumindest bei manchen Männern. Ich hab das schon erlebt – den Rugbyspieler, den Cricketcaptain, den echten Mann – es fängt immer mit Beleidigungen an und dann – oh, dieses schreckliche, unbeholfene, verbotene *Ficken*! Ha! Frauen wären schockiert, wenn sie wüssten, wie viele von diesen Macho-Pin-up-Jungs – schwul sind. Vielleicht auch nicht. Ich weiß es nicht. Wir sind alle nicht das, was wir zu sein scheinen ... Siehst du, und das war eben mein Verdacht. Ein weiterer Schrankschwuler. Das hätte zumindest die Impotenz, die Wut erklärt – die Weigerung, zuzugeben, was er war – oder was *ich* dachte, dass er sei. Ich war so arrogant – so stolz darauf, wie ich mit meiner eigenen Sexualität umgegangen war. Ich fand ihn so jämmerlich! Das war meine Einschätzung von ihm – jämmerlich. Ich wusste natürlich, dass er grausam war, manipulativ – ich hatte die entsetzlichen Dinge oft gehört, die er Jamie antun wollte – die sie ihm gestattete, ihr anzutun. Die Wand zwischen unsern beiden Schlafzimmern ist sehr dünn, weißt du? Du hast in Sachen Seelenfrieden das beste Zimmer, zumindest in dem Haus. Und trotzdem konnte ich keinen Respekt empfinden für jemanden, den ich grundsätzlich als – schwach einschätzte.»

Ich war vor Schrecken ganz benommen. In dem Haus, in dem ich lebte, geschahen Dinge, von denen ich keine Ahnung hatte. Ich kam mir dumm vor und merkwürdig – *ausgeschlossen*. Warum hatte Mojo (oder Jamie) mir nichts erzählt? Fanden sie, dass ich solche Vertraulichkeiten nicht verdiente? Widersprüchliche Gefühle kämpften in mir wie die Regenwolken draußen am Himmel – ich konnte gar nicht alles auf einmal aufnehmen.

Mojo steckte sich eine Zigarette an und zuckte zusammen, als die Rauchschwaden auf sein zerstörtes Auge trafen. Ich nahm mir ebenfalls eine und zündete sie mit seinem Feuerzeug an. Mir war elend zumute, ich fröstelte, ich hätte vermutlich auch nichts sagen können, wenn er es von mir gewollt hätte.

«Als ihr weg wart, kam er in mein Zimmer, machte einfach die Tür auf und lungerte im Türrahmen rum. Er trug nur diese graue Trainingshose, spielte mit seinen Muskeln wie ein richtiger *Angeber*. Ich dachte, jetzt sind wir so weit – wie langweilig. Ich überlegte schon, ob ich ihm den Schwanz lutschen sollte, einfach damit er die Klappe hielt, als er anfing zu reden. Ich werde dich nicht mit dem belasten, was er mir sagte. Es war Dreck. Der reinste Dreck. Falls Dreck überhaupt rein sein kann. Der Tenor war, es sei für mich gefährlich, so zu tun, als sei ich eine Frau. Weshalb ich überhaupt eine Frau sein wolle; Frauen seien Tiere, Huren, degeneriert, widerlich. Fleischsäcke voller Bosheit und ekelhafter, korrumpierter Lust. Seine Worte schienen ihn zu erregen, er zog die Hose etwas runter und holte seinen Schwanz raus, spielte damit. Ich weiß noch, wie ich leichtsinnigerweise bei mir dachte, wie unglaublich klein er doch war – was für eine Enttäuschung für seine Freundinnen, so ein hübscher Junge – und so ein kleiner Schwanz. Ich konnte mir nicht helfen, ich musste lächeln – und er sah es, er sah die Verachtung in meinem Gesicht. Mein Gott, dummen Leuten gegenüber war ich noch nie *taktvoll* …

Du weißt ja, wie stark er ist. Ich versuchte zwar, mich zu wehren, und ich weiß, dass ich ihm wehtat – ich bin nicht so schwach, wie ich aussehe – aber es nützte nichts, er schlug immer weiter auf mich ein, bis mir schwarz vor Augen wurde. Und dann – versuchte er mich – zu ficken. Es war nicht – er konnte nicht – nun, er war vollkommen impotent. Er rastete komplett aus, zischte mich an, gab mir die Schuld – sagte, ich sei schuld daran, dass er keinen hochkriegte. Wieder schlug er auf mich ein – und ich versuchte gar nicht mehr, mich zu wehren. Ich dachte, wenn ich mich nicht wehre, ist es irgendwann vorbei und er geht weg. Er tut mir nicht mehr weh. Ich weiß noch, dass mir auffiel, wie stark es nach Poison roch – während unserem Gerangel hatte er die große Flasche runtergeschlagen, die ich zum Geburtstag erhalten hatte, und sie war kaputtgegangen. Die Dämpfe raubten mir den Atem – es war ein so penetranter Geruch. Mein Gesicht brannte an den Stellen, wo er es über den Teppich geschleift hatte. Ich litt unglaubliche Schmerzen, und mir war so schlecht, so schwindlig zumute.

Und dann ging es schnell, so schnell – den Bruchteil einer Sekunde – er hatte die zerbrochene Flasche in der Hand und zog meinen Kopf nach hinten – o Gott, o Gott – und stieß mir damit ins Gesicht ... er hat mich zerschnitten. Er lachte wie ein Irrer – er war vollkommen irre, brabbelte unzusammenhängend etwas über Huren und Schwule und darüber, dass ich mit meinen schmutzigen Lügen nie wieder einen anständigen Mann in Versuchung führen würde ... und plötzlich wurde er ganz still. Ich weinte, glaube ich zumindest, du kannst dir die Schmerzen nicht vorstellen, es war – nun ja ... er wurde ganz still und ruhig und berührte mit seiner Fingerspitze das Blut in meinem Gesicht und *leckte es ab*. Dann sagte er sehr ruhig, dass er mich finden und umbringen würde, falls ich irgendjemandem, euch Mädchen zum Beispiel, etwas erzählte. Dass er jeden aufspüren könne, dass er Verbindungen habe, irgendetwas mit

Militär, keine Ahnung. Mein Gott, er war wahnsinnig, wie rasend, ein tollwütiger Hund. Wechselte im Nu die Stimmungen. Und sein Atem, als er mir ins Ohr zischte, den werde ich nie vergessen – heiß und stinkend; ich dachte, das ist die Hölle, ich bin tot und das ist die Hölle und er … er ist der Teufel, Shaitan … danach kann ich mich an nichts mehr erinnern. Wahrscheinlich habe ich das Bewusstsein verloren. Als ich wieder zu mir kam, war er weg.

O Lily – ich – dieses Grauen. Ich finde keine Worte für den Schrecken, den ich in mir fühlte, die Grausamkeit – den Schmerz. Ich schaffte es bis zu meinem Telefon und rief meinen – Freund an, und er brachte mich sofort in eine Klinik, eine private Einrichtung, die er kennt. Was sie für mein Gesicht getan haben, grenzt an ein Wunder. Die Besten auf ihrem Gebiet, soweit ich weiß. Noch ein paar Operationen und voilà! Angeblich wird man den Unterschied kaum feststellen können …»

Er weinte jetzt wirklich. Aber nicht geräuschvoll, mit rotem Gesicht und laufender Nase, wie ich es getan hätte. Die dicken Kristalltränen glitten aus seinen lang gezogenen Augen wie Wasser, das über Marmor fließt. Von der andern Seite des Raumes aus hätte man ihm nichts angesehen, außer vielleicht daran, wie er sich das Gesicht mit einem Taschentuch abtupfte. Er weinte, wie Berengaria in der Sage geweint haben soll – die schönste Frau der Welt, die Braut von Löwenherz, weinte genauso, weil man die inneren Ecken ihrer Augen nach Art der Sarazenen leicht eingeschnitten hatte, damit auch das Weinen ihre Schönheit nicht beeinträchtigen konnte. Das hatte ich mal in einem historischen Roman gelesen. Wie ein Refrain ging es durch meinen Kopf, während er sich zu fassen suchte: Mojo. Mein Freund. Mein armer, armer Freund. Mein Gott, Jesus

Christus, wie konntest du eine solche Obszönität bloß zulassen? Diese *Entweihung*?

«In dieser Nacht nahm mein Freund meinen Schlüssel und sorgte dafür, dass meine Sachen aus dem Haus geräumt wurden; selbst der Teppich, den das Blut – mein Blut – ruiniert hatte. Er – er sagte, ich brauche nie wieder dorthin zurückzukehren, er würde mich beschützen. Es war eigenartig, zum ersten Mal in unserer langen Beziehung brauchte ich ihn, ich brauchte ihn wirklich – und er ist dankbar. Ich bin dankbar. Ist das Liebe, meine Tiger Lily? Ich weiß es nicht, ich weiß es nicht. Ich muss jetzt herausfinden, was ich bin – ich muss für mich und für ihn ein neues Leben aufbauen. Lily, ich gehe weg, ins Ausland – ich weiß noch nicht, für wie lange. Ich werde mich in Amerika oder in der Schweiz operieren lassen, das spielt keine Rolle. Aber Lily, bitte, du musst dieses Haus verlassen – schaff Jamie da weg, seht zu, dass ihr von Sean wegkommt. Er ist wie dieser furchtbare Mörder, dieser Creeper – ein Mann voller Hass und Wut. Ein Perverser, im Innersten krank. Ich flehe dich an. Frag den Engel, ob er euch hilft, nur bitte, *geht da weg*! Was er mir angetan hat, könnte er euch genauso antun. Ich weiß, dass ich mich bei der Behörde, bei der Polizei melden sollte – aber das kann ich nicht. Die Art, wie sie solche wie mich da behandeln – die Demütigung wäre – unerträglich. Ich könnte das nicht durchstehen. Ich möchte nur noch weg. Bitte versprich mir, dass ihr da weggeht, ich kann nicht zurückkommen, ich kann Jamie nicht begegnen. Ich weiß, es ist nicht ihre Schuld, aber … Gott steh mir bei, ich werfe ihr trotzdem vor, dass sie ihn zu uns gebracht hat. Ich weiß, das ist nicht fair von mir, das ist nicht richtig – aber ich kann nicht anders. Irgendwann vielleicht …»

Der Teufel auf meiner Schulter stieß mich grob mit seiner

Heugabel an. Ich wusste genau, was Mojo meinte. Mir ging es ähnlich. Ja, vielleicht war es nicht fair – aber war es fair gewesen, dieses Monster in unser Leben reinzubringen? War diese ungeheuerliche, verdammte Geschichte, die Mojo durch Sean zugestoßen war, *fair*? Das düstere Café war jetzt unerträglich in seiner kitschigen Albernheit; ich griff nach Mojos kalter Hand und küsste sie, dann murmelte ich verzweifelt eine Entschuldigung und verschwand im Damenklo. In dem gelb gefliesten kleinen Raum, der nach Desinfektionsmittel und Kloake stank, war mein Gesicht in dem billigen Spiegel und dem harten Licht eine ausgezehrte Fratze. Ich erkannte mich selbst nicht wieder. Ich kam mir vor wie tausend Jahre alt – als wäre ich eine Leiche. Was sollte ich tun? Es war einfach nicht in Ordnung, dass so etwas Leuten wie uns zustieß – es war unfassbar, unnatürlich. Mein Gott, was, zum Teufel, sollte ich tun? Was nur?

Ich ging zurück in den Saal, entschlossen, Mojo zumindest dazu zu überreden, die Bullen aufzusuchen – ich würde ihm beistehen, ich würde ihm klarmachen, warum das richtig war –, aber die Nische war leer. Nur seine goldfarbenen Zigarettenstummel lagen im Aschenbecher. Ich starrte benommen darauf.

Die mollige Kellnerin winkte mir zu, und ich ging stumpf zu ihr.

«Ihr Freund lässt ausrichten, dass er ganz dringend weg musste – er hat Ihre Rechnung bezahlt und alles. Ist er ein Schauspieler? Ich dachte nur – wissen Sie, weil er so berühmt aussieht oder so …» Sie wurde rot. Ich schätzte sie auf ungefähr neunzehn. Sie sah aus wie eine Heckenrose. Frisch. Unschuldig. Himmel.

Ich sagte, ja, er ist berühmt, ein ganz bekannter Schauspieler. Filme. Fernsehen. Alles. Hollywood, nur zu Besuch hier. Musste bestimmt schnell nach Hause fliegen, Verträge und all so was. Sie war hingerissen. Ich glaubte beinah selbst an meine Worte.

Ich sah Mojo nicht wieder, und ich hörte auch nichts mehr von ihm. Aber ich denke oft an ihn, vor allem jetzt – und ich vermisse ihn. Ich vermisse ihn wirklich.

Neunundzwanzig

Die Fahrt nach Hause schien ewig zu dauern. Der Zug stank nach Zigaretten, Feuchtigkeit und Schweiß. Wo ich hinsah, saßen Menschen und lasen in Zeitungen mit Schlagzeilen, die vom Night Creeper handelten – gerade lief eine Hetzkampagne, die es auf die Bullen abgesehen hatte, weil sie blöde, inkompetente Schwachköpfe seien, die sich durch eine falsche Fährte hatten reinlegen lassen – wenn es tatsächlich eine falsche Fährte war und sie nicht einfach dumme, inkompetente usw. waren, die versuchten, die Rassenunruhen in den Griff zu bekommen, indem sie Lügen über die Hautfarbe des Creepers verbreiteten. Eine Hochglanzpublikation hatte einen dieser psychologischen FBI-Profiler aus Amerika damit beauftragt, den Creeper zu analysieren. Da stand dann, er sei ein weißer Mann zwischen zwanzig und dreißig, oder so ähnlich. Die gefährlichste Altersgruppe, angeblich. Ach ja, tatsächlich? Als wüsste nicht jede Frau auf der ganzen Welt, dass man sich vor Kerlen in diesem Alter in Acht nehmen muss. Unter zwanzig sind sie Kinder, über dreißig sind sie abgehalfterte Stecher, die fischen gehen oder Drachen fliegen lassen. Wetten, der FBI-Typ hat ein halbes Vermögen gekriegt für diese faszinierende Information.

Es gelang mir einfach nicht, den Bildern der Gewalt, des Schmerzes zu entkommen. Ich glaube, ich war davor immer weitgehend verschont geblieben. Klar hatte ich in jüngeren Jahren die eine oder andere Prügelei erlebt, aber da war nichts Schlimmes dabei gewesen. Jedenfalls nichts, was mir schlimm vorgekommen war, obwohl zartere Gemüter vielleicht anderer Ansicht wären. Das hier war trotzdem nicht dasselbe. Es war schrecklich, krank, grausam. Jemanden ganz bewusst mit einer zerschlagenen Flasche zu entstellen – das konnte nur ein Psychopath. Lasst den Profiler mal Sean unter die Lupe nehmen, dachte ich, wollen mal sehen, was dabei rauskommt … nun ja.

Mir tat alles weh vor Mitleid mit Mojo; ich fühlte mich so nutzlos, so frustriert. Ich beschloss, mich zuallererst mit Jamie in Verbindung zu setzen, nein – zuerst würde ich Gabriel anrufen, damit er aus Frankreich nach Hause kam, genau. Ich wusste, beim Rock 'n' Roll war es die Todsünde, einfach aus einer Tournee abzuhauen, aber er musste einfach, ich brauchte ihn, Jamie brauchte ihn – es war ernst, er würde das schon verstehen. Und diesmal, scheiß drauf, würde ich ihm auch sagen, was ich für ihn empfand. Wenn was Gutes dabei rauskam, prima. Wenn nicht – dann wüsste ich zumindest, was Sache war. Es wurde Zeit, erwachsen zu werden.

Was dann? Richtig. Ich fing an, Dinge in meinem Kopf zu organisieren, wie ich es immer tat, wenn ich durcheinander war. Zuerst musste ich Jamie aus dem Haus schaffen – heute war Mittwoch – wir hatten erst Samstag und Sonntag wieder Gigs, und sie waren auch nur in Huddersfield und Manchester. Ich würde Mr. Farrer und meinen andern Kunden diese Woche absagen müssen. Schon wieder die Grippe – oder eine Lebensmittelvergiftung. Unglaublich, wie kränklich ich bin. Nein, ich konnte das schaffen. Falls Sean sich wehrte – ihm mit den Bullen drohen. Oder Andy und Pete dazu bringen, ihm eine Abreibung zu verpassen. War vielleicht so oder so keine schlechte Idee. Warum nicht? A & P schuldeten mir noch was nach den ganzen Zaubertricks, die ich für die Buchhaltung ihres «Motorrad-Ersatzteile»-Geschäfts abgezogen hatte. Genau, macht ihn fertig – mal schauen, wie gerne *er* als Narbengesicht rumlief, dieser Wichser.

Ich stürmte wild entschlossen und kampfbereit ins Haus.

Was ich dort fand, war ein Briefumschlag auf dem Kaminsims, der mit Jamies eckiger, schräger Handschrift beschriftet und an «Lil» adressiert war. Ich riss ihn auf.

Liebe Lilikins

Sean und ich sind für ein paar Tage weggefahren, um uns über einige Dinge klar zu werden. Keine Angst, ich habe die Gigs nicht vergessen, werde ganz bestimmt am Freitagmorgen zu Hause sein. Tut mir Leid, dass ich dir nicht Bescheid sagen konnte, aber es war eine spontane Entscheidung – wir wollen ein paar Lieferungen für sein Geschäft abgeben und uns dann eine kleine Pension suchen und mal ein paar Sachen klären. Mach dir keine Sorgen um mich – mir geht's gut.

Alles Liebe, Liebe, Liebe (und Küsse musst du dir selbst geben!!!)

J. xxxxxx

P.S. Ich glaube, ich habe Moley heute früh beim Schrottplatz gesehen – drück uns den Daumen und stell für alle Fälle eine Schale Milch raus xxxxxxx

Ich brüllte laut auf vor Wut und … Angst.

Die nächsten fünf Minuten oder so rannte ich herum wie ein kopfloses Huhn, irrte von Zimmer zu Zimmer, stolperte die Treppe hoch, fiel sie wieder runter, fluchte wie ein Matrose.

O mein Gott, was für eine Riesenscheiße. Was sollte ich bloß tun, wen sollte ich – was sollte ich – Himmel, dieser Mistkerl, dieses Arschloch, Scheiße.

Schließlich fiel ich atemlos und verschwitzt in der Küche über meine Wanderstiefel und landete hart auf den Knien. Das tat weh, und der Schmerz brachte mich wieder zur Besinnung. Ich setzte mich zitternd an den Tisch, die Hände verknotet, die Knöchel ganz weiß. Reiß dich zusammen, Mädchen, komm schon, reiß dich zusammen. Ich sang es vor mich hin wie ein Mantra, bis mein Atem sich beruhigt hatte. Sei vernünftig. Denk nach!

Genau. Da er – da Sean – Jamie bislang nichts angetan hatte, würde er vermutlich kaum in diesem Moment damit anfangen. Ich meine, er hatte sie nie geschlagen oder so, warum also ausgerechnet jetzt damit anfangen? In einer Pension würde er so etwas nicht wagen, schließlich lebten wir in England. Ich würde abwarten, bis sie zurück waren, ganz viele von unseren Sachen zusammenpacken und unter dem Vorwand, dass wir zum Gig mussten, mit ihr abhauen. Genau. Richtig. O.k. Kein Problem. Cool.

So bald wie möglich würde ich Jamie sagen müssen, was Mojo zugestoßen war; Gott, was für eine Aufgabe, es gab keine Möglichkeit, ihr das schonend beizubringen. Vielleicht hatte sie sich von Sean dann schon getrennt, dann könnte sie es besser verarbeiten – falls es überhaupt eine gute Art gab, so etwas zu verarbeiten. Gabriel wäre auf dem Weg nach Hause, und physisch wären wir damit in Sicherheit; vielleicht konnten wir bei Ben und Lonnie unterkommen oder bei Mrs. Smith, bis wir ein neues Haus gefunden hatten – in Bradford würde das nicht lange dauern. Hier herrschte nicht gerade Wohnungsnot, solange man nicht übermäßig anspruchsvoll war und das Geld für die Kaution hatte. Wir würden einfach irgendein Loch mieten und uns von da aus etwas Netteres suchen. Alles klar.

Ganz und gar nicht klar.

Gabriels Telefon reagierte nicht – später erfuhr ich, dass er es am Tag zuvor auf einen Steinboden hatte fallen lassen, worauf es kaputtging; und bis er ein neues hatte …

Ben und Lonnies Antwortgerät war angestellt, und ich hinterließ eine relativ hysterische Nachricht in Unkenntnis darüber, dass sie für eine Woche bei Lonnies Mutter waren.

Mrs. Smith hatte die Grippe; es ging ihr richtig schlecht, und ich brachte es einfach nicht übers Herz, ihr etwas zu erzählen, sie zu beunruhigen – und nein, den Popsies Bescheid zu sagen, fiel mir gar nie ein. Das war meine Welt, es waren meine Probleme, und die gehörten nicht in die Welt meiner Eltern. Ich kam mir dabei sehr erwachsen vor, als würde ich sie vor unangenehmen Dingen schützen. Verdammt reif; als wären sie die Kinder und ich ihre Mami. Sie hatten mich vor all den Sachen mit Jude und ihrer Familie bewahrt, und jetzt war die Reihe an mir. Ich fühlte mich sehr weltgewandt und auf eine erschöpfte Art lebenserfahren – ich würde das, was getan werden musste, allein tun. Ich würde meine Familie nicht besudeln, indem ich sie mit Sean in Berührung brachte. Kam überhaupt nicht infrage.

Ungefähr eine Stunde lang saß ich einfach in der komplett versauten Küche und wartete darauf, dass Ben mich übers Festnetz zurückrief, während ich per Handy unentwegt versuchte, Gabe zu erreichen. Natürlich konnte nichts dabei herauskommen – was ich aber nicht wusste. Ich überlegte, ob ich auf Jamies Pager eine Nachricht hinterlassen sollte, aber was hätte ich schreiben können? *Komm nach Hause – Sean ist ein Monster*? Ich wusste, dass Sean jetzt ein Handy hatte, sein Chef hatte ihm eins für die Arbeit besorgt, aber ich kannte die Nummer nicht. Und was hätte ich sagen sollen, falls er abnahm? *Gib mir Jamie und bring sie dann sofort nach Hause, du perverses Schwein*? Tolle Idee.

Ich trank ungefähr fünf Liter Tee und zitterte wie Espenlaub; mein Hirn raste und ich konnte mich überhaupt nicht in den Griff kriegen. Mojos wunderschönes, zerstörtes Gesicht erschien immer wieder vor mir wie ein Phantom – wie eine Heimsuchung. Die Vorstellung, dass etwas Derartiges, eine so entsetzliche Folter in diesem Haus hatte stattfinden können, nur ein Stockwerk unter mir, machte mich krank.

Und dann fiel mir etwas ein. Ich meine, klar, wenn ich Jamie von dieser entsetzlichen Geschichte mit Mojo erzählte, würde sie bestimmt komplett ausflippen – logisch. Aber eine Erzählung aus zweiter Hand hätte möglicherweise nicht denselben erschütternden Effekt, wie Mojos Anblick und der Bericht aus seinem eigenen Mund auf mich gehabt hatten. Und wenn dieses Schwein sie nun noch einmal rumkriegte? Wenn er – Gott bewahre – ihr alles ganz anders schilderte, ein Szenario erfand, das ihr glaubhaft vorkam? Er war dazu sehr wohl in der Lage, das wusste ich. Sein ganzes Leben bestand aus einer Lügengeschichte nach der andern. Er konnte ihr *alles* aufschwatzen, und ich hatte keinen *Beweis* für Mojos Geschichte – es gab keine Spuren und keinen Mojo.

Mir blieb nur ein Weg. Keine Frage. Ich musste Jamie ein für alle Mal beweisen, vollständig und auf immer und ewig, was für ein Schwein Sean war. Nichts durfte unversucht bleiben – ich würde ein Arsenal von Beweisstücken gegen ihn sammeln – ihn von der Landkarte sprengen. Ich dachte: Was würde er wohl am meisten hassen? Richtig – dass man all seine Lügen aufdeckte und ihm die Wahrheit über sein erbärmliches, hässliches, widerliches Leben in die Kehle stopfte, und zwar mit einer solchen Wucht, dass er daran erstickte. Ich würde eine Sturzflut von Beweisstücken zusammenstellen, die ihre Beziehung einfach wegschwemmte. Keine letzte Chance, kein Hintertürchen, keine beschissene Kapitulation.

Ich kam mir vor wie ein Kreuzritter, der mit der Fahne der Rechtschaffenheit in der eisernen Faust losreitet. Jeanne d'Arc. Wenn in Zweifel, zisch einfach los, sagte Gabe immer. Aber wie? Wo sollte ich anfangen?

Genau – am Anfang. Ich nahm das Telefonbuch und suchte unter Taylor – L.: Ich würde seine gottverdammte, heiß geliebte Lisa finden und ihr die Wahrheit über seine so genannten Besuche entlocken – genau, und danach wären seine Eltern dran und der ganze Rest. Ich würde sein Leben zerstören, so wie er unseres zerstört hatte. Ich würde mich rächen, und kein Anlass würde mir dafür zu gering sein. Ich war gründlich, wenn es um meine Arbeit ging, und diese Sache würde ich genauso gründlich erledigen. Ich war wütend; echt angepisst – ich würde es ihm zeigen. Ich wollte Rache für Mojo, auch wenn sie nur gering war – auf gar keinen Fall durfte Sean ungeschoren damit durchkommen.

Es gab ungefähr neun Millionen Taylors.

Egal – einfach nur dranbleiben. Es war acht Uhr abends, noch nicht zu spät, um bei jemandem anzurufen – aber sonst wäre es mir auch egal gewesen. Ich entdeckte drei L. Taylors im richtigen Stadtteil und rief bei ihnen an. Die Erste war eine ältere Dame. Ich tat so, als hätte ich mich verwählt. Der Zweite war ein Idiot, und ich legte einfach auf.

Die Dritte war eine Frau. Das Herz klopfte mir in der Brust. Langsam, langsam, dachte ich. Vorsicht fängt den Affen. Sei ruhig. Sei *nett*.

«Guten Tag, entschuldigen Sie bitte, aber spreche ich mit *Lisa* Taylor?»

«Ja, wer ist da?» Ihre Stimme klang müde, abgelenkt. Im Hintergrund hörte ich den Fernseher laufen und Kindergeräusche. Sie klang überhaupt nicht wie die junge, glamouröse, raubgierige Sexbombe, als die Sean sie hingestellt hatte.

«Tut mir Leid, Miz Taylor, Sie kennen mich nicht, mein Name ist Lily, Lily Carlson. Hören Sie, ich störe Sie nur ungern, aber – das klingt vielleicht eigenartig, aber ich würde gerne mit Ihnen über Sean Powers reden, ich –»

Die Verbindung wurde unterbrochen. Ich hörte das Leerzeichen tuten. *Scheiße.*

Ich wählte noch einmal und erhielt das Antwortgerät.

«Lisa, Sammy und Joe sind gerade nicht hier, aber bitte hinterlassen Sie eine Nachricht nach dem Piepton und wir rufen Sie so bald wie möglich zurück …», gefolgt von Kindergekicher.

«Ähm, Miz Taylor, hier Lily Carlson. Ich, ähm, hab vorhin schon angerufen. Bitte, ich, äh, wollte mit Ihnen über Sean reden. Es ist nur – ähm, es geht um meine Freundin, sie hat was mit ihm und ich glaube, sie befindet sich eventuell in Gefahr, äh, Schwierigkeiten – bitte, rufen Sie mich doch einfach über mein Handy an, die Nummer ist 0621 45374, und ich rufe dann gleich zurück. Bitte, Miz Taylor, bitte – es ist wirklich wichtig. Tut mir Leid, ich meine, auf Wiedersehen.»

Scheiße, nicht wahr? Typisch für mein blödes, blödes Mundwerk – die Worte lagen vielleicht perfekt geformt in meinem Hirn bereit, aber kaum öffnete ich den Schnabel – Chaos. Ich machte mir keine großen Hoffnungen. Ich hatte bestimmt wie ein Volltrottel geklungen, wie eine Irre, gar nicht wie die coolen, gewandten Detektive, die in meinen Romanen rumspazierten. Scheiße. Das war wirklich in die Hose gegangen.

Ich setzte wieder Wasser auf. Ich fühlte mich unendlich deprimiert und leer. Aus meinen ganzen großen Plänen war nichts geworden. Ich rief bei Gabe an – keine Antwort. Ich legte Brotscheiben in den Grill und ließ sie verbrennen. Ich versuchte es noch einmal und brach auf dem alten Sofa vor dem Fernseher zusammen, knabberte an einem Marmeladentoast und zappte mich durch die Kanäle. Nachrichten wollte ich nicht sehen, also entschied ich mich für eine Sendung über das Sexleben merkwürdiger Leute auf Channel Four. Moment mal: Sex. Auch ein Thema, worüber ich lieber nicht nachdenken wollte. Ich konnte mich gar nicht erinnern, wann ich zum letzten Mal … auf dem Bildschirm steckten zwei Menschen im Alternativ-Bondage-Look Stecknadeln in ihre Genitalien und redeten darüber, wie glücklich sie waren. Ich wechselte zu einer Natursendung. Auf Pinguine kann man sich verlassen. Mit Genitalpiercing haben Pinguine nicht viel am Hut.

Ich merkte, wie ich langsam hysterisch wurde; ich werde immer unglaublich albern, wenn etwas Wichtiges passiert. Irgendjemand sagte mir mal, wenn man alles auf die leichte Schulter nehme, dann sei das ein bisschen wie Knast – ist man einmal drin, kommt man gar nicht wieder raus. Aber es war alles so furchtbar und ich fühlte mich so allein – mir war, als sei die ganze Welt plötzlich gemeiner und düsterer geworden. Ich hatte auch Angst, trotz meiner ganzen maskierten Rächer-Pläne.

Ich war so unglaublich erschüttert über das, was Mojo zugestoßen war. Ich weiß, dass ich mich jetzt wiederhole, aber es ist doch auch so – solche Sachen passierten einfach nicht Leuten wie uns. Im Ernst. Sie trafen Menschen, die in die Zeitung kamen – diesen armen Frauen, die der Creeper umgebracht hatte. Und dann dachte ich, wahrscheinlich fühlen sich ihre Familien jetzt genauso. So, wie ich mich jetzt fühle. Alles schien ganz unwirklich, unglaubhaft. Mein Kopf weigerte sich ganz einfach, das zu glauben, was geschehen war; ich musste mir immerzu vorhalten, dass ich es gesehen und gehört hatte, dass es wahr war. Ich meine, ich weiß ja, dass Mord noch was ganz anderes ist, aber die Sache mit Mojo, nun, für mich gehörte sie irgendwie in dieselbe Kategorie. Es war ernst. Es war brutal. Meiner Ansicht nach war Sean ein beschissenes Monster, ein Psycho, ein Hirnwichser.

Ich drehte die Gasflamme auf und kuschelte mich in die Kissen, die immer noch leicht nach Sandelholz rochen; Crabtree & Evelyns «Mysore Sandelholz» – die hübsche Flasche mit dem Elefanten vorne drauf. Es war Jamies Lieblingsparfüm – ich schenkte ihr immer welches zum Geburtstag. Unverwechselbar, es roch so sehr nach Jamie, dass mir die Tränen in die Augen traten und ich heftig schlucken musste und den Pinguinen ganz konzentriert bei ihrem Unterwasserballett zuschaute.

Irgendwann gegen halb zehn hielt ich es nicht mehr aus. Ich dachte, ich könnte vielleicht in meine Mansarde raufgehen und die Ereignisse in meinem Tagebuch festhalten, meine E-Mails lesen, falls welche da waren. Und wenn ich danach noch immer nicht schlafen konnte, würde ich eben in den unfruchtbaren Ebenen des schwer überbewerteten Internets herumstreunen. Dabei fielen mir immer sofort die Augen zu.

Erschöpft stieg ich die Treppe hoch und vermied es, in das schwarze Loch zu schauen, das Mojos Zimmer gewesen war. Mir kam noch ein Gedanke – die Finanzen. Wir würden neben unserer Miete auch seine auftreiben müssen und dann noch die Kaution für das neue Haus. Ich war ihm nicht böse wegen des Geldes – warum auch? Aber es war ein Problem. Außerdem tat es mir Leid, unser liebes, schäbiges, altes Nest zu verlassen; gab es denn gar nichts, was dieses Schwein nicht beschmutzt oder zerstört hatte? Das war ein weiterer Grund, Sean auf die schwarze Liste zu setzen.

Während ich den Computer anstellte, dachte ich darüber nach, wie ich meine Rachepläne verwirklichen konnte – ich würde einen Weg finden, ganz bestimmt – nur war ich gerade so müde. Ich vermisste Moley – mit einem Tier ist man nie allein im Haus. Tiere sind einfach echte Seelenwärmer, das kann mir keiner ausreden. Armer kleiner Samtknäuel von einer Katze – wo bist du in dieser eisig kalten Nacht? Fraß wahrscheinlich irgendjemandem das Whiskas weg, so wie Katzen nun mal sind.

Ich wollte gerade mit meinem Tagebuch loslegen, als mein Handy «Jingle Bells» spielte.

Ich griff danach – bitte, bitte, lass es Gabe sein!

Es war Lisa Taylor.

Dreißig

«Sprech ich mit Lily Carlson? Hier Lisa Taylor. Sie wollten mit mir reden?»

Sie war betrunken. Nicht sturzbesoffen, aber eindeutig angesäuselt. In ihrer Stimme schwang das falsche Selbstvertrauen und die Streitlust von Alkohol.

«So war's doch, oder? Wollten Sie nicht über den *lieben, netten* Sean reden? Sind Sie noch da, oder was?»

«Äh, ja, ja, klar, tut mir Leid, ich – ich dachte nicht, dass Sie mich zurückrufen ...»

«Dann haben Sie jetzt echt Glück, was? Hören Sie, ich hab nicht vor, für diesen Spaß auch noch Geld auszugeben, Lady, also rufen Sie mich zurück, wenn Sie über *unsern gemeinsamen Freund* reden wollen.»

«Gut, klar, kein Problem. Ich rufe gleich zurück. Und vielen Dank, tausend Dank –»

Wieder war die Verbindung unterbrochen. Die gute alte Lisa war eine Meisterin im Auflegen. Ich stürzte die Treppe runter, hätte mir dabei beinah das Genick gebrochen, setzte den Gasofen in der Küche in Gang und wählte die Nummer auf meinem Notizblock vor dem Haustelefon. Sie nahm sofort ab.

«Miz Taylor?»

«Ach, seien Sie nicht so formell – nennen Sie mich doch einfach Lisa, *Lily*. Du lieber Himmel, ich meine, wir haben doch eine Menge gemeinsam, oder? Da ist zum Beispiel Sean ...»

«Ich bin das nicht – ich meine, im Ernst, er ist nicht mit mir zusammen – es geht wirklich um meine Freundin. Die beiden sind ein Paar, er lebt mit ihr, das heißt, wir teilen uns ein Haus, und er – er ist irgendwie einfach hier eingezogen ...»

«Wenn Sie es so haben wollen ... mir ist das egal.»

«Nein, wirklich – ich meine, im Ernst – hat er Ihnen nicht erzählt, dass er bei uns wohnt?»

«Warum sollte er? Was geht mich das an? Hören Sie, was wollen Sie eigentlich genau von mir?»

«Aber – aber Sie haben ihn in letzter Zeit doch gesehen, oder nicht – er sagt uns, er würde immer bei Ihnen übernachten, und das macht meine Freundin wirklich unglücklich, manchmal, und ...»

«Ach, Seanie, immer noch dieselben Tricks auf Lager, was? Hören Sie, Lily, oder wer auch immer Sie sein mögen, ich hab dieses Arschloch Sean Powers seit drei Jahren nicht mehr gesehen. Drei volle Jahre. Und ich möchte ihn auch nie wieder sehen, vielen Dank.»

«Aber er hat geschworen ...»

«Aber sicher, was denn sonst? Wenn es ihm in den Kram passt, schwört Sean auch, dass Schwarz Weiß ist. Dieser Hurensohn – verzeihen Sie –» Sie schwieg, und ich dachte, ich hätte sie schon verloren, aber als sie weitersprach, war ihre Stimme weniger aggressiv, weniger kampflustig.

«Wissen Sie, ich – ich musste nach ihm in die Therapie. Jawohl. Er hat mein Geld genommen, mein Leben zerstört – ein echter Prinz, unser Sean …»

Ihre Stimme brach irgendwie ein, und ich hörte das Klirren einer Flasche gegen Glas.

«Alles in Ordnung?» Plötzlich hatte ich ein schlechtes Gewissen, weil ich mich einfach so in das Leben dieser Frau eingemischt hatte. «Hören Sie, Miz – Lisa, wir müssen nicht weiterreden, überhaupt nicht, es ist nur, Sean, nun, er hat etwas wirklich Furchtbares getan, und ich habe solche Angst um meine Freundin – und ich glaube auch um mich. Aber das geht Sie ja nichts an, ich will nur, ich weiß nicht …»

«Sie wollten nur wissen, ob Sie das alles richtig sehen, stimmt's? Oder ob Sie sich alles nur eingebildet haben? Ein so hübscher, charmanter Kerl wie Seanie, wie könnte der ein solches *Arschloch* sein?» Der Ausdruck fiel ihr wie ein Ziegelstein von den Lippen; das merkte ich an ihrem Akzent – typisch Bradford-Aufsteigerin, sie wäre normalerweise lieber gestorben, als so etwas zu sagen. Offenbar war sie wirklich *ziemlich* durcheinander.

«Nun, ja – ich meine …»

«Oh, ich weiß, wie's dir geht, Schätzchen. Ich weiß das ganz genau. Was Seanie betrifft, kann mir keiner etwas vormachen. Vier Jahre. Vier Jahre meines Lebens hat er genommen, dieses Schwein. Vier beschissene Jahre. O ja. Und, was hat er also diesmal gemacht?» Ich hörte wieder Gläserklirren und dann ein Zischen und das Ausatmen, als sie sich eine Zigarette anzündete. Ich saß wie auf Nadeln, dachte, sie legt jeden Moment auf.

«Ähm, nun, wissen Sie – er hat jemanden zusammengeschlagen, ziemlich schlimm. Und jetzt mache ich mir Sorgen um meine Freundin und …»

Sie lachte. Schön hörte sich das nicht an. «Genau, so ist unser Sean. Ich wette, er hatte irgendeine Entschuldigung parat, sie hat mich provoziert, es war nicht meine Schuld – hat er euch die SAS-Nummer schon vorgetragen? Kommt noch, keine Sorge. Bildet sich gerne ein, er sei ein kleiner Soldat, unser Sean. Er hat versucht, zur Armee zu gehen, aber sie wollten ihn nicht haben – er hat den psychologischen Test nicht bestanden. Und was sagt uns das wohl über ihn?» Sie lachte wieder. Ich fragte mich, weshalb sie davon ausgegangen war, dass ich von einer Frau sprach, als ich ihr von Seans Anfall erzählte. Ich wollte sie gerade danach fragen, als sie weiterredete und dabei geräuschvoll an ihrer Zigarette zog.

«Meine Therapeutin meint, ich soll das alles hinter mir lassen. Ihn vergessen. Mich auf die Kinder konzentrieren, ein neues Leben für uns aufbauen, so in der Art. Nette Frau – aber sie kapiert es einfach nicht. Fragt mich Dinge wie: *Warum haben Sie ihn nicht einfach verlassen*? Die wissen nicht, wie es ist, wenn man mit so jemandem zusammenlebt. Aber du kennst das, hab ich Recht? Irgendwie gerät man unter ihre Kontrolle. Als sei man verhext – die ganzen Lügen, die Gewalt – es spielt keine Rolle – es gibt immer eine Ausrede, eine Erklärung. Und dann dreht er es so, als sei alles deine Schuld …»

Sie heulte jetzt, und ich kam mir richtig beschissen vor. Ich wollte eine Entschuldigung murmeln und auflegen, aber Mojos Gesicht ließ das nicht zu. Ich holte tief Atem und ging aufs Ganze.

«Lisa, warum würde er behaupten, er sei bei dir, wenn es gar nicht stimmt? Wohin geht er, wenn nicht zu dir?»

«Keine Ahnung, warum er sagt, dass er bei mir ist – er lügt ohnehin die ganze Zeit, egal worum's geht. Er weiß gar nicht, wie man die Wahrheit sagt. Wahrscheinlich wollte er dich einfach ablenken. Weil – weil, ich kann dir nämlich sagen, wo er hingeht, o ja. Er geht zu seiner Schlampentante – zu Lana Powers, um Gott weiß was zu treiben. Sie hat ihn in ihrer Gewalt, diese Drecksau. Seit Jahren schon machen sie's miteinander, die beiden, beinah schon sein ganzes Leben lang. O ja, er und Auntie Lana. Es fing an, als er ein kleines Kind war. Sie passte auf ihn auf und … nun ja, missbrauchte ihn. Praktisch von Geburt an, die alte Hexe. Ihr eigener Neffe, das war ihr völlig egal. In dieser einen Nacht hat er mir alles erzählt. Ich wusste gar nicht, dass Leute so sein können. Er sagte, sie hätte ihn gezwungen – Gott, es ist so schrecklich – sie hätte ihn gezwungen, sie zu lecken, als er grade mal *fünf Jahre alt* war. Sie hätte ihn *dressiert*, sagte er. Ich wusste überhaupt nicht, was ich tun oder sagen sollte. Am nächsten Tag behauptete er, er hätte gelogen, er hätte mich bloß auf den Arm nehmen wollen. Aber ich glaube, für einmal hat er die Wahrheit gesagt. Er verschwand manchmal tagelang, und wenn er zurückkam, war er übersät mit blauen Flecken, Verbrennungen – sogar richtigen Schnittwunden. Er kehrt immer zu ihr zurück, wie ein Hund, der seine Kotze frisst. Er wollte, dass ich ihm – Sachen antue, und er wollte mich fesseln und so – nicht zum Spaß, überhaupt nicht … es tat weh. Ich hasste es, ich konnte es nicht ertragen …»

Sie heulte, schluchzte – es klang furchtbar. Ich verschloss die Augen vor der Vorstellung, was Lana Powers ihrem eigenen Fleisch und Blut angetan hatte. Ich wollte es nicht wissen, aber Lisa redete weiter, als sei ein Aufhören jetzt gar nicht mehr möglich. Alles musste raus – und warum nicht an eine gesichtslose Fremde am andern Ende der Telefonleitung? Beichte nannte man so was früher, aber ich war kein Priester, ich wollte das nicht entgegennehmen – obwohl ich sie dazu aufgefordert hatte.

Ihre Stimme im Telefon bebte. Ihre Sprache war verschliffen, der Alkohol fing an, seine Wirkung zu tun.

«Hat … hat er dir – deiner Freundin so was angetan? Geht es darum? Du darfst es nicht zulassen, Schätzchen, lass es ihn nicht machen. Er – er ist ein schlechter Mensch – innen drin, richtig schlecht. Hör nicht zu, wenn er was sagt, er lügt wie gedruckt. Ich musste ihn rausschmeißen, ich musste einfach – ich musste doch an die Kinder denken. Und es war alles zu viel. Und er drehte durch, er ist vollkommen durchgedreht. Meinte, ihn hätte noch nie jemand sitzen lassen, das wäre nicht in Ordnung, so könnte das nicht laufen. Lauter verrückte Sachen. Hat mir eine Riesenangst eingejagt, aber was hätte ich tun sollen? Er tickt nicht ganz richtig, im Ernst. Hör zu, wenn du mir nicht glaubst, dann wirf mal einen Blick in diese widerliche Adidastasche, die er immer dabei hat – die ist voller Pornohefte – schreckliche Dinger, richtig harte Sachen – und schlimmer noch. Schau selbst nach, du wirst sehen, dass ich Recht habe.»

Hardcore Porno? Extremer S & M? Was, zum Teufel, lief hier eigentlich noch, von dem ich keine Ahnung hatte? Eine schwarze Woge widerlicher, ekliger Verdächtigungen stieg in mir hoch. Jamie – o Gott, nein – war es das gewesen, was sie versucht hatte, mir zu erzählen?

Lisa war jetzt ruhiger. Ich hörte, wie sie sich noch eine Zigarette ansteckte; ich wünschte mir, ich hätte auch eine.

«Hör mal – vielleicht – vielleicht hätte ich nicht mit dir reden sollen – das hat man dem Alk zu verdanken, was? Jedenfalls … Sean wird Lana nie verlassen. Es ist beinah, als wäre er ihr Sklave oder so. Sein Vater weiß Bescheid, o ja, er weiß, dass da irgendetwas läuft, aber auf Lana lässt er nichts kommen, und unternehmen würde er sowieso nichts, um nicht die Mutter zu beunruhigen – obwohl ich nicht weiß, was das für eine Mutter sein soll, die so beschäftigt ist mit Beten, dass sie ihre eigenen Kinder nicht schützen kann. Jedenfalls ist das der Grund, warum Seans Dad ihn so schlecht behandelt – er gibt Sean die ganze Schuld. Sean *widert* ihn irgendwie an. Ihn interessieren nur die beiden Mädchen, seine Schwestern – aber nicht Sean.»

Ihre Stimme wurde zu einem heiseren Flüstern, und ich musste mich anstrengen, um sie überhaupt noch zu verstehen. Ich kauerte über dem Telefon in dem gruseligen Bewusstsein, dass ich in dem alten Haus ganz alleine war.

«Was ich gerne wissen möchte, ist, was in dem Hotelzimmer war, mit Lana und der Freundin, die da starb. Er war da, Sean, er war ganz bestimmt da – das hat er mir in jener Nacht gesagt … und am nächsten Tag meinte er, es wäre alles nur gelogen – er hatte sich verplappert. Er war nur ein Kind, aber er war mit in dem Zimmer, und Daddy sorgte dafür, dass alles vertuscht wurde, o ja …»

Plötzlich veränderte sich ihre Stimme, sie wurde härter – als hätte sie zu viel gesagt, als wäre sie zu weit gegangen. Sie wurde wieder zu der mitleidlosen, aggressiven Frau, die zuerst angerufen hatte – ihr Schutzschild klappte wieder hoch. Mir wurde klar, dass unser Gespräch vorbei war. Ich hörte, wie sie an der Zigarette zog, dann sagte sie grob:

«Ich hab dir gesagt, was ich weiß, und mehr ist da nicht. Ich würde dir raten, ihn rauszuschmeißen, bevor er dir richtig wehtut oder dich ausraubt oder beides. Ich … ich will auch nichts mehr darüber hören, klar? Ich will nichts damit zu tun haben. Vielleicht hätte ich nicht mit dir reden sollen … ruf mich nie wieder an, ja? Nie. Ich möchte ihn jetzt einfach vergessen. Ich möchte nichts mehr damit zu tun haben.»

Klick.

Mein Magen drehte sich um. Ich schaffte es gerade noch bis ins Badezimmer.

Einunddreißig

In dieser Nacht fiel ich krank und erschöpft in den Schlaf, als stürzte ich in einen Brunnen, in ein düsteres Loch voller Albträume.

Ich träumte, dass ich durch Landschaften rannte, die bis zu meiner Hüfte überschwemmt waren mit geronnenem, klebrigem Blut. Über mir kreisten in einem bleiernen Himmel kreischende Aasgeier, aufgebläht von den bleichen Kadavern kleiner Kinder. Ein kränkelnder Mond beleuchtete das furchtbare Szenario und tauchte alles in silbernen Glanz. Ich war erfüllt von einer schrecklichen Panik, mein Herz raste und mein Mund war weit geöffnet, ein wilder, lautloser Schrei. Ich floh vor einem riesigen schwarzen Engel – schwarz, als hätte man ihn verbrannt. Seine Haut war verkohlt und aufgerissen, überzogen mit einem Netz aus Nähten von feurigem Blut. Aber ich kam in der dicken, klebrigen Blutsuppe nicht recht voran, und der grauenvolle Engel kam immer näher, egal, wie sehr ich mich anstrengte. In der einen, verwüsteten Hand hielt er ein großes Messer, und das geschwärzte Gesicht, das über mir hing, war dasjenige von Sean. Er drückte mich in das dickflüssige Blut hinein, und als ich schrie und um mich schlug, verwandelte sich sein Gesicht in dasjenige von Jamie, die mit einem himmlischen Lächeln auf den Lippen die Klinge des Messers in mich hineinstieß.

Als ich aufwachte, war mein Gesicht tränenüberströmt, ich schluchzte und heulte in schweißgetränkte Bettwäsche; zum ersten Mal seit Jahren, seit damals, als ich vor Freude darüber geweint hatte, dass ich hierhergekommen war. Ich fühlte mich ausgelaugt, krank.

Ich zog eine Trainingshose und zwei Pullover an, würgte eine Schüssel Sugar Puffs in mich hinein und sagte alle meine Termine bis auf weiteres ab. Ich muss furchtbar geklungen haben, denn selbst Mr. Farrar wünschte nur gute Besserung.

Dann fing ich auf eine manische, besessene Art an zu putzen, bis es Zeit zum Mittagessen war. Ich beschloss aufzuhören, als ich mich dabei ertappte, wie ich die Gewürze im Regal alphabetisch ordnete. Ich schlüpfte in meine neue, weiße Daunenjacke, stopfte die Dreads unter eine alte Wollmütze und ging die zwei Meilen oder so zu Fuß in die Stadt. Ich traute mich nicht, den Wagen zu nehmen – ein Autounfall fehlte uns gerade noch. Außerdem hatte ich Lust auf ein wenig Bewegung, und das Gehen half mir beim Denken. Ich musste versuchen, in meinem Kopf etwas Ordnung zu schaffen, damit ich bei ihrer Rückkehr ruhig und handlungsfähig war.

Ich spazierte den Hügel hinunter und hatte den Eindruck, dass ich meine Umgebung viel intensiver als sonst wahrnahm. Ich verlangsamte den Schritt, trödelte an den riesigen Bergen aus Früchten und Gemüsesorten vorbei, die außen an den «Eckläden» standen – Dattelpflaumen, Auberginen und die knubbeligen grünen Dinger, von denen ich nicht wusste, wie sie hießen, Mandarinen, Äpfel, Zwetschgen und grüner Spinat. Bei der Mischung aus scharfen, süßen und würzigen Gerüchen wäre mir der Magen beinah wieder hochgekommen. Ich schlenderte an Sanitärbedarfsläden vorbei, die türkisfarbene Plastikbadewannen und hässliche Wasserhähne anboten. Vorbei an Kofferläden, deren ganze Vorderseite voll hing mit mehrfarbigen Handtaschen, Einkaufstaschen und Schulbeuteln. Stoffläden, Handy-Läden. Im eisig klaren Licht der blassen Sonne, die in einem diesigen Himmel über uns hing, kam mir alles so fröhlich und vertraut vor. Ich hätte beinah wieder angefangen zu weinen. Alle Menschen, die in diesen Läden arbeiteten, führten ein normales Leben, dachte ich. Warum konnte ich das nicht? Mich einfach ganz normal und unauffällig durchs Leben bewegen.

Ich ging wieder schneller, mein Atem wurde kürzer in der schneidenden Kälte. Ich fing an, in meinem Kopf die Dinge durchzugehen, als würde ich eine Zahlenreihe zusammenrechnen.

1. Sean war ein Lügner, ein gewalttätiger Psycho und hatte einen guten Freund von mir brutal angegriffen.
2. Er war irgendeine Art von S&M-Perversling, der seine eigene Tante fickte und eventuell meine beste Freundin in seine sadistischen Spiele hineingezogen hatte.
3. O Gott, die beiden Punkte waren schon vollkommen ausreichend.

Es war nicht mal das S&M-Ding, das mich beunruhigte – es gab eine Menge Leute, die mit Sexspielzeug von Ann Summers im Bett rummachten und sich dabei todschick vorkamen. Manche gingen weiter und nahmen die Sache irgendwann ziemlich ernst. Aber ich wusste genug, um zu begreifen, dass S&M im gegenseitigen Einverständnis, wie es so schön hieß, sehr strenge Regeln und Vorschriften kannte – Parolen, Rollenspiele, Rituale, all das. Sicherheitsnetze für die Beteiligten, wenn man so will. Genau wie die Genitalpiercing-Freunde im Fernsehen neulich hatten sie etwas genommen, das für die meisten Menschen negativ war, und für sich etwas Positives daraus geschaffen. Warum, wie, das wusste ich nicht – ich bin kein Psychiater. Aber wie ekelhaft oder albern es auch immer denjenigen vorkommen mochte, die nicht dazugehörten, die Beteiligten selbst schienen damit *glücklich* zu werden.

Aber Sean machte niemanden glücklich. Drohungen, Manipulation, Grausamkeit waren die Regeln, nach denen er spielte. Ich bezweifelte, dass es bei seinen Sexspielen eine Parole zum Aufhören gab – oder auch nur Gnade, wenn wir schon dabei sind. Das war der Unterschied: seine Sexualität strotzte nur so vor Hass und brutaler Gewalt; sie kochte in ihm wie eine dickflüssige Giftbrühe, die alle um ihn herum krank machte.

Ich war jetzt beinah in der Stadt; ich sah schon die gotischen Sandsteingebäude, die zwischen den architektonischen Verbrechen der Sechzigerjahre wie Krokusblüten aus dem Winterschlamm hervorsahen. Noch fünfzehn Minuten, dann wäre ich im Moor, frei wie ein Vogel.

Und wieder überkam mich die Lust, einfach abzuhauen. Ich könnte doch verschwinden und die beiden ihrem Schicksal überlassen. Mojo konnte ich nicht helfen – sein Freund hatte die Zeit und mehr noch die Finanzen, die dazu nötig waren.

Der Teufel schob mir seine grinsende Fratze vor die Augen: Hau ab, sagte er. Rette dich selbst. Jamie ist ohnehin verloren. Das hier ist der Höhepunkt einer lebenslänglichen Sucht – Sean ist ihr Würgeengel, ihr geliebter Folterer. *Sie will diesen Schmerz.* Sie liebt diesen Schmerz. Du bist ein nettes, normales Mädchen, lass dich da nicht reinziehen – verschwinde.

«NEIN! NEIN! Sie ist meine Freundin!» Ich rief diese Worte tatsächlich laut vor mich hin und erschreckte damit ein kleines Büromädchen, das mit dem Mittagsbrot in der fettigen braunen Papiertüte unterwegs war. Ich blieb stehen, ich merkte, dass ich beinah schon gerannt war. Der Anblick des Mädchens, das erschreckt in seinem Bürohaus verschwand, ließ mich anhalten. Ich lehnte mich gegen einen Laternenpfahl und stellte mir vor, wie sie den Nachmittag damit zubringen würde, ihre Rettung in letzter Sekunde vor einer Unisex-Irren in einer riesigen weißen Jacke zu schildern, die lauthals mit sich schimpfend auf sie losgegangen war.

Es nützte nichts. Ich konnte Jamie nicht in der Patsche sitzen lassen. Ganz abgesehen von allem andern, und um mal ganz egoistisch zu sein, was würde denn Gabe von mir denken, wenn ich das täte? Ich hatte ihn zu lange und zu heiß geliebt, um in diesem Stadium meiner einseitigen Werbung sein Missfallen zu erregen und seine Achtung verlieren zu wollen. Und meine Jamie liebte ich auch. Das tat ich wirklich, die arme Sau. Sie brauchte mich. Sie musste gerettet werden. Sattelt mein Pferd, die Rittersmaid ist bereit, diese Windmühle zu stürmen.

Ich beschloss, dass es morgen vorbei sein würde. Sobald sie zurück waren, würde ich sie beide mit dem konfrontieren, was ich erfahren hatte. Alles sollte an den Tag kommen. Jetzt war Schluss mit dem Gewusel in dunklen Ecken – es war Zeit für eine Generalsäuberung im hellen Tageslicht. Ich hatte keine Angst vor Sean Powers. Eine falsche Bewegung, und ich würde ihm die Bullen auf den Hals hetzen. Genau, weiter so, Mädel!

Mit einem Gefühl völlig unbegründeter Zuversicht betrat ich den neuen, aufgemotzten Buchladen, der anstelle der alten Wool Exchange getreten war, und machte mich auf den Weg zur unglaublich trendigen Kaffeebar in der Galerie, um einen Americano zu trinken.

An dem Abend kochte ich Spaghetti Bolognese mit viel Knoblauch. Ich war ganz plötzlich am Verhungern. Und wenn Sean mir zu nahe treten sollte, dann würde ich ihn einfach *an-*

hauchen, diesen Arsch. Es war beunruhigend – meine Stimmung schwankte ganz unkontrolliert zwischen hysterischer Panik und einer unerklärlichen Ruhe. Ich versuchte wieder mehrfach, Gabe zu erreichen, und hinterließ weitere, etwas zusammenhängendere Nachrichten bei Ben und Lonnie. Ich telefonierte mit den Popsies und unterhielt mich mit ihnen über ihren bevorstehenden Ausflug zur Alhambra, um ein Musical zu sehen – Ma wollte mich Samstagnachmittag in der Stadt treffen, damit ich ihr half, ein neues Oberteil zu kaufen, etwas für den Abend. Wir verabredeten uns in dem Café in der Buchhandlung, da ich ihr erzählt hatte, wie nett es da war, und sie es gerne ausprobieren wollte.

Nach dem Tee stellte ich den Fernseher an und schaute lustlos «Crimelines», die Sendung, bei der man seine ganzen zwielichtigen Freunde per Telefonanruf in die Pfanne hauen konnte. Die Sendung tat zwar so, als sei sie eine Dienstleistung für die Öffentlichkeit, aber genau wie dieser andere Fernsehquatsch, wo dieser Dicke Kriminelle belästigt, war sie im Grunde ein Haufen Scheiße. Sie bestand ausschließlich aus Gerüchten und Voyeurismus; ich mochte sie aus diesem Grund ganz gerne. Es machte Spaß, an den unscharfen grauen Gestalten auf dem Überwachungsvideo herumzurätseln, die dabei gefilmt wurden, wie sie ungeschickt irgendeine Wohngenossenschaft übers Ohr hauten. Die meisten sahen aus wie Gary von nebenan. Anderseits war Gary natürlich der prototypische Jedermann des zwanzigsten Jahrhunderts.

Diesmal hatten sie einen stämmigen Bullen mit sanfter Stimme in der Sendung, der die Leute bat, sich zu melden, falls sie den «dunklen Bus» des Night Creepers sahen. Der Bulle sprach mit diesem beruhigenden Dales-Akzent, bei dem man an Lämmlein und Heidekraut denkt – nicht an einen finsteren Bösewicht, der gerne Frauen in einsamen Gassen aufschnitt. Er war nett, der Bulle. Beruhigend. Ich mochte ihn, aber er durfte nicht sehr lange reden, da die spindeldürre Moderatorin ihn knochig von der Bühne schubste und irgendein Salbader von sich gab, dass wir ihr «helfen sollten, diesen gemeinen Killer zu fangen, bevor noch schlimmere Verbrechen geschehen» etc. Sie sah aus, als hätte sie erst diesen Nachmittag gelernt, wie man sich «besorgt» gibt, und sei mit dem Konzept an sich noch am Hadern. Ich verlor das Interesse.

Ich zappte mich durch die Kanäle und nagte dabei nachdenklich am hinteren Teil meines Lippenpiercings – eine schlechte Angewohnheit, die mir abgeschlagene Vorderzähne eingebracht hatte. Ich sah noch in das eine oder andere rein und beschloss dann, Schluss zu machen und eine längere Tagebuchsitzung abzuhalten. Deswegen kann ich mich an so viel erinnern. Jeden Tag schrieb ich mein Leben in meine summende Kiste; sezierte gnadenlos meinen Alltag, und wofür? Für die Nachwelt? Es war nie vorgesehen, dass jemand das las. Auf eine eher unkomische Art ist es schon komisch, dass ich diese ganzen Stunden vor dem Computer verbrachte und dabei immer dachte, vielleicht sollte ich aufhören damit – was bringt das schon, mein Leben ist so langweilig.

O Jamie. Ausgerechnet an dem, wofür sie dich verdammt haben, warst du unschuldig; denn wir waren – nein, *sind* – Seans letzte Opfer. Diejenigen, die er als Denkmal seiner selbst am Leben ließ. Unsere einzige Schuld bestand in unserem naiven Glauben, dass wir in unseren kleinen Leben in Sicherheit waren. Dass wir ausgeflippte, bohemienartige Alternative waren – so cool, so clever, so informiert. Liberal, offen, ohne Vorurteile und nicht zu schockieren. Aber sicher – wie blinde Kinder, die durch ein Kriegsgebiet wandern.

In jener Nacht schrieb ich in mein Tagebuch: *Ich hasse Sean Powers, ich hasse ihn, ich hasse ihn, ich hasse ihn wirklich. Ich wünschte, er wäre tot, tot, tot.*

Genau.

Zweiunddreißig

Ich schlief die ganze Nacht lang wie ein Stein – völlig entkräftet, nehme ich an. Ich erwachte sehr spät, und einen Moment lang wusste ich nicht, wo ich war; ich hatte geträumt, ich sei zu Hause und hörte die Stimmen der Popsies im unteren Stock. Ich wurde ganz plötzlich wach, als ich merkte, dass tatsächlich Stimmen zu hören waren – diejenigen von Jamie und Sean.

Ich warf meinen Morgenmantel um und war gerade unten an der Mansardentreppe, als ich hörte, wie die Eingangstür ins Schloss fiel. Ohne nachzudenken rannte ich in Mojos altes Zimmer und sah zum Seitenfenster hinaus, das auf die Hardy Street ging, genau wie in der Nacht der Party. Damals hatte ich Sean hinterherspioniert, und jetzt tat ich es wieder.

Ich sah, wie er die Tür seines schrammeligen blauen Busses aufschloss, und die gefärbten blonden Strähnchen glitzerten in dem frostigen Licht. Ich legte die Hände aufs Fensterbrett und beugte mich vor, um ihn besser sehen zu können, als er die Bustür aufmachte. Irgendetwas an dem Bild irritierte mich, ich kam nicht darauf, was es war. Es hatte zu tun mit … nein, es fiel mir nicht ein.

Ich wollte mich gerade zurückziehen, als er zu dem Fenster hochsah. Zu mir. Seine blinden, eisblauen Augen fixierten meine, und mein Herz fing unglaublich an zu hämmern. Mir wurde klar, er hatte gespürt, dass ich ihn beobachtete. Wie? Woran hatte er das gemerkt?

Und dann dachte ich – er hat sich daran erinnert, wie ich ihn in der Partynacht von diesem Fenster aus beobachtet habe. Nein, das war zu merkwürdig, weswegen würde er sich an so etwas erinnern? Aber die Antwort war einfach, wenn man Sean kannte. Er erinnerte sich an solche Sachen, weil das etwas war, worüber diese paramilitärischen Typen die ganze Zeit redeten – Überwachung, Vorbereitung, sich nicht überraschen lassen. Stundenlang hatte er darüber geredet, wie die SAS-Typen die «Todeszone rekognoszierten» oder «Geheimoperationen» machten, in denen der «Agent» ständig im Einsatz war und nie etwas vergaß. Nichts dem Zufall überließ. Und so sah er sich selber – als Agent. Und was war dann ich? Der Feind?

All das ging mir in einem einzigen Wirrwarr durch den Kopf, während wir einander anstarrten. Ich sah vermutlich aus wie ein glotzender Idiot, aber er wirkte – ich weiß nicht – gesammelt. Ruhig. Sogar nachdenklich. Als sei er dabei, etwas zu erwägen, sich über etwas klar zu werden. Sein grobknochiges, raubtierhaftes Gesicht war totenbleich im weißen Winterlicht, seine durchsichtigen Augen kalt und beängstigend. Ja, er machte mir Angst. Ich kam mir nicht mehr halb so mutig vor, jetzt, wo ich ihm ins Gesicht sah – auch wenn es nur durch ein Fenster war.

Ich schaute weg und entzog mich seinem Blick. Er drehte sich einfach wieder zum Bus, stieg ein und fuhr davon. Ich fühlte mich unglaublich erleichtert, froh, dass er nicht wütend ins Haus zurückgestürmt war. Nichts in seinem Gesicht deutete auf Verärgerung hin, sicher – eher im Gegenteil. Aber ich wusste, ich wusste einfach, dass er innerlich kochte, beinah platzte vor Wut. Keine Ahnung warum. Vielleicht, weil es mir genauso ging. Gleich und Gleich erkennt sich gern.

Aber er war wütend, weil er ein fieses Schwein war, dachte ich. Ich war wütend, weil ich den selbstgerechten Zorn des Rächers in mir spürte – Yo! Na ja, mit diesem Gedanken tröstete ich mich, aber wenn ich ganz ehrlich bin, dann war ich wütend, weil er mich zu Tode erschreckt hatte, dieser Wichser.

Plötzlich wollte ich nicht mehr in dem dunklen, hässlichen Zimmer sein – in dem Zimmer, in dem der arme Mojo so gelitten hatte. Ich rannte die Treppe hoch und stürzte mich in meine Kleider, dann schoss ich für eine Katzenwäsche ins Badezimmer und ging nach einem Moment, in dem ich versuchte, mich zu sammeln, nach unten, um Jamie die Neuigkeiten zu erzählen – und meine Pläne für unsere Flucht.

Dreiunddreißig

Jamie war natürlich am Teekochen, als ich ins Wohnzimmer kam. Ich saß auf dem Sofa, während sie mit den Teesachen rumwetzte und Toast auf den brutzelnden Grill legte. Ich wartete mit dem Erzählen, bis wir gegessen hatten – besser auf vollen Magen, überlegte ich.

Schließlich schüttelte sie die Krümel von ihrem karierten Flanellhemd auf den Fußboden, setzte sich in den Sessel beim Gasofen und zog die Füße an, um sich zu wärmen. Sie wirkte – strahlend. Glücklich. Scheiße.

«Lil, es ist schon merkwürdig.» Sie schüttelte den Kopf und nickte dann nachdenklich. «Im Ernst – es ist merkwürdig. Ich dachte, weißt du – ich meine, ich hab's dir ja gesagt, nicht? Ich glaubte, ich würde mit Sean nur meine Zeit verschwenden. Ich war drauf und dran, ihn rauszuschmeißen, im Ernst. Und dann, Mann! Was für eine Kehrtwendung! Unglaublich – er war ein völlig neuer Mensch. Er hat es selbst gesagt – Jay, sagte er, ich bin ein völlig neuer Mensch. Du hast mir die Augen geöffnet, sagte er. Genau so. Brachte alles aufs Tapet, du weißt schon, wie unreif er gewesen sei, dass er endlich eingesehen habe, wie blöd er sich mit Lisa benommen habe, dass er sich für uns eine gemeinsame Zukunft wünsche – all das. Dass ihm nicht klar gewesen sei, wie viel ich ihm bedeute, bis er gemerkt habe, dass er drauf und dran war, mich zu verlieren. O. k., ich weiß, was du jetzt denkst – aber er meinte das vollkommen aufrichtig, ich hab's ihm angesehen – keine Lügen, alles ganz offen und aus dem Herzen gesprochen. Ein anderer Mensch, glaub mir. Klar hatten wir unsere Probleme – welches Paar hat die nicht? Aber weißt du was? Kompromisse, den Standpunkt des andern verstehen – darum geht es doch bei einer reifen Beziehung –»

«Er hat Lisa seit Jahren nicht mehr gesehen. Er fickt seine Tante Lana.» Die Worte fielen mir einfach aus dem Mund wie ein Stein in einen Brunnen. Sie hielt mitten im Satz inne.

«Er hat Mojo zusammengeschlagen, Jamie. Er hat ihm mit einer zerbrochenen Flasche das Gesicht zerschnitten. Mojo wird die Narben ein Leben lang mit sich rumtragen. Deswegen ist er fortgegangen. Himmel, Himmel, Jamie – Sean – mein Gott, er ist ein gottverdammtes Monster – das sind Lügen, alles nur Lügen, was er dir erzählt hat. Bitte, sei nicht – es ist wahr, es ist alles wahr. Ich hab mit Lisa telefoniert. Wirklich, ich hab sie gefunden, und sie sagte mir – und Mojo, ich hab Mojo gesehen, es war furchtbar, sein Gesicht, ich …»

Ich erzählte ihr alles, während das Licht des Nachmittags golden wurde und die Gasflamme zischte – aber uns konnte keine Hitze wärmen. Es war eine kalte, furchtbare Geschichte, die ich ihr erzählte, und sie lauschte wie ein Kind, das zum ersten Mal vom Tod erfährt. Wir zitterten beide, und als ich am Ende angekommen war, lagen Tränen auf ihrem Gesicht. Ich wusste nicht, was tun, also setzte ich neues Teewasser auf.

«Also waren es alles nur Lügen?», sagte sie mit leiser Stimme. «Beschissene Lügen, nichts weiter. O Gott, Mojo, nein, ich kann es nicht glauben. Wo ist er, Lily? Warum will er mich nicht sehen? Ich liebe ihn – er ist mein Freund … Lily, warum trifft er sich nicht mit mir?»

Ich konnte ihr nicht sagen, dass er ihr die Schuld gab. Ich konnte es einfach nicht. Vielleicht ein andermal, wenn die Dinge sich beruhigt hatten. Ich stellte die Teekanne neben sie, aber wir tranken nichts davon – wir füllten nicht einmal unsere Tassen. Ich erzählte ihr, was Lisa gesagt hatte – alles über Lana Powers, die Misshandlungen, die Pornographie und S&M. Sie sah zur Seite, schloss die Augen. Ich konnte ihrem Gesichtsausdruck nichts entnehmen, sie schien ganz in sich gekehrt. Wir saßen einen Moment lang schweigend da.

«Oben», flüsterte sie beinah.

«Was … was ist oben?»

«Die Tasche – seine Tasche. Seine Adidastasche, die, die er immer bei sich hat. Ich hab gesehen, wie er sie in unserm – in meinem Zimmer gelassen hat. Als wir zurückkamen, hatte er sich für irgendeine Sache bei der Arbeit verspätet. Er warf die Tasche einfach auf das Bett. Sie ist oben.»

Ich stand auf. «Gut, dann komm. Wir gehen nachschauen. Mal sehen, ob sie die Wahrheit gesagt hat. Falls sie gelogen hat, tut es mir Leid, oder was auch immer. Falls nicht – nun, das werden wir ja gleich sehen. Komm schon.»

«Ich kann nicht – ich – er dreht durch. Wenn er das rausfindet, dreht er durch. Ich hab ihm versprochen, dass ich seine Sachen nie anrühren werde. In der Hinsicht ist er komisch – ich könnte nie …»

Ich drehte mich wütend zu ihr um. «Da scheiß ich drauf, hörst du? Auf all das scheiß ich und auf ihn genauso. Scheiß auf ihn und seine beschissenen Machtspiele – Jamie! Denk doch mal an Mojo! Denk an deine wahren Freunde! Sean spinnt, Jamie, er ist vollkommen hinüber – Jamie, er ist *gefährlich!* Komm jetzt auf der Stelle mit nach oben, damit wir das ein für alle Mal klären!»

Ich zitterte vor Wut auf sie – auf ihn. Wir stiegen langsam die Treppe hoch, während sie lautlos schluchzte und sich mit dem Ärmel die Tränen vom Gesicht wischte.

Jamies Doppelbett stand hinter der Tür, beim Fenster. Die Vorhänge waren auf, und der Wind, der allmählich zugenommen hatte, rüttelte an den großen, alten, abgewrackten Fensterrahmen – es war ein Schiebefenster – nett, aber im Rentenalter. In diesem Zimmer herrschte immer ein furchtbarer Durchzug, fand ich.

Ihr Bett war ein billiges Modell, das der Vermieter reingestellt hatte, mit einem Kopf- und Fußteil aus Messing; abblätternde halbrunde Metallrohre, die mit großen, perlenartigen Kugeln geschmückt waren. Ich konnte es in ihrem einzigen schönen Möbelstück sehen, einem bis zum Boden reichenden, frei stehenden Spiegel, den wir vor Jahren auf dem Flohmarkt gefunden hatten.

Das Zimmer war ein Schweinestall – auf dem Fußboden, auf der Kommode, dem Sims, überall lagen Kleider, Bücher, Schminkzeug, Haarutensilien, standen Teddybären, dreckige Teetassen und Toastteller. Ich hätte keine Sekunde so leben können. Aber was soll's, jeder nach seiner Fasson …

Ich schaute überallhin, nur nicht auf die Tasche, die auf dem Durcheinander auf ihrem Bett lag. Ich wollte sie mir nicht anschauen. Ich wusste genau, sobald ich – sobald wir sie aufgemacht hatten, war die Sache gelaufen. Alles würde sich verändern, so oder so. Unser Leben, unsere Freundschaft konnte danach nicht mehr die gleiche sein – ob besser oder schlechter, das wusste ich nicht.

Instinktiv bückte sich Jamie und zündete den kleinen Gasofen an – es gab einen in jedem Zimmer, außer in der Mansarde – Bradford-Zentralheizung nannten wir sie.

Wir zögerten jede auf ihre Weise den Moment hinaus. Aber es führte kein Weg dran vorbei. Ich packte die Tasche – sie war nicht besonders schwer – und stellte sie auf den Fußboden. Ich zog den Reißverschluss auf und drehte sie um, damit das Tageslicht vom Fenster her auf sie fiel. Wir saßen mit dem Rücken zur Tür auf dem Boden, wie Kinder mit einem neuen, rätselhaften und nicht besonders netten Geschenk.

Und was sahen wir? Socken. Eklige alte Sportsocken. Mein Herz wurde schwer. O. k., vielleicht hätte ich erleichtert sein sollen – aber ich war es nicht. Ich fühlte die Hoffnung, die wie ein feuchter Dampf von Jamie hochstieg, während wir auf Seans Dreckwäsche starrten. Mich ärgerte es, dass sie mir nicht wirklich glauben wollte, dass sie darauf hoffte, *ihm* glauben zu können.

Ich griff nach den schmutzigen Wäschestücken und war überrascht, dass nicht so viele da waren, wie ich erwartet hatte. Eigentlich nur eine Art dünne Schicht. Und darunter lagen – jawohl, ihr habt es erfasst – Magazine. Neue, alte, hauptsächlich kleinformatig. Und richtig, es handelte sich um besonders widerliche Pornographie. Ich werde nicht ins Detail gehen – man braucht keine blühende Fantasie, um sich auszumalen, was vor uns lag – was ich Jamie anzuschauen zwang. Ich weiß nicht, ich verstehe einfach nicht, was an Folter so toll sein soll. Da waren Bilder von Frauen, die unglaublich misshandelt wurden. Verletzt. Geschlagen. Geschnitten. Mit Brandwunden versehen. Sie sahen auch nicht aus, als würden sie sich großartig dabei amüsieren. Egal wie lächerlich ihre Kostüme und wie kitschig die Sets waren, auf ihren Gesichtern blieb der Ausdruck von Schmerz und Leiden. Keine einzige wirkte «sexy» oder «scharf». Sie sahen aus wie Junkies und Opfer, die es wegen des Geldes machten. Es gab auch Domina-Sachen, soweit ich sehen konnte – gelangweilt aussehende Frauen in piefigen Kostümen, die wimmernden Fleischklopsen, die man im richtigen Leben Männer nennen würde, mit Stöcken zusetzten. Es ging nur um Verletzen, Demütigen, In-Münder-Pissen und In-Ärsche-Schieben. Mich widerte es an, ganz ehrlich.

Ich warf die Hefte einfach auf den Fußboden, und Jamie hob ein paar davon auf und blickte benommen drauf, als ob sie versuchte, sie zu verstehen – oder Sean zu verstehen. Ich wühlte noch etwas weiter in der Tasche. Kleinere Täschchen lagen darin – einer davon ein alter Kulturbeutel, den ich zuerst aufmachte.

Jamie saß einfach heulend da wie eine weinende Madonnastatue, den ganzen Schoß voller brutaler Bilder.

In dem Kulturbeutel waren einigen Waschgegenstände und eine Kontaktlinsenlösung – merkwürdig, wo Sean doch Wegwerflinsen benutzte. Wahrscheinlich waren das Überreste aus früheren Zeiten, dachte ich. Aber die Flaschen und Schachteln waren funkelnagelneu. Genauso wie die beiden Glasrohre, die ich auspackte und gegen das Fensterlicht hielt. Im ersten schwammen ein paar grüne Linsen in ihren kleinen Plastikkäfigen herum. Was für ein eitler Bursche. Gefärbte Kontaktlinsen, nicht schlecht. Trotzdem, wenn ich so komische Augen hätte wie Sean, würde ich auch ab und zu eine Abwechslung brauchen. Merkwürdig, ich hatte nie gesehen, dass er sie getragen hätte ... im zweiten Röhrchen schwammen dunkelbraune Linsen.

«Jamie – *Jamie*! Trägt Sean je gefärbte Kontaktlinsen, grüne zum Beispiel, oder braune?»

«Was? Nein, nein. Nur die Wegwerfdinger. Er ist kurzsichtig, genau wie ich ... o Lily, es tut mir Leid, du hattest Recht, du hattest so ...»

Ich hörte gar nicht hin. Irgendetwas nagte an mir, knibbelte an meinem Bewusstsein, genau wie vorhin, als ich am Fenster stand. Ich kam einfach nicht darauf ... ich zog den Reißverschluss der Innentasche im Beutel auf und holte ein paar Stifte mit Leichner Theaterschminke raus, in verschiedenen Hautfarben. Eine davon war dunkelbraun. Dunkelbraun?

In meinem Kopf fielen die Einzelteile an ihren Platz wie das Muster in einem Kaleidoskop.

Ganz automatisch machte ich den zweiten Beutel auf.

Darin war eine Art Reifen aus Draht – ein dicker, kabelartiger Draht, der mit einem Schnappverschluss zugemacht werden konnte. Ich holte ihn raus und starrte verwirrt darauf.

An ihm aufgefädelt waren ... was war das nur – es sah aus wie Pilze, getrocknete Pilze, nur ...

Etwas Glitzerndes. Ein Ohrring. Ein kleiner Goldreifen. Das waren keine Pilze, auf gar keinen Fall. Ohren. Scheiße, Scheiße, Scheiße, *Ohren! Aufgezogen auf einem Stück Draht – menschliche Ohren!*

Plötzlich fühlte ich mich schwindlig, schwach, als sei ich in eine kalte, verschwitzte weiße Schicht gepackt. Alles verlangsamte sich. Meine Hand, die diesen entsetzlichen Draht hielt, begann unkontrollierbar zu zittern. Ich hörte Jamie, die von weit weg, als wären wir unter Wasser, sagte: *«Was ist das ...»*

Braune Kontaktlinsen. Schminke. Ein dunkelblauer Bus. Dieses, dieses Ding in meiner Hand. Und dann geschah alles gleichzeitig. Ich wusste, was Sean war, im selben Moment, als Jamie ein altes Rasiermesser, dann eine schwarze Gesichtsmaske aus Seide und ein paar dazu passende Innenhandschuhe aus der Tasche holte. *Camouflage, darum ging es hier!* Zieh dir einen billigen schwarzen Trainingsanzug an, mach aus Kristallaugen braune, zieh dir die Gesichtsmaske über – die Haut, die noch zu sehen war, konnte man braun einfärben. Klar, in einer dunklen Gasse, mitten in der Nacht, ein zugedröhntes Mädchen, das halb wahnsinnig war vor Angst ... der Weiße wird zum Schwarzen, der Weiße ...

Das Rasiermesser, das Jamie in der zitternden Hand hielt, war mit etwas verkrustet. Blut. Blut. O Gott, Himmel, Jesus. Ich war nicht dabei, wahnsinnig zu werden. Es war die Wahrheit. Wir starrten sprachlos und entsetzt aufeinander – und in diesem Moment sah ich, wie ein roter Lichtpunkt auf meiner Hand erschien. Ich blickte ihn verständnislos an – er machte keinen Sinn. Dann hörte ich, wie Jamie japste.

Ich drehte mich zur Tür. Jamie starrte schon mit einem schneeweißen Gesicht darauf. Sean stand da und blickte lächelnd auf uns nieder. Ich hatte ihn nicht gehört, hatte niemanden die Treppe hochkommen hören – keinen beschissenen Ton. In seiner Hand war eine riesige schwarze Pistole. Der rote Punkt kam vom Infrarotsucher. Er hielt sie auf uns gerichtet. Ich konnte nicht atmen.

«Na, da seid ihr beiden Mädels aber fleißig gewesen, was? Dachte mir schon, dass etwas am Kochen ist, als ich sah, wie der Nigger vom Fenster aus auf mich runterstarrte. Aber ich war abgelenkt – mein Fehler, mein Fehler. Und dann dachte ich, nun, meine besondere Lady wird sich doch nicht meinem Befehl widersetzen, oder? Hm? Oder doch? Sie würde doch bestimmt nicht meine Sachen anrühren, nachdem ich ihr das ausdrücklich verboten hatte. Aber du warst unartig, nicht wahr, Jay? Du warst ein sehr unartiges, böses Mädchen und jetzt …»

Sein Lächeln verschwand, als er sah, was ich noch immer in der Hand hielt.

«Leg das weg, du – fass es nicht an, du schwarze Schnüffelschlampe. Die gehören mir, *mir*. Sie sind der Beweis. Die werden Beweise für die Morde haben wollen. *Leg sie weg* … verdammte Scheiße, ihr blöden Fotzen, jetzt schaut doch mal, was ihr angerichtet habt … jetzt wird alles herauskommen, und das ist nur eure Schuld, ihr dummen …»

Ich ließ das widerliche Ding wieder in die Adidastasche fallen. Mein Hirn raste wie verrückt. Ich hörte, wie Jamie sagte:

«Sean, was – Sean, bitte – das ist doch nicht eine richtige Knarre, oder? Das ist doch nur ein Modell, oder? Sean, Schätzchen, du hast uns erschreckt –»

Der Lärm – der Lärm der Pistole, die in diesem kleinen Zimmer abgefeuert wurde, war unglaublich. Ich konnte augenblicklich nichts mehr hören. Der ätzende Gestank verfing sich in meinem Hals und ich spürte, wie ich hustete, aber ich hörte keinen Laut. Der Knall hatte mich wie ein Schlag getroffen, mir kurz die Sinne geraubt. Ich sah, wie die Messingpatrone irgendwie aus der Pistole spickte und über das Linoleum bei der Tür hüpfte. Sich drehte, glitzerte. Der Rückstoß schleuderte Sean nach hinten gegen den Türrahmen, und er fuchtelte wild mit den Händen, während er sich aufzurichten versuchte. Mein Gehör kehrte teilweise zurück, und ich hörte, wie Jamie schrie und schrie. Noch jemand schrie – ich.

Die Luft war voller Gipsstaub von der Stelle, wo die Kugel ein riesiges Stück aus der Wand geschlagen hatte. Staub, der im Spätlicht des Nachmittags schwebte. Eine Knarre – Scheiße, eine richtige Knarre. Ich konnte es kaum fassen. Was ich aber sehr wohl mitbekommen hatte, war, dass Sean keine Ahnung hatte, wie er damit umgehen musste. Er hatte den Rückstoß nicht erwartet. Er wusste nicht, wie man mit dem gottverdammten Teil umging. Scheiße, Scheiße, das Ding konnte jederzeit losgehen, er hatte keine Ahnung, was er da tat ... wir würden alle sterben, dieser Scheißkerl, dieser blöde, beschissene Wichser würde uns mit einer Knarre umbringen, die er nicht einmal richtig bedienen konnte.

Einen Moment lang war meine Wut stärker als die Angst. Ich richtete mich auf die Knie auf und schrie, so laut ich konnte.

«Polizei! Hilfe! Helft uns! Polizei! Gary, Gary, Reena, ruft die Polizei! Es ist Sean, er ist der –»

Er machte einen Schritt nach vorn und trat mir in den Mund. Ich fiel auf Hände und Knie, und von meinen geplatzten Lippen floss das Blut. Er trat mich wieder, diesmal gegen den Kopf. Ich verlor das Bewusstsein.

Vierunddreißig

Sie nannten es eine Belagerung. Ich weiß nicht, ob das wirklich der richtige Ausdruck dafür war, ob alles nicht etwas zu schnell vorüber war. Zwischendurch, als es noch lief und ich mich bemühte, wach zu bleiben, war das Ganze manchmal eher wie ein Theaterstück, mit mir als Zuschauer. Oder was auch immer.

Als ich wieder zu mir kam, lag ich auf dem Bett. Ich war ein bisschen aufgerichtet, an den Stangen am Fußende festgebunden, und sah Richtung Kopfbrett und Fenster. Ich war mit Plastikkabeln gefesselt. Eins um jedes Handgelenk und ein weiteres, das die beiden Handgelenke zusammenband. Eine Art Kette aus Plastikkabel verband mich mit der Stange am Fußende. Jemand hatte mir ein Kissen in den Rücken gestopft. Meine Füße waren wie die Hände zusammengebunden, aber nirgends festgemacht, weil ich zu kurz war, um mich über die ganze Länge des Bettes zu strecken. Ich dachte – damit fesselt er sie also, mit beschissenen Kabelstücken aus Plastik. Nichts mit schwarzen Seidenschalen und handgemachten ledernen Liebeshandschellen. Kabelschnüre. Mein Gott.

Jamie hatte das Kissen in meinen Rücken gestopft – und ihm geholfen, mich festzubinden. Nachher fragten mich die Leute, ob ich wütend sei deswegen. Aber was hätte sie sonst tun sollen? Er hätte mich nur sofort umgebracht. Davon bin ich überzeugt. Ich bedeutete ihm gar nichts. Ich denke, das war von Anfang an so. Wie so viele andere Menschen in seinem Leben war ich nichts weiter als ein Ding. Er hat mich nie, die ganze Zeit über, kein einziges Mal beim Namen genannt. Immer nur «es» oder «die Niggerin» oder «die Schlampe». Für ihn war ich ein Stück Kadaver, ein Nichts, nicht einmal menschlich – genauso wie die Frauen, die er umgebracht hatte, ihm nichts bedeutet hatten. Das wurde sehr offensichtlich, während die Stunden vergingen. Und im Grunde war das für mich das Schlimmste. Zu wissen, dass jemand einen für vollkommen wertlos hält, selbst wenn es um Leben und Tod ging. Als wäre man unsichtbar, machtlos. Ich gehörte nicht zu den Leuten, die so was gewohnt waren – aber Jamie schon. Ihr ganzes Leben lang hatte sie sich so gefühlt – bis sie auf die Bühne ging. Sie hatte oft versucht, mir zu erklären, wie das war, aber obwohl ich die richtigen Laute von mir gab, verstand ich es nicht wirklich. Jetzt schon. Es war die schlimmste Art von Manipulation.

Jedenfalls – als ich das erste Mal aufwachte, Mann, was für

Schmerzen. Mein Kopf tat entsetzlich weh; meine Lippen und mein Mund waren angeschwollen, einer meiner Vorderzähne war abgebrochen und mein Lippenpiercing war in dem aufgeschwollenen, blutigen Fleisch meiner Unterlippe nicht mehr zu sehen, die Metallnadel riss sich durch das verletzte, anschwellende Gewebe. Meine Schultern brannten wie die Hölle und ich konnte meine Füße gar nicht spüren. Alles an mir tat weh, und es fiel mir schwer, mich auf das zu konzentrieren, was vorging, außer dass ich mich daran erinnere, wie der Raum stank, buchstäblich nach Sean stank. Ein säuerlicher, animalischer Geruch. Verursachte mir Brechreiz.

«Was, was … Jamie, was …» Ich fing an zu husten und Blut zu spucken.

Jamie wollte von der Kommode, neben die sie sich hingehockt hatte, zu mir. Sean richtete die Knarre auf sie und schrie wütend:

«Bleib! Bleib da sitzen. Beweg dich ja nicht, hörst du, nicht bewegen! Lass die Schlampe da liegen, lass es …»

Das Telefon klingelte. Das Telefon beim Bett klingelte. Ich – wir alle fuhren beinah aus der Haut, und ich spürte, wie mein Herz anfing zu hämmern. Jesus – es war ein so albernes, so banales Geräusch. So normal. Ich betete darum, dass es nicht meine Mutter war.

Sean bückte sich, hielt die Pistole weiterhin auf Jamie gerichtet und griff nach dem Hörer. Ich hatte solche Angst, die beschissene Pistole könnte losgehen, dass ich kaum hörte, was er sagte. Ich hatte Jamie ganz vergessen, aber dann sah ich, dass sie wieder auf den Knien war und mit riesigen, flehenden Augen zu mir hin sah. Ich schaffte es, ihr ganz leicht zuzunicken, aber das Telefongespräch beanspruchte meine Aufmerksamkeit.

«… Sie sind wer? Wer? Chefinspektor Oates, Oa – Owen;

Chefinspektor Owen? Und wissen Sie, wer ich bin? Ganz genau, der Night Creeper. Was? Ja, ja, natürlich kann ich aus dem Fenster sehen – ja, netter Versuch, ich soll also näher ans Fenster ran, damit Ihre Leute mir den Kopf wegpusten können? Halten Sie mich eigentlich für blöd? Machen Sie keine Dummheiten, ich meine das ernst, sonst bring ich diese Fotzen hier um – ja, das habe ich. Eine riesige, gottverdammte Knarre, was halten Sie davon? Zu Ihrer Information, Chefinspektor Owen, es handelt sich um eine Desert Eagle 44er Magnum, mit Infrarot ... ja, Hohlspitzmunition ... ziemlich viel sogar. Bisschen besser als das, womit Ihre Jungs rumspielen dürfen, was? Ein richtiges Männergerät, jawohl ... Manchester, was glauben Sie denn? Was? Nein. Nein. Das ist mir scheißegal. Warten Sie – warten Sie nur ab. Hat sich die Sass schon bei Ihnen gemeldet? Die Sass. Die SAS. Ja, ja – nun, das werden sie noch. Und dann werden Ihre ganzen kleinen Jungs in Blau einfach wieder nach Hause gehen müssen, was? Ja – nein, sicher – nein, das reicht, scheiß auf Sie – ich hab hier das Sagen.»

Sean knallte den Hörer auf die Gabel und kam zu mir rüber. Lieber Gott, dachte ich, bitte lass die Bullen nichts Heldenhaftes, Idiotisches versuchen, bitte. Sean beugte sich über mich. Er grinste wie ein Irrer, die Pistole zitterte in seiner Hand. Er drückte die Mündung hart gegen meine Schläfe und bedeutete Jamie mit seiner freien Hand, hinter mich ans Fußende des Bettes zu kommen.

«Auf die beschissenen Knie, Fotze. Hast du gehört? Hast du? Hörst du das da draußen? Diese verdammte Schlampe hat uns in einen Belagerungszustand gebracht, hat uns richtig was eingebrockt mit ihrem lauten Geschrei, was mich gezwungen hat – Scheiße, hier wimmelt es ja von Polizisten. Dafür bring ich dich um, hörst du? Stirb.» Er brüllte Jamie an und stieß mit der

Pistole gegen mich, ich spürte das kühle, ölverschmierte Metall und konnte es riechen – ein bitterer, beinah verkohlter Geruch. Jamie schrie auf.

«Nicht – Sean, bitte, du hast es versprochen – tu ihr nichts – du hast es versprochen …»

Er achtete nicht auf sie, brabbelte und brüllte einfach weiter. «Das waren die Bullen, das war Chef-in-spek-tor Owen. Der oberste Chef, der Capo di Capo. O ja. Sie wissen jetzt, wer die Oberhand hat, sie wissen das ganz genau. Alle sind sie da draußen, Scharfschützen, Heckenschützen, alle. Aber ich bin es, ich, ich hab jetzt das Sagen!»

Ich hustete: «Nein!» Er schob mir die Mündung in den Mund. Das Metall schabte an dem offenen Nerv meines abgebrochenen Zahns und ich wäre vor Schmerz und den Tränen, die mir aus den Augen quollen, beinah erstickt. Ich war in Panik, ich würgte und versuchte, wieder Luft zu bekommen.

Angst ist etwas Merkwürdiges. Mir war plötzlich ganz furchtbar bewusst, wie zerbrechlich mein Körper war, nichts weiter als ein Käfig aus Knochen, der meine Organe zusammenhielt, bedeckt von einer Membrane, die dafür sorgte, dass nicht alles rauspurzelte. So leicht zu zerreißen, zu zerstören. Zum ersten Mal in meinem Leben verstand ich, was es heißt, sterblich zu sein, und dass ich tatsächlich sterben könnte. Dass ich sterben würde, einfach aufhören zu existieren, weggepustet werden und vergessen. Ich spürte, wie eine merkwürdige Teilnahmslosigkeit von mir Besitz ergriff, als hätte mein Hirn sich aus seiner Verankerung gelöst und sei dabei, fortzusegeln. Ich merkte, ich hatte größere Angst davor, dass das Gewehr aus Versehen losgehen könnte, als davor, dass er mich absichtlich erschoss. Ich spürte, wie mein Körper schlaff wurde und meine Blase sich entleerte. Ich pisste mich voll, ich konnte den Urin riechen und die heiße Nässe spüren – aber es war mir egal. Ich war so weit weg, so weit … das Einzige, woran ich denken konnte, war, dass ich Ma in diesem Café hätte treffen sollen … meine liebste Ma, und Pa, so gut, so lieb … es tut mir so Leid, ich … ich hörte Jamie aufschreien, als Sean die Knarre wegriss.

«Scheiße, diese widerliche Fotze hat sich in die Hose gepisst! Nicht besser als ein Tier, mein Gott!» Er drehte sich angeekelt weg.

Jamie war beinah sprachlos vor Angst – nicht um sich, sondern um mich. Sie redete flüsternd auf mich ein, flehte mich an, ruhig zu bleiben, still zu halten, und überschüttete mich mit Kosenamen und Zärtlichkeiten. Ich spürte, wie sie meine Dreads durch die Stangen am Bett berührte. Dann kroch sie zur Bettkante.

«Sean! Sean – bitte, bitte tu ihr nicht weh, bitte … Sean, hör zu, ich mache es, ich mache das, was du von mir wolltest. Du weißt schon, weswegen wir Streit hatten. Ehrlich, ich tu es, ich tu es wirklich, ich schwör's dir, ich schwör's beim Grab meiner Nana – aber lass Lily in Ruhe, tu Lily nicht mehr weh, Lily, Sean, Lily, *Lily* … bitte tu ihr nicht weh, dann mach ich es, ich schwör's dir …»

Er stand jetzt an der Seite des Fensters, uns gegenüber. Sein Kopf drehte sich zu uns, als sie das sagte.

«Wirklich?» Er leckte sich die Lippen. Seine Zunge war spitz und rot. Es war widerlich. «Ja, ja, Sean, wirklich, ich verspreche es dir – nur …»

«Gut, gut – vergiss den Nigger, vergiss es – los, dann mach schon, hol's raus – aber schön langsam, ja?»

Jamie kroch auf Händen und Knien zu der Kommode. Sean sah gierig zu, wie sie aus der obersten kleinen Schublade ein Blatt Papier nahm.

Ich verlor immer wieder das Bewusstsein. Das Einzige, was ich spüren konnte, war Schmerz, nur Schmerz und eine entsetzliche Erschöpfung. In den Zeitungen stand nachher: *Die verängstigten Frauen schrien um Gnade, als der wahnsinnige Killer Sean Powers aus einem Fenster im ersten Stock das Polizeikommando beschimpfte und sie mit einer unregistrierten Waffe bedrohte* ... Hat er nicht. Haben wir nicht.

Wir hörten zu, während Jamie für Sean ihren Sklavenvertrag aufsagte.

Sie entfaltete den zerknitterten Zettel und hockte sich schluchzend auf die Fersen. Sean lachte und zeigte mit der Knarre auf sie.

«Los, dann mach schon ...» Er war wie Draht, sein ehemals schönes Gesicht eingefallen, seine Haut geronnen wie saure Milch in dem bläulichen Licht vom Fenster.

Sie würgte und schnüffelte, wischte sich mit dem Handrücken übers Gesicht. Draußen hörte ich gedämpfte Laute von Radios, und Autos, und Stimmen ... Das einzige Licht im Raum kam von der Flamme im Gasofen, außer manchmal, wenn die Lichtkegel der Scheinwerfer draußen über die Zimmerdecke fuhren. Jamie las mit langsamer, heiserer Stimme vor.

«Ich, Jemima Olivia Gerrard, auch Jamie Gee genannt, schwöre aus eigenem, freiem Willen und bei allem, was mir heilig ist, dass ich jetzt und fortan die Sklavin und der alleinige Besitz von ...» Ihre Stimme brach ab, und sie sah mich an. Ich schloss die Augen, «... von Sean Powers bin, den ich fortan meinen rechtmäßigen Meister und Besitzer nenne. Ich werde tun, was immer er will, jetzt und auf ewig. Ich werde mich in allem ihm unterwerfen und alle Verbindungen zu meinem früheren Leben, zu meinen Freunden und zu meiner Familie lösen, wenn er es so wünscht. Mein ganzer Besitz gehört ihm, damit zu tun und zu lassen, was er will, und ich werde nur das haben, was er mir gibt. Mein Körper steht ihm zur freien Verfügung. Ich habe keine Seele, keinen Gedanken, keinen Willen, den ich mein Eigen nennen könnte, nur das, was mein Meister jetzt und immerdar mir gestattet. Als Pfand meiner Unterwerfung werde ich das Zeichen einer echten Sklavin auf meinem Körper einritzen. Unterzeichnet ...»

«Tu es, tu es – du weißt, was du tun musst, also los – und dann unterschreib – mit Blut, du musst mit Blut unterschreiben, wie ich's gesagt hab ...» Seine Stimme klang drängend und belegt. Ich öffnete die Augen wieder, als Jamie ihr Hemd aufknöpfte, es auszog und ihren BH abnahm. Sie weinte nicht mehr. Jetzt weinte ich.

Ich sah auf ihre armen Brüste. Sie waren übersät mit Wunden – hauptsächlich Bisswunden und halb verheilten Schnitten. Unter der dünnen, verletzlichen Haut blühten purpurn die blauen Flecken.

Sean reichte ihr das furchtbare Rasiermesser. «Los!», zischte er.

Sie nahm die Klinge, setzte sie an der Brust an und fing an zu schneiden. Sie ritzte den Buchstaben «S» in graden, runenartigen Linien ein. Mir wurde klar, dass sie das Wort «Sklave» in ihr eigenes Fleisch einschneiden wollte, um mich zu retten. Ich konnte es nicht ertragen. Ich kämpfte gegen die Kabelfesseln und rief: «Nein! Nein! Jamie, nein!»

Sean trat zu mir wie eine Schlange, die in den Angriff geht, und schlug mir hart ins Gesicht. Mein Kopf schnellte zurück und mein Blick trübte sich, während ich darum kämpfte, bei Bewusstsein zu bleiben, und der Schmerz meine Welt mit weißen Flammen füllte.

Jamie hörte auf zu schneiden. Das Blut rann ihr über den

Bauch und durchtränkte die Jeans. Sean lachte humorlos und sagte: «Ja, ja, tu's, mach schon …», immer wieder. Er rieb sich und lachte, er war so beschäftigt mit seinem wahr gewordenen Wunschtraum, dass er gar nicht merkte, wie sie aufgehört hatte zu schneiden und mit einem Gesicht voller Trauer und Scham zu mir hinübersah. Ich schaute zurück und versuchte, ihr irgendwie zu zeigen, wie sehr ich sie liebte. Dass ich ihr verzieh. Wir schlossen Sean aus, in diesem Moment, wir schlossen diesen Scheißkerl einfach aus.

Und er spürte das. Sein Zorn war wie eine Explosion, sein ganzer Körper erstarrte und verrenkte sich vor Wut. Er packte ihren Arm und schleifte sie zum Fenster, riss es auf und lehnte sich mit ihr vor, während er der Polizei Beleidigungen zubrüllte.

Erschießt ihn, dachte ich verzweifelt, knallt ihn ab, erschießt ihn … aber sie konnten nicht, wegen Jamie. Jamie, die halb aus dem Fenster hing, der Oberkörper nackt und blutend, in den Augen die Hölle.

Böses Comedy-Mädchen Jamie zeigte den Bullen ihre bloßen Brüste, als sie lachend aus dem Schlafzimmerfenster des Hauses hing, wo gestern Abend die Belagerung stattgefunden hat. Das Möchtegern-Starlet hatte sich die Initiale ihres Freundes ins eigene Fleisch geschnitten und produzierte jetzt ihren nackten Körper vor den Beamten, die unten standen …

Kennt ihr das Foto? Das mit dem Fenster? Es war überall, normalerweise unter einer Schlagzeile wie *Creeper-Geiseldrama* oder *Serienkiller-Horror*. Mein armes kleines Mädchen. Es dauerte nur eine Sekunde, dann schleuderte er sie zurück ins Zimmer. Aber dieses eine Bild hat sie vernichtet.

Das Telefon klingelte wieder, und Sean ging ran; er wirkte jetzt erledigt, ausgepumpt, als erwachte er aus einem Albtraum. Seine Haut war wächsern und seine Hände voll von

Jamies Blut. Die Knarre zitterte. Sie war riesig, hässlich, eckig. Bestimmt war sie schwer und unhandlich, vor allem mit dem Laserdings, das dran festgemacht war – ich fragte mich, wie lange er sie schon hielt. Ich wusste nicht, wie lange wir schon da waren – Stunden? Er wurde langsam müde. Und ich, ich wusste, dass ich bis zu diesem Tag nicht geahnt hatte, was Schmerzen waren. Ich versuchte, mich ein wenig zu bewegen, mich etwas mehr aufzusetzen, während er genervt ins Telefon sprach.

«... wovon, zum Teufel, reden Sie eigentlich? Ja, ihr geht's gut, was ist denn? Nein, ihr könnt nicht – ihr braucht nicht mit ihnen zu reden. Ich sag an, was hier gemacht wird, kapiert? Und – hören Sie, haben die sich schon gemeldet? Sie wissen schon – Sie wissen schon, die Sass? Was soll das heißen, das wissen Sie nicht. Muss ich diese Schlampen hier umbringen bevor – nein, schon gut, schon gut – es geht um die Beweise, nicht? Sie wollen Beweise – gut, dann eben ...»

Er legte die Pistole auf den Fußboden und griff in die Adidastasche. Mein Herz machte einen Satz. Los, Jamie, nimm die Knarre, los, los, los ... Ich drehte den Kopf und achtete nicht auf die Explosion von Schmerzen in mir, und unsere Augen begegneten sich. Sie hörte auf, sich das Hemd zuzuknöpfen und bewegte sich langsam darauf zu.

Sean warf den Draht mit den entsetzlichen Anhängseln aus dem Fenster, bückte sich und nahm wieder die Waffe und das Telefon. Die Frustration trieb mir die Tränen in die Augen.

«... da, nehmen Sie das, geben Sie Ihnen das da, das ist für sie ... es sind die Beweise für meine Morde, wissen Sie, genau wie sie's mit den Gelben in Vietnam gemacht haben, in den Filmen über Vietnam ... jetzt werden die darum betteln, mich zu kriegen, betteln werden die – nein! nein, nicht meine Familie, bringt die nicht hierher, auf keinen Fall, auf gar keinen Fall, verdammt – ich leg diese Schlampen um, das schwöre ich, ich schwör's ...» Er knallte den Hörer wieder auf die Gabel.

Er begann wütend im Zimmer hin und her zu laufen und laut vor sich hin zu sagen, was er tun, wie er weiter verfahren würde. Das Fenster stand noch immer offen, und ich hörte die Polizei und hoffte inständig, dass sie nichts unternehmen würde, was Sean ausrasten ließ. Kalt war es außerdem, trotz des Gasfeuers. Ich merkte, wie mich ein krampfartiges Zittern überkam, immer wieder. Ich dachte immer nur, wenn ich jemals hier rauskomme – falls –, werde ich nie wieder dieselbe sein. Ich hörte, wie Sean Jamie anbrüllte, ihr vorwarf, dass sie ihm nicht gehorcht habe, weil sie ihr Hemd wieder angezogen hatte; wie er sagte, sie sei wertlos, dumm, hässlich. Das alles sei ihre Schuld, und sie würde dafür bezahlen. Er trat dauernd gegen ihre Hüfte und Oberschenkel, während er im Zimmer umherging, trat mit seinem Stiefel nach der Stelle, wo sie zitternd auf dem Fußboden kniete.

Und dann schien das Feuer in ihm plötzlich ausgegangen zu sein. Wie eine Marionette, deren Fäden durchgeschnitten worden waren, klappte er auf dem Holzstuhl neben dem Spiegel zusammen, und die Pistole hing schlaff in seiner Hand.

Jamie hob den Kopf und sah ihn an. Ich lehnte mich gegen die Fesseln, damit ich sie besser sehen konnte.

«Sean, Sean – lass uns gehen. Lass uns jetzt gehen, es nützt ja doch nichts; du willst uns doch nicht wehtun, Liebster. Jeder weiß jetzt, dass du der Chef bist – alle haben gesehen, wie stark du bist, lass uns jetzt gehen. Lass Lily gehen – ich bleibe bei dir, ich liebe dich immer noch, Sean. Sei stark, lass Lily ...»

Er schlug ihr ins Gesicht, und sie fiel mit blutender Nase auf die Seite.

«Halt die Klappe, halt die Klappe, du Fotze!», schrie er, und der Speichel flog ihm um den Mund wie bei einem Hund. «Ich weiß, was du vorhast! Ich weiß es genau! Ich bin nicht blöd! Du versuchst mich um den Finger zu wickeln, mich zu manipulieren! Ihr Huren seid alle gleich! Schmutzig, schmutzig – versuchen andauernd, einen dazu zu bringen, das zu tun, was sie wollen! Immer dabei, mich zu umschmeicheln, um mich herumzukriechen, mein ganzes Leben lang! Eine nach der andern, genau wie Lana es gesagt hat! Nur weil ich gut aussehe – ihr wollt doch nur mit mir schlafen, mich aufbrauchen und das aus mir rausholen, was ihr haben wollt, dreckige, schmutzige Schlampen, schnüffelt an mir rum, als wärt ihr rollig – beschissene Tiere.»

Jamie zog sich hoch und stützte sich auf den Ellbogen, versuchte, sich das Blut vom Gesicht zu wischen. Er trat ihren Arm weg, und sie schlug hart auf dem Boden auf. Ich schrie:

«Sean! Sean! Hör auf! Hör zu, Mann – hör mal – draußen, der Polizei-Helikopter, hör doch – es sind die Sass-Leute, sie sind da …»

Jamie sah mich an und schüttelte den Kopf, und das Blut flog wie dünne rote Perlenketten. Aber ich musste etwas tun, irgendetwas, um ihn abzulenken. Ich wusste, es war gefährlich – dumm vielleicht auch –, aber ich musste *etwas* tun. Mich irgendwie wehren. Nicht einfach schniefend sterben. Es war wirklich mein letzter Seufzer – ich fiel zurück auf das Bett, zitternd und erschöpft.

Er stand an der Seite des Fensters und spähte raus, die Knarre hoch erhoben, zur Decke gerichtet.

«Sie sind es, sie sind es, nicht wahr, Sean – sie sind gekommen …» Jamie sprach ruhig und vernünftig mit ihm, machte da weiter, wo ich abgebrochen hatte – tat so, als sei seine bizarre

Fantasie die Wahrheit und die SAS wirklich unterwegs, um Sean nach wohin auch immer er sich hinträumte abzuholen.

«Halt die Klappe – schsch!», zischte er wie ein ungehaltenes Kind. «Ich kann nichts sehen – sie müssen es sein, sie hatten längst genug Zeit, sich zu mobilisieren …»

«Und was wirst du tun, wenn sie da sind, Sean?», sagte Jamie, die Stimme weiterhin scheinbar ruhig und ausgeglichen. Sie war schon immer eine gute Schauspielerin gewesen – ihre Stimme zitterte kein bisschen. Es war, als stünde sie plötzlich auf der Bühne – als sei sie in ihre Bühnenpersona hineingeschlüpft, vollkommen fokussiert und unter Kontrolle. Ich kämpfte darum, sie besser im Blick zu haben, es war unheimlich, wie sie die Rollen gewechselt hatte – als hätte dieser furchtbare Druck denselben Effekt auf sie wie Lampenfieber. Es war ihr ins Blut geschossen wie das Adrenalin, das vor ihren Auftritten in ihr aufstieg, und ohne nachzudenken war sie die andere Jamie geworden, die Jamie, die die ganzen Zuschauer für so stark, so überlegen hielten. Ich verstand nicht, wie es passiert war, ich betete einfach darum, dass sie es aufrechterhalten konnte – um unser beider willen.

«Ich werde mit ihnen mitgehen.» Er sprach mit ihr, als hätte sie gerade eine besonders dämliche Frage gestellt. «Die suchen nach Typen wie mir. Was glaubst du denn, passiert mit den wirklich großen Killern. Gefängnis? Ha! Kannst du vergessen. Nichts als ein Ablenkungsmanöver der Regierung. Damit die Öffentlichkeit nicht in Panik gerät. Nein. Die werden zu einem Elitekader ausgebildet, einer ganz speziellen Kampftruppe, Mörder. O ja, in den Schriften, die ich bekommen habe, habe ich davon gelesen – alles streng geheim, ich musste mir die Sachen mit der Post schicken lassen und alles – aber weißt du, da war mir plötzlich klar, dass ich mich ihnen einfach nur beweisen musste und bingo! keiner würde mich je wieder ablehnen. Sie – die mussten mich dann ernst nehmen. Deswegen habe ich die ganzen Objekte so angegriffen, wie ich es getan habe. Lautlos. O ja. Mit bloßen Händen – wie die Ninjas. Nach so was halten die Ausschau, das brauchen sie.»

Er setzte sich wieder und wiegte die riesige Pistole wie ein Baby an seiner Brust. Einen Moment lang wirkte er vollkommen entleert, als sei er in Trance. Seine Stimmungen schienen sich ständig zu ändern; sie zogen über sein Gesicht wie Wind über Wasser. Ich sah ihn an, und er schien – ich weiß gar nicht, wie ich sagen soll – er schien zu schrumpfen. Als würde die ungeheure physische Energie, die er ausströmte, ihn langsam auffressen, ihn von innen heraus auflösen. Es war eigenartig, als schaute man eine dieser Natursendungen an, wo ein Insekt seine Eier in einer gefangenen Made ablegt und die Larven dann langsam die Made auffressen – sie lebt zwar noch, wird aber von heißhungrigen Parasiten ausgehöhlt.

Er kam wieder zu sich, als sei er weit, weit weg gewesen. «Siehst du das hier?» Er winkte mit der Pistole in Jamies Richtung. «Fünfhundert Pfund hab ich einem Typen dafür bezahlt – und fünfzig Schuss umsonst dazu gekriegt. Der hat schon gemerkt, dass er einen harten Kerl vor sich hat, dieser Typ. Ja … ich hätte sie mir früher anschaffen sollen, hätte die Objekte damit erledigen sollen, aber … Lana hätte das nicht gefallen, sie mag Schnitte … sie – sie … ich musste dafür sorgen, dass sie mich wieder beachtet, mir Respekt zeigt, ich bin kein Kind mehr … ich hab Simone kaltgemacht, weißt du. Wir spielten eine Szene, ich war erst sechzehn, und da, in dem Hotel, haben wir das gespielt … sie musste darum betteln, die fette Hure – sie mochte es, wenn sie beim Höhepunkt gewürgt wurde, die Simone – also hab ich – ich hab einfach nicht aufgehört, hab so getan, als hätte ich die Parole nicht gehört und sie – sie ist gestorben. Es war nicht meine Schuld, war es nicht. Simone hat mich einfach sauer gemacht – kroch immer um Lana rum, versuchte, mich auszuschließen, mich loszuwerden, als wäre ich Abfall oder so. Fotze. Lana meinte aber, ich hätte es nicht tun dürfen, weil sie die Sache leitete, sie war die Chefin, nicht ich. Richtig wütend war sie. Ich bin ihr ohnehin egal, weißt du? Sie sagt – sie sagt, ich sei jetzt zu alt für sie – das ist nicht fair, ich ... ich habe *alles* für sie getan, das ist einfach nicht fair ...»

Er hing in seinem Stuhl, Tränen rannen ihm über die Wangen und silberne Speichelschnüre hingen von seinem Kinn. Der Moment zog sich mehr und mehr in die Länge. Die ganze Ruine seines Lebens lag vor uns und zerfiel zu Staub.

Mir tat er Leid – nur einen Augenblick lang, aber immerhin. Und dann wurde mein Mitleid von einer entsetzlichen Angst überrollt – nicht die Angst, die ich vorhin verspürt hatte, sondern ein eiskalter, ungeheurer Schrecken. Er würde uns alle für Lana opfern. Für seine Fantasie, dass er ihre Liebe zurückgewinnen und ihr als richtiger, potenter, erwachsener Mann Eindruck machen konnte. Ein starker, erfolgreicher Mann, wie sein Vater es gewesen war – ein richtiger Soldat, für echte Männerangelegenheiten durch seine eingebildeten Geheimagenten, die «Jungs vom Sass», zum Einsatz gebracht. Der ganze kranke, traurige Traum, den diese idiotischen, dummen, paramilitärischen Filme und Bücher und die grausame Pornographie, nach denen er süchtig war, nährte. Es war Wahnsinn. Es war – meine Güte, wie sollten wir, wie sollten wir uns je mit ihm verständigen?

Es ging nicht. Weil in dem perfekten Körper dieses Mörders das Herz eines missbrauchten Fünfjährigen schlug. Ein Fünfjähriger, dessen emotionale Entwicklung durch das obszöne

Training von Lana Powers angehalten worden war. Diese ganze Geschichte, die Belagerung, die Morde – das waren seine Wutanfälle, sein Versuch, Aufmerksamkeit zu erhalten. Er war ein *Kind.*

Jamie kroch zu ihm und legte ihm die blutige Hand aufs Knie. Ich versteifte mich unwillkürlich vor Anspannung, bat sie lautlos, vorsichtig zu sein.

«Ich liebe dich, Sean, es ist alles in Ordnung, ich liebe dich.» Vielleicht spielte sie noch immer – machte ihm immer noch etwas vor. Vielleicht aber auch nicht. Ich weiß es nicht. Ich spürte, wie ich wieder wegdriftete; in diese merkwürdige, traumähnliche Unbeteiligtheit. Ich konnte nichts dagegen tun – mein Hirn blitzte zurück zu jenem Moment im Pub, zu der Nacht, als wir Sean das erste Mal trafen und ich bei mir dachte: *Sie sehen aus wie ein Paar*. Nur lag es diesmal nicht an ihrem Aussehen, es lag an ihren Stimmungen – an der Art, wie bei beiden die Stimmung so schnell wechselte. Und dann dachte ich – nun ja. Sie haben eine Menge gemeinsam. Aber an einem bestimmten Punkt im Leben hatte er den einen Weg eingeschlagen und sie den andern. Und dann fiel mir ihr Horoskop ein – *ein furchtbares Unheil* – und ich spürte wieder, wie mich der Schrecken einholte und ich in die Realität zurückkehrte. Ich bat sie stumm, vorsichtig zu sein, nicht zu weit zu gehen. Ich hörte, wie sie mit ihm sprach – einfach immer nur wiederholte, dass sie ihn liebte, dass alles gut werden würde. Ihre gebrochene Stimme war zärtlich, voller Mitgefühl, und ihre grauen Augen, die vor Mitleid strahlten, starrten in das zerstörte Gesicht dieser mordgierigen, kaputten Kreatur.

Ich hatte zu viel Angst, um Mitleid zu spüren. *«Nimm die beschissene Knarre und leg ihn um»*, schrie ich innerlich. *«Leg ihn um, töte ihn, Jamie, töte ihn …»*

Er neigte den Kopf, und sie legte ihre lange, weiche Hand auf sein blondes Haar. Draußen hörte ich eine andere Welt; eine gesunde Welt, in der Menschen keine Mädchen töteten, um sich vor einer bösen, verderbten alten Frau aufzuspielen. Wo man Kinder auf die Welt brachte, einander liebte, sich um die Rechnungen und die Ausbildung Sorgen machte – nicht darum, ob dieser Verrückte ihren Kopf aus lauter Gehässigkeit wegpusten würde. Ich stöhnte laut.

Seans Kopf hob sich, seine merkwürdigen, blind wirkenden Augen schauten auf mich, ohne mich zu sehen. Jamie erstarrte.

Er legte den Kopf zurück wie ein Wolf und heulte laut auf – es war fürchterlich, unmenschlich. Es hallte in dem kleinen Zimmer und schnitt wie ein Messer durch meinen dröhnenden Kopf. Es schien immer weiter und weiter zu gehen. Seine Kehle war von der rohen, brutalen Anstrengung ganz angeschwollen, und die Venen an seinem Hals traten hervor wie dicke Würmer. Es war, als hätte sich ein schwarzes Loch aufgetan, und dieser unerträgliche, klagende Schrei würde uns alle in seine eisige Leere hinabziehen. Ich hatte noch nie etwas gehört, das diesen furchtbaren, entsetzlichen Lauten glich. Ich kann sie nicht vergessen.

Dann, plötzlich, brach er ab, stand auf und zerrte Jamie auf die Füße. Das war's, dachte ich. Gott im Himmel, jetzt wird es passieren, er wird uns umbringen. Er stellte Jamie, die vor Angst erstarrt war, vor sich – ich konnte ihr Gesicht über seiner Schulter sehen, und sein Gesicht im Spiegel. Wieder kämpfte ich gegen das Plastik meiner Fesseln an, spürte das raue Schaben, als sie mir ins Fleisch schnitten. Ich hätte meine eigenen Hände abgerissen, um dieser Falle zu entkommen, wenn ich gekonnt hätte; ich hätte alles getan, alles. Panik kochte in meinem Blut, unkontrollierbar, bestialisch.

Ich sah, wie er Jamies Gesicht in seine freie Hand nahm und

ihre Wangen zwischen Daumen und Fingern zusammendrückte. Seine Augen sahen im Spiegel aus wie die eines Toten; frostüberzogen, geronnen. Er hob die Knarre, und ich fing panisch an zu beten, die halb erinnerten Gebete meiner Kindheit: *Unser Vater im Himmel, geheiligt werde … o Jesus, Jesus … Matthäus, Markus, Lukas, Johannes … müde bin ich, geh zur Ruh … o Jesus, Jesus …*

Er zog Jamies Gesicht an sich ran, ließ dann los und packte sie hinten am Hals, zwang sie zu sich. Dann drückte er seinen Mund in einem brutalen Kuss auf den ihren. Ihre Hände flogen in die Höhe, und sie schlug nach ihm, versuchte verzweifelt, Luft zu kriegen. Dann schob er sie weg und trat zurück, bis er beinah am Bett stand, aber noch immer ihr gegenüber – und sie fiel rückwärts gegen den Spiegel, die Lippen geschunden und aufgeschwollen, das Gesicht eine Maske aus einer griechischen Tragödie, aus einem uralten, Grauen erregenden Drama.

Ich sah, wie er lächelte. Sein wunderschönes Gesicht war wieder glatt, er wirkte sehr jung und friedlich. Er sagte mit einer merkwürdigen Ruhe: «*Es ist alles nur Scheiße, stimmt's?*» Dann steckte er sich die Mündung der riesigen Knarre in den Mund, und Jamie schrie:

«*Lily, schließ die Augen!*»

Und er drückte den Abzug.

Fünfunddreißig

Das Geräusch kam mir noch lauter und ohrenbetäubender vor als beim ersten Mal, und ich spürte einen stinkenden, heißen Regen, der mir auf Kopf und Gesicht fiel, und einen brennenden Schnitt unter meinem linken Auge. In meinen Ohren klingelte es, und als ich versuchte, die Augen aufzumachen, waren sie verklebt mit etwas, von dem ich wusste, dass es Seans Blut war. Ich würgte hilflos, verschluckte mich am eigenen Erbrochenen, spuckte, verzweifelt bemüht, nichts von dem Blut zu schlucken, das an meinem Gesicht klebte. Ich fühlte, wie Jamie an den Fesseln zog, sie mit dem Rasiermesser zerschnitt. Die Mordwaffe, wie sie später meinten. Es schien keine Rolle zu spielen, nichts schien eine Rolle zu spielen. Ich wollte nicht mehr hinschauen, auf – ihn. Ich schloss die Augen wieder, und nur der unglaubliche Schmerz, mit dem sich das Gefühl in meinen Füßen und Händen wieder meldete, kam mir noch wirklich vor, und das unkontrollierbare Zittern meines Körpers. Ich spürte, wie mich jemand vom Bett aufhob, aber ich konnte ihnen nicht helfen, mich nicht bewegen.

Es war Jamie. Sie trug mich eigenhändig ins Badezimmer nebenan und wischte mein Gesicht mit einem Handtuch ab, dann wickelte sie meine Dreadlocks darin ein, als hätten wir Haarewaschen gespielt. Dann ließ sie mich allein und ging ans Telefon, das ich über dem Rauschen in meinen Ohren gerade wieder hören konnte. Ich weinte, aber auf eine hilflose Art, kein Schluchzen, eher so, als würden die Tränen einfach immer weiter fließen.

Jamie weinte nicht. Komisch. Sonst weinte sie immer bei jeder Gelegenheit – Fernsehwerbung, Filme, gebrochene Herzen. Ich hatte in meinem ganzen Leben nur wenige Male geweint – und jetzt konnte ich gar nicht damit aufhören.

Und dann war das kleine Haus voller Bullen in Kampfanzügen, die nach frischer Luft rochen. Uniformierte Vorgesetzte und Detektive in Zivil gingen umher und bellten Befehle. Die Ambulanzleute kamen volle Kanone die Treppe hochgedonnert. Diese ganzen riesigen Kerle hingen über uns und brüllten. Ihr Brüllen galt nicht eigentlich uns, es war einfach das, was Männer tun, wenn sie aufgeregt sind. Eine nette weibliche Polizistin mit einer sanften Stimme redete eine Weile lang mit uns, aber ich konnte nicht verstehen, was sie sagte. Sie begleitete uns im Krankenwagen, und dann waren wir im Krankenhaus – vielleicht dauerte es Stunden, vielleicht waren wir auch in wenigen Minuten da – genau wie der Lehrer damals gesagt hatte. Zeit ist nur eine Art zu denken. Alles war eine einzige dunkle Wolke mit Lichtern dazwischen und Fetzen von Lärm, Gerede, Menschen, die Fragen stellten. Ich sagte: «Ihr dürft uns nicht trennen, ihr dürft uns nicht trennen», aber sie taten es trotzdem. Dann fragte ich nach Ma und Pa und sie meinten, sie seien unterwegs. Ich verlangte wieder nach Jamie, aber sie machten nur «Pst».

Das machte mich wütend, ich spürte, wie die Wut wie Galle in mir hochstieg, und kämpfte mich ungeschickt und ohne ein bestimmtes Ziel aus dem Krankenhausbett, um Jamie zu suchen, um meine Freundin zu suchen. Ich stolperte aus dem Behandlungszimmer und schüttelte die Krankenschwestern ab wie ein Hund die Feuchtigkeit. Ich konnte sie einfach nicht finden … wo war sie denn? Mir war schwindlig, ich fühlte mich schwach. Das harte, weiße Licht prallte von den weißen Wänden ab und tat meinen Augen weh. Der Geruch von Desinfektionsmitteln, der die stinkenden Körper übertünchen sollte, drehte mir den Magen um. Ich war verwirrt, ich stand wieder kurz vor der Panik. Der Handtuchturban, den Jamie so fest um meinen Kopf gewickelt hatte, fiel ab, und meine Dreads purzelten in mein Gesicht.

Ich hielt ein und nahm sie in die Hand, starrte sie an. Alles im Raum schien sich vor mir zurückzuziehen, wie eine Welle, die in die See zurückgesogen wird. Ich hörte nur noch das Brüllen in meinen Ohren. Eine Krankenschwester packte mich, aber ich schleuderte sie weg. Meine Locks. Ich drückte an ihnen und sah dann auf meine Hand. Die Handfläche war rot, überzogen mit klebrigem, geronnenem Blut – gefleckt mit kleinen, sandigen Körnern.

Meine Dreads waren getränkt in Seans Blut, durchsetzt von seinen zersplitterten Knochen, von Flüssigkeit und *Gewebe* …

Ich schrie und schrie, während sie versuchten, mich in das Zimmerchen zurückzubugsieren.

«Schneidet sie ab, schneidet sie ab, schneidet sie ab, schneidet meine gottverdammten Dreads ab, ab damit, o Gott, schneidet sie ab, Jamie, Jamie …»

Und plötzlich war Jamie da; eine Löwin, die ihr Junges verteidigt, sie brüllte sie an, dass sie mir die Haare schneiden sollten, das Zeug von mir wegkriegen. Sie wollten nicht, außer ich unterschrieb eine Einverständniserklärung, weil es bei so was auch schon Beschwerden gegeben hatte, brachte mehr Ärger, als ihre Jobs wert waren, und wer war sie denn überhaupt, war sie verwandt?, und, *tut mir Leid, aber* …

Sie sagte mit einer tödlichen Ruhe und einer kalten Stimme, die durch ihr Plappern schnitt: «Holt auf der Stelle das beschissene Formular.» Und das taten sie. Ich weinte, als sie mir die blutige Masse vom Kopf schnitten und das faulige, durchtränkte Haar in einen blauen Plastikbeutel steckten für den Fall, dass die Bullen es haben wollten.

Sie versuchten uns aufzuhalten, aber wir stolperten zur Toilette, und Jamie wusch sanft meinen geschorenen Kopf mit Flüssigseife, spülte ihn wieder und wieder unter dem Wasserhahn und tupfte mich dann mit Papiertüchern trocken, während ich weinte und sie um die Taille festhielt, nicht loslassen wollte. Unter meinem Auge war ein drei Zentimeter langer Schnitt, wo mich ein Stück Knochen getroffen hatte, und Jamie ließ sich durch nichts davon abhalten, bei mir zu sitzen, während die Stelle verarztet wurde. Sie blieb bei mir, bis Ma und Pa da waren, bis das ganze Getue und Gerede überstanden war. Sie blieb bei mir, und um uns herum wirbelte und drehte sich ein Zirkus, aber wir saßen nur stumm da, weil es nichts gab, was wir hätten sagen können.

Sie wollten uns über Nacht dabehalten, vor allem mich, wegen meines Kopfes. Aber die Röntgenaufnahme zeigte keine Brüche und gar nichts, also wurden wir auf eigene Verantwortung entlassen, nachdem wir weitere Formulare unterschrieben und Zettel eingesteckt hatten, auf denen die Symptome einer Gehirnerschütterung notiert waren. Ja, ja, ja. Bloß weg da, bloß weg von den Leuten – den Ärzten und den Bullen und der versammelten Presse mit ihren stumpfen, begriffsstutzigen Fragen. Wir hatten einander, das war das Einzige, was zählte, wir brauchten niemanden sonst. Niemanden. Wir wollten nicht darüber reden. Wir brauchten keine *Hilfe*. Wir wollten nur, dass alles nie gewesen war; zurückspulen und löschen. Wir wollten keine Plattitüden, keinen tröstlichen Schwachsinn, keinen der Einlullmechanismen der Gesellschaft. Wir wollten, dass alles wieder normal wurde. Normal. Wie zuvor – bevor wir Sean Powers begegnet waren. Normal.

Und das konnte nicht sein, es ging einfach nicht – ich wusste es genau. Natürlich würden wir mit unserm Leben weitermachen – was sonst, zum Teufel. Aber diese Geschichte würde immer da sein, wie ein Klumpen aus Stein in unserem Magen, das bleierne Gewicht der Schuld – unserer Schuld, weil wir nicht kapiert hatten, was Sean war, weil unsere Ignoranz jene Frauen das Leben gekostet hatte. Es war, als würden wir mit dieser furchtbaren, brutalen Schuld schwanger gehen, ohne das Kind jemals austragen zu können – als lastete sie einfach immer weiter in uns, bis in alle *Ewigkeit.*

Mein Kopf pochte und schrie mit einer wirbelnden Masse aus halb fertigen Gedanken, und ich fühlte mich fiebrig und vollkommen am Ende – Jamie ebenfalls, aber sie war schneeweiß vor Erschöpfung und brachte kein Wort heraus. Wir lagen zusammen in Mas und Pas durchgelegenem altem Gästebett, und ich konnte hören, wie sie weinte – sie weinte lautlos, aber ich hörte sie trotzdem und spürte die Anspannung in ihrem Körper, der an meinem Rücken lag.

Ich wollte sie trösten – aber ich konnte nicht. Irgendwann spürte ich, wie sie in den Schlaf hinüberkippte, und ich versuchte, mich ebenfalls zum Schlafen zu zwingen, aber es ging nicht, also lag ich einfach da, atmete im Takt mit meinem armen großen Mädchen und sagte immer wieder ein Gebet auf, von dem ich wusste, dass es niemals erhört werden würde.

Normal, ich möchte, dass alles wieder normal wird – Gott, Gott, Gott, lass es nur ein Traum sein, lass alles einfach wieder normal werden; bitte, bitte … gib uns unser Leben zurück … gib uns unser altes Leben wieder … bitte …

Wolf Haas

Wolf Haas wurde 1960 in Maria Alm am Steinernen Meer geboren. Nach Abschluß seines Linguistik-Studiums arbeitete er zwei Jahre als Uni-Lektor in Swansea (Südwales). Seit 1990 lebt er in Wien.
«Haas ist schlicht die Krimi-Entdeckung der letzten Jahre.» *Die Woche*

Auferstehung der Toten
(rororo 22831)
«Ein erstaunliches Debüt. Vielleicht der beste deutschsprachige Kriminalroman des Jahres.» *Frankfurter Rundschau*

Komm, süßer Tod
(rororo 22814)
Auf den Straßen von Wien bekämpfen sich die Rettungsdienste bis aufs Spenderblut. Nach dem Doppelmord an einem schmusenden Liebespaar tritt Ex-Polizist und Ex-Schnüffler Brenner auf den Plan: Hört die Konkurrenz den Funkverkehr der Kreuzretter ab? Das Buch zur Verfilmung des Erfolgskrimis.
Ausgezeichnet mit dem Deutschen Krimi-Preis 1999.
«Soviel Spaß, Weisheit und Spannung um einen wohlfeilen Preis, das gibt's normal gar nicht.» *Der Standard*

Der Knochenmann
(rororo 22832)
«... ein Muß für alle, die da süchtig sind nach vielversprechenden Talenten.»
Die Welt

Silentium!
(rororo 22830)
Der Salzburger Klerus beauftragt Privatdetektiv Brenner mit der Aufklärung eines Mordes in einem katholischen Jungeninternat.
«Komischer war der Krimi nie, intelligenter nur selten. Weshalb auch Thomas Bernhard sicher von irgendwoher zuschaut und sich totlacht.»
Die Woche

Ausgebremst *Der Krimi zur Formel 1*
(rororo 22868)

«Im Grunde genommen liest sich zurzeit nichts so vergnüglich wie ein neuer Wolf Haas, außer natürlich ein alter Wolf Haas.» *Der Falter*

Weitere Informationen in der **Rowohlt Revue**, kostenlos in Ihrer Buchhandlung, und im Internet: **www.rororo.de**

rororo

3663/5